Catherine Bybee
Einsatz für die Liebe

AF202207

Montlake

Das Buch

FBI-Agent Leo Grant beobachtet in Las Vegas den Prozess gegen einen Mafiaboss. Der attraktive Agent hat die »Familie« des Täters fest im Visier. Doch er ist nicht der Einzige, der sich für den brisanten Fall interessiert: Immer wieder kreuzt eine junge Frau seinen Weg, die Leo so rätselhaft wie faszinierend findet.

Als auf ihn geschossen wird, rettet sie ihm das Leben, wird dabei aber selbst schwer verletzt. Im Krankenhaus kann sie sich an nichts erinnern, weder an ihren Namen noch an ihr früheres Leben. Sie weiß nur eins: dass sie noch nie so viel für einen Mann empfunden hat wie für Agent Leo Grant. Aber das scheint gar keine gute Idee zu sein …

Die Autorin

New-York-Times-Bestsellerautorin Catherine Bybee wuchs im Bundesstaat Washington auf. Nach der Highschool zog sie nach Südkalifornien, um dort Schauspielerin zu werden. Bald aber hatte sie genug davon, sich den Lebensunterhalt als Kellnerin zu verdienen, und absolvierte eine Ausbildung zur Krankenschwester. Die meiste Zeit ihrer Karriere verbrachte sie in der Notaufnahme. Jetzt arbeitet sie hauptberuflich als Autorin. Zu ihren bekanntesten Werken zählen die Bücher aus den Reihen »Eine Braut für jeden Tag«, »Fast …«, »Happy End in River Bend« und »Diesmal für immer«. Catherine Bybee lebt mit ihren zwei Söhnen in Südkalifornien.

Catherine Bybee

Einsatz für die Liebe

Herzen im Visier

Roman

Aus dem Amerikanischen von
Stephanie von der Mark

 Montlake

Die amerikanische Ausgabe erschien 2021 unter dem Titel
»A Thin Disguise« bei Montlake, Seattle.

Deutsche Erstveröffentlichung bei
Montlake, Amazon Media EU S.à r.l.
38, avenue John F. Kennedy, L-1855 Luxembourg
November 2021
Copyright © der Originalausgabe 2021
By Catherine Bybee
All rights reserved.
Copyright © der deutschsprachigen Ausgabe 2021
By Stephanie von der Mark

Die Übersetzung dieses Buches wurde durch Amazon Crossing ermöglicht.

Umschlaggestaltung: bürosüd⁰ München, www.buerosued.de
Umschlagmotiv: © Phatthanit © oleander studio © Viorel Sima
© Omeris © LovArt / Shutterstock
Lektorat und Korrektorat: VLG Verlag & Agentur, Haar bei München,
www.vlg.de
Gedruckt durch:
Amazon Distribution GmbH, Amazonstraße 1, 04347 Leipzig /
Canon Deutschland Business Services GmbH, Ferdinand-Jühlke-Str. 7,
99095 Erfurt /
CPI books GmbH, Birkstraße 10, 25917 Leck

ISBN: 978-2-49670-717-5

www.montlake.de

Für Ethan und Eloise.
Auf dass ihr jeden Tag
eures gemeinsamen Lebens
genießen möget.

KAPITEL 1

Im Sucher ihrer Waffe gab es einen Punkt, an dem sich die beiden Linien kreuzten. Bei einem Schützen, der die Flugbahn der Kugel zu berechnen wusste, und einem Hochleistungsgewehr wie ihrem bedeutete dieser Punkt den Tod.

Olivia sah drei Scharfschützen, einen südlich vom Gerichtseingang, einen auf der Ostseite und einen im Westen. Alle drei gehörten zum SWAT-Team, einer Spezialeinheit der Polizei. Sie würden einen guten Job machen, wenn es darauf ankam, daran hatte sie keinen Zweifel, aber dass keiner von ihnen sie bemerkt hatte, machte sie wütend.

Sie hielt ihre Kamera vor den Sucher und machte Bilder von den drei Männern.

Als sie mit dem Ergebnis zufrieden war, verließ sie ihr Versteck. Sie brauchte genau zehn Minuten, um ihr Aussehen komplett zu verändern, und zehn weitere, um ihre neue Position aufzusuchen.

Sie hörte das vertraute Pulsieren in ihren Venen. Vor ihrem allerersten Schuss hatte sie damals wie in einem Film rote Blutkörperchen durch ihre Adern fließen sehen, die mit jedem Herzschlag bis zur nächsten Venenklappe weitertransportiert wurden.

Danach war das Blut aus ihrem inneren Film zu einer realen roten Pfütze auf dem Asphalt geworden.

Die Bilder in ihrem Kopf waren nur halb so schlimm gewesen wie die Wirklichkeit.

Nichts hatte sie darauf vorbereitet, was danach kam.

In keiner einzigen Unterrichtsstunde im Richter-Internat war ihr beigebracht worden, wie man das durchstehen sollte.

Und trotzdem war sie noch hier.

Mit schlagendem Herzen.

Und einer blutenden Seele.

Sie konzentrierte sich wieder auf ihre Aufgabe und suchte die Umgebung ab.

»Kommt schon, enttäuscht mich nicht!«, murmelte sie und kontrollierte vor allem die Orte, an denen sie sich selbst versteckt hätte.

Die Sucherlinse stellte sich scharf und jetzt entdeckte sie noch einen einzelnen Scharfschützen.

Von außen sah es so aus, als würde der Hintereingang des Gerichts nicht benutzt, doch Olivia hatte die Information erhalten, dass dies durchaus der Fall war. Statt sich also in der Nähe des Haupteingangs zu positionieren, in dessen Nähe der andere Schütze stand, lag sie hier hinten flach auf dem Boden und wartete.

Als ihre Armbanduhr vibrierte, war der Zeitpunkt gekommen.

Alle Muskeln ihres Körpers waren angespannt, die Augen ständig in Bewegung.

Dann ging die Tür auf. Ein paar Männer in schwarzen Anzügen und Frauen in dunklen Kostümen verließen das Gebäude. Obwohl Olivia die Zielperson gut kannte, hatte das Team verdammt gute Arbeit geleistet, die junge Frau so herzurichten, dass sie zwischen den anderen nicht auffiel.

Sie blieben als Gruppe eng zusammen, dann verteilten sie sich auf zwei große SUVs. Als sich die Autos in Bewegung setzen, scannte Olivia noch einmal die Gegend.

Der einzelne Scharfschütze hatte immer noch das Gewehr vor sich und bewegte sich nicht, bis die Wagen außer Sichtweite waren. Als er aufstand, schoss Olivia auch ein Foto von diesem Mann.

Sie wartete, bis er seine Position verlassen hatte, dann packte sie ebenfalls ihre Ausrüstung zusammen.

Eine Stunde später hatte Olivia erneut ihr Aussehen verändert und fiel auf dem überfüllten Strip von Las Vegas nicht auf. Die unerbittliche Septembersonne sorgte weiterhin für Temperaturen um die vierzig Grad.

Unter der Perücke staute sich eine Hitze, die kaum zu ertragen war, doch Olivia drängte sich unbeirrt an den vielen Touristen vorbei, die die Casino-Stadt im Bundesstaat Nevada besuchten und an diesem Dienstagnachmittag längst nicht mehr nüchtern waren. Junge Frauen mit langen Haaren und kurzen Shorts flanierten auf der Touristenmeile und ließen sich von jungen Männern zu weiteren Drinks überreden.

Alles harmloser Spaß.

Aber nicht immer.

So wie das bei Marie Nickerson der Fall gewesen war, dem Mädchen im schwarzen Kostüm, das jetzt im SUV saß. Auf Marie war ein Kopfgeld ausgesetzt, lebenslänglich. Aber jetzt, da die Gerichtsverhandlung vorüber war und das Zeugenschutzprogramm in Kraft trat, würde sie für immer von der Bildfläche verschwinden.

Marie wusste nichts von Olivia, die seit fast einem Jahr heimlich auf Marie aufpasste. Und auch wenn Olivia es sich nur ungern eingestand, lag ihr die junge Frau mehr am Herzen, als ihr lieb war.

Olivia wusste alles über Maries Vergangenheit und die furchtbaren Dinge, die man ihr angetan hatte. Schon als junges Mädchen war sie zur Prostitution gezwungen und wie Vieh an den Höchstbietenden verkauft worden. Ein Fluchtversuch hatte sie damals fast das Leben gekostet. Olivia wusste nur allzu gut, was es hieß, wie eine Sklavin gehalten zu werden und einem anderen zur Bereicherung zu dienen. Auch wenn Marie keine Waffe hatte, um den Kopf der Bande für immer auszuschalten, so stand es doch in ihrer Macht, ihn im Strafprozess mit ihrer Zeugenaussage lebenslänglich hinter Gitter zu bringen.

Olivias Job war es, Maries Überleben zu sichern, damit sie aussagen konnte. Sie wusste immer, wo sich die junge Frau gerade aufhielt, kannte die Marshals, die für ihre Sicherheit sorgten. Marie hatte ein Dasein ohne Zwang und Gewalt verdient. Immerhin lag der Großteil ihres Lebens noch vor ihr, sofern es dem System gelang, sie gut zu beschützen.

Olivia lief den Strip entlang, bis das Gerichtsgebäude und alle, die sie in ihrer momentanen Erscheinung gesehen hatten, weit genug entfernt waren. In einem verrauchten Casino, das im Gegensatz zu den anderen auf Glamour verzichtete, dafür genügend Spielsüchtige anzog, ging sie auf die Toilette und verwandelte sich zurück in die Frau, die nur wenige Häuserblocks entfernt ein Hotelzimmer angemietet hatte.

Sie zog ihre Tasche auf die Schulter und überprüfte mit dem Handy die Überwachungskameras des Casinos. Als sie sicher sein konnte, dass die Luft rein war, trat sie hinaus auf die Straße.

In ihrem Zimmer angekommen, verriegelte Olivia die Tür, untersuchte den Raum auf Wanzen oder Kameras und setzte sich schließlich aufs Bett.

Endlich konnte sie die dritte Perücke des Tages abziehen. Dann entfernte sie auch die Kappe, die ihre echten Haare zurückgehalten hatte, und schüttelte den Kopf aus.

Ihre Haare stanken.

Sie ließ sich rücklings auf die Matratze fallen, streckte die Arme zu beiden Seiten aus und schloss die Augen.

Es vergingen dreißig Minuten, in denen sie einfach abschaltete und sich ihr Körper in der kühlen Luft der Klimaanlage regenerierte.

Nur noch ein paar Tage, dann würde sie von hier verschwinden …

Mal wieder.

Vielleicht würde sie diesmal endgültig abhauen. Diesen Strand oder diesen einsamen Berg finden, dieses Refugium, wo sie endlich alles hinter sich lassen, alles vergessen konnte.

Olivia setzte sich auf, dann klatschte sie sich mit beiden Händen auf die Oberschenkel.

Wenn der Prozess erst mal vorüber und Marie in sicheren Händen war, konnte Olivia abhauen. Mit dem versprochenen Geld konnte sie gut leben, sofern sie nicht in Nordamerika blieb.

Doch jetzt musste sie die Gedanken an ihre Zukunft, wie auch immer diese aussehen würde, von sich schieben. Sie ging ins Bad.

Das Wasser kam heiß aus der Dusche, obwohl Olivia es ganz auf kalt drehte.

Ein funktionierender Temperaturregler war eigentlich kein besonderer Luxus, aber von einem Billighotel in Nevada war das offenbar schon zu viel verlangt.

Der harte Wasserstrahl spülte den Schmutz des Tages fort und bot auch so genügend Erfrischung für die zweite Runde.

Sie trocknete sich die Haare, bevor sie erneut die Kappe und anschließend die nächste Perücke aufsetzte. Dieses Mal eine aschblonde mit langen Haaren. Dann setzte sie blaue Kontaktlinsen ein und schminkte sich einen Schönheitsfleck auf die Wange. Sie zog kurze Shorts an, ein glitzerndes Spaghettiträgertop und darüber eine leichte Jacke, die gerade so viel bedeckte, dass sie nicht aussah, als suche sie nach einem Freier. Obwohl sie auch diese Karte ausspielen würde, wenn es nötig wäre.

Als sie weit genug von ihrem Hotel entfernt war, winkte sie ein Taxi heran und fuhr damit zum Wynn. Es war edel und schick und verzichtete auf die Extravaganz der Themenhotels, die den Strip von Las Vegas säumten.

Auch die Geräusche des Hotelcasinos waren gedämpft und weniger aufdringlich als die der anderen Resorts. Es war früh am Abend und die Slotmaschinen waren nur vereinzelt besetzt. Vor einigen wenigen geöffneten Spieltischen standen einsame Croupiers und warteten mit gefalteten Händen auf Gäste und deren Portemonnaies.

Olivia kannte zwar die Regeln, aber das Glücksspiel reizte sie herzlich wenig. Sie ließ sich nur darauf ein, wenn es einem Auftrag diente.

Jetzt lief sie aufmerksam durchs Casino. Sie fand heraus, wo die exklusiven Räume waren, in denen das private Glücksspiel der besonders risikobereiten Klienten stattfand, und sah, wo die Angestellten hinter Türen verschwanden, welchen Weg sie zur Küche nahmen, wo sich die Bars befanden, die versteckten Notausgänge des Casinos, die offiziellen Eingänge. Schließlich ließ sie sich in der Cocktaillounge nieder, von wo aus sie einen guten Überblick über die gesamte Casinofläche hatte.

Nachdem sie ein Sodawasser mit Limette bestellt hatte, holte sie ihr Telefon aus der Tasche.

Der Sicherheitsbildschirm auf ihrem Handy schirmte alles auf dem Display vor neugierigen Augen und möglichen Kameras ab. Sie loggte sich in eine gesicherte Datenbank ein und öffnete ein paar Bilder.

Das waren die Akteure. Alle aus derselben »Familie«, wie man die Mitglieder einer Bande in Mafiakreisen nannte.

Familie.

Und Mykonos Sobol, der Mann, der sich jetzt vor Gericht verantworten musste, war sowohl Familie als auch Chef der Bande. Einige aus seiner Sippe waren eingeflogen, um ihn zu unterstützen. Das hieß, sie würden Mykonos' Geschäfte und Verbindungen übernehmen, bis sein Name wieder reingewaschen wäre. Außerdem würden sie versuchen – das wusste Olivia aus eigener Erfahrung –, die Zeugen im Strafprozess zu bestechen, beziehungsweise, sie verschwinden lassen, wenn sie nicht kooperieren wollten.

Allerdings war Mykonos' Verurteilung besiegelte Sache – sofern Marie am Leben blieb und gegen ihn aussagte.

Mykonos hatte Marie gekauft, als sie sechzehn gewesen war.

Dreieinhalb Jahre lang hatte er sie nach Lust und Laune feilgeboten. Wenn sie nicht gefügig genug gewesen war, hatte sie es büßen müssen und ihr Fluchtversuch war sie teuer zu stehen gekommen. Seine letzten Erziehungsmaßnahmen, mit denen er ihr Disziplin hatte beibringen wollen, hätten sie fast umgebracht.

Ab diesem Zeitpunkt hatte Olivias Einsatz begonnen. Ihre Aufgabe war es, Marie zu beschützen, während die anderen – die Guten – sich um den Fall kümmerten und das Mädchen sich von seinen körperlichen Verletzungen erholte. Marie wusste nichts von Olivias Existenz. Olivia war immer in Maries Nähe gewesen, als das Mädchen im Krankenhaus gelegen hatte, und auch später während des Kuraufenthalts. Natürlich waren auch genügend FBI-Agenten für Maries Sicherheit zuständig, doch Olivia folgte ihr auf Schritt und Tritt und ließ sie nie aus den Augen. Und jetzt war die Spannung groß, denn sobald der Richterhammer fiel, der den Bandenchef hinter Gitter bringen sollte, würden die Familienmitglieder alles daransetzen, es in letzter Minute doch noch zu verhindern.

Navi, einer von Mykonos' »Cousins«, hatte die Präsidentensuite im Wynn belegt. Als Krimineller seines

Kalibers würde er sich natürlich mitsamt seiner Entourage an diesem Abend offen blicken lassen. Schließlich gaben sie sich alle als rechtschaffene Männer aus, die nichts zu verbergen hatten. Hätte er sich versteckt, dann hätte er dadurch nur noch größeren Verdacht auf sich gezogen. Navi wusste ganz genau, dass man ihn beobachtete und auch alle anderen »Familienmitglieder«.

Da es sich bei Navi um den größten Fisch handelte, folgte Olivia ihm.

Das FBI wusste nichts von ihr.

Olivia betrachtete weiter die Bilder mit Namen und Profilen. Die meisten dieser Leute waren Russen. Keine russischen Amerikaner, die schon in zweiter Generation in den USA lebten, sondern waschechte Russen, die in ihrem eigenen Land das Töten gelernt hatten. Sie waren mit schmutzigem Geld unglaublich reich geworden, denn sie gehörten zu einer Mafia, die nach ihren eigenen Regeln lebte.

Olivia tippte kurz auf den Bildschirm, schon verschwanden die Bilder und wurden von einem Videospiel ersetzt.

Sie stand auf und schritt zur Lounge. Allmählich füllte sich das Casino.

Eltern, die ihre Kinder an der Hand genommen hatten, machten einen großen Bogen um die Spielzone. Es war gesetzlich verboten, mit einem Kind vor einem Spielautomaten stehen zu bleiben, geschweige denn auch nur eine Vierteldollarmünze in einen der einarmigen Banditen zu werfen. So lax die Gesetze im Bundesstaat Nevada sonst auch waren, in Sachen Glücksspiel waren sie es nicht.

Olivia ging in die Nähe der Aufzüge, die zu den teuren Suiten führten, und wartete. Fast eine Stunde lang schlenderte sie umher und verweilte dabei nie lange an einer Stelle, um keinen Verdacht zu erregen. Wenn sie vorher erfahren hätte, in welchem Hotel Navi absteigen würde, hätte sie längst sein

Zimmer verwanzt, um ihn und seine Aktionen im Auge zu behalten. Da das aber nicht möglich gewesen war, musste sie den beschwerlichen Weg nehmen.

Andererseits führte der beschwerliche Weg immer zum Ziel.

Navis Ankunft in der Hotellobby war nicht zu übersehen. Zwei schrankgroße Männer flankierten ihn zu beiden Seiten, eine langbeinige Brünette hing an seinem Arm, als hätte er sie dafür bezahlt.

Olivia war stolz auf ihre scharfe Beobachtungsgabe und blitzschnellen Analysen. Navis Männer waren, wie alle Bodyguards, natürlich bewaffnet. Sie beobachteten alles genau und checkten die Lage, während sie ihren Boss begleiteten. Navi trug einen Ehering, seine Begleiterin nicht. Männer wie Navi heirateten aus gesellschaftlichen Gründen und weil sie ihren Kindern einen ehelichen Status verleihen wollten, aber nicht, um ihren Frauen treu zu bleiben.

Olivia hielt sich vor Navis Entourage verborgen und sah, wie alle im hoteleigenen Steakhaus verschwanden. Sie ließ ein paar Minuten verstreichen, bevor sie selbst zum Restauranteingang ging. Dort sah sie, dass die Bodyguards in der Wartezone Platz genommen hatten, während Navi und die junge Frau nach hinten gingen.

Es würde wohl mindestens eineinhalb Stunden dauern, bis Navi wieder auftauchte. Olivia wollte sich im Inneren des Restaurants nur kurz umsehen und in Erfahrung bringen, ob Navi und das Mädchen allein am Tisch saßen oder ob sich jemand dazugesellt hatte. Dann würde sie wieder hinausgehen und ihn später weiter beobachten.

Sie wartete, bis eine größere Gruppe das Restaurant betrat, und ging unauffällig mit den Leuten hinein. Vor den Bodyguards drehte sie das Gesicht zur Seite und steuerte auf die Toiletten zu. Dort sperrte sie sich in eine Kabine ein, wartete eine ganze Minute, spülte, trat heraus, wusch sich die Hände. Dann ging sie abermals durchs Restaurant und tat, als würde sie jemanden suchen. Es dauerte nicht lange, bis ein Kellner sie ansprach.

»Kann ich Ihnen helfen, Ihren Tisch zu finden?«

Olivia lächelte und blickte sich um. »Ich dachte, meine Freunde sind schon hier, aber ich sehe sie nirgends.«

Der Kellner legte den Kopf schief. »Die Hostess müsste eigentlich wissen, ob sie schon angekommen sind.«

»Ja, aber sie war gerade beschäftigt und da habe ich gedacht, dass ich einfach schnell selbst nachsehe.« Hinter den Schultern des Kellners sah sie Navi und seine Begleitung. Sie saßen bei Kerzenlicht am Tisch und tranken Wein.

Wie romantisch!

Dann beugte sich der Kellner zu ihr und flüsterte: »Wir haben hier übrigens einen Dresscode. Der Manager sieht es nicht gern, wenn Gäste in Shorts erscheinen.«

Olivia tat erschrocken. »Oh, Mist. Dann gehe ich lieber schnell noch mal aufs Zimmer und zieh mich um.«

Mit schiefem Grinsen fügte er hinzu: »Also, es zwingt Sie natürlich keiner, aber es könnte passieren, dass man Sie von der Seite anschaut …«

»Danke für den Tipp«, raunte sie ihm zu.

Der Kellner beäugte sie von Kopf bis Fuß. »Gerne, jederzeit.«

Sie wandte sich um und ging zum Ausgang. Im Vorraum saßen immer noch die beiden Bodyguards. Da rempelte sie jemand im Vorbeigehen versehentlich an.

»Entschuldigung.«

»Kein Problem«, sagte sie, während sie hochsah und direkt in die Augen des Mannes blickte.

Ihr Lächeln gefror.

Was zum Henker machte Leo Grant hier?

KAPITEL 2

Leo, dessen Aufmerksamkeit bei dem Paar gewesen war, das gerade das Restaurant betreten hatte, blickte zu der Frau, die er versehentlich angerempelt hatte. Aschblondes Haar, geheimnisvolle Augen, volle Lippen. Sehr hübsch.

Die Frau sah ihn an, als müssten sie sich kennen. Aber er war sich sicher, dass er ihr noch nie begegnet war. An sie hätte er sich gewiss erinnert.

Dennoch fragte er: »Kennen wir uns?«

Sie schloss sofort die Lippen und straffte den Rücken. »Nein.«

Dann drehte sie sich um und wollte gehen, doch aus einem ihm unerfindlichen Grund berührte er ihren Arm und hielt sie zurück.

»Sind Sie sicher?«

»Ja, das bin ich.« Sie blickte über seine Schulter ins Restaurant zurück, dann ging sie hinaus.

War das ein Akzent gewesen?

Mit Sicherheit wäre ihm diese Frau in Erinnerung geblieben.

Also schüttelte er den Gedanken ab, dass sie ihn angesehen hatte, als würde sie ihn kennen, und ging wieder ins Restaurant zurück. Er spürte Blicke auf sich.

Die beiden starrten ihn an wie Schießhunde und schienen sofort zu wissen, wen sie vor sich hatten.

Mist!

Er verlagerte das Gewicht von einem Fuß auf den anderen, während er seine Optionen abwog.

Der erste Schießhund erhob sich.

Leo straffte die Schultern. »Ist er hier drin?«, fragte er, um etwas zu sagen.

Der zweite stellte sich neben seinen Kollegen.

Jetzt zog Leo seine Jacke so weit auf, dass seine Dienstmarke und die Waffe im Holster zum Vorschein kamen.

Was die beiden Männer allerdings wenig beeindruckte. Sie zuckten nicht einmal mit den Wimpern.

Sie wussten genau, wer er war.

»Ich geh einfach mal nachsehen«, meinte Leo und betrat den Restaurantbereich.

Die beiden Bodyguards hefteten sich sofort an seine Fersen.

Jetzt hatte auch Navi Sobol ihn entdeckt und setzte sein Weinglas ab.

Leos Chef wäre von dieser Aktion wenig begeistert gewesen, aber Leo ging trotzdem weiter, es blieb ihm ja auch nicht viel anderes übrig.

Er kam zu Navis Tisch und setzte ein Lächeln auf. »Sie genießen heute einen schönen Abend zu zweit, wie ich sehe.«

Navi faltete die Hände und legte sie auf den Schoß.

»Kann ich etwas für Sie tun?«

Einige Gäste schauten neugierig zu ihnen herüber. Kein Wunder, wenn drei Männer –zwei davon in Schrankgröße – mitten in einem schicken Restaurant vor einem Tisch herumstanden.

»Nein, nein, alles gut.« Leo sah zu Navis Tischgenossin. Die Frau war nicht sehr alt, aber auch nicht so jung wie Marie Nickerson. »Wie ist das Essen?«, erkundigte er sich bei Navi.

Dieser zeigte mit offenen Handflächen auf den leeren Tisch. »Kann ich noch nicht beurteilen.«

Leo grinste. »Na ja, geben Sie mir Bescheid. Vielleicht werde ich das Restaurant auch mal ausprobieren.«

Navi legte den Kopf schief und bedachte Leo mit einem kalten Blick.

»Ich wünsche Ihnen noch einen angenehmen Abend«, sagte Leo. Er hatte erreicht, was er wollte. Jetzt wusste er, dass Navi mit der Frau allein war und sonst niemanden hier traf.

Als Leo wieder gehen wollte, versperrten die Bodyguards ihm den Weg, sodass er sie hätte anrempeln müssen, um an ihnen vorbeizukommen.

Um jeden Preis wollte Leo es vermeiden, sie auch nur mit den Schultern zu streifen, denn er wusste genau, was sie mit dieser Einschüchterungstaktik beabsichtigten. Diese Männer maßen dem Leben eines anderen nicht allzu viel Wert bei. Es zählte nur das eigene und das des Mannes, der sie bezahlte.

Ein versehentliches Berühren der Schulter konnte zu einer Anzeige führen und von einem bestechlichen Richter als Körperverletzung ausgelegt werden.

Leo hob die Hände und lächelte freundlichst. »Wenn Sie mich bitte entschuldigen würden?«

Ein Geräusch hinter ihm verriet, dass Navi seine beiden Schießhunde zurückgepfiffen hatte.

Die Männer traten beiseite und gaben den Weg frei.

Während Leo hinausging, sorgte er für direkten Blickkontakt mit ein paar anderen Leuten im Restaurant.

Die Bodyguards blieben dicht hinter ihm.

»Schöne Scheiße«, murmelte er, als er wieder im lauten Casino stand.

* * *

19

Olivia brach ihre selbst auferlegte Regel und rief an. »Schafft ihn mir aus dem Weg.«

»Wen?«

»Den Lehrer. Er baut hier nur Scheiße.«

»Grant?«

»Es ist mir völlig egal, für wen er arbeitet, jedenfalls versaut er alles. Ich kann meinen Job nicht richtig machen, wenn er hier mitmischt.«

»Wird sofort erledigt.«

Die Person am anderen Ende der Leitung legte auf.

Da kam Leo mit einem kleinen Gefolge aus dem Restaurant.

Als er auf die Straße trat, ließen die Bodyguards von ihm ab. Leo zog das Handy heraus und blieb stehen.

Olivia war zu weit entfernt, um die Unterhaltung mitzuhören, aber sie wusste auch so, was gesprochen wurde. Leo blickte sich suchend um, als hielte er nach jemandem Ausschau, den er kannte. Sie konnte das jedenfalls nicht sein, denn offiziell hatten sie sich nie kennengelernt.

Er drehte sich im Kreis, gestikulierte, dann verschwand er aus ihrem Blickfeld.

Sie atmete erleichtert auf.

Wenn Navi Sobol ursprünglich vorgehabt hatte, nach dem Essen jemanden zu treffen, würde er seinen Plan jetzt mit Sicherheit ändern.

Wahrscheinlich hätte sie sich ebenso gut zurückziehen können. Trotzdem ging sie zu einem Spielautomaten, schob hundert Dollar in den Slot und setzte sich.

Bis Navi mit dem Essen fertig war, hatte ihr die Kellnerin schon drei Soda mit Limette gebracht. Immer wieder drückte Olivia die Knöpfe der Slotmaschine. Sie holte eine Zigarette aus der Tasche, merkte dann aber, dass sie im Nichtraucherbereich des Casinos saß. Ihr war das egal, sie konnte aufs Rauchen verzichten, es hätte nur gut zu ihrer Haltung gepasst, immerhin saß sie schon seit über einer Stunde vor derselben Maschine.

Als Erstes sah Olivia die Bodyguards, dann erschienen Navi und seine Begleitung. Die beiden Leibwächter überließen dem Paar den Vortritt, blieben aber dicht hinter ihm.

Olivia wartete, bis das Gespann an ihr vorbeigezogen war. Dann verließ sie ihren Platz und folgte ihm mit sicherem Abstand.

Das Casino war mittlerweile gut besucht und auch der Lärmpegel gestiegen. So fiel Olivia zwischen den Automaten nicht auf, als sich einer von Navis Männern umdrehte.

Sie folgte ihnen weiterhin unauffällig. Navi blieb vor einem Craps-Tisch stehen und holte ein Bündel mit Hundertdollarscheinen hervor. Normalerweise hätte sie sich jetzt genähert, aber da dieser Leo sie im Restaurant aufgehalten hatte, war es besser, wenn die Bodyguards sie nicht ein zweites Mal zu Gesicht bekamen. Sie sahen zwar aus, als hätten sie vor allem Muskeln und nicht allzu viel Grips, aber sie wollte lieber nichts riskieren. Deshalb beobachtete sie aus einiger Entfernung, ob sich noch jemand zu ihnen gesellen würde.

Eine Stunde verging, in der er manchmal gewann und öfters verlor. Er unterhielt sich lediglich mit seiner Begleitung und einem Mann von Mitte dreißig in Jeans und groß kariertem Hemd. Der Südstaatenakzent des Unbekannten war selbst aus der Distanz nicht zu überhören. Es war niemand, mit dem Navi absichtlich Kontakt gehabt hätte.

Als der Mann eine Weile später ging, nahm auch Navi seine Jetons und verließ den Tisch.

Nach einem kurzen Stopp beim Roulette machte sich das Paar schließlich auf den Weg zu den Aufzügen.

Es war noch nicht mal zweiundzwanzig Uhr und er zog sich bereits zurück?

Wieder wünschte sich Olivia, sie hätte Gelegenheit gehabt, das Zimmer zu verwanzen.

Sie wartete, bis die Gruppe in den Lift gestiegen war, dann trat sie näher, um das angezeigte Stockwerk zu sehen. Natürlich war es das oberste mit den Suiten.

Erst wollte sie abwarten, ob er vielleicht nur die Frau hinaufbegleitete und wieder herunterkam, doch sie entschied sich dagegen. Ohne die Möglichkeit, nochmals ihr Aussehen zu verändern, war ihr das zu riskant.

Im Laufe des Abends waren die Temperaturen außerhalb des Resorts wieder auf ein erträgliches Maß gesunken. Durch die trockene Luft wirkte die Atmosphäre wie elektrisch aufgeladen, was vielleicht auch an den vielen Menschen lag, die wie in einem Bienenstock herumschwärmten.

Olivia lief am Valet-Parkplatz vorbei, wo die teuren Luxusschlitten zur Schau gestellt wurden. Touristen schossen Bilder von einem Ferrari neben einem Bentley.

Im Gehen rollte sie den Kopf, um die angespannten Nackenmuskeln zu entspannen.

Sie war hungrig und müde.

Sehr müde.

Auf dem Strip verlangsamte sie ihr Tempo. Wenn Maries Zeugenaussage am nächsten Tag wie geplant verlief, war dies Olivias letzte Nacht in Las Vegas. Vielleicht sogar die letzte in den Vereinigten Staaten. Diese einsame Insel irgendwo im Nirgendwo rief immer lauter nach ihr.

Menschenmassen strömten in beiden Richtungen an ihr vorbei. Obdachlose schleppten sich ohne Eile durch die Gegend, Junkies führten im Drogenrausch Selbstgespräche.

In der Nähe der trendigen Hotels waren sogar noch mehr Leute unterwegs.

Was in anderen Teilen des Landes streng verboten war, wurde hier unterstützt: Alkoholkonsum auf offener Straße.

Olivia betrat einen hell ausgeleuchteten Minimarkt, und die kühle Luft aus der Klimaanlage blies ihr angenehm entgegen. Sie nahm sich ein Sandwich mit Putenfleisch und Käse aus dem Kühlregal. In der Obstabteilung fand sie ein paar Äpfel, die gar nicht so übel aussahen. Und da das Leitungswasser im Hotel grauenvoll schmeckte, nahm sie auch noch eine große Flasche Wasser mit.

»So eine hübsche Frau sollte nicht so einen Fraß zu sich nehmen.«

Sie drehte sich um. Der Typ war höchstens fünfundzwanzig. Er hatte einen Sonnenbrand im Gesicht und seinem schwankenden Gang nach zu urteilen, war er hackedicht. Aus schmalen Schlitzen blickte er sie an. Definitiv nicht der Typ, der eine Reaktion auf seine Anmache verdiente.

Olivia schloss die Tür des Kühlregals und ging zur Kasse.

»Hey, sagst du nicht mal Hallo?«

Sie beachtete ihn nicht.

Doch er war immer noch hinter ihr, als sie ihre Sachen auf die Theke legte.

Ihr Nacken prickelte.

»Ist das alles?«, fragte der Kassierer.

Sie schenkte ihm ein müdes Lächeln und nickte, dann zog sie aus der hinteren Hosentasche einen Zwanzigdollarschein und schob ihn über den Kassentisch. Dabei richteten sich die Härchen auf ihren Armen auf, aber sie drehte sich nicht um.

Sie nahm die Plastiktüte und das Wechselgeld und ging zur Tür.

Jetzt pfiff ihr dieser Typ tatsächlich noch hinterher.

Lass es gut sein, Olivia.

Als sie schon einen Häuserblock weitergelaufen war, fühlte sie immer noch dieses Prickeln im Nacken.

Aber sie sah nicht, wer sie da beobachtete, was das unangenehme Gefühl um das Zehnfache verstärkte.

Auf der Straße herrschten Lärm und Gedränge, zahllose Autos fuhren auf dem Strip, von überallher schallte Musik.

Zum Hotel würde sie so viele Umwege nehmen, bis das Gefühl verschwunden war.

Sie drehte sich auf dem Absatz um und blieb wie angewurzelt stehen.

Keinen Meter vor ihr stand dieser Leo und starrte sie an.

»Jetzt begegnen wir uns schon wieder«, sagte er. Er wirkte deutlich gelassener, als sie es war.

Sie war schockiert. »Folgen Sie mir etwa?«

»Nein, natürlich nicht.« Dabei wanderten die Mundwinkel nach oben und schließlich schenkte er ihr ein flirtendes Lächeln.

Das durfte ja wohl nicht wahr sein. »Dann lassen Sie sich nicht aufhalten. Sie haben sicher was anderes zu tun, als hier herumzustehen.« Zufällig wusste sie, dass das der Fall war.

Ihre Worte lösten seine Anspannung. »Stimmt, leider haben Sie recht.«

Sie blickte ihn auffordernd an. »Dann gehen Sie lieber mal.«

Doch er bewegte sich noch immer keinen Zentimeter. Sein Grinsen wurde breiter. »Darf ich fragen, wie Sie heißen?«

Ein Auto hupte.

»Das ist nicht Ihr Ernst, oder?« Der Mann versuchte tatsächlich, mit ihr zu flirten.

Er legte den Kopf schief. »Sie sind wunderschön, und Sie tragen keinen Ring …« Er zuckte mit den Schultern. »Was spricht dagegen, dass Sie mir Ihren Namen verraten?«

Einen Moment lang war sie so verdutzt, dass sie ihn einfach nur anstarrte. In ihrem Job gab es keine Zufälle. Wie groß war die Wahrscheinlichkeit, dass Leo Grant tatsächlich keine Ahnung hatte, wer vor ihm stand?

Natürlich log er, weil er ihr durchaus absichtlich gefolgt war. Nein, Leo Grant war kein guter Schauspieler, auch wenn sie wusste, dass er schon undercover gearbeitet und eine andere

Identität angenommen hatte. Jeder gute FBI-Agent musste so etwas können.

Sie versuchte, ihn genauso abblitzen zu lassen wie den besoffenen Typen im Minimarkt und ging kopfschüttelnd weiter.

Er folgte ihr. »Warten Sie!«

Da drehte sie sich noch einmal um. Er stand viel zu dicht vor ihr. »Lassen Sie mich in Ruhe!«

»Das meinen Sie doch nicht so. Ich sehe da etwas in Ihren Augen …«

»Sie sehen nur, dass ich Sie …«

Ein Auto hupte.

Olivia löste den Blick von Leo und sah hinter ihm direkt in den Lauf einer Pistole, der aus einem Auto heraus auf sie gerichtet war. Und sie sah auch, wer die Waffe in der Hand hielt.

»Runter!«, schrie sie.

Und dann passierte alles gleichzeitig.

Der Schock in Leos Gesicht, als sie die Tasche fallen ließ und ihn auf den Boden zog.

Ihre nachgebenden Knie, als sie versuchte, möglichst wenig Angriffsfläche zu bieten.

Und der kurze Lichtblitz am vorderen Ende der Waffe, als der Schuss abgefeuert wurde.

KAPITEL 3

Zuerst knurrte sie ihn an, und keine Sekunde später rollten sie gemeinsam über den schmutzigen Gehsteig.

Leo hörte ein Auto hupen und Reifen quietschen.

Er rollte sich zur Seite und sah nur noch das Rücklicht eines Autos, das mit Vollgas davonfuhr und hinter der nächsten Kurve verschwand.

»Was zum Henker …?«

Jemand begann zu schreien und jetzt erst blickte Leo zu der Frau, die neben ihm auf dem Boden lag.

Reglos.

Zu reglos.

Ihre kurze Jacke war verrutscht. Blut floss aus der linken oberen Seite ihres Brustkorbs.

Durch seine Adern pumpte Adrenalin.

»Hey.« Er berührte sie vorsichtig in der Hoffnung, dass sie die Augen öffnen würde.

Keine Reaktion.

Er beugte sich über sie, hielt das Ohr über ihre Lippen und spürte einen Lufthauch.

Sie lebt.

Leo zog sein Handy heraus und wählte die 911, als auch schon die ersten Passanten stehen blieben. Rasch hatte sich eine Menge Schaulustiger um sie versammelt.

Während es in der Leitung tutete, lüpfte er ihre Jacke, um nach weiteren Schusswunden zu sehen.

»Jetzt geht endlich ran, verdammt!«

Nachdem er vorne keine weiteren Verletzungen entdecken konnte, wollte er sie vorsichtig an der Schulter umdrehen, um die Austrittsstelle der Kugel zu finden. Aber das schaffte er nicht mit einer Hand.

»Leitstelle 911, Sie möchten einen Notfall melden?«

»Hier ist Special Agent Leo Grant. Ich brauche einen Krankenwagen. Eine Frau, ungefähr dreißig Jahre alt, hat eine Schussverletzung in der Brust. Wir sind ...«, er blickte sich um, »auf dem Gehweg vor dem Venetian Hotel.«

»Atmet die Verletzte?«

»Ja, aber sie ist bewusstlos. Beeilen Sie sich.«

Sein Atem kam in kurzen Stößen. Was zum Teufel war passiert?

Der Schuss war aus einem vorbeifahrenden Auto abgefeuert worden. Aber von wem? Sie musste die Waffe gesehen und sofort reagiert haben. Ohne ihr Eingreifen wäre er jetzt dagelegen.

Sicherheitsleute vom Venetian kamen heraus, ein Streifenwagen fuhr vor.

Die Polizisten drängten die Schaulustigen zurück, damit Leo und die Verletzte nicht niedergetrampelt wurden.

Leo betrachtete die Frau, die an seiner Stelle die Kugel abbekommen hatte. Und das nur, weil er sie attraktiv gefunden und angesprochen hatte.

Er hatte sich fast zwei Stunden lang in der Nähe des Hoteleingangs herumgetrieben und alle Leute, die hinein- und herausgingen, beobachtet, um herauszufinden, wem er den Anruf von Claire zu verdanken hatte.

»Du bist Navi ins Hotel gefolgt«, hatte sie ihm am Telefon gesagt, nachdem er gerade aus dem Restaurant gekommen war.

»Habt ihr mich verwanzt?«

»Nein. Aber wir haben jemanden, der ihn im Auge behält. Und jetzt versemmelst du unsere Aktion.«

»Du weißt aber schon, dass das hier eigentlich nicht euer Job ist.«

Claire arbeitete für eine Sicherheitsfirma, die maßgeblich an Mykonos' Verhaftung beteiligt gewesen war und alle schmutzigen Details des Falls ans Tageslicht gebracht hatte. Und auch wenn die Firma nicht mit dem Schutz der Hauptzeugin Marie Nickerson beauftragt war, so wusste Leo ganz genau, dass Claire und ihre Kollegen aus dem Team es kaum erwarten konnten, bis Mykonos endgültig im Knast saß. Dass Claire ihn anrief, während er mit genau diesem Fall beschäftigt war, überraschte ihn also nicht allzu sehr.

»Ich bin Privatdetektivin mit einer Lizenz für den Bundesstaat Nevada«, erinnerte sie ihn. »Navi weiß, wer du bist, aber nicht, wen *wir* auf ihn angesetzt haben. Also zieh dich zurück.«

»Es hat mir besser gefallen, als du meine Schülerin warst und ich dein Lehrer, der das Sagen hatte.« Als er Claire kennenlernte, hatte er einen Undercover-Einsatz als Highschoollehrer gehabt und sie war, ebenfalls undercover, eine Schülerin in seiner Klasse gewesen.

»Ha! Nicht mal als mein Lehrer hattest du mir irgendetwas zu sagen. Und jetzt verschwinde endlich aus dem Casino.«

Obwohl er wusste, dass sie recht hatte, brummte er widerwillig, bevor er auflegte.

Doch er tat brav wie geheißen und verließ tatsächlich das Hotel. Allerdings hatte er nicht vor, sich sehr weit davon zu entfernen.

Und als dieselbe blonde Frau, die er im Restaurant gesehen hatte, herauskam und in Richtung Strip lief, verließ Leo seine Position und folgte ihr.

Obwohl man so etwas ja eigentlich nicht machte.

Irgendwie übte diese Frau eine Faszination auf ihn aus, wie er es seit Langem nicht erlebt hatte.

Doch sein Flirten hatte dazu geführt, dass sie jetzt bewusstlos auf der Straße lag.

Ihr Atem ging schnell, aber immerhin gleichmäßig. Das Blut auf dem Gehsteig hielt sich in Grenzen, aber möglicherweise hatte sie innere Blutungen.

Als die Sanitäter kamen, trat Leo zurück.

Sie legten das Schussloch frei.

Ihr Nacken wurde mit einer Halskrause stabilisiert, dann kam sie auf die Trage und wurde in den Krankenwagen geschoben.

Leo stieg mit ein.

Während der eine Sanitäter in ihre Tasche guckte und eine kleine Geldbörse und ein Handy herausholte, fragte der andere: »Hat sie Alkohol getrunken? Oder Drogen genommen?«

»Ich weiß nicht. Ich glaube nicht.«

Er würde den Vorfall melden müssen. Sein Chef musste wissen, was los war. Der Täter war entweder längst über alle Berge oder er wartete auf die nächste Gelegenheit, ihn zu erschießen.

Der Rettungsassistent tastete ihren Nacken ab und bemerkte dabei, dass sie eine Perücke trug.

Da die Spitzen der künstlichen Haare in der Halskrause festhingen, nahm der Mann kurzerhand eine Schere und schnitt sie ab. Als die falschen Haare entfernt waren, sah Leo, dass die Frau eigentlich brünett war.

Und dass an ihrem Kopf Blut klebte.

Leo bekam Panik. »Ist sie etwa auch am Kopf getroffen worden?«

Als sich der Krankenwagen kurz darauf mit Blaulicht durch den dichten Verkehr schlängelte, untersuchte der Sanitäter die Verletzte genauer.

»Ich glaube nicht. Ich sehe kein Einschussloch. Wahrscheinlich stammt die Wunde von dem Sturz.«

Nur wenige Minuten später bogen sie in die Auffahrt des Krankenhauses ein.

Leo sprang als Erster hinaus, dann eilten die Sanitäter zu den bereitstehenden Pflegern der Notaufnahme, die die Frau sofort wegschoben.

Er betrat das Gebäude, kam aber nicht weiter als bis zu den großen Türen der Unfallstation.

»Verdammt!« Er nahm das Handy heraus und wählte mit blutverschmierten Fingern die Nummer seines Chefs.

* * *

Wurde ein Schussopfer in eine Notaufnahme eingeliefert, wurde es dort meist hektisch. War allerdings ein Polizist, beziehungsweise wie in diesem Fall ein Agent der Bundesbehörde, in die Schießerei involviert, setzte das geradezu eine kleine Armee in Gang.

Die örtliche Polizei von Las Vegas und Leos Kollegen vom FBI würden bald eintreffen. Leos Chef war mit besagter kleiner Armee bereits auf dem Weg zum Flughafen.

»Wer ist die Frau?« Kelsey Fitzpatrick, die von allen nur Fitz genannt wurde, war nun schon ein halbes Jahr – seit Leos Undercoverauftrag beendet war – seine Einsatzpartnerin. Sie waren nur für den Prozess von Südkalifornien nach Las Vegas gekommen.

Fitz war acht Jahre älter als Leo und hatte sich vor ein paar Jahren zu ihrem vierzigsten Geburtstag nach zehnjähriger Ehe die Scheidung geschenkt.

Sie und Leo waren also gewissermaßen beide in einer neuen Lebensphase und die Zusammenarbeit klappte bestens.

Doch Fitz, die ihre Haare streng im Nacken zusammengebunden hatte, sah ihn jetzt mit einem so durchdringenden Blick an, dass ihre Frage wie ein Vorwurf wirkte.

»Nur eine zufällige Passantin?«

Fitz blickte ihn über ihre Nasenspitze hinweg ungläubig an.

»Ich schwöre es.«

»Hat sie dich angesprochen oder bist du auf sie zugegangen?«

Leo lehnte sich im Sessel des Warteraums zurück. Das Krankenhauspersonal hatte den Polizisten einen eigenen Raum zugewiesen, wo sie ungestört waren.

Die verletzte Frau war von der Notaufnahme sofort in den OP gebracht worden.

»Ich habe sie angesprochen.«

»Warum?«

Wären die Rollen vertauscht gewesen und Fitz fast erschossen worden, hätte er ihr dieselbe Frage gestellt.

»Sie ist attraktiv.«

Fitz schloss die Augen und schüttelte den Kopf. »Du wolltest was von ihr?«

»Nein.« Was nicht ganz der Wahrheit entsprach. »Ich wollte nur fragen, wie sie heißt. Vielleicht ihre Telefonnummer kriegen.«

Fitz war wenig erheitert. »Du wolltest sie zu einem Flirt überreden.«

»Aber erst später, nach dem Ende des Falls.«

»Erzähl mir mal ganz genau, wie es passiert ist.«

Seufzend schilderte Leo die ganze Geschichte. »Wir haben geredet. Sie blickte in Richtung der auf unserer Straßenseite herannahenden Autos und hat plötzlich an meiner Schulter vorbeigeschaut und was gerufen. Sie muss den Täter gesehen haben. Sie hat mich gepackt und schon lagen wir auf dem Asphalt.«

»Wie viele Schüsse wurden abgefeuert?«

»Kann ich nicht genau sagen. Ich habe keinen einzigen Schuss gehört. Offenbar wurde ein Schalldämpfer verwendet. Die anderen Passanten haben auch erst etwas gemerkt, als das Auto davongerast ist.« Er versuchte, sich den Moment in Erinnerung zu rufen. Möglicherweise hatte er ein dumpfes Geräusch wahrgenommen, aber da er gleich zu Boden gerissen worden war und die Autoreifen so laut gequietscht hatten, war er sich nicht ganz sicher.

Fitz begann auf und ab zu laufen wie immer, wenn sie nachdachte. »Hat sie dich weggestoßen oder zu sich gezogen?«

»Also weggestoßen hat sie mich sicher nicht. Sie hat meinen Arm gepackt.« Er sah auf seinen Oberarm, als würde er dort noch ihre Hand sehen.

»Wollen wir hoffen, dass sie wieder aufwacht, damit wir sie befragen können.«

Leo raufte sich das Haar. »Ja, hoffentlich wacht sie wieder auf. Wir wissen beide, dass die Waffe auf mich gerichtet war. Ohne Warnung wäre ich stehen geblieben und …«

»Sag mal, was hast du dir nur gedacht, einfach so zu Navi zu gehen?«

»Ich habe ihn beobachtet. Ich wollte wissen, mit wem er redet, mit wem er sich trifft. Man nennt das auch *ermitteln*.«

»Was aber überhaupt nichts bringt, wenn du gesehen wirst.«

Leo wusste, dass er von seinem Chef genau dasselbe zu hören kriegen würde.

»Wobei Navi nicht so dumm wäre, so etwas zu machen, nachdem er mit dir geredet hat.« Die Köpfe krimineller Banden waren zwar schreckliche Monster, aber nicht unbedingt dumm.

»Es sei denn, er hat ein astreines Alibi für sich und seine Männer.«

»Das wird er sicher haben.«

»Das heißt, du wärst für nichts und wieder nichts fast über den Jordan gegangen. Hat sie dir wenigstens ihren Namen verraten?«

»Ich arbeite noch daran.« Im Krankenhaus wurde die Frau unter dem Namen »Jane Doe« gelistet, den man weiblichen Patienten gab, deren Identität nicht festgestellt werden konnte. In ihrem Geldbeutel waren nur etwas Bargeld und ein Casino-Voucher über zweihundert Dollar gewesen. Kein Personaldokument. Ihr Handy konnte nur mittels Gesichtserkennung aktiviert werden, worum sich allerdings niemand gekümmert hatte, bevor sie in den OP gebracht worden war.

Das war vor zwei Stunden gewesen und bislang hatten sie keine neuen Nachrichten über ihren Zustand erhalten.

»Ich brauche eine Zigarette«, sagte er laut.

»Du rauchst doch gar nicht.«

Vor zwei Jahren hatte er mit dem Rauchen aufgehört, aber das hieß nicht, dass er nicht doch ab und zu Lust auf eine Zigarette hatte.

Leo drückte sich aus dem Stuhl hoch und versuchte, den verspannten Nacken zu lockern. Vergeblich.

Irgendwann ging die Tür auf und der Chirurg kam ins Wartezimmer, vollständig in OP-Kleidung und mit Plastikhaube auf dem Kopf. »Sie kommt durch«, verkündete er.

Leo atmete lange und laut aus und setzte sich wieder.

»Die Kugel hat in ihrem Körper ganz schön was angerichtet, bevor sie auf der anderen Seite rauskam. Nur einen Zentimeter weiter und sie wäre vermutlich auf der Straße verblutet. Sie hatte Glück.«

»Wann können wir mit ihr reden?«, erkundigte sich Fitz.

Der Arzt schüttelte den Kopf. »Sie bleibt während der nächsten zwölf Stunden im künstlichen Koma und wird beatmet.«

»Wissen Sie, warum sie bewusstlos war?«, fragte Leo.

»Wahrscheinlich durch den Aufprall auf den Asphalt. Sie hat eine große Platzwunde am Hinterkopf, aber im CT ist nichts zu sehen, was auf bleibende Schäden hindeutet. Wir werden noch ein weiteres Bild zur Kontrolle machen. Wenn wir sie nicht mehr beatmen, sollte sie wieder aufwachen.«

Leo und Fitz wechselten einen Blick.

»Haben Sie schon herausgefunden, wer sie ist?«

»Nein«, antwortete Fitz.

Der Arzt schüttelte den Kopf. »Jane und John Does sind hier in Las Vegas nicht so selten. Irgendwann taucht immer jemand auf, der nach ihnen sucht. Meistens die Polizei.«

»Ja, das kann ich mir vorstellen.« Las Vegas wurde nicht umsonst »Sin City« – Stadt der Sünden – genannt.

Als sich der Chirurg verabschiedete, stand Leo auf und gab ihm die Hand. »Vielen Dank.«

»Keine Ursache.«

Mit einem Nicken verließ der Arzt den Raum.

Leo blickte auf die Uhr. »Wir haben noch an die vier Stunden, bis Brackett eintrifft. Du kannst ruhig ins Hotel zurück und dich ein bisschen hinlegen.«

»Und was ist mit dir?«

Er schüttelte den Kopf. »Ich bleibe besser noch und versuche, mehr Infos von der örtlichen Polizei zu kriegen. Dann habe ich dem Boss wenigstens was zu erzählen, wenn er kommt.«

Fitz sah aus, als wollte sie noch etwas sagen. Sie ging zur Tür und hielt inne. »Falls du doch zum Hotel zurückfährst …«

»Nur mit Polizeieskorte, klar. Ich gebe dem Schützen nicht freiwillig eine zweite Chance.«

Fitz blickte über die Schulter zurück. »Übrigens bin ich heilfroh, dass nicht du gerade auf der Intensivstation liegst.«

Leo hätte dasselbe von sich nicht behaupten können.

Müde stand er auf, um einen Kaffeeautomaten zu suchen.

Es würde eine sehr lange Nacht werden.

* * *

»Du siehst scheiße aus.«

Leo hatte auf dem unbequemen Sessel eine Stunde geschlafen, dann war Brackett gekommen und hatte ihm ein trockenes Sandwich mitgebracht.

Wenig später stand Leo in der Halle des Gerichtsgebäudes und wechselte ein paar Worte mit Neil MacBain.

»War ne lange Nacht.«

Neil war der Chef des privaten Ermittlungsteams, das Mykonos vor Gericht gebracht hatte. Er war groß und massig, die Art Typ, der man lieber nicht in einer dunklen Gasse begegnen wollte. Früher war Neil beim Militär gewesen, jetzt leitete er ein Team mit hoch qualifizierten Leuten, die die Bundesbehörden gerne für sich gewonnen hätten. Doch sie arbeiteten lieber im Privatsektor.

»Habe ich gehört. Wie geht's der Frau?«

»Sie liegt immer noch auf der Intensiv. Wenn ich später wieder ins Krankenhaus fahre, ist sie hoffentlich aufgewacht.«

»Hast du eine Ahnung, wer der Täter sein könnte?«

»Meinst du den, der geschossen hat, oder den Auftraggeber? Es stecken sicher mehrere Leute dahinter.« Leo nickte zur geschlossenen Tür des Gerichtsgebäudes. »Da können wir beide nur spekulieren.«

Neil drehte den Kopf, ohne einen weiteren Muskel seines Körpers zu bewegen. »Ich habe Claire und Cooper nach Los Angeles zurückgeschickt. Zu auffällig. Du übrigens auch.«

Als Claire damals als angebliche Highschool-Schülerin im Einsatz gewesen war, hatte sich Cooper als Aushilfslehrer und Sporttrainer ausgegeben, um Mykonos auf die Spur zu kommen. Neils Team war also keinesfalls sicher. »Eine weise Entscheidung. Die beiden waren vermutlich weniger begeistert, oder?«

»Ich bin der Chef.«

»Claire hat mich angerufen und mir mitgeteilt, dass ihr Navi von jemandem beobachten lasst.«

»Das stimmt.«

»Willst du mir vielleicht mehr dazu sagen?«

Neil sah ihn nur wortlos an und wandte sich dann ab.

»Na gut. Aber sagst du mir wenigstens, wenn ihr etwas herausfindet?«

Neil nickte kurz, bevor er seine Aufmerksamkeit wieder auf das Foyer richtete. »Ich habe Ersatz für Claire und Cooper kommen lassen.« Damit ging er.

Hinter Leo tauchte Fitz mit zwei Bechern Kaffee auf und reichte ihm einen. »Du siehst …«

»… scheiße aus, ich weiß.« Leo nahm den Becher entgegen, um seinem Körper noch mehr Koffein einzuflößen. »Danke.«

Nachdem Leo den Kaffee halb ausgetrunken hatte, trafen endlich die Anwälte ein.

Mykonos hatte drei hochkarätige, hochpreisige und vor allem hochnäsige Anwälte engagiert, deren Anzüge mehr gekostet haben mussten, als Leo im Monat verdiente.

Es war übelkeiterregend.

Wer behauptete, dass man als Krimineller nicht reich wurde, hatte keinen blassen Schimmer. Sie folgten den Staatsanwälten in den Gerichtssaal und nahmen Platz. Leo sah zu Marie Nickerson hinüber, dem gerade einmal zwanzigjährigen Opfer. Sie hatte ihre Ehre, Unschuld und den Wert ihres Lebens verloren. Ihr zu helfen, war es wert, sich nur billige Anzüge leisten zu können.

Marie war mit sechzehn in falsche Hände geraten und zur Prostitution gezwungen worden.

Ein »Freund« hatte sie damals überredet, mit nach Las Vegas zu kommen. Er hatte ihr einen gefälschten Ausweis besorgt und ihr die Zeit ihres Lebens versprochen. Ehe sie sich's versah, war sie eine Leibeigene von Mykonos geworden.

Nach einem missglückten Versuch, vor Mykonos und seinen Schreckenstaten zu fliehen, hatte der Mann sie gefoltert und umbringen wollen.

Die physischen Wunden waren inzwischen verheilt, die Blutergüsse und Prellungen verschwunden, die Haare nachgewachsen. Auf den zweiten Blick konnte man allerdings sehen, dass dort, wo nach der Brandverletzung Narben geblieben waren, ihre Haare nicht so dicht wuchsen.

Ihr Blick aber war leer, stumpf.

Man sah ihr an, dass sie große Angst vor Mykonos hatte.

Mit jeder Sekunde, die der Prozess dauerte, stieg die Gefahr, dass Marie doch noch einknickte und ihre Aussage zurückzog.

So oft wurden Täter nicht zur Rechenschaft gezogen, weil den Opfern der Mut fehlte.

Die drohenden Blicke, die Mykonos Marie zuwarf, hätten die meisten Menschen eingeschüchtert.

Mykonos tischte der Jury einen Haufen Lügenmärchen auf, wobei er ein gewinnendes Lächeln aufsetzte und seinen Charme sehr glaubwürdig einzusetzen wusste. In seiner Version präsentierte er sich als Wohltäter, der dem jungen Mädchen Geborgenheit und ein Zuhause geboten hatte, obwohl Marie so unartig gewesen war. Seine Verteidigung sprach von einer Beziehung, in der Mykonos der Held und Marie sexsüchtig, drogenabhängig und ohne Zweifel die Schuldige war.

Heute fand das Kreuzverhör statt, anschließend würden die Schlussplädoyers folgen. Spätestens dann würde Mykonos seine Version nicht mehr aufrechterhalten können.

Zumindest war das Leos große Hoffnung.

Die Staatsanwaltschaft wollte Mykonos und seine Leute so bald wie möglich aus Las Vegas entfernt wissen, denn der Mann beschmutzte den ohnehin schon angekratzten Ruf der Stadt. Sollten die Leute nur weiter dem Glücksspiel nachgehen, Unmengen an Alkohol trinken und Sex mit Fremden haben. Alles war recht, solange keine Kinder involviert waren. Nichts erzürnte die Obrigkeit mehr als der Handel mit Minderjährigen.

Mykonos' Argument, Marie sei schließlich eine erwachsene Frau, hatte wenig Bestand. Ein Blick in ihr Gesicht genügte. Ja, jetzt war sie zwanzig. Aber die Fotos von früher, als sie mit sechzehn in der Leichtathletikmannschaft ihrer Schule gewesen war, kurz bevor sie in Mykonos' Fänge geriet, sprachen eine andere Sprache.

Die Fotos hatte Neils Team damals während des Undercover-Einsatzes sichergestellt.

Die Beweislage gegen Mykonos wog schwerer als alles, womit die Anwälte in ihren teuren Anzügen aufwarten konnten.

Die Jury hatte keine andere Möglichkeit, als ihn schuldig zu sprechen – sofern sie nicht manipuliert wurde. Und genau da kam Navi ins Spiel.

Allerdings hatte man die Geschworenen für die Dauer des Prozesses sicher abgeschirmt.

Und hoffentlich würden die Schutzmaßnahmen allen Widrigkeiten standhalten.

Der Gerichtssaal füllte sich, die Türen wurden geschlossen und endlich nahm auch der Richter seinen Platz ein.

KAPITEL 4

Ihr Bewusstsein erwachte mit einer Explosion von Lichtfetzen und wirren, schmerzhaften Bilderblitzen.

Lichter über ihrem Gesicht. Stimmen. Das Summen und Piepen von Maschinen.

Bei dem Versuch, zu atmen, verschwamm alles und der Schmerz katapultierte sie zurück in die Dunkelheit, aus der sie gekommen war.

Als sie sich das nächste Mal im selben Film wiederfand, war es dunkler. Leiser.

Etwas blockierte ihre Atmung. Es fühlte sich an, als steckte ein Schwert in ihrer Seite, doch ihre Hände waren zu schwer, um danach zu greifen. Selbst die Augen zu öffnen war ein Ding der Unmöglichkeit. Sie sah lediglich einen hellen Streifen, als fiele Licht durch den Spalt unter einer Tür.

Eine gedämpfte Stimme war zu hören, dann durchzog ein warmes Gefühl ihren Körper und das Schwert und die Schwere lösten sich auf.

Jeder Versuch, aufzuwachen, war ein bisschen anders. Aber immer fiel sie in den Abgrund zurück und immer kam derselbe Traum.

Sie war allein, lief barfuß über feuchtes Gras. Zuerst fühlte es sich erfrischend und weich an, doch dann wurde die Erde hart und die grünen Halme bekamen braune, dornige Spitzen. *Wo sind meine Schuhe?*

Irgendwo mussten ihre Schuhe sein.

Dann war alles Gras verschwunden, nur noch wenig Erde bedeckte die Steine. Steine, so spitz, als stammten sie direkt aus den Tiefen der Hölle.

Mit jedem Schritt brannte es mehr. Bald bluteten ihre Füße. Aber sie musste weitergehen. Das war so wichtig wie das Atmen.

Jeder Schritt schmerzte so sehr wie jeder Atemzug.

»Bleib einfach stehen«, hörte sie eine Stimme sagen.

Aber wenn sie stehen blieb, würden die spitzen Steine nur noch tiefer ins Fleisch schneiden … und vielleicht wäre der Untergrund mit dem nächsten Schritt wieder erträglicher.

Sie blickte sich im Traum um, suchte nach etwas, das ihr Zuversicht geben konnte. Eine Stelle ohne scharfkantige Steine, mit weicher, heilsamer Erde … aber da war nichts als eine Höllenlandschaft voller Schmerz.

* * *

»Es wird sich noch einen weiteren Tag hinziehen«, sprach Fitz laut aus, was Leo dachte.

Während der Mittagszeit war die Verhandlung für eineinhalb Stunden unterbrochen worden.

»Ich weiß«, erwiderte Leo.

Mykonos' teure Anwälte zogen den Prozess künstlich in die Länge, und so würden die Plädoyers nun erst am nächsten Tag stattfinden.

Sie standen noch im Gerichtsgebäude, während die Mehrheit der Anwesenden an ihnen vorbeiströmte, um sich etwas zu essen zu holen.

Leo blickte aus dem Fenster zu den umliegenden Gebäuden. Das FBI hatte Spezialkräfte eingesetzt, die aufpassten. Die Chancen, hier erschossen zu werden, waren im Vergleich zum Vorabend eher gering. Bei dem Gedanken, sich von einem Schnellimbiss in der Nähe einen Burger zu bestellen, schlug ihm das Herz trotzdem bis zum Hals.

Wieder kam ihm die Frau im Krankenhaus in den Sinn.

Er musste unbedingt wissen, wie es ihr ging.

Fitz wollte gerade zur Tür hinaus. Leo zögerte.

Sie sah ihn an.

»Ich muss noch ein paar Anrufe tätigen.«

»Okay. Dann bring ich dir was zu essen mit.« Natürlich durchschaute sie ihn und wusste, dass es sich um eine Ausrede handelte.

Leo zückte seinen Geldbeutel und gab ihr zwanzig Dollar.

»Bitte irgendwas ohne Zwiebeln.«

Sie wedelte mit dem Schein in der Hand und ging hinaus.

Da ertönte hinter ihm eine Stimme: »Hast du mal einen Augenblick?«

Es war Neil.

»Ja. Was gibt's?«

Neil nickte zu einer ruhigen Ecke des Gerichtsgebäudes.

»Hat das FBI schon herausgefunden, wer gestern auf dich geschossen hat?«

»Nicht dass ich wüsste. Zumindest hat mich noch niemand kontaktiert.« Sein Handy hatte er für den Prozess auf lautlos gestellt, aber während der letzten drei Stunden hatte es auch nicht vibriert. »Warum?«

Neils Blick richtete sich in die Ferne. »Die Person, die Navi Sobol für mich im Auge behält, hat sich heute noch nicht gemeldet. Eigentlich nicht ungewöhnlich, aber wenn man deine Aktion von gestern bedenkt ...«

»Meinst du, Navis Leute könnten deinen Mann erwischt haben?«

Neil presste die Lippen aufeinander. Sein Schweigen war Antwort genug.

»Verdammt!«

»Ich will keine voreiligen Schlüsse ziehen. Meine Kontaktperson hält sich sehr verborgen, niemand weiß etwas von ihrer Existenz.«

Leo hatte das untrügliche Gefühl, dass es dazu noch mehr zu sagen gab. »Warum erzählst du mir das?«

»Wenn meinem Kontakt etwas zugestoßen ist, musst du sofort untertauchen.«

»Warum?«

Neil blickte ihn kalt an. »Wenn sich selbst diese Person nicht retten kann, hast du nicht die geringste Chance.«

Das klang wenig erheiternd.

»Weil dein Mann so gut ist?«

Eine Sekunde lang sah Neil so aus, als müsste er laut auflachen.

Doch er zeigte lediglich ein schiefes Grinsen. »Ja, nur ist es kein Mann, sondern eine Frau.«

* * *

Chandler Brackett war Leos Vorgesetzter. Mit seinen fünfundfünfzig Jahren hatte er nur noch zwei Dienstjahre in der Bundesbehörde vor sich, bevor man ihn in Pension schicken würde. Warum man Agenten schon so früh in den Ruhestand verabschiedete, konnte Leo nicht verstehen. Wahrscheinlich würde sein Chef einen neuen, hoch bezahlten Job finden und sich anschließend fragen, warum er überhaupt so lange beim FBI geblieben war.

Leo und Fitz waren nach der Verhandlung ins Hotel zurückgekehrt, um Brackett auf seinem Zimmer zu treffen.

Brackett hatte kein einfaches Zimmer wie Leo, sondern eine Suite mit einem großen Besprechungsraum, an dessen Tisch acht Leute Platz fanden.

»Setzt euch«, forderte Brackett sie auf.

Am Tisch saß vor einem Laptop mit tragbarem Drucker ihr Kollege Hector Lopez.

»Was habt ihr herausgefunden?«

Lopez schob Leo einen Stapel Bilder zu. »Dank der Überwachungskameras der Stadt wissen wir wenigstens, in was für einem Auto der Täter gesessen hat. Ein schwarzer Cadillac Escalade. Ein neueres Modell.«

Leo sah die dunklen Fotos des besagten Wagens auf dem Strip von Las Vegas.

»Soweit wir wissen, ist er zweimal um den Block gefahren, bevor die Schüsse abgefeuert wurden. Im Hauptsitz gehen sie gerade die Audioaufzeichnungen vom Venetian durch, um herauszufinden, ob man die Schüsse hören kann.«

»Wie viele Kugeln hat man gefunden?«, fragte Fitz.

»Zwei. Eine beim Opfer, die andere steckte in einem Pfosten auf der Straße«, antwortete Brackett.

»Habt ihr das Auto schon gefunden?«

Lopez lachte schnaubend auf. »Weißt du, wie viele schwarze Cadillac SUVs in der Stadt rumfahren?«

»Viele?«, fragte Fitz.

»Fast alle hoteleigenen Fahrdienste nutzen Autos dieses Typs, die privaten ebenfalls. Und da das Nummernschild entfernt wurde, kann uns das auch nicht weiterhelfen.«

»Warum wird nie aus einem vorbeifahrenden Ferrari geschossen?«, fragte Fitz im Scherz.

»Selbst da hätte man in Las Vegas wenig Chancen«, erwiderte Lopez trocken.

»Was ist mit Navi? Gibt es irgendwelche Neuigkeiten über ihn oder seine Jungs, seit ich ihn gestern gesehen habe?«

»Auf den Aufzeichnungen der Hotelkameras sieht man nur, dass er aufs Zimmer gegangen ist. Einer der Bodyguards ist mit ihm rein, der andere ist im Gang geblieben. Kurz nach zwei Uhr morgens haben sie dann die Positionen gewechselt.«

Leo warf Fitz einen Blick zu. »So einfach wird es aber nicht sein.«

»Navi könnte jemanden angerufen haben«, meinte Leo.

»Und gibt es schon eine Liste mit seinen Anrufen?«, wollte Fitz wissen.

»Das Ganze ist ein bisschen komplizierter. Vom Festnetz aus hat er nur den Zimmerservice angerufen.«

»Irgendwelche Neuigkeiten aus dem Krankenhaus?«, erkundigte sich Leo.

Brackett schüttelte den Kopf. »Das überlasse ich dir. Da man auf sie geschossen hat, weil du mit ihr flirten wolltest, musst du dich jetzt selbst darum kümmern, dass sie keinen Anwalt einschaltet.«

Leo zögerte.

Verdammt, an so etwas hatte er noch überhaupt nicht gedacht.

»Dann sollte ich jetzt wohl besser gehen.«

Brackett holte tief Luft. »Aber bitte nicht allein.«

Stöhnend erhob sich Fitz. »Also gut, ich geh mich kurz umziehen.«

»Fünfzehn Minuten?«, fragte Leo.

Sie nickte und schenkte ihm ein müdes Lächeln.

* * *

»Es ist alles gut. Sie brauchen sich nicht anzustrengen.«

Ein scharfer Schmerz durchfuhr sie und blieb.

Zu atmen kostete sie große Mühe, in ihrem Kopf herrschte dichter Nebel.

»Sie sind in einem Krankenhaus«, sagte eine männliche Stimme.

Ihr Hals brannte.

»Können Sie die Augen öffnen?«

Sie versuchte es, aber das helle Licht brannte sich direkt in ihr Gehirn.

Neben ihrem Bett standen zwei Männer und eine Frau. Alle drei blickten auf sie herab. Sie nahm den beißenden Geruch von Desinfektionsmittel wahr. Wenn sie Luft holte, war ein komisches Geräusch zu hören, begleitet von einem merkwürdigen Gefühl in der Brust. Sie wollte den Kopf drehen, aber selbst die geringste Bewegung verursachte starke Schmerzen.

»W-was ist pass...« Doch dann übermannte sie ein Hustenanfall, der ihre Lunge schier zerbersten ließ.

Die Frau, wahrscheinlich eine Krankenschwester, drückte auf einen Knopf, woraufhin das Kopfteil des Bettes hochfuhr. Dann führte einer der Männer einen Becher mit einem Strohhalm an ihre Lippen. »Nur einen Schluck«, wies er sie an.

Die wenigen Tropfen Wasser flossen durch ihren Hals, der sich anfühlte, als wäre er mit Sandpapier aufgeraut worden.

»Besser?«, fragte er.

»Ja.« Sie schluckte erneut und versuchte, den Vorhang in ihrem Gehirn zur Seite zu schieben. »Was ist passiert?«

Der asiatische Mann nahm eine Lampe aus der Tasche und leuchtete ihr in die Augen. »Ich bin Dr. Lee. Sie liegen in der Uniklinik von Las Vegas. Sie wurden gestern Abend angeschossen.«

»W-was?« Sie versuchte, an sich hinabzublicken. Sie sah, wie sich ihre Brust hob, sah den Krankenhauskittel, die vielen Kabel und Schläuche.

»Erinnern Sie sich an irgendetwas?«

Sie erinnerte sich an gar nichts. »Nein.« Aber angeschossen worden zu sein, klang nicht gut.

»Keine Sorge, das ist nicht ungewöhnlich. Die Kugel ist einmal quer durch ihre Lunge. Deshalb haben Sie einen Drainageschlauch, damit Ihnen das Atmen leichter fällt. Wahrscheinlich spüren Sie auch einen Schmerz an der Seite …« Dr. Lee sprach über die Operation, an die sie sich nicht erinnern konnte, und verwendete Worte, mit denen sie nichts anzufangen vermochte. Überhaupt hatte sie große Mühe, sich auf das, was er sagte, zu konzentrieren.

Wer war er noch mal?

»Wie heißen Sie?«, fragte jetzt die Krankenschwester.

»Ich, äh …« *Mein Name.* Sie schloss die Augen und überlegte. »Ich heiße …« Eigentlich war das keine schwierige Frage. »Mein Name ist …« Doch je angestrengter sie nachdachte, desto mehr schmerzte ihr Kopf.

Sie versuchte, sich aufzusetzen, als würde ihr die Antwort dadurch leichter in den Sinn kommen.

Der Arzt und die Schwester sahen sich schweigend an.

»Ich heiße …« Sie holte tief Luft, um sich auf die Antwort vorzubereiten. Aber es kam nichts.

»Wissen Sie, wo Sie sind?«, fragte nun der Arzt.

»Im Krankenhaus.« Das war einfach.

»In welcher Stadt?«, fragte er weiter.

Hatte er ihr das nicht gerade gesagt? »Atlantic City.«

Der Arzt leuchtete ihr abermals mit der Lampe in die Augen. »Sie sind in Las Vegas.«

»Warum bin ich in Las Vegas?«

Er lächelte sie an, ohne auf ihre Frage einzugehen. »Ich sage Ihnen jetzt drei Dinge, die Sie sich merken sollen. Wollen Sie das mal versuchen?«

»Ja.«

»Elefant, Mond und Erdnussbutter. Können Sie das wiederholen?«

»Elefant, Mond und Erdnussbutter.«

»Gut. Und das merken Sie sich jetzt.«

Das war sicher kein Problem.

»Wissen Sie, welches Datum heute ist?«, fragte er.

»Wir haben Mai.«

Der Gesichtsausdruck des Arztes sagte ihr, dass es wohl die falsche Antwort war. Sie blickte sich im Raum um, suchte nach Hinweisen. Gegenüber vom Bett war eine Tafel, darauf stand ein Datum. »Ich meine, wir haben September.«

Der Arzt blickte über die Schulter. »Sie haben geschummelt«, entgegnete er gutmütig. »Was ist Ihre letzte Erinnerung?«

Sie schloss die Augen, überlegte. »Meine Füße schmerzen.«

»Ihre Füße?«

Der Arzt ging zum Bettende, zog die Decke zur Seite und berührte ihre Füße. »Tut das weh?«

»Nein.«

Er drückte und zwickte, bevor er die Decke wieder über die Beine legte. »Okay, meine Liebe. Welche drei Worte sollten Sie sich merken?«

»Ähm …« Sie lagen ihr auf der Zunge. Irgendwas Großes. Sie wollte ihr Gehirn zwingen, sich daran zu erinnern, doch dabei vergaß sie die Frage wieder. Plötzlich drehte sich ihr Magen und sie bekam Schüttelfrost. »Ich muss mich übergeben.«

Bei diesen Worten setzten sich alle in Bewegung.

KAPITEL 5

Leo und Fitz wurden angewiesen, sich bei der Schwester auf der Intensivstation zu melden und ihre Ausweise vorzuzeigen, bevor sie das Zimmer von Jane Doe betreten durften.

»Wie geht es ihr?«, erkundigte sich Leo.

»Körperlich besser. Wir haben sie vor ein paar Stunden von der Beatmungsmaschine entfernt. Sie atmet jetzt ohne fremde Hilfe.«

Von Leos Schultern fiel eine schwere Last.

»Sie sagen, ›körperlich‹ geht es besser«, stellte Fitz fest.

»Ihr Gedächtnis braucht wohl noch ein bisschen, bis es zurückkommt.«

»Was meinen Sie damit?«, fragte Fitz.

»Sie hat eine vorübergehende Amnesie. Das heißt, sie kann sich nicht erinnern, was passiert ist. Sie weiß nicht einmal ihren Namen«, berichtete Maureen, die Krankenschwester.

»Vorübergehend? Das heißt, ihr Gedächtnis kommt wieder zurück?«, fragte Leo.

Die Schwester zuckte mit den Achseln. »Meistens lösen sich solche Probleme von allein. Es könnte eine Frage von Stunden oder wenigen Tagen sein. Dr. Lee hat für morgen weitere Tests angeordnet, um sicherzugehen, dass dieser Gedächtnisverlust nicht durch etwas anderes verursacht wird.«

»Kommt das von der Kopfverletzung?«

»Wie es scheint, ja.«

»Ist das normal?«

»*Normal* würde ich nicht sagen, aber hin und wieder kommt so was eben vor. Sie waren dabei, als es passiert ist, oder?«, fragte Maureen.

»Ja.«

»Vielleicht löst es eine Erinnerung aus, wenn sie Sie sieht.« Was Leo allerdings bezweifelte. »Ja, schauen wir mal.«

Sie folgten Maureen ins Krankenzimmer.

Als der Vorhang vor dem Bett zurückgeschoben wurde, sah Leo eine Fremde. Ihr Kopf lag etwas erhöht, die Augen waren geschlossen. Ihre langen braunen Haare waren auf dem Kissen ausgebreitet, an der Nase befand sich ein Schlauch, durch den sie Sauerstoff zugeführt bekam. Ihre vormals sonnengebräunte Haut wirkte fahl und stumpf. Offensichtlich hatte sie viel Blut verloren. Oder es lag an der enormen Belastung, die ihr gesamter Organismus erlitten hatte.

»Hallo, meine Liebe«, versuchte Maureen, sie wachzukriegen. »Sie haben Besuch.«

Janie, wie Leo sie abgeleitet von Jane Doe für sich nannte, öffnete tatsächlich die Augen. Sie waren grün, obwohl er sie eigentlich blau in Erinnerung hatte. Sie waren so klar und durchdringend gewesen, aber jetzt schienen sie kaum fokussieren zu können. Trotz allem sah man, wie schön Janie war.

»Wie geht es mit den Schmerzen?«, fragte Maureen.

»Es geht.« Janie schielte an Maureen vorbei zu Leo und Fitz. Aber ihr Gesicht blieb ausdruckslos.

»Erinnern Sie sich an meinen Namen?«, fragte Maureen.

Janie schüttelte den Kopf. »Sie sind die Krankenschwester.«

»Das stimmt.« Maureen zeigte zur Wand gegenüber vom Bett. »Dort steht mein Name.«

»Maureen.«

»Richtig. Wissen Sie, wo Sie sind?«

Janie versuchte ein Lächeln. »Im Krankenhaus.«

»Ja, und in welcher Stadt?«

»Atlantic City«, antwortete Janie, ohne zu zögern.

Leo hörte Fitz seufzen.

»Wir sind hier in Las Vegas, wo es genau wie in Atlantic City viele Casinos gibt.« Maureen sah zu ihnen. »Sie glaubt immer, sie sei in Atlantic City.«

»Wohnen Sie dort?«, fragte Fitz die Patientin.

»Ich glaube nicht.« Janie blinzelte, als wollte sie aufsteigende Tränen zurückdrängen.

Maureen nahm den Wasserbecher vom Nachtkästchen und half ihr beim Trinken.

»Kenne ich Sie?«

Leo trat einen Schritt näher und zog den einzigen Stuhl heran. »Wir haben uns gestern Abend kennengelernt. Ich bin Leo. Das ist meine Partnerin Kelsey. Wir sind Agenten der Bundesbehörde.«

Janies Augen wurden groß. »FBI-Agenten?«

»Ja.«

Ihre Atmung wurde mühevoller. »Bin ich angeschossen worden?«, fragte sie.

»Ganz genau«, bestätigte Maureen.

»Habe ich … irgendwas angestellt?« Sie ballte die Fäuste.

Leo legte die Hand aufs Bett. »Nein, nein … Sie haben nichts getan. Das ist nicht der Grund, warum wir hier sind.«

Janies Augen suchten seine, hielten seinem Blick stand. »Sind Sie sicher?«

Leo lächelte sie an und versuchte, sie zu beruhigen. »Ich bin mir sicher. Ich war dabei. Wir haben gerade geredet. Es ist einfach passiert. Sie waren wohl nur zur falschen Zeit am falschen Ort.«

Maureen drehte den Bildschirm neben dem Bett zu sich. Dort war Janies Puls zu sehen, der sich jetzt deutlich beschleunigt hatte. Die Blutdruckmanschette blies sich auf.

»Sie waren beide dabei?«, fragte Janie an Fitz gewandt.

»Äh, nein.« Leo merkte, dass seine Kollegin gern mehr gesagt hätte.

»Worüber haben wir geredet?«, wollte Janie wissen.

Jetzt hörte er Fitz hinter sich leise glucksen.

Leo drehte sich zu seiner Kollegin, um sie zum Schweigen zu bringen.

Fitz zeigte zur Tür. »Ich rufe mal Brackett an und gebe ihm ein Update.«

Leo nickte erleichtert.

Eine zweite Schwester streckte den Kopf ins Zimmer. »Maureen, der Patient auf der fünf braucht dich.«

»Bin sofort da.« An Leo gewandt sagte sie: »Wahrscheinlich wird sie Ihnen immer wieder dieselben Fragen stellen und nicht mehr wissen, was Sie gerade gesagt haben. Drängen Sie sie nicht zu sehr. Es frustriert sie nur und dann steigt ihr Blutdruck, was wir auf keinen Fall gebrauchen können.«

Leo lächelte. »Geht klar.«

Als er sich zu Janie umdrehte, blickte sie ihn an. »Sind Sie Polizist?«

»FBI-Agent.«

Das Lächeln verschwand. »Man hat auf mich geschossen.«

Leo nickte. Jetzt begann das Spiel wieder von vorn. Erneut sah er die Überraschung in ihren Augen.

»Sie haben sich beim Sturz auch den Kopf verletzt.«

»Was habe ich angestellt?«

Leo klopfte auf ihre Hand. »Gar nichts haben Sie angestellt.«

Er wusste nicht, was er sagen sollte, und blickte sich im Krankenzimmer um. Es hatte keinen Sinn, ihr weitere Fragen zu stellen, wenn sie nicht einmal wusste, wie sie hieß.

Sein Blick fiel auf eine weiße Plastiktüte, auf der »Patienteneigentum« stand.

Leo ging hinüber und guckte hinein.

Eigentlich hätte er erwartet, die Klamotten vorzufinden, die Janie zum Unfallzeitpunkt getragen hatte. Doch in der Tüte lagen lediglich ein Geldbeutel und ein Handy.

Es war dasselbe Telefon, das er zuvor nicht in Gang gebracht hatte.

»Haben Sie schon versucht, Ihr Handy anzuschalten?«, fragte er jetzt.

»Keine Ahnung. Ich glaube nicht.«

Er drückte auf den Einschaltknopf. Immerhin war der Akku noch ausreichend geladen. Das Display leuchtete auf.

»Vielleicht gibt es jemanden in Ihrer Kontaktliste, der Ihnen sagen kann, wer Sie sind.«

Sie zuckte mit den Achseln. »Okay.«

Leo kam näher und hielt die Kamera so nah vor Janies Gesicht, dass die Gesichtserkennung aktiviert wurde.

Er brauchte drei Anläufe, bis es funktionierte.

»Okay … sehr gut. Ist es in Ordnung, wenn ich es mir mal ansehe?«

»Klar.«

Gut. Er setzte sich und öffnete die Kontaktliste.

Sie war leer.

Kein einziger Name stand darin. Wie konnte das möglich sein? »Interessant.« Leo blickte zu der Patientin, deren Lider schwer wurden. Neben dem Bett hing der Drainagebeutel, in dem sich eine kleine Menge Blut befand. Wahrscheinlich stammte es aus ihrer Lunge.

Er verdrängte die Sorgen um ihren Gesundheitszustand und wandte sich wieder dem Handy zu.

Dann öffnete er den Ordner für die Fotos.

Er war ebenfalls leer.

Als Nächstes überprüfte er den Browserverlauf.

Aber auch da war nichts zu finden. Wobei der Verlauf natürlich ohne Weiteres gelöscht worden sein konnte.

Warum war ihr Handy leer? Er konnte sich keinen Reim darauf machen.

Er suchte weiter, um zu sehen, welche Apps auf dem Handy installiert waren.

Doch alles, was er anklickte, verhielt sich, als würde die App zum ersten Mal geöffnet.

Er scrollte zur Anrufliste. Bei den ausgehenden Anrufen stand nur eine einzige Nummer.

Ohne zu zögern, drückte er auf »Wählen«, um genau diese Nummer anzurufen. Er hielt sich das Handy ans Ohr und blickte zu Janie. Sie war eingeschlafen. Der Monitor zeigte, dass ihr Puls langsam und gleichmäßig schlug.

Es tutete, dann nahm jemand ab. Jetzt war Leo gespannt.

»Was zum Henker ist los, Olivia? Wo steckst du?«

Olivia?

Sie hieß also Olivia. Der Name gefiel ihm.

»Olivia?« Es war eine männliche, recht tiefe Stimme. Sie klang verärgert.

Und vertraut.

Leo räusperte sich. »Es tut mir leid, aber ich rufe an, weil …«

»Wer ist da dran?« Die Worte kamen langsam und äußerst beherrscht.

Und sofort richteten sich die Härchen in Leos Nacken auf.

»Mit wem spreche ich?«, fragte Leo zurück.

Der andere schwieg und schien nicht antworten zu wollen.

»Wenn Sie ihr auch nur ein Haar krümmen, werde ich …«

Die Stimme löste etwas in Leos Kopf. Plötzlich wurde ihm eiskalt. »Neil?«

Schweigen.

»Grant?«

Die Unterhaltung, die sie vorher im Gerichtsfoyer geführt hatten, kam Leo wieder in den Sinn.

»*Wenn meinem Kontakt etwas zugestoßen ist, musst du sofort untertauchen.*«

»*Warum?*«

»*Wenn sich selbst diese Person nicht retten kann, hast du nicht die geringste Chance.*«

»*Weil dein Mann so gut ist?*«

»*Ja, nur ist es kein Mann, sondern eine Frau.*«

Leo starrte fassungslos die schlafende Frau an.

»Scheiße!«

»Was, verdammt noch mal, machst du mit Olivias Handy?«

Stimmen vor der Tür brachten Leo wieder in die Gegenwart zurück.

»Ich melde mich.« Ohne ein weiteres Wort legte Leo auf und steckte das Handy in die Tasche.

Da betrat Fitz den Raum. Leo legte den Finger auf die Lippen und zeigte zur schlafenden Patientin.

* * *

»Eigentlich gibt es keinen Grund, noch länger hierzubleiben«, sagte Fitz nach Leos erhellendem Telefonat.

Leo wollte die neueste Erkenntnis vorerst lieber für sich behalten. Seine Kollegen vom FBI wussten zwar durchaus, dass Neil und sein Team den Prozess beobachteten und alles taten, um Marie, die Hauptzeugin, zu schützen. Allerdings kannte man in der Bundesbehörde nur das Gesicht von Neil. Die anderen waren unbekannt. Und so wie es klang, hatte Olivia absolut verdeckt ermittelt.

Leo wusste natürlich, wie man sich selbst verborgen hielt. Schließlich hatte er fast ein Jahr im Undercover-Einsatz zugebracht, als er in die Rolle eines Highschoollehrers geschlüpft war, um einen kriminellen Polizisten dranzukriegen, der Mädchen wie Marie Nickerson in die Zwangsprostitution brachte.

Leo hielt es also für besser, erst einmal zu schweigen. Zumindest, bis er noch einmal mit Neil gesprochen hatte.

»Wie wahrscheinlich ist es, dass Navi hinter der Sache steckt?«, fragte Leo und zeigte auf die schlafende Frau. Sie standen auf der anderen Seite des Raumes und unterhielten sich mit gedämpften Stimmen.

»Du meinst, er selbst oder jemand anders, der mit dem Fall zu tun hat.«

»Richtig. Irgendwer aus dem Clan. Sie haben nur danebengeschossen, weil die Frau den Täter mit der Waffe gesehen und mich mit zu Boden gerissen hat. Es wäre nicht weit hergeholt, zu vermuten, dass der Schütze das mitbekommen hat. Dann kommen sie zurück, um die Augenzeugin zu beseitigen.«

»Sie kann sich an nichts erinnern«, entgegnete Fitz.

»Was sie ja nicht wissen.«

Fitz blickte sich im Raum um und spähte durch den Vorhang zum Bett. »Du hast recht.«

»Und da sie selbst nicht weiß, wer sie ist, könnte jeder hier hereinspazieren, sich als Angehöriger ausgeben und …«

Fitz stieß laut die Luft aus, dann zog sie mit großer Geste ihr Handy aus der Tasche und verließ den Raum.

Sobald sie draußen war, zückte Leo sein eigenes Handy und rief Neil an.

Schon nach dem ersten Klingeln hob er ab. »In welchem Zimmer ist sie?«

»Bett vier auf der Intensiv.«

»Wir parken gerade. Lass sie keine Sekunde aus den Augen.«

»Hatte ich nicht vor.«

Olivia stöhnte leise im Schlaf und lenkte Leos Aufmerksamkeit auf sich.

Ihre Augenlider bewegten sich, ihre Hand tastete an der Seite entlang.

Leo fürchtete, sie könnte den Schlauch herausziehen.

»Hey«, sagte er, um sie abzulenken.

Jetzt öffnete sie die grünen Augen und sah ihn an. Sogleich verdunkelte sich ihr Blick. »Kennen wir uns?«, fragte sie.

»Ja, wir hatten schon das Vergnügen«, teilte er ihr mit.

»Ich erinnere mich aber nicht daran.«

»Der Arzt sagt, Sie haben einen vorübergehenden Gedächtnisverlust.« Und wer weiß, vielleicht würde ihr manches wieder einfallen, sobald Neil den Raum betrat.

Jetzt kam Fitz zurück. Sie nickte Olivia zu, dann sagte sie an Leo gewandt: »Brackett aktiviert die örtliche Polizei, damit sie rund um die Uhr bewacht wird.«

»Gut.«

Fitz drehte sich zu Olivia. »Wie fühlen Sie sich?«

»Ich kann mich nicht lange wach halten.«

Leo blickte sich in dem nüchternen Raum um. »Na ja, ist auch nicht gerade spannend hier.«

Zum ersten Mal zeigte sie ein echtes Lächeln, weil sie seinen Kommentar anscheinend lustig fand.

»Entschuldigung.« Maureen streckte den Kopf zur Tür hinein. »Ein gewisser Neil MacBain ist hier und fragt, ob er hereinkommen kann.«

»Was macht *der* denn hier?«, antwortete Fitz verwundert.

Leo zuckte mit den Achseln und stand auf. »Vielleicht ist er zu demselben Schluss gekommen wie wir.«

Er ging den Flur entlang und öffnete die schwere Tür zur Intensivstation. Neil stand auf der anderen Seite. Er wirkte wie die Versteinerung des Mannes, den Leo erst vor wenigen Stunden bei Gericht gesehen hatte. Statt ihn gleich zum Krankenzimmer zu führen, trat Leo hinaus, um ein paar vertrauliche Worte mit ihm zu wechseln.

»Meine Partnerin ist auch hier.«

Neil verstand die Notwendigkeit, unter vier Augen zu sprechen. »Wie geht es der Patientin?«

Leo lächelte. »Langsam besser. Zumindest ist sie von der Beatmungsmaschine weg. Das Problem ist nur, dass sie sich an nichts erinnert.«

Neil schien Leo nicht zu glauben.

»Wirklich an gar nichts. Sie weiß nicht mal, wie sie heißt«, erklärte Leo.

»Olivia verrät niemandem ihren Namen«, entgegnete Neil nur, dann ging er zur Tür.

Leo hielt ihn auf. »Man muss ihr immer wieder sagen, dass sie in Las Vegas ist. Es ist eine Amnesie.« Er zog das Handy aus der Tasche und reichte es Neil. »Ich habe sie gefragt, ob ich mir ihr Telefon ansehen darf, um etwas über sie herauszufinden. Die einzige Nummer, die ich darin gefunden habe, war deine.«

Neil nahm das Handy und blickte es unverwandt an. »Das würde sie nie tun.«

»Richtig. Hat sie aber. Ich habe Fitz nicht gesagt, dass du die Frau kennst.« Seufzend fügte er hinzu: »Aber ich weiß nicht, ob das klug ist.«

»Niemand vom FBI darf erfahren, wer sie ist.«

»Ich bin mir nicht sicher, ob sich das verhindern lässt«, entgegnete Leo. »Wenn ihre Erinnerung zurückkommt und sie den Täter identifizieren kann, dann …«

»Das würde sie nicht tun.«

»Jemand hätte sie fast umgebracht«, erinnerte Leo ihn.

Neil blickte ihn auf eine Weise an, dass Leo ein kalter Schauder über den Rücken fuhr.

Jetzt zog Neil sein Handy aus der Tasche. »Sag erst mal nichts. Ich kläre dich später über alles auf.«

Was Leo nur hoffen konnte.

Schließlich betraten sie die Intensivstation und gingen am Schwesternzimmer vorbei.

Leo beobachtete Olivias Reaktion, als Neil eintrat.

Doch sie sah ihn so gleichgültig an, als wäre er vom Putzdienst und wollte lediglich den Abfalleimer leeren.

Neil ließ sich nichts anmerken. Leo sah nur ein winziges Zucken an seinem Kiefer.

Fitz stand als Einzige gelassen dabei und streckte Neil die Hand entgegen. »Hallo, was führt Sie zu uns?«

»Ich habe erfahren, dass Leo letzte Nacht wenig Schlaf abbekommen hat. Ich dachte, vielleicht könnte mein Team etwas Unterstützung anbieten.« Neil drückte ihre Hand und blickte zu Olivia.

»Das ist sehr nett von Ihnen, aber wir kriegen bald Unterstützung von der örtlichen Polizei«, entgegnete Fitz.

Ohne einen weiteren Kommentar ging Neil zum Krankenbett. »Wie geht es Ihnen?«

Olivia verengte die Augen. »Ich bin angeschossen worden.«

Leo lächelte. »Das ist schon mal eine Verbesserung. Noch vor einer Stunde musste man ihr das immer wieder sagen.«

»Kennen wir uns?«, fragte sie an Neil gewandt.

»Jemanden wie mich würde man nicht vergessen.«

Leo hörte, wie Fitz ein Lachen unterdrückte.

Jetzt stellte Leo dieselbe Frage wie die Krankenschwester. »Wissen Sie, wo Sie sind?«

Olivia kniff die Augen zusammen. »Atlantic City.«

Er blickte zu Neil, als wolle er sagen: »Siehst du, sie erinnert sich wirklich an nichts.«

»Nein, Moment.«

Leo wandte sich wieder zu ihr.

Olivia verzog angestrengt das Gesicht. »Nein, das stimmt nicht. Es ist nicht Atlantic City.«

Sie führte die Hand zum Gesicht, drückte die Finger gegen die Schläfe. »Warum ist das so schwer?«

Der Monitor über dem Bett piepste etwas schneller.

»Alles wird gut.« Leo ließ sich auf dem Stuhl nieder und berührte ihre Hand.

Ihr kamen die Tränen. »Ich kenne Sie nicht.«

»Ja, aber Sie haben mich vor dem Vorfall auch schon nicht gekannt.«

Nun kam die Krankenschwester herein, und mit einem Blick auf Olivia sagte sie streng: »Die Patientin braucht jetzt Ruhe, sie darf sich nicht aufregen. Heute bekommen sie keine Antworten. Kommen Sie morgen wieder.«

»Wir haben für Bewachung rund um die Uhr gesorgt«, informierte Fitz die Krankenschwester.

Diese zeigte sich wenig begeistert. »Hier drinnen bin ich der Chef. Wenn einer von Ihnen bleiben will, stelle ich Ihnen gern einen Stuhl im Gang draußen auf.«

»Verstehe«, sagte Neil. »Ein Stuhl im Gang ist super.«

Zu dritt verließen sie das Zimmer, während Maureen drinnen mit sanfter Stimme mit der Patientin sprach.

»Ich kümmere mich um alles«, sagte Neil.

»Wir setzen, wie gesagt, die örtliche Polizei ein«, entgegnete Fitz.

»Die dann so Jungspunde schickt, die erst seit Kurzem im Dienst sind? Die wissen nicht mal, wie man den Putzdienst zurückhält.« Neil schüttelte den Kopf. »Ich möchte mich lieber persönlich darum kümmern. Ich habe die nötigen Mittel und so sparen wir den Steuerzahlern viel Geld.«

Was immer ein überzeugendes Argument war.

»Aber warum machen Sie das?«, wunderte sich Fitz.

Neil musste nicht lange überlegen. »Ein krimineller Polizist hat damals einen von meinen Leuten entführt und versucht, Mykonos und seine Familie zu decken. Jetzt liegt eine Frau auf der Intensivstation und hat ihr Gedächtnis verloren. Ich nehme das sehr persönlich. Wenn sie sich an den Täter erinnert, braucht es definitiv mehr als die örtliche Polizei, um ihre Sicherheit zu gewährleisten.«

Leo berührte Fitz an der Schulter. »Brackett wird schon zustimmen.«

Da warf Fitz die Hände in die Luft. »Es ist ja nicht mein Rücken, der den harten Stuhl ertragen muss.«

Leo gab Neil die Hand. »Ich melde mich wieder.«

KAPITEL 6

Neil stand auf der Schwelle zum Krankenzimmer und betrachtete Olivia aus einiger Entfernung. Ihre Züge wirkten weicher als zuvor. Als hätte die Pistolenkugel die scharfen Kanten ihrer Persönlichkeit abgeschliffen.

Vor drei Jahren hatte sie sich aus heiterem Himmel bei ihm gemeldet und er hatte sofort erkannt, um was es sich handelte.

Um einen Hilferuf.

Olivia ging ganz allein durch diese Welt. Oft genug hatte sie ihm gesagt, dass es für sie keine andere Möglichkeit gebe.

Vielleicht hatte sie sogar recht. Trotzdem hatte er versucht, sie in sein Team aufzunehmen. Sein Team, das aus ehemaligen Armeemitgliedern bestand, aus früheren Autodieben, Privatdetektiven, Waisen und Absolventen des militärisch geprägten Richter-Internats in Deutschland.

Ein solches Internat gab es sonst nirgends. Viele Schüler und Schülerinnen – unter ihnen Olivia – waren von kriminellen Vereinigungen angeworben worden, die die Fähigkeiten der Schüler, die sie in Richter erworben hatten, für ihre zwielichtigen Zwecke nutzten. Zu diesen Fähigkeiten gehörten unter anderem der versierte Umgang mit Waffen, Nahkampftechniken, fließende Fremdsprachenkenntnisse und Tarnungsmethoden. Absolventen wurden häufig als Spione eingesetzt oder waren, wie in Olivias Fall, für böse Machenschaften missbraucht worden.

Neil hatte Olivia schließlich überreden können, für ihn zu arbeiten. Er hatte es so dargestellt, dass sie ihm noch einen Gefallen schuldete. Und er hatte dafür gesorgt, dass sie nur mit ihm und sonst niemandem Kontakt haben musste.

Ihre Aufgabe bestand darin, Marie Nickerson während ihres Krankenhausaufenthalts zu bewachen, bis das Mädchen mithilfe des Zeugenschutzprogramms ein neues Leben beginnen würde. Sobald Mykonos von den Geschworenen für schuldig erklärt wurde, würde Neil Olivia entsprechend entlohnen. Falls Mykonos freigesprochen wurde, würde sie ihre Arbeit fortsetzen müssen.

Olivia hatte den Auftrag sicher nicht wegen des Geldes angenommen, das hätte sie sich leicht auf andere Weise besorgen können, sei es durch ehrliche Arbeit, Betrug oder Diebstahl. Doch sie hatte sich auf den Job eingelassen.

Und jetzt lag sie im Krankenhaus und hatte nicht die geringste Ahnung, wer sie war und was alles in ihr schlummerte.

Leo Grant mochte zwar glauben, dass die Kugel für ihn bestimmt gewesen sei, doch Neil wusste es ziemlich sicher besser.

Und das bedeutete, dass er – Amnesie hin oder her – Olivia aus Las Vegas fortbringen musste, sobald es ihr Gesundheitszustand zuließ.

Und er musste es tun, ohne dass Leo zu viel über Olivia erfuhr.

* * *

Die Welt um sie herum war schärfer als am Vortag. Durchs Fenster fielen Sonnenstrahlen, die wie ein Katalysator zwischen Schlaf und Schmerzen wirkten.

Blinzelnd öffnete sie die Augen. Das vertraute Piepen und der Druck der sich aufblähenden Blutdruckmanschette verrieten ihr sofort, wo sie war.

Sie erinnerte sich vage an ihr Mantra vor dem Einschlafen, bevor die Dunkelheit sie erneut verschluckt hatte.

Erinnere dich daran, wo du bist.
Erinnere dich daran, was passiert ist.
Erinnere dich einfach wieder an alles.

»Las Vegas«, flüsterte sie ins leere Zimmer. »Ich bin angeschossen worden.«

Warum?

Tief in ihrem Innern spürte sie, dass sie es wusste. Aber die Antwort kam einfach nicht, egal, wie oft sie die Augen schloss und versuchte, sich zu erinnern.

Wie heiße ich?

Bei dieser Frage wurde ihr der Hals eng.

»Guten Morgen.«

Als sie nun wieder die Augen öffnete, stand ein junger Mann im blauen Kittel vor ihr. Er trug ein Stethoskop um den Hals. *Er ist ein Pfleger. Kein Arzt.*

»Guten Morgen«, testete sie ihre Stimme.

»Erinnern Sie sich an mich?«, fragte er.

Hinter der Lücke im Vorhang meinte sie, eine Frau zu sehen.

»Sie sind ein Pfleger.« Auf der Tafel an der Wand stand sein Name. »Ben.«

Grinsend nahm er das Stethoskop und klemmte sich die Ohrbügel um. »Ich hätte gar nicht erwartet, dass Sie sich an meinen Namen erinnern. Sie haben mich nämlich nur gestern Abend gesehen, als ich Ihnen das Schmerzmittel verabreicht habe. Die anderen Male haben Sie immer geschlafen. Aber schön, dass Sie wenigstens wissen, wo Informationen zu finden sind.«

Er drückte ihr die Membran des Stethoskops auf die Brust und bat sie, tief ein- und auszuatmen.

Er drückte hier und guckte dort, dann zog er den Computer von der Wand zu sich und tippte etwas ein. »Dr. Lee kommt gleich zu Ihnen.«

»Der Chirurg?«

»Ja, richtig. An was können Sie sich sonst noch erinnern?«

Sie versuchte, sich aufzusetzen, und Ben half ihr dabei.

»Ich bin in Las Vegas.«

»Ebenfalls richtig.« Er lächelte aufmunternd.

»Ich bin wegen einer Schusswunde operiert worden. Meine Lunge war kollabiert. Ich habe eine Kopfverletzung vom Sturz.«

»Ich bin beeindruckt.«

Ihr Lächeln war nur von kurzer Dauer. »Aber ich weiß nicht einmal, wie ich heiße.«

Ben bewahrte einen neutralen Gesichtsausdruck. »Eins nach dem anderen. Erinnern Sie sich an den Vorfall, als man auf Sie geschossen hat?«

»Nein. Nur, was man mir erzählt hat.«

»Insgesamt ist das aber schon hundert Mal besser als gestern.« Während Ben ihre Anstrengungen lobte, schloss er einen neuen Infusionsbeutel mit Antibiotika an. Dann erklärte er, dass bald Schichtwechsel sei und ein anderer Pfleger übernehmen werde.

Als Dr. Lee den Raum betrat, kam er ihr diesmal schon bekannt vor. Dass sie sich wenigstens daran erinnern konnte, bereits mit ihm geredet zu haben, beruhigte sie. Worüber sie gesprochen hatten, wusste sie allerdings nicht. Wahrscheinlich über ihren Zustand, aber das war nur eine Vermutung.

Er untersuchte sie gründlich und stellte viele Fragen. Sie konnte zwar vieles nicht beantworten, aber er schien wie Ben mit ihrem Fortschritt zufrieden zu sein.

»Wann kann ich mich endlich wieder daran erinnern, wer ich bin?«, fragte sie.

»Dafür gibt es keine zeitlichen Vorgaben. Statistisch gesehen könnte es jeden Moment passieren, dass sie sich plötzlich wieder an alles erinnern. Es kann aber auch ein paar Tage dauern oder …«

»Oder was?«

»Nun, es gibt auch Fälle, da dauert es länger, bis der Betroffene sein Gedächtnis wiederfindet. Es ist eine Art Schutzmechanismus des Gehirns, denn oft ist die Erinnerung zu schmerzlich und wird deshalb verdrängt. Zumindest vorübergehend. Ich habe einen Termin mit dem Neurologen veranlasst. Vielleicht kann Dr. Everett Ihnen genauer erklären, womit Sie rechnen können.«

»Ich bin seit zwei Nächten im Krankenhaus«, sagte sie.

»Das stimmt.«

»Das heißt also, Sie haben erwartet, dass ich mich ab heute wieder an etwas erinnern könnte. Sonst hätten Sie den Neurologen schon vorher zurate gezogen.« Sie wusste plötzlich ganz genau, dass es so war.

»Auf dem CT von Ihrem Gehirn ist nichts Auffälliges zu sehen. Alles spricht dafür, dass die Amnesie nachlassen wird.«

»Und ich sollte mich inzwischen schon wieder an etwas erinnern können.«

»Warten wir, was Dr. Everett dazu zu sagen hat.«

Er wollte die Verantwortung seinem Kollegen zuschieben, denn er selbst hatte keine Antwort auf ihre Frage.

»Na gut.«

Als der Arzt den Raum verließ, sah sie wieder die Frau, die vor dem halb zugezogenen Vorhang stand, der das Bett abschirmte.

»Haben Sie Hunger?«, erkundigte sich Ben jetzt und lenkte sie für einen kurzen Moment ab.

Allein die Frage brachte ihren Magen zum Knurren. »Ja.«

»Das ist ein gutes Zeichen. Aber bevor Sie sich allzu sehr freuen, muss ich Sie warnen: Das Essen ist hier nicht besonders.«

Ein Scherz, den sie nicht sehr lustig fand.

Bevor er ging, hielt sie ihn noch einmal auf. »Ben, könnten Sie mir vielleicht einen Spiegel bringen?«

Er blickte sie einen Moment lang an. »Ich hole einen.«

Ein paar Minuten später starrte sie ins Gesicht einer fremden Frau.

Grüne Augen, an die sie sich nicht erinnern konnte. Volle Lippen, geschwungene Augenbrauen. Hatte sie ihre Augenbrauen gezupft oder gewachst? Wie war es möglich zu wissen, dass Frauen so etwas machten, und gleichzeitig keine Ahnung zu haben, was sie mit ihren eigenen angestellt hatte?

Ihr kamen Tränen, was sich ungewohnt anfühlte.

Menschen weinten, wenn sie traurig waren oder Schmerzen hatten. Aber warum fühlte es sich an, als würden ihr zum ersten Mal Tränen über die Wangen laufen?

»Nehmen Sie ihn wieder mit«, sagte sie und drückte Ben den Spiegel in die Hand.

»Ihr Gedächtnis kommt wieder zurück.«

Sie wandte den Kopf zur Seite, um seinen mitleidigen Blick nicht mehr sehen zu müssen. Endlich verließ er den Raum.

Ein paar Minuten vergingen, dann bewegte sich der Vorhang vor ihrem Bett.

»Ich weiß, dass Sie da sind«, sagte sie zu der Person im Zimmer.

Und schließlich wurde der Stoff zur Seite geschoben.

Die Frau war groß, schlank und hatte ihr dickes schwarzes Haar zu einem Pferdeschwanz zusammengebunden. Auch ihre Augen waren dunkel, ihr Teint olivfarben. Sie war vom Kopf bis Fuß schwarz angezogen, ihr Gesichtsausdruck war nicht zu lesen.

»Kenne ich Sie?«

Statt einer Antwort sagte die Fremde nur: »Ich bin Sasha.«

* * *

»Wir erklären den Angeklagten, Mykonos Sobol, für schuldig ...«

Leo stieß die Luft aus, die er angehalten hatte, während der Vorsitzende der Geschworenenjury die Entscheidung verkündete und zwölf Anklagepunkte vorbrachte.

Leo ballte die Hände zu Fäusten, große Erleichterung strömte durch seinen Körper. Er blickte zu Marie Nickerson, von der er nur den Hinterkopf sah, mit der Kurzhaarfrisur, die sie ihrem Peiniger zu verdanken hatte.

Sie schien in sich zusammenzusacken, während ihre Anwältin ihr den Arm um die Schultern legte und ihr der Mann neben ihr etwas ins Ohr flüsterte.

Leo zückte das Handy und schrieb Claire eine Nachricht. Natürlich würde auch Neil sie über das Ergebnis informieren, aber das dauerte vermutlich, und an Claires Stelle hätte er es lieber sofort wissen wollen.

Schuldig.

Fast in derselben Sekunde schrieb Claire zurück.

Gott sei Dank.

Er steckte das Telefon weg und hörte zu, wie der Richter den Geschworenen für ihre Arbeit dankte.

Mykonos saß zwischen seinen Anwälten und bedachte Marie mit bedrohlichen Blicken.

Hinter ihm saßen Navi und sein Gefolge.

Der Gerichtssaal vibrierte förmlich, während die Journalisten das Ergebnis eilig an ihre Redaktionen schrieben, um die Nachricht als Erste zu überbringen.

Der Richter nannte den Termin für die Urteilsverkündung, dann verabschiedete er die Geschworenen und schloss die Sitzung.

Die Nachrichtenreporter strömten hinaus, während der Gerichtsdiener zu Mykonos ging, um ihn in die Untersuchungshaft zurückzubringen.

»Jetzt bleibt nur zu hoffen, dass der Urteilsspruch des Richters nicht zu mild ausfällt«, flüsterte Fitz Leo zu.

So etwas kam durchaus vor. Die Geschworenen machten alles richtig, der Böse wurde schuldig gesprochen, aber dann gab der Richter ihm einen Klaps mit dem Dornenzweig, statt einen Vorschlaghammer zu verwenden. Zum Glück gab es in diesem Fall so viele Anklagepunkte, dass an einer Gefängnisstrafe kein Weg vorbeiführen würde. Dennoch gab es keine Garantie dafür, dass der Richter Mykonos zu der strengen Strafe verurteilte, die er verdient hatte.

Maries Anwälte gratulierten dem Mädchen.

Sie lächelte zaghaft, sonst aber wirkte sie abwesend und zeigte kaum Emotionen.

Einer von Maries Verteidigern kam jetzt zu Leo und Fitz herüber. »Vielen Dank Ihnen und Ihren Kollegen vom FBI.«

»Ich werde es weitergeben.«

Jetzt wandte sich Marie an Leo. »Sagen Sie Claire danke von mir.«

»Das mache ich.« Er lächelte, wollte ihr gerne noch ein paar aufmunternde Worte mit auf den Weg geben. Sobald sie das Gebäude verlassen hatten, würde er sie vermutlich nicht mehr wiedersehen. »Jetzt kannst du endlich das Leben führen, das du verdient hast.«

Sie hob kaum merklich das Kinn. »Ich versuche es.«

Ein Geräusch auf der anderen Seite des Gerichtssaals sorgte dafür, dass alle die Köpfe drehten. Mykonos grinste Marie arrogant zu.

Ihre Anwältin stellte sich schützend vor sie, während der Verurteilte abgeführt wurde.

»Von ihm hast du jetzt nichts mehr zu befürchten«, sagte Leo zu Marie. »Wir haben alles abgesichert. Wenn du erst einmal angekommen bist, wird er nie erfahren, wo du bist.«

Marie starrte ausdruckslos zur Wand. »Und trotzdem werde ich immer das Gefühl haben, dass er mich verfolgt.«

Ja, das glaubte er ihr sofort.

Navi hatte das Ende des Ganges erreicht und blieb vor Leo und Fitz stehen.

»Jetzt begegnen wir uns ja schon wieder«, sagte der Mann.

Leo richtete die Schultern gerade und stellte sich zwischen Marie und Navi.

»Bringen Sie sie schnell von hier weg«, wies Fitz Maries Personenschützer an.

Als Marie außer Sichtweite war, wandte sich Navi wieder an Leo. »Ich habe von dem unglücklichen Vorfall gehört.«

»Woher?«

»Schießereien gehören in Las Vegas zwar zur Tagesordnung, aber trotzdem schaffen sie es noch in die Zeitungen«, sagte Navi.

Leo verengte die Augen zu schmalen Schlitzen.

»Freut mich, dass Sie heil geblieben sind.« Navi setzte ein freundliches Lächeln auf.

»Das bezweifle ich«, entgegnete Leo. Sein Unterkiefer war angespannt.

Navi lachte. »Doch natürlich. Wahrscheinlich glauben Sie, dass ich etwas damit zu tun habe. Aber ich kann Ihnen versichern, dass dem nicht so ist. Trotzdem frage ich mich, wer wohl Ihre Feinde sind.«

Leo antwortete mit genauso viel Selbstsicherheit, wie Navi sie an den Tag legte. »Ich bin einer von den Guten.«

Jetzt musste Navi sogar herzlich lachen. »Ach, stimmt ja.« Er blickte über Leos Kopf. »Der Heiligenschein ist mir erst gar nicht aufgefallen, aber jetzt sehe ich ihn hell und deutlich.«

»Wollten Sie sonst noch etwas Wichtiges sagen?«, schaltete sich Fitz ein.

Navi bedachte sie nur mit einem Blick, ging aber nicht auf ihre Frage ein, sondern wandte sich wortlos wieder an Leo.

Dass sich die beiden nicht ausstehen konnten, war offensichtlich.

»Seien Sie vorsichtig da draußen«, riet Navi und wandte sich zum Gehen. Dann drehte er sich noch einmal um. »Wie geht es der Frau?«

»Welcher Frau?« Leo stellte sich dumm, obwohl sich ihm die Nackenhaare aufstellten.

»Der Frau, die angeschossen wurde. In der Zeitung stand kein Name. Aber nachdem Sie als Guter direkt dabei waren, geht es ihr wahrscheinlich ganz gut, oder?«

»Ja, es geht ihr gut.«

Navi nickte. »Schön. Ich hasse es nämlich, wenn Unschuldigen was zustößt.«

Wieder wandte sich der Mann zum Gehen.

»Haben Sie vor, noch länger in der Stadt zu bleiben?«, fragte Leo.

»Las Vegas ist eine schmutzige Stadt. Ich habe nie verstehen können, was mein Cousin an ihr findet. Hier kann man den Frauen nicht vertrauen.« Er zeigte zur Tür, durch die Marie gegangen war. »Man kann nicht mal in Ruhe auf der Straße laufen, ganz zu schweigen davon, dass man nicht in Ruhe zum Essen gehen kann, ohne gestört zu werden.«.

Leo ließ sich zu keinem Kommentar hinreißen. Er blickte ihm nach, wie er neben seinen beiden Gorillas hinausging.

»So ein Arschloch«, murmelte Fitz.

»Kam dir irgendwas von dem, was er gesagt hat, wie eine Drohung vor?« Er richtete sich auf und spürte, wie die Anspannung aus seinen Schultern wich.

Fitz schüttelte den Kopf. »Nein. Und auch nicht wie ein Geständnis.«

»Was allerdings nichts heißen muss.«

Auch Fitz lockerte die Halsmuskeln. »Komm, lass uns von hier verschwinden.«

KAPITEL 7

An der abgehängten Decke des Krankenhausflurs hingen lange Neonröhren, von denen einige unruhig flackerten.

Olivia erinnerte sich vage daran, schon einmal hier gewesen zu sein. Ein Pfleger schob ihr Bett, während ihr Aufpasser namens Rick neben ihr ging.

Sie kam sich wie eine Beobachterin vor. Nur leider hatte ihr Hirn zu wenig Kapazität, um alle Informationen zu speichern.

»Und Sie werden wirklich fürs Rumsitzen bezahlt?«, wandte sich der Pfleger an Rick, während sie auf den Aufzug warten.

»Könnte man so sagen.«

Als der Lift klingelte und die Türen aufgingen, wurde Olivia hineingeschoben.

Selbst die kleinste Unebenheit löste einen stechenden Schmerz aus, der so mächtig war, dass Olivia die Augen schließen musste, um nicht völlig davon überwältigt zu werden. Sie hatte Schmerzmittel abgelehnt, damit sie sich schneller wieder im Spiegel erkennen würde.

Als eine weitere Person in den Aufzug treten wollte, um den kurzen Weg zur Radiologie mitzufahren, hob Rick die Hand. »Würden Sie bitte auf den nächsten Lift warten?«

Ohne nachzufragen, trat der andere einen Schritt zurück, während sich die Aufzugtüren wieder schlossen.

»Hören alle Leute auf Sie?«, fragte Olivia.

»Alle, außer meiner Frau«, entgegnete er grinsend.

»Gut zu wissen.«

Im Untergeschoss des Krankenhauses, in den Katakomben, herrschte gähnende Leere.

Der Pfleger stellte das Bett vor der Tür zur Radiologie ab und ließ Rick und Olivia einen Moment allein, während er kurz in dem Raum verschwand.

Plötzlich kam ein Mann in ihre Richtung gelaufen. Rick machte sich groß.

»Könnten Sie mir vielleicht sagen, wie ich zur Cafeteria komme?«, wandte sich der Fremde an Rick und warf dabei einen Blick auf Olivia.

Sie blinzelte den Mann an.

Jetzt stellte sich Rick vor sie und zeigte in die Richtung, aus der sie gekommen waren. »Bei den Aufzügen vorne um die Ecke gibt es einen Übersichtsplan«, erklärte er.

Der Fremde blickte kurz zu Rick, dann nach noch einmal zu ihr. »Danke.«

Olivia versuchte, trotz der hämmernden Schmerzen in ihrem Schädel zu lächeln.

Als der Mann ging, platzierte sich Rick so, dass er zwischen ihr und dem sich entfernenden Fremden stand.

»Er sah nicht so aus, also wollte er mir was antun«, meinte sie, als der Mann verschwunden war.

»Je unschuldiger sie aussehen, desto gefährlicher sind sie«, entgegnete Rick.

Bevor sie etwas erwidern konnte, ging die Tür auf und Olivia wurde in den Untersuchungsraum geschoben.

* * *

»Was haben wir?«, fragte Neil bei der Lagebesprechung. Er saß neben Sasha in seinem Hotelzimmer, während Isaac und Lars gerade unterwegs waren, um Marie Nickersons Transfer zu beaufsichtigen. Wenn Marie erst mal in der Luft war, würde ihr Aufenthaltsort nur noch ihr selbst und den Marshals bekannt sein, die Marie eine neue Identität verschafften. Neil musste darauf vertrauen, dass das Zeugenschutzprogramm funktionierte, auch wenn es ihm nicht leichtfiel.

Rick und AJ, zwei weitere Mitglieder seines Teams, waren für Olivias Schutz abgestellt worden.

Cooper, Claire und Jax, die an der Telefonkonferenz teilnahmen, waren derweil in Los Angeles mit Zuarbeiten beschäftigt.

Beziehungsweise mit dem Einhacken in diverse Computersysteme.

In der Hotelsuite lagen Reisetaschen auf dem Boden, auf dem Konferenztisch standen drei Computer.

Sasha saß vor einem, Neil vor einem anderen.

Claire war auf Lautsprecher gestellt, damit sie beide mithören konnten.

»Olivia versteht es wirklich, ihre Spuren zu verwischen«, erklärte Claire. »Sie hat das Telefon von irgendwem in North Dakota verwendet, was es fast unmöglich macht, herauszufinden, von wo aus sie ihre Anrufe getätigt hat. Ich habe nach langem Suchen eine Verbindung von ihrem Telefon zum Handymasten beim Wynn gefunden, von wo aus sie dich am Abend vor der Schießerei angerufen hat. Der nächste Lokalisierungspunkt stammt von dem zweiten Versuch, als sie dich erneut anrufen wollte, nur diesmal sprang der Anruf herum. Immerhin haben wir die Gegend ausfindig gemacht, wo sie ungefähr war, bevor sie angeschossen wurde, und ihre Verstecke …«

»Mir reicht eine Adresse.« Neil wusste Claires Computerfähigkeiten zwar sehr zu schätzen, doch wie sie in allen

Einzelheiten vorgegangen war, musste er nicht unbedingt wissen.

»Wir haben jetzt einen Straßenblock, in dem sich drei kleinere Hotels befinden. Nur leider sind es keine von der Sorte, wo sich in jeder Ecke eine Kamera befindet. Ich denke mal, die Hotelleitung will lieber gar nicht wissen, was dort alles so abläuft.«

»Was ist mit den Kameras der Stadt?«, wollte Sasha wissen.

Jetzt hörte man Jax am anderen Ende der Leitung. »Bin schon dabei. Ich durchsuche gerade alle Aufzeichnungen seit Prozessbeginn. Das Problem ist nur, dass man nicht weiß, wonach man suchen soll. Sicher war sie verkleidet und hatte eine Perücke auf. Vielleicht war sie sogar als Mann unterwegs. Im Moment suche ich nach ihr, so wie sie an jenem Abend mit der blonden Perücke ausgesehen hat.«

Neil sah über seinen Bildschirm hinweg zu Sasha.

Sie mussten dringend Olivias vorigen Aufenthaltsort ausfindig machen und ihr Zimmer durchsuchen, bevor irgendjemand ihr Zimmer betrat und ihre Sachen fand. Sasha meinte zwar, Olivia hätte sicher nichts liegen gelassen, was Auskunft über sie gegeben hätte. Trotzdem fürchtete Neil, dass man ihre falschen Ausweise finden und an die Bundesbehörde aushändigen konnte.

Was für alle Beteiligten sehr schlecht gewesen wäre.

»Gib mir die Adresse des Straßenblocks«, meinte Sasha. Sie notierte sie sich und stand auf.

»Geh nicht allein«, ermahnte Neil sie.

Doch Sashas Blick gab deutlich zu verstehen, dass man ihr keine Vorschriften machen durfte.

Sie schnappte sich ihre Tasche und verließ das Zimmer.

Neil seufzte schwer. »Habt ihr schon einen sicheren Ort gefunden? Und wie sieht es mit der medizinischen Versorgung aus?«, fragte er stattdessen die Teammitglieder am anderen Ende der Leitung.

»Wir haben was in Colorado gefunden, etwas außerhalb von Durango. Es liegt abgeschieden genug, um nicht aufzufallen, aber gleichzeitig ist es auch nicht allzu weit von einem Krankenhaus entfernt, falls wir eins bräuchten. Wir haben eine Krankenschwester angeheuert, die früher für die Armee gearbeitet hat. Sie war in den Neunzigern während der Golfkrise im Nahen Osten und freut sich auf deine gute Bezahlung.«

Das klang nach genau der Richtigen, um Neils Team zu unterstützen.

»Lars und Isaac schicke ich, sobald sie ihre Aufgabe erledigt haben, nach Colorado. Claire, mach mit dem Telefon weiter.«

»Okay. Aber Neil?«

»Ja?«

»Meinst du, dass sich Olivia aus dem Staub macht, wenn sie sich wieder an alles erinnert?«

»Ja, und zwar noch in derselben Sekunde, in der ihr Gedächtnis zurückkommt. Wenn wir sie aber vorher an einen sicheren Ort bringen, hat sie vielleicht genügend Zeit, sich zu regenerieren.«

»Und wenn ihr Gedächtnis überhaupt nicht mehr zurückkommt?«, fragte Cooper.

»Das ist eher unwahrscheinlich.« Neil hoffte nur, dass es eher später als früher zurückkommen würde.

* * *

Leo hatte Neils Mann, der Olivias Zimmer bewachte, den Ausweis gezeigt.

»Da ist ja jemand wach und isst.«

Ihr Gesicht hatte wieder etwas mehr Farbe. Auch waren ihre Haare gebürstet und zu einem Pferdeschwanz zusammengebunden, der auf einer Seite über der Schulter hing.

Sie legte die Gabel nieder und wischte sich den Mund mit der Serviette ab. »Ich habe schon mal was Besseres gegessen. Glaube ich zumindest.«

Leo hatte erfahren, dass ihr Gedächtnis immer noch nicht zurückgekehrt war. Was wie ein Scherz klang, entsprach also der Wahrheit.

»Darf ich?«, fragte er und zeigte auf den Stuhl neben ihrem Bett.

Als sie lächelte, funkelten ihre Augen, was er bei ihr bisher noch nicht gesehen hatte. »Danke, dass Sie fragen, und ja, gerne.«

Wahrscheinlich war es im Krankenhaus üblich, dass alle irgendetwas machten, ohne vorher zu fragen. »Sie sehen schon viel besser aus.«

»Ich fühle mich immer noch, als hätte mich ein Pferd gekickt. Aber es hilft mir, wenn ich keine Schmerzmittel nehme.«

»Inwiefern?«

Sie tippte sich an den Kopf. »Dann ist hier weniger Nebel drin.«

»Und die Schmerzen?«

Sie zuckte mit den Achseln. »Sind eben nur Schmerzen.«

Er betrachtete den Beutel am Bett, der seit der OP dort hing. Außerdem war sie immer noch mit dem Tropf verbunden, hatte überall Schläuche an sich und trug Stützstrümpfe. Dass sie die Schmerzen auf diese Weise abtat, hätte er nicht erwartet.

»Ich möchte Sie nicht beim Essen stören.«

Sie schob den Beistelltisch mit dem Teller fort. »Ich war sowieso schon fertig.«

Er bekam ein schlechtes Gewissen. Sie hatte höchstens ein Drittel der Mahlzeit gegessen.

»Sie heißen Leo, richtig?«

»Stimmt.«

»Sie sind FBI-Agent«, fuhr sie fort und verzog das Gesicht.

»Stimmt auch«, sagte er schmunzelnd.

»Haben Sie den Täter, der auf mich geschossen hat, schon ausfindig gemacht?«

»Wir sind noch dabei.«

»Verstehe. Es kann ja genauso gut sein, dass ich es verdient habe …«

»Hey, so was dürfen Sie nicht sagen. Sie standen zufällig dort und haben all das hier«, er machte eine ausladende Geste, »ganz sicher nicht verdient.« Sie senkte den Blick. »Es tut mir leid«, beteuerte er.

Sie blickte wieder zu ihm auf. »Waren Sie es, der auf mich geschossen hat?«

»Nein«, sagte er entsetzt.

»Warum entschuldigen Sie sich dann?«

Weil ich in diesem Bett liegen müsste.

»Weil es mir leidtut, dass es passiert ist. Dass Sie verletzt wurden.«

Sie zog die Stirn kraus. »Mit Ihrer Entschuldigung vergeuden Sie bloß Ihre Zeit.«

»Ich dachte, Frauen finden es toll, wenn man sich entschuldigt«, entgegnete er und lachte.

»Ich anscheinend nicht.« Jetzt schenkte sie ihm erneut ein Lächeln. »Haben Sie mir schon gesagt, worüber wir geredet haben, als es passiert ist?«

Er räusperte sich und setzte sich gerade hin. »Es war ein warmer Abend …«

»Wir haben übers Wetter geredet?«

Er befeuchtete sich die Lippen, während er überlegte, was er sagen sollte. »Ich wollte Ihren Namen wissen.«

Ihre Augen verengten sich, sie guckte ihn über den Nasenrücken hinweg an. »Sie haben mit mir geflirtet?«

Leo versuchte, eine bequemere Position zu finden. »Also … ja.«

Jetzt sah es so aus, als würde sie sich ein Grinsen verkneifen. »Habe ich zurückgeflirtet?«

»Na ja …« Was in aller Welt sollte er bloß sagen? *Nein, du wolltest mich abblitzen lassen.* Aber in diesem Fall war Ehrlichkeit nicht seine beste Option. »Sie wollten nicht wegrennen«, sagte er ausweichend und das war zumindest nicht gänzlich gelogen.

»Klar, weil ich viel zu beschäftigt damit war, angeschossen zu werden«, entgegnete sie glucksend.

»Jetzt machen Sie schon Scherze darüber.«

»Prickelnd finde ich es nicht gerade, dass mich die Kugel erwischt hat. Oder zumindest denke ich, dass ich es nicht prickelnd finden sollte. So was würde ja niemand wollen, oder?« Sie ließ ihm keine Zeit, darauf zu antworten. »Was ich allerdings viel schlimmer finde, ist die Tatsache, dass ich mich im Spiegel nicht wiedererkenne. Das ist doch verrückt, oder?«

»Ich kann mir das gar nicht vorstellen.«

Plötzlich musste sie so sehr husten, dass sie kaum noch Luft bekam.

»Soll ich die Schwester rufen?« Er beugte sich besorgt zu ihr.

Olivia stützte sich die Seite und schien nicht richtig atmen zu können.

Leo sprang auf und riss die Tür auf. »Ich brauche eine Krankenschwester!«

Der Mann, der als Wächter auf dem Stuhl saß, blickte an ihm vorbei ins Krankenzimmer.

Schon kam eine Schwester herbeigeeilt. Beruhigend sprach sie auf Olivia ein, der die Panik ins Gesicht geschrieben stand. Bevor sie die Bettdecke anhob, um sich Olivias verletzte Seite anzusehen, drehte sie sich um und zog den Bettvorhang zu.

Erst als Leo hörte, wie Olivias Husten verebbte, verließ er das Zimmer und lief im Gang auf und ab.

»Hi. Alles klar?« Der Mann aus Neils Team war größer als er und verbrachte eindeutig mehr Stunden im Fitnessstudio. Aber er wirkte sehr sympathisch.

»Die Kugel hätte sie nicht treffen dürfen.«

»Und die Dodgers hätten die World Series gewinnen müssen. Tja.«

Leo sah ihn an. »Ich bin Leo. Und du?«

»Ich heiße Rick. Ich war mit Neil in der Armee.«

Das glaubte er sofort, denn Rick hatte dieselbe muskulöse Statur wie Neil.

Leo trat einen Schritt näher und fragte leise: »Kennst du die Frau?«

Rick schüttelte den Kopf. »Ich habe nur gehört, was die Ärzte gesagt haben. Sie wollen sie von der Intensivstation wegbringen und auf die normale Krankenstation verlegen. Ich habe darauf gedrängt, dass man wenigstens noch bis morgen warten sollte. Hier ist es schwieriger, zu ihr vorzudringen als auf der normalen Station.«

Leo gefiel das gar nicht.

»Wenn alles gut läuft, wird morgen der Drainageschlauch aus der Lunge entfernt und dann kann sie in ein, zwei Tagen entlassen werden.«

Leos Herz begann schneller zu schlagen. »Aber wo soll sie denn hin? Sie weiß ja nicht einmal, wie sie heißt.«

Jetzt antwortete Rick leise. »Wir kümmern uns darum.«

Klar würden sie das.

Das Problem war nur, dass sie eine Augenzeugin war. Beziehungsweise eine wurde, sobald ihr Gedächtnis zurückkehrte. »Wir bringen sie ins Zeugenschutzprogramm«, sagte Leo, denn ihm war klar, dass dies der nächste Schritt sein musste. »Meine Vorgesetzten werden darauf bestehen. Zumindest bis ihr Gedächtnis zurückkommt.«

Als Rick zögerte, sah Leo ihn an.

»Willst du, dass sie in Sicherheit ist?«

»Sie ist nur wegen mir hier. Ich habe es vermasselt, weil ich Navi angesprochen habe, und er deshalb sauer war ...« Leo fuhr sich durch die Haare.

»Dann musst du alles tun, egal was, um deinen Vorgesetzten von unserem Plan zu überzeugen. Das Zeugenschutzprogramm ist für sie nicht sicher genug. Oder besser gesagt, ihre Beschützer sind in ihrer Gegenwart nicht in Sicherheit.«

Bei diesen Worten blieb Leo abrupt stehen und raunte Rick zu: »Kannst du mir das näher erklären?«

Grinsend schüttelte Rick den Kopf. »Unterhalte dich mal mit Neil.«

Leo wandte sich um und ging wieder ins Zimmer, wo immer noch die Vorhänge vor dem Bett zugezogen waren.

»Machen wir es so: Wenn Sie nicht einschlafen können, gebe ich Ihnen gerade so viel, dass die Schmerzen erträglicher werden und Sie schlafen können.« Die Krankenschwester versuchte, mit Olivia über die Schmerzmitteleinnahme zu verhandeln.

»Mir geht es gut.«

»Ihre Vitalzeichen sagen etwas ganz anderes. Schlaf ist im Moment die beste Medizin für Sie. Aber wenn die Schmerzen zu stark sind, können Sie nicht schlafen.«

»Ich will diesen Nebel nicht in meinem Kopf haben.«

»Nur eine geringe Dosis, ich verspreche es. Sie werden sich am nächsten Morgen deutlich besser fühlen.«

Es folgte Stille und Leo fragte sich, was wohl gerade hinter dem Vorhang geschah.

Dann erschien die Krankenschwester und murmelte beim Hinausgehen: »So ein Sturkopf.«

Der Husten hatte Olivia arg mitgenommen. Ihre Augen wirkten stumpf, das Gesicht blass.

»Geht es besser?«, fragte er, als sich ihre Blicke trafen.

Ihr Lächeln war flüchtig und wenig überzeugend.

»Warum lassen Sie sich von der Schwester nichts geben?«

Sie schüttelte den Kopf.

»Kommen Sie, mir zuliebe.«

»Sie haben mit mir geflirtet und jetzt soll ich Ihnen einen Gefallen tun?«

»Ich sehe Ihren Augen an, wie müde Sie sind. Ein bisschen von dem Schmerzmittel wird Ihnen helfen, besser zu schlafen.« Für einen kurzen Moment glaubte er, dass sie vielleicht nachgeben würde. »Hier sind viele Leute, die auf Sie aufpassen.«

Dann hörte ihr Schwanken wieder auf. »Ja, wie der Mann da draußen. Der Wächter.«

Leo blickte über die Schulter zur Tür.

»Der Arzt hat gesagt, ich würde mich an alltägliche Dinge erinnern, an so was wie Autofahren oder wie man einen Computer benutzt. Nur nicht an Details wie Passwörter oder Adressen. Oder eben, wer ich bin. Und eins weiß ich, der Mann da draußen ist hier, um entweder mich zu schützen oder um andere Leute vor mir zu schützen. Und da noch niemand gesagt hat, dass ich in Polizeigewahrsam bin, nehme ich an, dass Ersteres der Fall ist. Was bedeutet, dass ich irgendetwas weiß … was ich offenbar vergessen habe. Und diese Information muss geschützt werden.«

Leo guckte sie ohne Worte an. *Heiliger Bimbam!*

»Ihr Gesichtsausdruck sagt mir, dass ich mir das richtig erschlossen habe.«

Leo ließ sich auf dem Stuhl neben ihrem Bett nieder. »Ich muss zur Liste Ihrer Attribute neben schön auch noch klug hinzufügen.«

»Sie flirten schon wieder mit mir …«

Er warf die Hände in die Luft und merkte, wie ihm heiß wurde. »Erwischt. Und es ist völlig unangemessen, in Anbetracht der Umstände.«

»Ist schon okay. Ich finde es eigentlich ziemlich erfrischend. Es könnte allerdings auch sein, dass ich verheiratet bin.« Sie wirkte von diesem Gedanken wenig angetan. »Aber wenn mich jemand vermissen würde, hätte er mich schon gesucht, oder?«

Leo dachte an Neil und seine Leute. Und dass sie ihr nichts sagen konnten. Noch nicht. »Vielleicht sind Sie nur für ein kurzes Wochenende nach Las Vegas gefahren.«

»Allein?«

»Vielleicht für die Arbeit. Vielleicht erwartet man Sie erst in ein paar Tagen zurück.«

Darüber dachte sie eine ganze Minute lang nach. »Dr. Everett hat gesagt, ich habe *dissoziative* Amnesie. Er denkt, dass sie in Zusammenhang mit der Schießerei steht. Dass mein Gehirn den Angriff nicht verarbeiten kann und sich selbst schützt, indem es die Erinnerung und alles, was damit zu tun hat, vor mir verbirgt.«

»Hat der Arzt auch gesagt, wie lange es anhalten wird?«

»Stunden, Tage, Wochen, Monate … Er hat gemeint, meine Erinnerung könnte schlagartig zurückkommen oder häppchenweise. Aber manchmal kommt es auch vor, dass sich die Betroffenen nie mehr an alles erinnern, was passiert ist.«

Leo holte tief Luft. »Sie haben zur Straße geschaut, ich in die andere Richtung. Dann haben Sie plötzlich etwas gesehen, denn Sie haben ruckartig meinen Arm gepackt und mich zu Boden gerissen.« Er nickte zur Tür. »Der Sicherheitsmann ist wegen Ihnen hier. Wir wissen nicht, wer der Täter war, und es besteht die Möglichkeit, dass die Leute, die damit zu tun haben ...«

»... mich als Augenzeugin beseitigen wollen.« Als sie das sagte, vernebelte sich ihr Blick.

»Ich will nicht, dass Sie sich über so etwas Sorgen machen.«

»Sie haben keine Kontrolle über meine Emotionen oder Gedanken.« Jeglicher Humor war von ihr gewichen.

Leo seufzte. »Wir werden Sie beschützen. Wir sorgen dafür, dass Sie in Sicherheit sind.«

»Jemand hat auf *Sie* geschossen«, zog sie ihre Schlüsse.

»Ja, das ist recht wahrscheinlich«, gab er zu.

»Und ich war im Weg. Das ist auch der Grund, warum Sie sich jetzt um mich kümmern. Eine x-beliebige Person, die auf offener Straße angeschossen wird, hätte niemanden interessiert, aber wenn ein FBI-Agent involviert ist ...«

Äußerst klug und hübsch.

»Warum sind Sie in Las Vegas?«, fragte sie.

»Wegen eines Falls.« Ihr beharrlicher Blick brachte ihn dazu, weiterzureden. »Meine Kollegin und ich waren wegen eines Strafprozesses für einen Bandenchef hier.« Leo war aus demselben Grund in Las Vegas wie Olivia. Würde diese Unterhaltung vielleicht eine Erinnerung bei ihr auslösen?

Doch ihr Blick war genauso ausdruckslos, wie wenn man sie nach ihrem Namen fragte.

»Dann haben Sie mich aufgehalten, weil Sie mich ansprechen wollten, und ich wurde angeschossen.« Ihre Worte klangen emotionslos, monoton, kalt.

»Es tut mir leid.«

»Wer ist jetzt derjenige mit dem eingeschränkten Gedächtnis? Ich habe doch gesagt, dass Ihre Entschuldigung nichts bringt.«

Trotzdem wollte er ihr immer wieder sagen, wie leid es ihm tat.

»Ich glaube, ich habe für heute genug Neues erfahren«, sagte sie schließlich.

Eine klare Aufforderung an ihn, jetzt zu gehen. »Ich komme morgen wieder.«

Sie drückte auf einen Knopf am Bett, um das Kopfteil nach unten fahren zu lassen.

Vor dem Zimmer blieb er noch einmal bei Rick stehen. »Ist Neil noch im Hotel?«

Rick grinste. »Ich gebe ihm Bescheid, dass du auf dem Weg zu ihm bist.«

Es war Zeit, dass Leo endlich Antworten auf seine vielen Fragen bekam.

Kapitel 8

Die Steine, auf denen sie lief, waren scharfkantig und heiß. Mit jedem Schritt tat es mehr weh. Wenn sie nur besser Luft bekommen hätte, dann wäre der Schmerz vielleicht besser zu ertragen gewesen.

»Atme die Schmerzen weg. Du weißt, was du tun musst.«

Tränen hinterließen eine salzige Spur auf ihren Wangen.

»Hör auf zu heulen, du blöde Ziege.«

Es tat so weh.

»Stell dich nicht so an und lauf weiter. Was willst du machen, hier warten, bis der Sensenmann kommt, damit er dich trägt?«

Sie tat einen Schritt nach dem anderen und vermied es, ins weite Nichts hinaufzuschauen. Ein Nichts, das aus Feuer, Steinen und höllischem Schmerz bestand.

Sie riss die Augen auf und schnappte nach Luft.

Es war dunkel.

Und heiß.

Irgendetwas stimmte nicht.

»Schwester?« Sie räusperte sich. »Schwester?«

* * *

Leo musste immer wieder an Neils Worte denken, während er seinem Chef gegenübersaß und den Plan schilderte.

»Olivia ist eine hoch qualifizierte Privatagentin. Wenn ihr Gedächtnis zurückkommt und sie eine Bedrohung wittert, ist nicht absehbar, wie sie reagieren wird. In meinem Versteck und mit meinen Leuten ist sie jedenfalls in Sicherheit.«

»Erläutere mir doch bitte mal, was genau du mit ›Privatagentin‹ meinst«, forderte Leo Neil auf.

»Das kann ich nicht.«

»Kannst du nicht oder willst du nicht?« Es war ganz offensichtlich, dass Neil ihm etwas verschwieg.

»Das kannst du interpretieren, wie du willst.«

Ihre Unterhaltung dauerte nur kurz. Leo stellte Fragen und Neil wich ihnen aus.

Am Ende setzte Neil ihm ein Ultimatum. »Du überzeugst deine Chefs, dass mein Schutzprogramm bei Weitem besser ist als das des FBI. Ich habe Ärzte, Krankenschwestern, bewaffnete Sicherheitsleute. Deine Kollegen sollen sich einfach nur darum kümmern, den Täter zu finden, beziehungsweise dessen Auftraggeber. Die einzige Alternative wäre, dass Olivia verschwindet und du sie nie wiedersiehst.«

Nun saß Leo vor seinem Chef und beobachtete seine Reaktion.

»MacBain und seine Leute sind tief in diesen Fall involviert. Sie kennen die Drahtzieher, angefangen bei Mykonos und seinen sogenannten Verwandten bis hin zu seinen Handlangern, die für ihn die schmutzige Arbeit erledigen. Natürlich könnte man die Marshals ins Spiel bringen, aber was würde es bringen?«

Brackett sah ihn eindringlich an. »Wo würde MacBain sie denn hinbringen?«

»Keine Ahnung.«

»So geht das nicht. Wenn, dann müssen wir das schon erfahren.«

Leo kannte den Gesichtsausdruck seines Chefs, wenn etwas nicht weiter verhandelbar war.

Fitz saß neben Leo und schwieg. Sie wusste, worum es ging.

»Ich habe noch Anspruch auf Urlaub«, begann Leo. »Nachdem ich ein ganzes Jahr lang undercover gearbeitet habe …« Ein Jahr, in dem er vorgegeben hatte, jemand anderes zu sein, während sein persönliches Leben pausiert hatte. »Diesen Urlaub möchte ich jetzt nehmen.«

Brackett lehnte sich zurück und verschränkte die Arme. »Was willst du damit sagen?«

Jetzt beugte sich Leo nach vorn. »Ich will sagen, dass du mir die Sache übertragen sollst. Ich bleibe zusammen mit Neils Team bei der Zeugin. Du kriegst, was du willst, und die zwei Leute, auf die geschossen wurde, verschwinden, bis deren Sicherheit garantiert werden kann.«

Brackett sah zu Fitz.

Mehrere Sekunden verstrichen.

Dann lehnte er sich vor. »Ich verlange ein wöchentliches Update.«

Leo merkte, wie sich ein löwenmäßiges Grinsen in seinem Gesicht ausbreitete.

»Ich hoffe nur, dass diese Geschichte nicht schwanzgesteuert ist, Grant«, warnte Brackett.

Leo schüttelte den Kopf und wiederholte Olivias Worte. »Möglicherweise ist sie verheiratet und hat zwei Kinder und einen Hund.«

»In dem Fall wird jemand nach ihr suchen. Haltet sie bis dahin mal besser am Leben.«

Leo erhob sich und gab seinem Chef die Hand. »Das werde ich.«

* * *

Durango war ein unbedeutendes Städtchen im Südwesten von Colorado. Die bergige Landschaft ermöglichte es ihnen, ohne große Heimlichkeit unterzutauchen. In den Sommermonaten kamen viele Touristen. Die meisten blieben nicht lange, denn die Hauptattraktion war eine schmalspurige Dampfeisenbahn, die in den kleinen Ort Silverton fuhr, der nur knapp fünfhundert Einwohner verzeichnete und während der Sommermonate doppelt oder dreimal so viele Menschen beherbergte. Alle Eisenbahnpassagiere begannen ihre Reise in Durango. In einem kleinen Ort wie Silverton wäre das Team zu sehr aufgefallen, in Durango nicht. Allerdings wollten sie sich ohnehin nicht oft in dem Städtchen aufhalten. Der zur Neige gehende Sommer war die perfekte Jahreszeit, um sich unauffällig unter die letzten Touristen zu mischen und bei den Einheimischen kein Aufsehen zu erregen. Und bis zur Skisaison würde es noch eine Weile dauern.

Die gemietete Blockhütte hatte eine Wohnfläche von tausend Quadratmetern und war umgeben von zehn Hektar Land. Außerdem lag sie so weit von der Hauptstraße entfernt, dass niemand aus Versehen die private Auffahrt entlangfahren würde.

Neil steuerte den SUV und verließ jetzt den privaten Flugplatz, wo sie kurz zuvor gelandet waren. Leo saß neben ihm, Olivia auf der Rückbank. Hinter ihnen fuhren AJ und Sasha im Geländejeep.

Die Krankenschwester, die sie engagiert hatten, war schon vor einer Weile angekommen. Auch Lars und Issac waren schon da, um alle Überwachungssysteme zu installieren, die auch aus der Ferne abgerufen werden konnten.

Als sie in ein Schlagloch fuhren, blickte Neil sofort in den Rückspiegel zu Olivia.

Falls sie Schmerzen hatte, ließ sie sich nichts anmerken. Doch mit jeder Meile, die sie zurücklegten, wirkte sie müder.

Der Arzt hatte den Drainageschlauch entfernt und noch einmal die Brust geröntgt, bevor er Olivia für reisefähig erklärt hatte. Einen Tag zuvor hatte sie noch leichtes Fieber bekommen. Alle waren in heller Aufregung gewesen, weil sie befürchteten, dass der Transfer verschoben werden müsste. Aber da Navi etwas im Schilde führte, um in letzter Minute noch etwas am anstehenden Urteil zu drehen, das in der folgenden Woche verkündet werden würde, hatte Neil Olivia möglichst schnell so weit von Las Vegas wegbringen wollen, wie es mit einem kurzen Flug möglich war.

»Wie geht es dir da hinten?«, fragte Leo.

»Ging mir noch nie besser.«

Eine Antwort, die Neil dazu brachte, etwas vom Gas runterzugehen.

»Ich will nicht wie ein Kind klingen, aber wie lange dauert es noch?«, fragte sie.

»Noch zehn Minuten bis zum Abzweig, dann sind wir schon auf dem Gelände«, informierte Neil sie.

Olivia nickte und wandte sich wieder der vorbeiziehenden Landschaft zu.

Neil hätte allzu gern gewusst, ob ihr etwas davon bekannt vorkam. Abgesehen davon, dass sie viele Jahre in Deutschland verbracht hatte, wusste er kaum etwas über ihr Leben. Ihre Geschichte war schon lange vor dem Schuss ausgelöscht worden.

Als sie zur Auffahrt kamen, überholte AJ, dann sprang er aus dem Wagen und öffnete das Tor. Neil wäre ein automatisches Tor lieber gewesen, doch so etwas gab es eher in den dichter besiedelten Gegenden. Dafür hatte er Sensoren anbringen lassen, die ihnen mitteilen würden, wenn das Tor geöffnet wurde. Außerdem waren zahlreiche Bewegungssensoren auf dem Grundstück und vor allem rund ums Haus installiert worden. Bevor Neil wieder heimreiste, würde er Leo gründlich einweisen müssen.

AJ fuhr recht rasant, während Neil nur behutsam aufs Gas stieg, da seine Patientin sich auf dem Rücksitz so verkrampft festhielt, dass ihre Fingerknöchel weiß hervortraten.

Sie würde noch etwas Zeit brauchen, um sich vollständig zu erholen.

Der Arzt hatte im Scherz gesagt, Olivia solle noch mindestens vier Wochen lang Schießereien, rasante Verfolgungen und Schlägereien jeglicher Art vermeiden.

Die friedliche Frau, die auf der Rückbank saß und aus dem Fenster blickte, hätte sicher kein Problem gehabt, dem ärztlichen Rat zu folgen.

Bei der alten Olivia indes würden solche Aktivitäten eher auf der Tagesordnung stehen.

* * *

Ich kenne diese Bäume. Das sind Kiefern.
Der Geruch erinnerte sie an die Weihnachtszeit. Und trotzdem erinnerte sie sich an kein einziges Weihnachten.

Jedes Schlagloch war wie ein Messer, das ihr in die Seite stach.

Allzu gern hätte sie den Verband an der Brust gelüpft, doch in Gegenwart der beiden Männer verzichtete sie lieber darauf.

Im Krankenhaus war sie rund um die Uhr bewacht worden. Jetzt freute sie sich auf etwas mehr Privatsphäre.

Und auf ihre erste richtige Dusche. Ein himmlischer Gedanke.

Neil lenkte den Wagen zur größten Blockhütte, die man sich nur vorstellen konnte. Bei dem Wort »Hütte« hatte sie sich durchaus etwas anderes vorgestellt.

Doch das Anwesen, vor dem der Wagen jetzt hielt, war alles andere als eine einfache, kleine Hütte.

»Wow!«, sprach Leo aus, was sie dachte.

»Ich glaube, das reicht für uns«, sagte Neil bescheiden, bevor er ausstieg und ihr die Tür öffnete.

Im Freien tat sie ihre ersten Schritte. Neil ließ sie allein gehen, aber er wäre ihr sofort zu Hilfe gesprungen, wenn es nötig gewesen wäre.

Leo dagegen kam sofort herbeigeeilt und stützte sie ganz selbstverständlich am Ellbogen, als würde sie es ohne ihn gar nicht schaffen. Diese Geste war ihr völlig fremd.

Seit sie ihn kannte, war er ihr gegenüber stets zuvorkommend und hilfsbereit gewesen.

»Geht's dir so weit gut?«, erkundigte er sich.

Sie holte tief Luft. »Es schmerzt nur beim Atmen.«

Neil gluckste hinter ihr. Was wohl ein seltenes Ereignis darstellte, denn bislang hatte sie diesen Mann nie lachen sehen.

Die Blockhütte hatte zwei Eingänge, einen ebenerdigen und einen oberen, zu dem man über eine Treppe gelangte.

Dass sie froh über Leos Arm war, während sie die Stufen erklommen, hätte sie niemals zugegeben. Der einwöchige Aufenthalt im Bett hatte durchaus Spuren hinterlassen. Eigentlich wäre sie gern stehen geblieben, um sich in Ruhe umzublicken und die bewaldete Umgebung zu betrachten. Doch jetzt galt ihr einziger Gedanke der Dusche und dem Bett. Einem Bett, in dem sie ein ganzes Jahr lang schlafen hätte können. Vielleicht kam dann auch endlich ihre Erinnerung zurück und ihr Leben konnte ganz normal weitergehen.

In der Hütte sprachen Sasha und AJ mit zwei anderen Männern. Beide blieben stehen, als sie den großen Raum mit den mächtigen Möbelstücken und schweren Ledersesseln betrat. Die Wände bestanden aus massiven Baumstämmen. Die großen, bodentiefen Fenster boten eine wunderbare Aussicht.

Draußen gab es eine breite Veranda, die einmal ums ganze Haus führte. Ans Wohnzimmer grenzte eine offene Küche mit einer Essecke, an deren Tafel acht Leute passten. »Das ist verrückt«, sagte sie leise.

»Hier ist ausreichend Platz für alle«, erklärte Neil.

Sie wandte sich vom Fenster ab und bemerkte plötzlich, dass alle sie anstarrten.

»Hallo«, sagte sie zu den unbekannten Leuten.

»Ich bin Lars«, stellte sich der offenbar Ältere vor und winkte ihr von der anderen Seite des Raumes zu.

»Und ich Isaac«, sagte der Kleinere mit der Brille.

»Ich bin …« Langsam wurde es lächerlich. »… Jane Doe. Freut mich, euch kennenzulernen.«

Den beiden Männern schien diese Vorstellungsrunde irgendwie unangenehm zu sein.

Jetzt trat Sasha hinter dem riesigen Sofa hervor und betrachtete sie mit schief gelegtem Kopf. »Irgendwie erinnerst du mich an eine frühere Mitschülerin von mir.« Sasha blickte zu Neil, dann wieder zu ihr zurück. »Sie hieß Olivia.«

Wieder waren alle Augen auf sie gerichtet und wieder war sie mitten im Visier.

»Das gefällt mir«, sagte Leo. »Viel besser als Jane Doe.«

»Du siehst sowieso gar nicht aus wie eine Jane«, stellte Lars fest.

»Olivia«, sagte sie laut. Dann zuckte sie mit den Achseln. »Ihr müsst mich ja irgendwie nennen. Also meinetwegen Olivia.«

Und wieder schien es, als warteten alle gespannt darauf, was sie als Nächstes sagen würde. »Welches Zimmer soll ich beziehen?«

Nach dieser Frage setzten sich alle in Bewegung.

Polternd kam jetzt eine Frau die Treppe herunter. »Ist unsere Patientin schon hier?«

Olivia drehte sich zu ihr um. »Ja, die Patientin bin ich.«

»Du siehst mitgenommen aus.«

»Großartig.« Was sollte man darauf auch sagen?

»Tut mir leid. Ich bin Pam, die Krankenschwester.« Sie war um die sechzig, hatte kurzes graues Haar und war schlank und drahtig.

»Ich heiße … jetzt wohl Olivia. Man hat mich gerade so getauft«, erklärte sie.

Pam verengte die Augen und blickte streng zu den anderen. »Bist du damit denn einverstanden?«

»Es ist bloß ein Name.« *Ein willkürlich gewählter Name.*

»Also gut, Olivia. Du bist sicher müde, oder?«

»Ja, es war ein langer Tag.«

Pam nickte zur Treppe. »Dann bringen wir dich mal auf dein Zimmer. Magst du duschen?«

Olivia seufzte. »Ich würde töten für eine Dusche.«

Hinter ihr lachte jemand über den Spruch.

Kapitel 9

»Da brat mir einer 'nen Storch … kein Fünkchen Wiedererkennung. Wie kann das sein?«, fragte Lars. »Die Frau hat mich gefesselt und in eine Zelle gesteckt … wie kann man so was denn vergessen?«

Leo drehte sich zu ihm. »Was hat sie?«

Neil bedachte seinen Mitarbeiter mit einem warnenden Blick.

Lars schloss sofort den Mund. »War nur ein Scherz.«

AJ saß in einem der ausladenden Sessel, seine Hand ruhte auf Sasha, die auf der breiten Armlehne Platz genommen hatte. »Nicht einmal ihr eigener Name. Unglaublich.«

Sasha seufzte. »Es war nur eine Frage der Zeit, bevor irgendwer von uns sie aus Versehen Olivia nennt.«

Die eng zusammengeschweißte Gruppe würde alles für sich behalten, was Leo nicht wissen durfte. Also musste er wohl bei jedem Einzelnen nachbohren, wenn sich die Gelegenheit ergab. »So, wie lautet denn der Plan?«, fragte er und blickte zu Neil.

»Wir arbeiten schichtweise.« Neil erhob sich von der Couch und ging zur Treppe, die nach unten in eine Art Einliegerwohnung führte. Die anderen folgten ihm. Hier unten war die Wohnzimmereinrichtung nach hinten geschoben und eine Arbeitsstation mit mehreren Monitoren errichtet worden.

Überall im Haus und im Freien waren Kameras installiert, deren Bilder auf diese Monitore übertragen wurden.

Isaac setzte sich und tippte etwas ein. »Ich zeige dir mal die Eingabebefehle«, sagte er mit einem Schulterblick zu Leo. Man sah das Bild der Wohnzimmerkamera, dann verschwand es wieder, während Isaac die Kamera vor einem der Schlafzimmer aktivierte.

Leo sah einen Schatten, dann drehte Isaac den Ton an.

»Willst du sicher nichts gegen die Schmerzen einnehmen?«, hörte man Pams Stimme.

»In allen Zimmern ist eine Kamera außer in Olivias und in diesem hier.« Er zeigte zum Schlafzimmer, das an den Raum, in dem sie sich gerade befanden, angrenzte. »Und in den Badezimmern gibt es auch keine.«

»Ich hätte gedacht, Olivias Zimmer sei das wichtigste«, gab Leo verwundert zurück.

Lars musste lachen. »Ja, schon. Aber wenn ihre Erinnerung zurückkommt, will ich nicht derjenige sein, der ihr sagt, dass wir sie beim Schlafen beobachtet oder nackt gesehen haben.«

»Sie würde uns umbringen«, ergänzte Isaac und AJ nickte zustimmend.

»Aber sie würde es doch sicher verstehen?«, meinte Leo.

Sasha schüttelte den Kopf. »Du kennst sie nicht. Glaube bloß nicht, dass die Frau, die du hier siehst, die echte Olivia ist. Sie würde dich nicht einfach nur töten, sondern dir erst die Eier abhacken und zum Fraß vorwerfen. Erst danach, und nur, wenn du Glück hättest, würde sie dich umbringen.«

Lars bewegte stöhnend die Hüften. »Danke für die anschauliche Beschreibung, Sasha. Auf dich ist immer Verlass.«

Leo hatte fast den Eindruck, als würde Lars Sashas schlechten Scherz für bare Münze nehmen.

Aber es musste ja wohl als Witz gemeint sein.

Isaac zeigte auf einen anderen Monitor, auf dem eine Luftaufnahme des Anwesens mit vielen roten Lichtpunkten angezeigt war. »Das sind die Bewegungsmelder. Rot bedeutet, dass sie einwandfrei funktionieren. Wenn das Licht ausgeht, wurden sie ausgeschaltet oder irgendwas ist im Weg. Es sind immer zwei Sensoren, die miteinander kommunizieren. Wenn sie blinken, gibt es eine Störung, dann müssen sie manuell neu gestartet werden.«

Neil blickte zu Leo. »Wir beide machen noch einen kleinen Spaziergang, bevor es dunkel wird.«

»Lars und ich sind jetzt seit zwei Tagen hier und haben schon so einige wilde Tiere gesehen. Wenn die Bewegungsmelder angehen, springen auch automatisch die Lichter und die Audiosensoren an.« Isaac zeigte ein Video.

Leo beugte sich vor, um besser sehen zu können. Auf der Aufnahme war es dunkel, aber man konnte gerade so erkennen, dass es sich um die Auffahrt zum Haus handelte. Dann ging ein Licht an und ein paar Waschbären waren zu sehen. Sie richteten sich erschrocken auf und liefen weg. »Wenn sie regelmäßig kommen, müssen wir vielleicht mal ein paar Schießübungen machen.«

Neil zeigte Leo das andere Zimmer. Auf den ersten Blick wirkte es wie ein gewöhnliches Schlafzimmer, doch als er die Schranktür zur Seite schob, kam ein umfangreiches Waffenarsenal zum Vorschein. Maschinengewehre, Kalaschnikows, Kurzwaffen, Schrotflinten und Gewehre einer Marke, die Leo nicht kannte. »Will ich wissen, wie viele von denen illegal sind?«

»Wir sind in Colorado«, erklärte AJ. »Hier nimmt man das nicht so genau.«

Ja, klar.

Neil schob die Schranktür zur anderen Seite und präsentierte kugelsichere Munitionswesten. »Audio«, sagte er und zeigte auf ein paar Kopfhörer. »Kanal sechs.«

Leo erinnerte sich an den Moment, als er Neil zum ersten Mal gesehen hatte. Neil und seine Teammitglieder waren gerade in voller Kriegsmontur vom Dach eines Lagers gesprungen. Einer von ihnen hatte Claire vor einem Kopfschuss bewahrt, indem er schneller war und den Angreifer kaltmachte. Leo musterte die bunt zusammengewürfelte Truppe und fragte sich, wer davon wohl diesen Schuss abgefeuert hatte. Neil hatte zwar behauptet, er sei das gewesen, aber Leo hatte den Eindruck, dass Neil bereitwillig alle Verantwortung für die Taten – auch die ruhmreichen – seines Teams übernahm, um seine Leute zu schützen.

»Das ist ja mal ein stattliches Aufgebot«, murmelte Leo.

»Olivia ist eine von uns«, sagte Sasha so entschieden, als wäre es das Einzige, was zählte.

»Wie lange kennst du sie schon?«

Sasha starrte Leo an, als wäre er nicht ganz bei Trost. »Lange«, lautete ihre Antwort.

Neil schloss die Schranktüren. »Lass uns ne Runde drehen.«

* * *

Neil wartete, bis sie weit genug von den Mikrofonen entfernt waren, bevor er mit seiner Einführung begann. Sie beinhaltete das, was jeder Neuling im Team zu hören bekam: eine Zusammenfassung der allernötigsten Fakten, damit klar wurde, worum es ging.

»Nach meiner Zeit als Marinesoldat wollte ich eigentlich ein ganz normales Leben führen. Aber wenn in deinem Kopf immer noch Krieg herrscht, dann lauert dieser Krieg hinter jeder Ecke. Ich habe mich damals als Bodyguard selbstständig

gemacht und als Fahrer für Blake, der jetzt mein Schwager ist.«
Neil zeigte ein seltenes Lächeln. »Blake ist einer, der Geld im
Schlaf kackt. Er kann einfach keine schlechten Investitionen
machen. Ich bin seinem Rat gefolgt, habe selbst investiert und
gute Rendite erzielt. Und ich hatte das größte Glück, Blakes
Schwester für mich zu gewinnen und sie heiraten zu dürfen.«

»Ich habe deine Frau schon mal gesehen. Du hast mit ihr
das große Los gezogen.«

Bei dem Gedanken an Gwen wurde Neil warm ums Herz.
»Ja und sie ist bei Weitem nicht so zerbrechlich, wie sie aussieht. Sie hält es schon seit zwanzig Jahren mit mir aus.« Er
ging weiter. »Nach und nach ist eine enge Gemeinschaft entstanden. Uns geht es allen gleich. Nach dem Militär sieht man
so manches anders. In meinem Team sind sehr fähige Leute,
die das, was sie mal an dem Job geliebt haben, nicht aufgeben
wollten. Ein großer Teil unserer Arbeit besteht jetzt darin,
Leute zu beschützen und vor dem Schlechten, was auf unserer
Welt passiert, abzuschirmen. Unsere Klienten sind Stars,
Politiker, Geschäftsmänner, schwerreiche Leute. Ich habe diese
Mannschaft hier und noch eine weitere in Europa. Nach außen
hin ist das alles, was wir machen. Aber du weißt selbst, dass wir
noch sehr viel mehr tun.«

Leo hob einen Ast vom Waldboden auf. »Ihr wart auch
undercover im Einsatz, um einen russischen Kinderhandel-
Ring aufzudecken. Ja, ich weiß, dass ihr mehr tut.«

Neil nickte. »Unsere Vorgehensweise würde dein Chef
nicht immer gutheißen.«

Leo zuckte mit den Achseln. »Auch das weiß ich.«

»Dann verstehst du sicher, warum wir deine Fragen nicht
beantworten.«

»Du kannst mir vertrauen, Neil. Ich bin sicher, Claire
würde dir das bezeugen.« Als Leo undercover als Lehrer gearbeitet hatte, war Claire als verdeckte Ermittlerin in die Rolle

einer Schülerin geschlüpft. Nur eben nicht im Auftrag des FBI. Leo hielt große Stücke auf Claire.

»Ja, das hat sie schon mehr als einmal getan. Allerdings hüten wir unsere Geheimnisse in erster Linie, um *dich* zu schützen, nicht nur uns selbst.«

»Ich kann dir nicht ganz folgen ...«

Neil holte tief Luft. »Was wäre, wenn du Dinge erfährst, die du melden müsstest?«

Leo blieb stehen und blickte Neil erstaunt an. »Ihr gehört doch zu den Guten.«

»Das sehe ich auch so. Aber wir rufen nicht 911 an. Wir rufen uns gegenseitig an.«

Leo schwieg, um zu verdauen, was Neil damit andeutete.

»Wir haben nicht aufs FBI gewartet, als dieser Idiot Claire die Knarre an den Kopf gehalten hat. Wir wissen alle, dass sie nicht mehr leben würde, wenn wir gewartet hätten«, sagte Neil.

Das stimmte wohl. Und vielleicht wollte Leo tatsächlich nicht alle Geheimnisse von Neils Truppe erfahren.

Nur Olivias.

Oder vielleicht nicht mal ihre.

»Ich nehme an, Claires Fall war nicht einzigartig.«

Neil schloss den Mund und blickte ihn nur stumm an. Dann sagte er: »Ich habe dich mitgenommen, weil ich dir vertraue. Und weil ich weiß, dass du ein Nein nicht gelten lässt.«

»Da liegst du völlig richtig.«

»Schön. Und da wir uns so gut verstehen, nenne ich dir jetzt den wahren Grund dafür, weshalb Olivia hier ist. Diese Informationen sind allerdings nicht für deinen Chef bestimmt.«

»Ich bin gespannt.«

»Wir haben es alle nicht sehr eilig damit, dass Olivias Gedächtnis zurückkommt. Wenn ich könnte, würde ich dafür sorgen, dass sie es nie mehr vollständig wiederfindet. Aber da die Ärzte meinen, es sei nur eine Frage der Zeit, muss ich dafür sorgen, dass sie zu hundert Prozent genesen ist, bevor es passiert. Dass sie körperlich wieder so fit ist, um aus einem Flugzeug zu springen und auf dem Rücken eines anderen zu landen, falls sich der Fallschirm nicht öffnet.«

»Ein etwas übertriebenes Szenario.«

»Aber leider nicht weit von der Wirklichkeit entfernt.« Neil hätte es nicht überrascht, wenn Olivia so etwas tatsächlich schon fertiggebracht hätte.

»Warum?«

»Falls noch niemand etwas in diese Richtung gesagt hat, wirst du es jetzt von mir hören: Wenn sich Olivia plötzlich wieder an alles erinnert, wirst du es ihr nicht anmerken, du wirst davon nichts mitkriegen. Sie wird sang- und klanglos verschwinden. Und dann mag es Jahre dauern, bis sie uns wieder kontaktiert ... wenn überhaupt. Weißt du, ich will keine schlaflosen Nächte haben. Ich will ihr einfach nur eine Chance geben, zu überleben. Du wirst nie erfahren, was sie an jenem Abend, als auf sie geschossen wurde, gesehen hat. Sie wird es definitiv niemandem sagen, denn sie wird denjenigen selbst aufspüren.«

Allmählich verstand Leo, worum es ging. »Sie ruft also auch nicht die Polizei.«

Neil ging weiter. »Für Telefonate mit deinem Chef haben wir eine sichere Leitung installiert. Gib Sasha dein Handy, wenn wir zurückkommen, damit sie alle Tracker darauf beseitigt.«

Leo hatte gleich nach Ankunft am Flugplatz sein Handy ausgestellt.

»Da sind keine drauf«, entgegnete Leo.

»Gib es Sasha.« Neil hatte den ersten Sensor gefunden. »Jetzt zeige ich dir, wie das hier funktioniert.«

* * *

Olivia erwachte mit einem Ruck.

Ihre Füße kribbelten von dem stets wiederkehrenden Traum.

Im Zimmer war es abgesehen von dem kleinen Nachtlicht an der Wand zwischen Bett und Badezimmer dunkel.

Sie hatte das große Hauptschlafzimmer bekommen. Hier gab es einen offenen Kamin und einen Zugang auf die Veranda, die das ganze Haus umgab. Trotz der schweren Baumstämme, aus denen die Wände gefertigt waren, wirkte der Raum wegen der hohen Decken und der großen Fenster leicht und luftig.

Sie streckte sich und überlegte, wie spät es wohl sein mochte. Doch in ihrem Zimmer gab es keine Uhr, weder auf dem Nachttisch noch an der Wand. Schließlich war dieses Haus für Urlaub gedacht und zum Entspannen musste man nicht wissen, wie spät es war.

Ihr Blick wanderte zum Fenster. Draußen stand der Mond am Himmelszelt und beleuchtete die Bäume.

Das Zimmer war gen Westen ausgerichtet.

Die frühe Morgensonne würde sie also nicht blenden.

»Warum weiß ich so etwas?« Und warum war ihr dieser Gedanke gekommen?

Sie versuchte, noch einmal die Augen zu schließen, doch jetzt meldete sich knurrend ihr Magen.

»Ich hab Hunger«, flüsterte sie vor sich hin. Nach der Dusche und Pams Fürsorge war sie sofort ins Bett gesunken. Sie erinnerte sich vage daran, dass sie Essen gerochen und jemand nach ihr gesehen hatte, doch Schlaf hatte einfach den höheren Stellenwert gehabt.

Und jetzt, um weiß Gott welche Uhrzeit, meldete sich ihr Magen und erinnerte sie daran, dass sie seit dem Fraß, den man im Krankenhaus als Essen bezeichnete, nichts mehr zu sich genommen hatte.

Sie schlug die Decke zurück und stieg langsam aus dem Bett.

Ihre Muskeln taten weh, aber wenigstens hatten die stechenden Schmerzen deutlich nachgelassen. Vielleicht würde man sie nun endlich nicht mehr zur Einnahme von Medikamenten drängen. Allein der Gedanke an Schmerzmittel vernebelte ihr den Kopf.

Lieber fühle ich Schmerzen als gar nichts.

Neben dem Bett standen Hausschuhe, ein Bademantel hing über der Chaiselongue. Sie hatten an alles gedacht.

Sogar an Klamotten.

In den Schubladen lagen Jeans, T-Shirts, Sweatshirts und Leggins. Davor standen Wanderschuhe, Gummistiefel und Turnschuhe. Auch Unterwäsche war vorhanden. Und alles sah aus, als wäre es genau die richtige Größe. Olivia war sich ziemlich sicher, dass sie die Kleiderauswahl Sasha zu verdanken hatte. Wer auch immer diese Leute waren, sie waren sehr gründlich.

Olivia überlegte, was normalerweise ihr Stil war. Beim Anblick der Hosen verspürte sie nicht unbedingt den Wunsch nach einem Kleid und auch die schwarzen Leggins wirkten, als könnte man sie gut tragen. Es waren nur Klamotten. Stoff, der einen Zweck erfüllte.

Sie schob die Gedanken von sich, zog sich mit Bedacht den Bademantel über, weil zu hastige Bewegungen schmerzten. Sie entschied sich gegen die Hausschuhe. Lieber wollte sie den Boden unter ihren Füßen spüren, auch wenn er kalt war.

Das ganze Haus schlief oder besser gesagt, die Leute darin. Leise tappte sie durch den Flur an einem Fernsehraum vorbei und dann über die Treppe nach unten.

Vom Treppenabsatz aus sah sie, dass unten jemand vor dem Fenster stand und den Mond betrachtete, so wie sie es zuvor vom Schlafzimmer aus getan hatte.

Sie blieb stehen und betrachtete den Mann.

Wahrscheinlich war es Leo. Er und AJ hatten die gleiche Statur, nur waren Leos Haare kürzer und seine Schultern zwei, drei Zentimeter breiter.

Er hatte kein Shirt an und trug nur eine Jogginghose.

Ihre Lippen verzogen sich von ganz allein zu einem Lächeln.

Leo machte eindeutig Krafttraining.

Seine Schultern waren so definiert wie die Skulpturen von Michelangelo. Die schmalen Hüften führten zu einem knackigen Hintern. Die Tatsache, dass Leo ohne T-Shirt herumlief, obwohl das Haus voller Leute war, konnte nur zweierlei bedeuten: Zum einen, dass es mitten in der Nacht war und sonst alle schliefen, zum anderen, dass Leo nackt schlief. Sie hätte gewettet, dass er unter der Jogginghose nichts weiter anhatte. Sie stellte sich vor, wie er die Hose auszog, bevor er wieder ins Bett zurückkletterte, und sie nur schnell überzog, wenn er zur Toilette musste oder in die Küche ging.

Ihr Atem hatte sich beschleunigt und ihr war ganz warm geworden.

Anziehungskraft.

Dieses Wort schwirrte in ihrem Kopf herum. Und ihr Bauch fühlte sich mit einem Mal an, als würde ihm mehr fehlen als Essen. Als wäre sie auf eine andere Art hungrig.

Sie schloss die Augen und zwang sich, den Gedanken an diese Anziehungskraft, an die Wärme zu verbannen.

Nicht die richtige Zeit.

Nicht der richtige Ort.

Sie wandte den Blick ab und wagte ein paar Schritte Richtung Küche.

Da Leo sie immer noch nicht gehört hatte, räusperte sie sich leise.

Er zuckte zusammen und drehte sich auf der Stelle um.

»Tut mir leid, ich wollte leise sein, um niemanden zu wecken«, sagte sie.

Als er sie sah, entspannten sich seine Schultern wieder. »Was dir gelungen ist.« Er blickte zur Treppe zurück, von der sie gekommen war.

»Ich bin aufgewacht, weil ich Hunger habe.« Sie machte Licht und dimmte es, um es der nächtlichen Uhrzeit anzupassen.

»Wir wollten dich lieber schlafen lassen, als es Abendessen gab, aber wir haben dir etwas aufgehoben.« Leo ging an ihr vorbei zur Küche. Er öffnete den Kühlschrank und holte einen Teller heraus. »Wir haben gedacht, dass du den Schlaf brauchst ...«

Er redete weiter, aber sie hörte kaum zu. Mr FBI hatte die perfekte Brustbehaarung.

Sie stellte sich vor, wie sich ihre Finger über seinen Brustmuskeln auffächerten. Ein höchst angenehmer Gedanke.

Als sich Leo mit dem Teller in der Hand umdrehte, sorgte das Kühlschranklicht für eine perfekte Silhouette. Er hielt inne und verstummte, ihre Blicke trafen sich.

Chemie. Das war der Moment, in dem sich zwei Menschen ihrer gegenseitigen Anziehungskraft bewusst wurden.

Ihre Augen wanderten zu seiner Brust, dann hob Olivia langsam den Blick.

Leo schloss die Augen, schüttelte den Kopf und stieß laut die Luft aus. »Ich ... äh... ziehe mir schnell was über.«

Schade.

Doch sie sprach ihren Einwand nicht laut aus. Stattdessen nahm sie ihm den Teller ab und ging zur Mikrowelle. »Danke.«

Sie hörte seine Schritte auf der Treppe nach oben.

Als er zurückkam, war ihr Essen heiß und sie nahm auf einem der Barhocker an der Küchentheke Platz.

Dann fiel ihr ein, dass sie noch nichts zu trinken hatte, und wollte wieder aufstehen.

»Was brauchst du?«, fragte Leo.

»Wasser.«

Er ging noch einmal zum Kühlschrank. Seine Silhouette sah immer noch großartig aus, war aber mit dem T-Shirt nicht mehr ganz so ablenkend. »Sasha hat auf Sprudelwasser bestanden.«

»Perfekt. Ich glaube, das mag ich sowieso lieber.«

Er schraubte den Deckel der kleinen Flasche ab und stellte sie ihr hin.

»Gibt es auch Gläser?«

Er stutzte, dann lächelte er und holte für sie ein Weinglas aus dem Schrank.

»Vielen Dank.«

Sie nahm Messer und Gabel auf und inspizierte das Essen auf dem Teller. »Was ist das?«, wollte sie wissen.

»Hackbraten. Ist ziemlich gut.«

Olivia war sich sicher, dass sie von Hackbraten gehört hatte, doch ob sie schon einmal einen gegessen hatte, wusste sie nicht. Sie schnitt sich ein kleines Stück ab, roch daran und steckte sich den Bissen in den Mund. Rinderhackfleisch, Gewürze … ähnlich wie ein Hamburger, nur mit Soße. »Nicht übel«.

Leo zog den Hocker neben ihr heraus und setzte sich zu ihr. »Fand ich auch. Angeblich ist das Isaacs Spezialität. Da wir uns mit dem Kochen abwechseln, gehe ich mal davon aus, dass wir dieses Gericht jetzt einmal in der Woche vorgesetzt bekommen.«

Als Nächstes probierte sie das Püree.

Und hätte es am liebsten sofort wieder ausgespuckt. »Igitt.« Sie blickte angewidert auf den Brei. »Soll das aus Kartoffeln sein?«

»Die Sorte aus der Schachtel.«

»Was? Kartoffeln aus der Schachtel? Gibt's so was überhaupt?«

»Das ist Fertigpüree. Kennst du das nicht?«

»Klingt grauenvoll.« Sie strich die Gabel am Tellerrand ab und wandte sich lieber wieder dem Hackbraten zu. »Und es schmeckt noch grauenvoller, als es klingt.«

Grinsend beobachtete er sie beim Essen. »Interessant«, murmelte er.

»Was ist interessant?«

»Dass du die Gabel in der linken Hand hältst.«

Sie blickte auf ihre Hände. »Ist das verkehrt?«

»Nein, nein, das ist völlig in Ordnung. Wahrscheinlich eine persönliche Präferenz.«

Während sie aß, ließ das starke Hungergefühl allmählich nach. »Ich kenne keine meiner Präferenzen.« Sie hing diesem Gedanken einen Moment lang nach. »Ist das nicht verrückt? Genau wie mit diesem Gericht hier – ich weiß, dass ich Hackfleisch kenne, aber ich kann mich nicht erinnern, ob ich es schon mal gegessen habe. Beim Porridge im Krankenhaus wusste ich auch, dass ich es kannte und dass es eigentlich besser schmecken sollte. Aber wann und wo ich das Zeug vorher gegessen habe – keine Ahnung.«

Leo stellte den Kopf schief. »Das muss schrecklich sein.«

»Es frustriert mich.« Sie schloss die Augen und legte das Messer ab, dann hielt sie die Hand hoch und drückte Daumen und Zeigefinger zusammen. »Es ist zum Greifen nahe, aber ich erwische es nicht.« Sie öffnete wieder die Augen und ließ die Hand sinken. »Als wir hier ankamen, roch ich die Kiefern und musste an Weihnachten denken, an Schnee. Dabei kann ich mich an kein einziges Weihnachtsfest erinnern.«

»Die Ärzte gehen davon aus, dass dein Gedächtnis wieder zurückkommen wird.«

»Aber sie haben auch gesagt, dass diese Amnesie eine Art Schutzmechanismus sei. Was ist, wenn meine Erinnerung zurückkommt, aber das, woran ich mich erinnere, einfach schrecklich ist?« Als Leo nichts darauf erwiderte, sah sie zu ihm auf.

Sein Blick war durchdringend. Er hatte die Lippen fest aufeinandergepresst, sein Atem schien schneller zu gehen.

Irgendwie wirkte er jetzt angespannt, als würde ihn das, was sie eben gesagt hatte, belasten.

»Es ist ja kein alltäglicher Vorfall, dass auf einen geschossen wird. Jeder hätte Probleme, so etwas zu verarbeiten.«

Doch eine Eingebung sagte ihr, dass er etwas ganz anderes dachte.

Oder sie bildete es sich bloß ein. Schließlich waren ihr die Umgebung und die Leute fremd und vielleicht waren nicht nur ihr Geist, sondern auch ihre Intuition durcheinandergeraten.

»Heute werde ich mich sicher an nichts weiter erinnern«, murmelte sie und nahm ihr Besteck wieder auf.

»Willst du meinen Rat hören?«

»Klar«, antwortete sie kauend.

»Streng deine Gedanken nicht allzu sehr an. Entspann dich und tu das, was sich richtig anfühlt. Grüble nicht so viel. Wenn du dich wieder an etwas erinnerst, sagst du es mir, und dann sehen wir weiter.«

»Leichter gesagt als getan.«

Leo lachte. »Ja, ausgesprochen hört es sich für mich auch wie ziemlicher Mist an.«

Olivia wollte mit ihm lachen, doch die Schmerzen ließen sie innehalten. Sie legte die Hand an die Seite.

»Tut mir leid«, sagte er.

»Schon okay. Es tut auch gar nicht mehr so weh wie am Anfang. Wahrscheinlich wird die frische Bergluft ihr Übriges tun.«

»Schaden wird sie zumindest nicht.« Er lehnte sich im Stuhl zurück. Als ertappte er sich nun selbst dabei, wie er sie anstarrte, wandte er schnell den Blick ab.

»Wie viel Uhr ist es?«, fragte sie.

»Ein Uhr morgens.«

Jetzt schob sie sich einen Bissen mit grünen Bohnen in den Mund. »Warum bist du um diese Uhrzeit noch auf?«

Er massierte sich den Nacken. »Weiß nicht. Eigentlich müsste ich mindestens eine Woche lang an der Matratze horchen, so wenig, wie ich im letzten Monat geschlafen habe. Aber ich hatte ein Geräusch gehört und wollte nachsehen.« Er zeigte zum Fenster. »Und beim Anblick des Monds habe ich mich gefragt: Wann habe ich das letzte Mal den Mond betrachtet?«

Olivia drehte sich zum Fenster, um den Mond zu sehen, der gerade am Nachthimmel unterging. »Er ist wunderschön.«

Leo brummte zustimmend und schielte zu ihr hinüber.

In ihrem Bauch breitete sich ein warmes Gefühl aus.

Ja. Chemie. Ein Knistern in der Luft.

Sie aß noch einen letzten Bissen, dann schob sie den Teller von sich.

»Immerhin hast du jetzt etwas gegessen, auch wenn es insgesamt nicht sehr viel war«, sagte er.

»Essen ist ein Kraftstoff. Den Tank darf man nicht zu voll machen, sonst gibt's eine Sauerei.«

»Gilt das auch für Pizza? Ich finde, von Pizza isst man immer zu viel.«

Sie grinste. »Höchstens bei einer echten italienischen Pizza.« Plötzlich hatte sie ein Bild vor Augen. Ein kleiner Tisch im Freien, eine Pizza Caprese mit Mozzarella, Basilikum und frischen Tomaten. Olivia schloss die Augen, spürte diesem Gedanken nach.

Aber es kam nichts weiter.

»Alles okay?« Leo berührte ihren Arm. »Du zitterst.«

»Für einen winzigen Augenblick dachte ich, mich an etwas zu erinnern. Aber jetzt ist es wieder weg.« Ein Pulsieren in ihren Schläfen drohte sich in Kopfschmerzen zu verwandeln.

Er strich ihr über den vom Bademantel bedeckten Arm. »Es wird alles wieder gut.«

Sie legte die andere Hand auf seine Finger und plötzlich war es, als verursachte diese einfache Berührung einen Stromschlag.

Aber selbst dieses Gefühl war so wenig greifbar. Sie wusste genau, was es bedeutete, doch sie konnte sich nicht erinnern, schon mal etwas in der Art empfunden zu haben. Olivia drückte seine Hand, dann löste sie die Verbindung. »Vielen Dank für deinen Zuspruch.« Wobei es sich nur um Spekulation handeln konnte. Kein Mensch konnte mit Sicherheit sagen, dass alles gut werden würde.

Sie nahm den Teller und wollte aufstehen.

»Lass mich das machen.«

»Aber, ich kann doch …«

»Ab nächster Woche. Wenn du beim Lachen nicht mehr zusammenzuckst und dir das Treppensteigen wieder leichter fällt.«

Also ließ sie ihn den Teller abräumen, und während er die Essensreste in den Mülleimer kippte, betrachtete sie mit Wohlwollen seine Rückseite.

Hör auf, ihm auf den Hintern zu starren.

Olivia stand auf und schob den Barhocker unter die Theke. Selbst diese einfache Bewegung kostete sie Mühe. Sie musste unbedingt wieder zu Kräften kommen.

Morgen früh würde sie mit ihrem Training beginnen.

Leo drehte das Wasser auf und spülte ihr Geschirr ab.

»Danke für deine Gesellschaft«, sagte sie.

»Immer wieder gerne!«

Sie trat aus der Küche auf den Flur, dann wandte sie sich noch einmal um. »Du solltest dir noch ein bisschen Schlaf gönnen, Leo.«

Er sah hoch. »Gute Nacht, Olivia.«

Der Name klang so fremd in ihren Ohren. »Gute Nacht.«

Kapitel 10

Neil lehnte sich auf dem Bürostuhl zurück und verschränkte die Arme vor der Brust.

Sasha stand neben ihm und schaute sich die Videoaufzeichnung an.

»Siehst du, was ich sehe?«

Eine Berührung … ein Lächeln … verstohlene Blicke, wenn der andere gerade nicht hinsah. Es war ganz eindeutig, so wie in diesen Frauenfilmen, die er Gwen zuliebe zweimal im Jahr mit ihr im Kino anschaute.

»Sollen wir was dagegen tun?«, fragte Sasha, ohne sich vom Bildschirm abzuwenden.

Lars war es gewesen, der das mitternächtliche Techtelmechtel zwischen Leo und Olivia mitbekommen und Neil gleich am nächsten Morgen davon unterrichtet hatte.

Neil schüttelte den Kopf. »Mir sind Leos Blicke auch schon aufgefallen. Aber jetzt ist es eindeutig, dass das Ganze auf Gegenseitigkeit beruht. Ich würde sagen, wir lassen die beiden. Vielleicht sollten wir es sogar unterstützen.«

Sasha drehte jetzt den Monitoren den Rücken zu, lehnte sich gegen den Schreibtisch und verschränkte ebenfalls die Arme. »Wirst du auf deine alten Tage etwa noch zum Kuppler?«

So etwas hätte er niemals zugegeben. »Vielleicht würde Olivia dann nicht abhauen.«

Sasha nickte zum Bildschirm. »Da geht es nur um Sex.«

Aber fing es nicht immer so an? »Wenn du es nächste Woche anders siehst, sag mir Bescheid.«

»Dass sie bisher alleine war, hat einen Grund. Du weißt es, ich weiß es, jeder weiß es. Nur Leo nicht.«

»Ich mache mir mehr Gedanken darüber, dass Olivia ihre Menschlichkeit verliert, als darüber, dass es Leo vielleicht das Herz brechen könnte. Er wird es überleben – sie vielleicht nicht.« Neil stieß sich vom Schreibtisch ab und stand auf.

Sasha widersprach nicht, was bedeutete, dass sie es genauso sah.

»Ich werde es trotzdem nicht weiter anheizen.«

Damit konnte er leben. »Dann sag wenigstens den anderen, dass sie es nicht verhindern sollen. Gib den beiden Zeit … allein.«

»Das ist schon ein bisschen manipulativ, MacBain.«

»Wenn zwischen ihnen nichts ist, wird auch nichts passieren.«

Sasha war eine hübsche Frau, wenn sie lächelte. »Wann geht dein Flug?«

Er blickte auf die Uhr. »In drei Stunden. Nächste Woche komme ich wieder, dann könnt ihr, AJ und du, eine Pause machen.«

»Wir haben dir doch schon gesagt, dass das nicht nötig ist.«

»Olivia und du, ihr beide seid euch sehr ähnlich. Je mehr Zeit sie mit dir verbringt, desto eher wird sie Ähnlichkeiten feststellen und ihre Fragen werden dazu führen, dass ihr Gedächtnis zu früh zurückkommt.«

»Was wir nicht wissen können.«

»Was wir *ganz genau* wissen.«

Auch jetzt widersprach sie nicht weiter.

»Du machst schon alles richtig«, sagte Sasha. »Vielleicht nicht gerade deine Verkupplungsversuche ... aber, dass du auf sie aufpasst.«

»Claire hätte so enden können wie sie. Oder du.«

»Es vergeht kein Tag, an dem mir das nicht bewusst wäre.«

»Dann weißt du, warum wir hier sind.«

»Das wissen wir alle.«

Grinsend verließ Neil den Raum.

* * *

»Jetzt halt endlich still.«

»Tu ich doch.«

Pams Blick war dermaßen durchdringend, dass Olivia die Luft anhielt und tatsächlich stillstand.

»So, fertig.« Pam trat einen Schritt zurück und betrachtete ihr Werk.

»Es ist bloß ein Loch«, meinte Olivia.

Pam starrte in den Spiegel. »Ein Loch. Ein Soldat nach dem anderen.«

Olivia sah auf. »Wann hast du in der Armee gedient?«

Pam erwiderte ihren Blick im Spiegel. »Vor langer Zeit.«

»Du bist zu jung, um so etwas zu sagen.«

»Ich bin zwanzig Jahre älter als du.«

Olivia spürte ein Lächeln auf den Lippen. »Das sagst du so. Es weiß doch keiner, wie alt ich bin.«

Pam gluckste. »Jedenfalls sind mir Schüsse lieber als Granaten. So eine Wunde lässt sich viel einfacher behandeln als ein blutendes Gemetzel aus Knochen und Fleisch, wo es keine Haut mehr gibt, die man zum Zunähen bräuchte.«

Ein sehr anschauliches Bild, das Olivia so schnell nicht vergessen würde.

Pams Blick nach zu urteilen war es auch in ihr Gedächtnis für immer eingebrannt.

»Tut mir leid«, murmelte Olivia.

Pam atmete laut aus. »Es ist lange her.«

»Und es belastet dich immer noch.«

Sie zuckte nur mit den Achseln. »Dafür weißt *du* nicht mal mehr, was du letzten Sommer gemacht hast.«

Olivia musste plötzlich herzlich lachen.

»*Touché, Mademoiselle.*«

»Ich glaube, wir werden uns ganz prächtig verstehen.«

Sie gingen gemeinsam nach unten.

Die *Crew*, wie Olivia die anderen insgeheim nannte, hatte sich in der Küche versammelt. Es wurde über die beste Temperatur für Spiegeleier debattiert, und wie knusprig man Speck zu braten hatte.

»Guten Morgen«, grüßte AJ von einem der bequemen Sessel im Wohnzimmer aus.

»Morgen«, gab Olivia zurück und scannte den Raum.

In der Küche standen Lars und Isaac und trugen ihr Kochduell aus.

Neil saß auf einem Barhocker an der Theke mit gepackter Reisetasche.

Sasha und Leo fehlten.

»Wo sind die anderen?«, fragte sie, wobei sie eigentlich nur daran interessiert war, wo Leo steckte.

»Sasha sitzt im Beobachtungsraum und Leo macht seinen Schönheitsschlaf«, gab AJ zurück.

Nach der letzten Stufe hatte Pam ihren Arm losgelassen und betrat die Küche, als hätte sie nun das Sagen. »Gibt es jetzt täglich diese Szene zwischen euch beiden?«

»Speck muss fast angebrannt sein, das findest du doch auch, oder, Neil?«, fragte Lars.

»Ich halte mich da raus.« Neil warf einen Seitenblick auf Olivia. »Hast du gut geschlafen?«

»Ja, es ist sehr still hier«, war ihre Antwort.

»Verglichen mit Las Vegas ist es überall still«, meinte Lars.

»Und dunkel«, fügte Isaac hinzu.

Olivia konnte sich nur an die Strecke vom Krankenhaus zum Flughafen erinnern. Während der Autofahrt war sie so damit beschäftigt gewesen, Neil und Leo zu beobachten, dass sie gar nicht viel aus dem Fenster gesehen hatte. Die Männer hatten sehr konzentriert gewirkt, so als hätten sie ernsthaft Sorge gehabt, jemand würde herbeispringen und Olivia erschießen.

Natürlich hatten sie ihr auch vor dem Hinausgehen eine kugelsichere Weste angezogen, was eigentlich genug über die Gefahr aussagte, auch wenn die Männer sich nicht weiter darüber ausließen.

Sie blickte auf die Tasche zu Neils Füßen. »Reist du ab?«

Er nickte. »Ich komme in einer Woche wieder. Oder früher, wenn nötig.«

»Ich kann mir nicht vorstellen, dass es so viele Leute braucht, um mich zu beschützen.«

Isaac musste lachen, dann schien er sich zu besinnen und wandte sich schnell wieder dem Herd zu.

»Das war auch mein Gedanke«, sagte Pam, während sie den Saft aus dem Kühlschrank nahm.

»Wenn du die Akteure kennen würdest, dächtest du anders.«

Olivia ging zur Küchentheke. »Wer sind diese Akteure?«, fragte sie Neil.

Er wog seine Worte sorgfältig ab. »Eine große internationale Familie. Leute, die nicht gerne in den Knast wandern.«

»Wandert irgendwer gern in den Knast?«, mischte sich Pam wieder ein.

»Ich versuche seit Jahren, ihn zu vermeiden«, meldete sich AJ aus dem Wohnzimmer.

Isaac und Lars unterbrachen kurz ihre Speckdebatte, um über AJs Bemerkung zu lachen.

Olivia starrte AJ an und legte den Kopf schief. *Meint er das ernst?*

»Frühstück ist fertig.«

Als sie helfen wollte, wurde sie aus der Küche gescheucht. Nachdem sie sich eine Tasse Kaffee eingeschenkt hatte, nahm sie also am Tisch Platz und ließ es zu, dass die anderen sie bedienten.

Sie hatte erfahren, dass Pam die einzig Neue im Team war. Was man nicht gemerkt hätte, wenn man sie mit den anderen zusammen sah. Die Speckdiskussion wurde fortgesetzt und so wie sie sich gegenseitig aufzogen, war klar, dass diese Truppe eine lange Geschichte zu verzeichnen hatte.

Man hatte ihr erklärt, dass es sich bei der Crew um eine private Organisation handelte, die sowohl mit der örtlichen Polizei als auch mit dem FBI zusammenarbeitete. Da das FBI sich um Leo sorgte und sie bei dem Vorfall als Augenzeugin dabei gewesen war, hatten Neil und seine Leute die Aufgabe übernommen, für Olivias Sicherheit zu sorgen.

Wenn sie eine Bürde war, merkte sie zumindest nichts davon. Alle schienen Spaß zu haben und taten, als käme so ein Aufenthalt mit einer Fremden in einer abgelegenen Gegend öfters vor.

Olivia aß schweigend und beobachtete das Geschehen.

Neil sagte sehr wenig. Während der vergangenen Tage hatte er sie wachsam beobachtet und versucht, sich nichts anmerken zu lassen.

AJ reichte gerade einen Teller Toast weiter und die Art, wie er sich bewegte, ließ keinen Zweifel daran, dass er unter seiner leichten Jacke eine Waffe trug. Dass sie das mit absoluter Sicherheit wusste, überraschte sie. Dann beobachtete sie die anderen, um herauszufinden, wer sonst noch alles bewaffnet war.

Neil. Seine Waffe befand sich hinten am Rücken.

Pam? Nein, sie hatte keine Schusswaffe bei sich.

Issac hatte die Ärmel hochgekrempelt und das Hemd in die Hose gesteckt. Nein, er auch nicht.

Lars trug Cargo-Pants. Olivia zählte eine Pistole und zwei Messer, die er am Leib trug.

Aber es waren alles nur Kurzwaffen. Wo hatten sie die Gewehre versteckt?

Olivia blickte sich im Wohnzimmer um, sah zur offenen Küche.

In der Speisekammer.

Hinter der Essecke.

Warum hatten sie sie versteckt? Glaubten sie vielleicht, der Anblick einer Waffe könnte auf sie eine posttraumatische Wirkung haben?

Wenn man die Umstände bedachte, war das nicht unwahrscheinlich.

»Hast du keinen Hunger?«, fragte AJ und lenkte Olivias Gedanken von den Waffen wieder zurück zum Essen.

Sie nahm die Gabel und spießte ein Stück Spiegelei auf. »Ich war nur abgelenkt«, sagte sie.

Jetzt fiel ihr auf, dass alle anderen am Tisch ihre Gabel in der rechten Hand hielten.

Sie dachte an die Unterhaltung mit Leo.

»*Eine persönliche Präferenz ...*«

Als hätte sie ihn mit diesem Gedanken herbeigerufen, waren nun Schritte auf der Treppe zu hören. »Habe ich mir doch gedacht, dass ich Essen rieche.«

»Der Letzte, der zu Tisch kommt, spült ab«, scherzte Isaac.

Leo holte sich einen Kaffee und setzte sich ihr gegenüber. »Guten Morgen«, sagte er lächelnd.

»Hast du also doch noch an der Matratze gehorcht?«, fragte sie. Er sah erholt aus und war frisch rasiert, die Haare noch feucht von der Dusche. Seine Waffe trug er an der gleichen Stelle wie Neil.

Woher wusste sie das?

»Die nächtliche Unterhaltung hatte ihre Wirkung.«

»Freut mich, dass ich helfen konnte.«

Isaac nahm ein Speckstück und zeigte damit auf sie. »Wie hat dir eigentlich der Hackbraten geschmeckt?«

»Überraschend gut.«

Isaac warf sich in die Brust, während Lars mit den Augen rollte.

»Aber wenn ich die Schachtel mit dem Kartoffelbrei finde, werfe ich sie ins Feuer.« Sie schenkte ihm ein süßes Lächeln und aß ruhig weiter.

»Der ist superpraktisch«, protestierte Isaac.

»Und schmeckt supereklig.«

»Kannst du kochen?«, wollte er wissen.

»Nein.« Ihre Antwort kam ohne Zögern und fühlte sich richtig an. »Aber wie schwer kann es schon sein, ein paar Kartoffeln zu kochen?«

»Dann bin ich dafür, dass du beim nächsten Mal das Püree übernimmst«, entschied Isaac.

Sie legte das Besteck nieder. »*Challenge* angenommen.«

* * *

»Pass gut auf sie auf«, sagte Neil zu Leo. Sie standen in der Auffahrt vor der offenen Fahrertür des SUV.

»Machen wir«, sagte Leo stellvertretend für die anderen.

»*Du* sollst gut auf sie aufpassen. Neben Pam bist du der Einzige in der Gruppe, den sie nicht kennt. Aber die habe ich ja nicht angestellt, um Olivia zu beschützen. Je mehr Zeit Olivia mit den anderen verbringt, desto eher wird sie sich an etwas erinnern.«

Zeit mit Olivia zu verbringen, war durchaus keine unangenehme Aufgabe.

»Ich werde es nicht zulassen, dass ein zweites Mal auf sie geschossen wird«, versicherte Leo.

Neil streckte ihm die Hand entgegen. »Claire und die anderen behalten Navi im Visier. Und versuchen herauszufinden, ob es eine Verbindung gibt.«

»Wir beide, du und ich, wissen ganz genau, dass es eine geben muss.«

»Dann werden wir sie auch finden.«

Neil stieg ins Auto und fuhr los.

Leo ging über die Außentreppe zur Veranda hinauf. Die Blockhütte befand sich auf einem kleinen Hügel mit Blick ins Tal, in der Ferne waren Berge zu sehen. Er hatte das Gefühl, dass er viel Zeit hier draußen verbringen würde, um den Sonnenuntergang und den Sternenhimmel anzuschauen.

Auch keine unangenehme Sache.

»Kommst du aus dieser Gegend?«, hörte er Olivia fragen. Als er um die Ecke spähte, sah er sie mit hochgelagerten Beinen neben Pam im Liegestuhl sitzen.

»Nein, ich wohne in Los Angeles wie die anderen auch.«

»Viel Verkehr dort«, murmelte Olivia.

Leo stutzte.

»Warst du schon mal da?«

»Ich glaube schon, aber sicher weiß ich es nicht, was ich nach wie vor beschissen finde.«

»Na ja, du hast nicht viel verpasst. Es ist eine hektische Stadt mit viel Verkehr, wie du ganz richtig gesagt hast. Da ist mir das hier schon lieber«, meinte Pam.

Leo kam näher. »Ihr habt euch die besten Plätze ausgesucht«, sagte er zur Begrüßung.

Olivia lächelte ihm zu. »Meine Privatschwester war der Meinung, dass ich frische Luft brauche.«

»Das stimmt.«

Leo setzte sich auf einen freien Stuhl. »Du hast heute schon viel mehr Farbe im Gesicht.«

»Es ist auch unglaublich, wie gut man sich fühlt, wenn einem nicht täglich um fünf Uhr morgens eine Nadel in den Arm gejagt wird.«

»Im Krankenhaus kann man sich nicht richtig erholen«, pflichtete Pam ihr bei.

»Weiß einer von euch, wann es hier in der Gegend den ersten Schnee gibt?«, fragte Olivia jetzt.

»Keine Ahnung, aber wir können es herausfinden.«

»Ich würde gern ein Gefühl für die Gegend kriegen, bevor alles mit Schnee bedeckt ist. Ein bisschen herumlaufen«, sagte sie.

Leo fand, dass das keine schlechte Idee war.

Doch Pam schien anderer Meinung zu sein. »Gegen einen Waldspaziergang lege ich für die nächsten zwei Tage noch mein Veto ein.«

Olivia sah Pam mit schmalen Augen an.

»Dein vernichtender Blick funktioniert bei mir nicht. Der Ort hier liegt recht hoch, der Untergrund ist uneben, und vor ein paar Tagen hattest du noch eine Thoraxdrainage, damit du überhaupt atmen konntest. Vorerst muss es reichen, wenn du die Auffahrt entlangspazierst.«

»Und niemals allein«, ergänzte Leo.

»Mich beschleicht das Gefühl, dass ich eure Vorschriften nicht mehr allzu lange tolerieren werde.«

Das klang nicht gut. »Nie allein, Olivia. Neil hat zwar dafür gesorgt, dass niemand von unserem Aufenthaltsort weiß, aber ...«

Diese leuchtend grünen Augen sahen ihn kurz an, dann schweifte ihr Blick in die Ferne. »Ich bin auch nicht erpicht darauf, erschossen zu werden, aber ich möchte unbedingt wieder zu Kräften kommen und unabhängig sein.«

»Du bist doch jetzt schon unabhängig«, entgegnete Pam.

»Und warum ist dann immer jemand neben mir, wenn ich die Treppen rauf- oder runtergehe?«

Leo grinste Pam an. »Sie hat uns erwischt.«

Olivia setzte sich auf und stellte die Füße auf den Boden. »Ich gebe euch fünfzehn Minuten, um zu entscheiden, wer von euch beiden auf meinem Morgenspaziergang mit mir Händchenhalten wird. Und seid gewarnt: Nach dem Essen plane ich eine weitere Runde.«

»Olivia!«

»Ja, Pam?«

Die beiden Frauen lieferten sich ein Blickduell.

Schließlich rollte Pam mit den Augen. »Wusste ich es doch, dass dieser Auftrag einen Haken haben muss«, murmelte sie grinsend. »Ich komme in fünfzehn Minuten.«

Damit ließ sie Leo und Olivia allein.

»Bist du immer so stur?«, fragte er.

»Ich glaube schon. Nachgiebig sein fühlt sich komisch an. Genauso wie die Gabel mit rechts zu halten.« Sie schwieg einen Moment. »Mit jedem Tag habe ich das Gefühl, dass ich meinem Gedächtnis langsam näherkomme.«

Leos Magen zog sich zusammen. »Das ist super«, log er.

Olivia stand auf. »Hast du Lust, mich auf meinem Spaziergang zu begleiten? Ich meine, du bist derjenige mit der Waffe.« Sie nickte zu der Tür, durch die Pam gerade im Haus verschwunden war. »Sie sorgt dafür, dass ich mich nicht verletze, und du, dass mir niemand etwas antut.«

Leo nickte. »Noch vierzehn Minuten. Die Zeit läuft.«

KAPITEL 11

Stur.

»Ich bin also stur«, sagte Olivia zu sich selbst im Badezimmerspiegel.

Das Abendessen war vorüber und obwohl sie jetzt durchaus den Kopf aufs Kissen hätte betten können, war sie fest entschlossen, vor Sonnenuntergang einen weiteren kleinen Spaziergang zu machen.

Allein die Arme zu heben, um sich die Haare zusammenzubinden, war ein regelrechter Kraftakt. Jeder Muskel ihrer linken Seite, der dabei beansprucht wurde, schmerzte, weil dort einige Fasern erst wieder zusammenwachsen mussten.

Als der Pferdeschwanz saß, wusch sie sich das Gesicht, damit sie frischer wirkte. Niemand hatte heute gefragt, ob sie etwas gegen die Schmerzen einnehmen wolle, was sie als Fortschritt verbuchte.

Jetzt schnappte sie sich einen Pulli und verließ das Zimmer. Oben an der Treppe holte sie tief Luft, zog die Schultern zurück und nahm sich vor, die Treppe zügig und ohne Zwischenstopp hinabzugehen.

Doch schon nach fünf Schritten hielt sie sich am Handlauf fest und verfluchte dieses Stechen. Wie konnte eine kleine Kugel einen ganzen Körper lahmlegen?

Sie zählte leise die Stufen mit und als sie endlich unten war, brauchte sie bereits eine Pause. Sie schloss die Augen und atmete tief durch. Zwar versuchte sie, sich nichts anmerken zu lassen, jedoch waren die Schmerzen abends deutlich schlimmer als am Morgen.

»Das ist doch kein Wettrennen hier.«

Als sie die Augen öffnete, stand Sasha vor ihr und musterte sie vielsagend. Sasha konnte man wohl nichts vormachen.

»Fühlt sich aber so an«, entgegnete Olivia mit erhobenem Kinn.

»Wenn du dich überanstrengst, wirft dich das bloß meilenweit zurück.«

Olivia wusste, dass Sasha es gut meinte. Trotzdem hatte sie das Gefühl, sich verteidigen zu müssen. »Wenn ich schon mein Hirn nicht dazu bewegen kann, sich auch nur an das kleinste Detail zu erinnern, bleibt mir nichts anderes übrig, als wenigstens meinen Körper auf Vordermann zu bringen.«

Sasha wandte den Blick ab. »Leo wartet auf der Veranda auf dich.«

Dass Sasha nichts weiter einwandte, machte sie sehr sympathisch.

Olivia ging an Pam vorbei, die im Wohnzimmer saß und las. »Kommst du nicht mit?«, fragte Olivia.

»Warum sollte ich? Wenn ich sage, dass wir umdrehen müssen, hörst du sowieso nicht auf mich.«

Genau das war auf dem Morgenspaziergang geschehen.

»Und wenn du es nicht zurückschaffst, kann Leo dich tragen. Ich nicht.« Pam blätterte um, ohne aufzublicken.

Olivia unterdrückte ein Lachen.

»Wir sind zurück, bevor es dunkel wird.«

Pam sah gleichgültig auf die Uhr, dann wandte sie sich wieder ihrem Buch zu. »Sturkopf.«

Am Ausgang stand Leo und unterhielt sich gerade mit Isaac und Lars. Sie lachten.

»Gibt's hier eine Versammlung?«

Lars zeigte auf die andere Seite der Auffahrt. »Wir haben eine Mission. Ein paar Waschbären setzen ständig unsere Sensoren außer Gefecht.«

»Dann bringt sie halt etwas höher an«, schlug sie vor. »Also oberhalb der Reichweite der Tiere.«

Isaac räusperte sich.

»Das war der Plan«, entgegnete Lars, jetzt nicht mehr ganz so fröhlich.

Leo drehte sich zu ihr. »Wenn du deinen Spaziergang machen willst, sollten wir jetzt losgehen. Wenn wir bei Anbruch der Dunkelheit noch draußen sind, muss ich dich tragen.«

Olivia verengte die Augen. »Du hast mit Pam geredet.«

Er hob ergeben die Hände. »In diesem Haus gibt es drei Frauen. Zwei davon finden es nicht gut, dass du das machst. Ich habe die Wahl. Entweder sind zwei sauer auf mich oder bloß eine. Wie würdest du dich entscheiden?«

Lars gluckste amüsiert. »Viel Spaß euch beiden.«

Olivia ging voraus und blickte entschlossen zur nächsten Treppe.

»Wenn du es nicht runter schaffst, schaffst du es auch nicht wieder rauf.«

Ihre Augen fielen auf seine Brust. »Ich habe dich ohne T-Shirt gesehen. Du kannst mich ohne Probleme hochtragen.«

»Jetzt versuchst du also, mir zu schmeicheln, damit du kriegst, was du willst.«

Ohne weiter darauf einzugehen, nahm sie seinen Arm und stützte sich mit der anderen Hand am Geländer ab.

Diesmal ließ sie sich genügend Zeit und war heilfroh, als sie unten angekommen waren.

»Also dann, auf geht's«, sagte er.

Sie ließ ihn los und ging voraus. »Ich weiß, dass ihr mich für stur haltet …«

»Dass du stur *bist*!«, korrigierte Leo sie. »Es ist erst eine Woche vergangen und davon bist du die meiste Zeit auf der Intensivstation gelegen.«

»Sie haben mich nur aus Sicherheitsgründen dabehalten. Ich bin mir ziemlich sicher, dass Neil sie bestochen hat.«

Leo erwiderte nichts darauf.

»Einigen wir uns einfach darauf, dass wir uns nicht einig sind«, sagte sie schließlich.

»Also gut. Aber ich bleibe auf deinen Spaziergängen deine Begleitperson. Dann weiß ich nämlich, ob es dir besser oder schlechter geht. Die anderen kriegen es vielleicht nicht mit, denn du spielst uns etwas vor, so wie du es gerade brauchst.«

»Meinst du, dass ich so durchtrieben bin?«

Leo blickte zur Straße. »Ja, das meine ich.«

Jetzt musste Olivia lachen. »Möglicherweise hast du recht.«

Unter ihren Schritten knirschte der Kies. Warum war die Einfahrt nicht gepflastert? Die Besitzer hatten doch sonst nicht am Haus gespart.

Aber hätte Neil als Zufluchtsort eine Unterkunft mit einer geteerten Einfahrt gewählt?

Sicher nicht. Er wollte es hören, wenn ein Auto hier entlangfuhr.

Olivia blickte nachdenklich zu Boden. Warum wusste sie, welche Faktoren Neil bei der Auswahl des Ortes wichtig gewesen waren?

»Woran denkst du gerade?«, wollte Leo wissen.

»Ach, unzusammenhängendes Zeug. Was mir eben so in den Sinn kommt.«

»Erinnerungen?«

Olivia schüttelte den Kopf. »Nein, keine Erinnerungen. Ist schwierig zu erklären.«

»Versuch es trotzdem.«

»Das zum Beispiel …« Sie reichte um seinen Rücken herum und klopfte auf die Stelle, wo sie seine Waffe vermutete. Wie erwartet ertastete sie dort eine Pistole. »Ich habe die Waffe nie gesehen, aber genau gewusst, dass du hier eine hast.«

Leo blieb stehen und sah sie an. »Ich bin ein FBI-Agent.«

Olivia lief weiter. »Natürlich weiß man, dass ein FBI-Agent irgendwo eine Waffe hat. Aber ich meine, dass ich genau wusste, *wo* du die Knarre trägst. Isaac hat seine in der Cargohose. In einem Holster, sonst wäre es zu offensichtlich. AJ hat seine hier.« Sie deutete auf ihre linke Flanke. »Und Lars …« Jetzt blieb sie stehen und rief sich das Bild von ihm in Erinnerung, als er zu den Sensoren gegangen war. »Der ist bis zu den Zähnen bewaffnet. Die Frage ist, warum weiß ich das?«

»Weil du eine gute Intuition hast?« Leo klang nicht sehr überzeugt.

»Aber da ist noch mehr. Pam poltert die Treppen rauf und runter wie ein Elefant, obwohl sie so zierlich ist. Isaac und Lars hört man kaum. Lars legt mehr Gewicht auf sein rechtes Bein. Ich würde wetten, dass er mal eine Verletzung hatte. Und Sasha hört man überhaupt nicht. Sie ist so leise wie ein Gespenst. Das ist doch mehr als Intuition. Eher ein Wissen, das tief in mir verankert ist.«

»Vielleicht sind deine Sinneswahrnehmungen schärfer als sonst, als Ausgleich für dein fehlendes Gedächtnis.«

»Glaubst du das wirklich?«

»Hast du eine bessere Theorie?«

»Nein.« Sie hatte sich darüber auch noch kaum Gedanken gemacht. Sie war mehr mit den Fakten beschäftigt gewesen, die ihr unablässig in den Sinn kamen.

Sie wedelte Moskitos fort und überlegte, ob sie den Pulli anziehen sollte, um den Mücken weniger Angriffsfläche zu bieten.

Sie gingen schweigend weiter. »Ihr müsst sie nicht verstecken.«

»Was verstecken?«, fragte Leo nach.

»Eure Waffen. Sie machen mir keine Angst.«

Leo überlegte, was er darauf erwidern sollte. »Wenn die Nachbarn sehen könnten, dass wir bis an die Zähne bewaffnet herumlaufen, würde das Fragen aufwerfen.«

Das klang zwar logisch, aber Neil hätte niemals ein Haus mit Nachbarn gewählt.

Wieder landete eine Mücke auf ihr, die nach ihrem Blut lechzte.

Leo nahm ihren Pulli und hielt ihn ihr so hin, dass sie ihn leichter anziehen konnte. »Du bist hier nicht die Einzige mit einer guten Intuition. Es wird kühler und die Moskitos attackieren dich, aber du willst den Pulli nicht anziehen, weil dir die Bewegung wehtut.«

Ergeben nahm sie seine Hilfe an und streckte vorsichtig den linken Arm in das Kleidungsstück. »Noch eine Woche, dann war's das mit den Mücken. Sie sterben alle, wenn es kälter wird.«

»Meinst du?«, fragte er.

»Ja.«

Er half ihr, den Pulli herunterzuziehen, und behielt dabei die Hände länger auf ihren Armen als nötig. »Besser?«, fragte er.

»Deine Hände sind schön warm.« Auch seine Augen strahlten eine vertrauenswürdige Wärme aus und wirkten wie ein Netz, das einen auffing, wenn man fiel.

Und da war es wieder, dieses Gefühl. Sein Brustkorb hob und senkte sich, sein Blick wanderte zu ihren Lippen. Wie er wohl schmeckte? Plötzlich wusste sie genau, wie sich ein Kuss anfühlte. Doch wann und mit wem sie schon mal einen erlebt hatte, wusste sie nicht.

Bereits im nächsten Augenblick meldete sich die Vernunft zurück. »Sich mit seinen Beschützern einzulassen, ist genauso irrsinnig, wie sich mit seinen Geiselnehmern zu verbünden«, flüsterte sie. Trotzdem drängte sich schon der nächste Gedanke auf, als sie sein Kinn sah. Mit Bartstoppeln fand sie ihn sogar noch attraktiver als frisch rasiert.

Wie hätte sich sein Gesicht auf ihrer Haut angefühlt?

Und hatte er ähnliche Gedanken wie sie?

Leo wandte den Blick ab und ließ ihre Arme los. »Wir sollten besser zurückgehen.«

Offenbar ging es ihm ähnlich wie ihr.

Als sie nur noch paar Schritte vom Haus entfernt waren, stellte sie ihn zur Rede: »Tun wir einfach so, als wenn nichts wäre?«

»Du hast gesagt, dass es irrsinnig ist.«

»Liege ich etwa falsch?«

»Nein.«

»Und trotzdem hast du dich freiwillig gemeldet, um mich auf meinen Spaziergängen zu begleiten.«

Jetzt wich er ihrem Blick aus. »Ich bin eben masochistisch veranlagt.«

Warum fühlte es sich wie eine Herausforderung an, ihn aus der Reserve zu locken? »Hast du Angst, dass ich verheiratet sein könnte?«, wollte sie wissen.

»Glücklich verheiratete Frauen spazieren nicht ohne Ring am Finger durch Las Vegas«, gab er zurück.

Sie blickte auf ihre linke Hand und entdeckte keine Spuren eines Eherings. Keine Delle, keine helle Linie. »Aber vielleicht unglücklich verheiratete Frauen. Oder ich habe einen schrecklichen Freund.«

Er warf ihr einen Seitenblick zu.

Sie tat, als würde sie es nicht merken.

»Du kommst mir nicht vor wie eine Frau, die eine unglückliche Beziehung tolerieren würde. Wir können dich ja nicht einmal dazu bringen, im Haus zu bleiben und deine Füße

128

hochzulegen. Ich kann mir nur schwer vorstellen, dass du dich von einem Mann unterdrücken lassen würdest.«

Eigentlich glaubte sie das auch, wenngleich ein anderer Teil von ihr Zweifel hatte.

»Wenn es einen Ehemann gäbe, würde er bald auftauchen.«

»Meinst du?«

Olivia wartete, bis er sie ansah. »Dabei hatte ich schon eine gute Idee für einen netten Zeitvertreib.« Unterbewusst leckte sie sich die Lippen.

Leo stieß hörbar die Luft aus und zwang sich, den Blick von ihr loszureißen. »Du bringst mich um«, murmelte er.

Sie war sich nicht sicher, ob das ihr normales Verhalten war. Doch sie konnte nicht leugnen, dass es sich verdammt gut anfühlte, mit ihm zu flirten. »Du bist so leicht zu durchschauen.«

»Ich bin ein Mann.«

Sie gingen schweigend nebeneinanderher, bis das Haus und das umliegende Tal wieder in Sicht kamen.

Leo nahm ihre Hand.

Und plötzlich schlug ihr das Herz bis zum Hals.

Flirten war vertraut, Händchenhalten dagegen ganz und gar nicht.

Trotzdem verspürte sie nicht den Wunsch, die Hand fortzuziehen.

* * *

»Hat sie ihr Gedächtnis wieder?«

Kein »Hallo«, kein »Wie geht's?«, kein »Wie ist das Wetter?«. Es war erst eine Woche vergangen und Brackett war so ungeduldig wie immer. »Nein. Ihr Gedächtnis liegt noch auf den Straßen von Las Vegas, wo aus dem Nichts auf sie gefeuert wurde.«

Leo saß im Beobachtungsraum und telefonierte über die sichere Leitung mit seinem Chef. Isaac saß unterdessen vor den Monitoren und sah sich die langweiligste TV-Show an, die es gab.

Obwohl Leo froh war, dass sich auf den Bildschirmen nichts tat.

»Habe ich mir gedacht. Das heißt also, dass es bisher keine Probleme gegeben hat?«

»Hier ist alles gut. Gibt es etwas Neues von Navi?«

»Der hat Las Vegas verlassen, nachdem Mykonos vom Richter vierzig Jahre aufgebrummt bekommen hat, um mal gründlich über seine Vergehen nachzudenken.«

»Das heißt wohl, er kommt in zehn Jahren wegen guter Führung frei?« Vierzig Jahre waren nicht annähernd genug.

»Nein, er muss mindestens zwanzig davon absitzen. Aber natürlich gehen sie in Berufung.«

Auch zwanzig Jahre reichten nicht. Das Problem war nur, dass man den Mord an den zwei Frauen, die mit Marie zusammen gewesen waren, nicht zu seinen Straftaten zählen konnte, da der vermeintliche Killer vor dem Prozess tot in der Untersuchungshaftzelle aufgefunden worden war. Schon verrückt, dass die kleinen Fische nie überlebten, die großen Bosse aber schon.

»Wir befragen alle Parteien. Wir schauen, wer die Nachrichten verfolgt hat und sich anders benommen hätte, wenn die Kugel anstelle der Frau *dich* getroffen hätte.«

Leo hatte selbst viel darüber nachgedacht.

»Könnte es jemand aus der Jury gewesen sein?«, überlegte Leo laut.

»Ja, oder sogar der Richter selbst oder die Staatsanwälte. Aber es ist nichts aus ihnen herauszuholen, egal wie kräftig wir nachbohren.«

»Man wollte an mir ein Exempel statuieren, aber derjenige, für den es bestimmt war, hat die Nachricht wohl nicht verstanden.«

»Oder sie wollten doch bloß einfach dich beseitigen.«

Was sich Leo nicht vorstellen konnte. Er war nicht mal Zeuge im Mykonos-Prozess gewesen. Allerdings hatte er sich selbst zur Zielscheibe gemacht, indem er Navi angesprochen hatte. Wenn das der Grund für den Anschlag gewesen war, konnte Leo nur sich selbst die Schuld geben. Schließlich hatte er gewusst, um welches Kaliber es sich bei Navi handelte. »Dann gibt es auch noch die Möglichkeit, dass es nur eine Warnung für mich sein sollte.«

»Auch das ist nicht ausgeschlossen, wenn man bedenkt, dass du tatsächlich gar nichts abgekriegt hast. Professionelle Killer verfehlen ihr Ziel nur selten.«

»Wie geht es Fitz?«

»Sie will eine Gehaltserhöhung. Mit der Begründung, dass sie jetzt die Arbeit für euch beide erledigen muss.«

Leo konnte über diese Aussage nur schmunzeln. Der Regierung ging es schließlich am Allerwertesten vorbei, wie schwer man arbeitete. Jegliche Gehaltserhöhung war im Vorhinein festgelegt, vom ersten Arbeitstag bis zum letzten.

»Das heißt also, es geht ihr gut.«

Brackett lachte. »Wir sprechen uns nächste Woche.«

»Oder früher, wenn es etwas Neues gibt.«

Nachdem das Gespräch beendet war, blickte Leo zu Isaac.

»Wetten, dass ihr diesen Anruf aufgezeichnet habt?«

Isaac drückte auf einen Knopf am Computer.

Schon waren Leos und Bracketts Stimmen zu hören, bis Isaac erneut den Knopf drückte.

»Nicht, weil wir dir nicht vertrauen würden. Wenn Neil diesbezüglich Zweifel hätte, wärst du gar nicht hier. Ziel ist es, die Infos vom FBI mit unseren abzugleichen. Dabei entstehen neue Szenarien, und manche Überlegungen können wieder verworfen werden.«

»Und wann macht ihr das? Also die verschiedenen Szenarien durchsprechen?«

»Wenn Olivia schläft. Dann treffen wir uns hier unten und reden per Videokonferenz mit Neil und den anderen, um uns auszutauschen.«

Leo stellten sich die Nackenhaare auf. »Hattet ihr auch vor, mich irgendwann einzuweihen?«

Isaac starrte auf den Monitor. »Ich habe nichts zu melden.«

»Und trotzdem hast du mir gerade etwas gesagt.«

»Die Anweisung lautete, zu warten, bis du fragst. In dieser Gruppe muss man sich seine Sporen erst verdienen. Hier kriegt keiner was umsonst.«

»Hat Olivia denn ihre Sporen schon verdient?«

»O ja, im höchsten Maße sogar.«

Kapitel 12

Olivia stand in Unterwäsche vor dem Spiegel. Jetzt waren sie schon eine Woche in Colorado und sie wusste immer noch nicht mehr über sich als am Tag ihrer Krankenhausentlassung.

Sie betrachtete ihre halblangen Haare und befühlte die Stelle am Hinterkopf, wo man ihr die Haare abrasiert hatte, um die Platzwunde zu nähen, und wo jetzt die ersten Stoppeln nachwuchsen. Wenn sie sich im Bett umdrehte, spürte sie noch das Ziepen der Narbe.

Vom Nacken ließ sie die Finger nach vorn zum rechten Schlüsselbein wandern. Plötzlich stutzte sie, dann tastete sie bis zur Mitte des Knochens.

Ein Blitz durchfuhr sie.

Olivia ertastete rechts eine Unebenheit und befühlte zum Vergleich die linke Seite.

Sie hatte sich mal das Schlüsselbein gebrochen.

Kein Unterricht, bis der Arzt dich wieder für fit erklärt.

Die Worte erschallten laut und deutlich in ihrem Kopf.

Sie musste recht jung gewesen sein, wenn sie noch zur Schule gegangen war.

Aber wo war das? Und wer hatte das zu ihr gesagt?

Olivia hielt sich am Waschbeckenrand fest und kniff die Augen zu. »Komm schon, verdammt. Ich brauche mehr.«

Kein Unterricht.
Ich darf nicht zum Unterricht.
Aber was für ein Unterricht?

»Was für ein Unterricht, verdammt?«

Sie schlug aufs Waschbecken und versuchte, sich an den Erinnerungsfetzen zu klammern.

»Verdammter Mist!« Bei der Bewegung erwischte sie den Zahnputzbecher, der mit lautem Scheppern zu Boden fiel.

Aus dem Augenwinkel heraus sah sie eine Bewegung.

Und dann reagierte sie ganz automatisch.

Während der linke Arm zur eigenen Deckung hochging, fuhr ihre rechte Faust zum Boxschlag aus, um den Angreifer zur Strecke zu bringen.

Sasha konnte dem Schlag gerade noch ausweichen, indem sie sich duckte. Mit erhobenen Händen sagte sie: »Hey … ich bin's.«

Jeder Muskel in Olivias Körper war angespannt. Ihre Haut prickelte, ihr Puls war auf hundertachtzig.

»Ich bin es. Sasha.«

Das kleine Badezimmer schien noch kleiner zu werden.

Weg von hier!
Bloß weg von hier!

»Olivia. Ruhig weiteratmen. Alles ist gut.«

Jetzt waren Schritte auf der Treppe zu hören, Stimmen, die nach ihr riefen.

»Olivia?«

»Was ist hier los?«

»Alle zurücktreten!«

Langsam wurde alles um sie herum wieder klarer.

Ihr Atem ging immer noch stoßweise.

Sasha stand eine Armlänge von ihr entfernt.

Jetzt trat Leo neben Sasha.

Und dann kamen auch alle anderen und guckten ins Bad.

»Tief ein- und wieder ausatmen«, versuchte Sasha, sie weiter zu beruhigen.

Olivia spürte ein Ziehen auf der linken Seite. Sie blickte hinunter auf die gerötete Narbe, die schon so viel besser gewesen war. Sie legte die Hand darauf, als könnte sie die Stelle im Nachhinein noch schützen. »O Gott!«

Pam drückte sich an Leo und Sasha vorbei ins Bad. »Okay. Alle Männer raus hier«, forderte die Krankenschwester.

»Komm, Olivia. Leg dich hin, bevor du mir noch ohnmächtig wirst.« Sie stützte Olivia, als könnte sich die Patientin nicht ohne fremde Hilfe auf den Beinen halten.

Die ersten Schritte zeigten, dass Pam richtig lag.

»Raus jetzt«, versuchte sie erneut, die Männer wegzuscheuchen, die noch immer wie angewurzelt dastanden.

Plötzlich begann sich alles zu drehen und Olivia bekam Schweißausbrüche. »Ich muss mich setzen.«

»Oje!«

Olivia bekam nur noch mit, dass Leo sie auffing, bevor alles schwarz um sie wurde.

* * *

»Wir sind hier bei dir.« Leos Stimme riss sie aus dem Nebel.

Irgendwer hatte ihr einen kalten Waschlappen auf die Stirn gelegt.

Sie lag auf einem Bett, ihre Beine waren auf einem Kissen gelagert.

»Olivia?« Sasha stand hinter Leo.

»Ich habe dich angegriffen.«

»Ist schon okay.«

Olivia wollte sich aufzusetzen.

»O nein, schön liegen bleiben!« Pam hatte Olivia die Blutdruckmanschette angelegt und pumpte diese gerade auf. »Wenigstens noch ein paar Minuten.«

»Ich hätte dich verletzen können.«

»Quatsch«, entgegnete Sasha mit zaghaftem Grinsen.

»Ich wollte unbedingt aus dem Badezimmer raus. Aber du hättest mich ja gar nicht daran gehindert.« Trotzdem hatte sie sich wie ein gefangenes Tier gefühlt. »Warum mache ich so was?«

Pam seufzte. »Ich meine es ernst, wenn ich sage, dass du dich beruhigen musst.«

Leo streichelte ihre Hand. »Alles ist gut, es ist vorbei.«

»Ich verstehe nicht, was passiert ist ...«

»Ich geh dir mal ein Glas kaltes Wasser holen.« Sasha verließ den Raum.

»Es tut mir leid.«

»Mach dir keinen Kopf, lass es einfach gut sein.«

Olivia blickte zu Pam, auf der Suche nach einer Antwort. »Was genau ist eben mit mir passiert?«

»Ich bin keine Neurologin.«

»Komm mir nicht mit so einer Antwort«, schimpfte Olivia.

Pam warf Leo einen Blick zu. »Vielleicht hat es damit zu tun, dass dein Gedächtnis allmählich zurückkommt. Du hast instinktiv reagiert. Es ist schwer zu sagen.«

»Und deswegen greife ich Sasha an?«

»Hast du dich an etwas erinnert?«, fragte Leo.

Olivia blickte an sich hinab und erst jetzt fiel ihr wieder ein, dass sie nur Unterwäsche trug. Zum Glück hatte jemand sie zugedeckt. »Ich habe mir das Schlüsselbein gebrochen, als ich ein Kind war.«

Leo und Pam halfen ihr, sich im Bett aufzusetzen, als Sasha mit dem Wasser zurückkam.

Nach ein paar Schlucken lehnte sie sich gegen die Kopfstütze. Ihre verletzte Seite schmerzte höllisch.

»Du erinnerst dich daran, dass du dir als Kind was gebrochen hast?«, ermunterte Leo sie, weiterzusprechen.

Sasha setzte sich zu ihr aufs Bett.

»Ich erinnere mich nicht, *wie* es passiert ist, nur, dass ich es mir gebrochen habe.« Sie führte Leos Hand zum rechten Schlüsselbein und presste seine Fingerspitzen auf die kleine Erhebung. Dann nahm sie seine andere Hand und ließ ihn zum Vergleich die linke Seite fühlen. Dass dabei das Laken hinabrutschte, war ihr egal. »Fühlst du das?«

Leo nickte.

»Ich habe mich an eine Stimme erinnert. Irgendwer hat gesagt, dass ich nicht in den Unterricht gehen darf, bis es verheilt ist. Aber als ich versucht habe, mich an mehr Details zu erinnern, ist alles nur weiter in die Ferne gerückt.« Schwer seufzend ließ sie Leos Hand los. »Ich hatte gar nicht gemerkt, dass du reingekommen bist«, sagte sie an Sasha gewandt. »Und schwups, schon habe ich ausgeholt …«

»Ich habe gehört, dass du geschrien hast, deswegen bin ich reingekommen.«

Olivia blickte zu Pam. »Geht das jetzt so weiter? Jedes Mal, wenn ein Erinnerungsbruchstück zurückkommt, werde ich ohnmächtig?«

»Du hast hyperventiliert. Vielleicht setzt du dich nächstes Mal besser hin, wenn du dich an etwas erinnerst. Dann konzentrierst du dich aufs Atmen und rufst einen von uns.«

Olivia nickte mehrmals. »Eigentlich sollte ich mich ja freuen, dass ich mich an etwas erinnert habe. Nur wie ich darauf reagiert habe, ist total lächerlich.«

»Das Gehirn ist ein mächtiges Instrument. Du darfst deine Reaktion nicht unterschätzen. Wahrscheinlich gab es einen Grund dafür«, überlegte Sasha laut.

Olivia spürte ein Stechen hinter den Augen, das sich im ganzen Kopf auszubreiten drohte.

Sie nahm wieder Leos Hand. »Ich glaube, ich lasse unseren Morgenspaziergang heute ausfallen. Erst muss ich diese Kopfschmerzen loswerden.«

»Das ist die beste Idee, die du je hattest«, meinte Pam, indem sie die Blutdruckmanschette entfernte.

Leo führte ihre Hand zu den Lippen und küsste ihre Fingerspitzen. »Gib uns Bescheid, wenn du was brauchst.«

Er und Sasha verließen den Raum, während Pam noch bei ihr blieb. »Darf ich dir ausnahmsweise eine Ibuprofen geben?«, fragte sie.

Olivia drehte sich zur Seite und zog statt einer Antwort nur wortlos die Bettdecke über die Schulter.

»War ja klar«, murmelte Pam, bevor sie ging und die Tür hinter sich schloss.

Wer bin ich?

Je häufiger sie sich diese Frage stellte, desto mehr fürchtete sie die Antwort.

* * *

Wolken umgaben die Blockhütte und woben ein dichtes Netz aus Feuchtigkeit. Der graue Himmel passte zur Stimmung im Haus.

Olivias unerwarteter Ausbruch hatte alle daran erinnert, dass irgendwann ihr Gedächtnis zurückkommen würde. Und dann wäre ihre Reaktion genauso unvorhersehbar.

Leo war aufgefallen, dass Neils Team stets einen Meter Abstand zu Olivia hielt. Sie mussten großen Respekt vor Olivias Schlagkraft haben.

Olivia kam erst lange nach dem Mittagessen aus ihrem Zimmer. Bis zum Abend hatte sie zwar ihr Lächeln wiedergefunden, doch waren ihre Bewegungen immer noch deutlich langsamer als zuvor.

Zum zweiten Mal gab es Hackbraten und Olivia bestand darauf, diesmal das Kartoffelpüree zuzubereiten.

»Das muss wirklich nicht sein«, meinte Isaac. »Wir kommen auch so klar.«

»Bei Challenges mache ich nie einen Rückzieher. Ich halte mein Wort. Du kümmerst dich um dieses Hackfleischdings und ich mache den Kartoffelbrei.«

Leo tauchte neben ihr auf, um sich die Hände zu waschen. »Ich helfe dir beim Schälen.«

Sie machte ihm Platz und widersprach nicht, was er als Zustimmung interpretierte.

»Hast du deiner Mutter früher oft in der Küche geholfen?«, fragte sie ihn.

»Meiner Grandma. Meine Mom hasst kochen. Nana aber ...«

»Leben sie noch?«

Er drehte das Wasser ab. »Ja, beide leben noch. Nana wohnt mittlerweile in einer Seniorenanlage und behauptet, dass alle Witwer verrückt nach ihr sind und dass sie mindestens einen Heiratsantrag pro Monat bekommt.«

»Deine Grandma würde ich gerne mal kennenlernen«, meinte Lars von seinem Platz im Wohnzimmer aus.

Leo dachte an seine Oma. Sie war eine echte Frohnatur. »Du bist wahrscheinlich genau im richtigen Alter für sie.«

Olivia lachte auf. Es war das erste Mal an diesem Tag, dass er sie lachen hörte.

»Du würdest sie mögen. Sie sagt immer genau das, was sie denkt, ganz egal, ob sie dabei jemandem auf den Schlips tritt.«

»Das ist sowieso das Beste«, lautete Isaacs Kommentar.

Olivia schnappte sich den Gemüseschäler, während Leo lieber ein kleines Messer für dieselbe Aufgabe benutzte.

»Wie alt ist sie?«

»Zweiundachtzig. Und noch ziemlich fit. Braucht noch keinen Rollator.«

»Warum ist sie dann im betreuten Wohnen?«

»Sie braucht Gesellschaft und hat gesagt, wenn sie nicht mit anderen Leuten zusammenwohnt, würde sie sonst ständig ihrer Familie auf die Nerven gehen. Aber sie ist immer die Erste, die sich für eine Exkursion nach Las Vegas anmeldet oder zur Weinprobe nach Temecula fährt. Außerdem macht sie jedes Jahr eine Seniorenkreuzfahrt.«

»Senioren auf Kreuzfahrt?«, gluckste Isaac.

Leo nickte, während er sich die nächste Kartoffel vornahm. »Ja, sie genießt ihr Leben. Hoffentlich haben wir alle mal so viel Glück, wenn wir alt sind.«

Bei dem Gedanken an seine Großmutter fragte sich Leo, wie es wohl um Olivias Familie stand.

Hatte sie überhaupt eine Familie?

Hatten die anderen eine?

Oder waren sie alle wie die gestohlenen Spielzeuge auf der Insel der Nichtsnutz-Toys – sonderbar, kaputt, allein?

Das Prasseln eines einsetzenden Regenschauers lenkte ihn von den Gedanken an Neils Crew ab.

»Ich habe deutlich gefühlt, dass es heute noch einen Wetterumschwung gibt«, meinte Lars mit Blick zum Fenster.

»Ach, echt?«, fragte Olivia.

»Ja, mein rechtes Bein hat den ganzen Tag mit mir geredet.«

Olivia warf Leo einen vielsagenden Blick zu und grinste. »Wann hast du es dir denn gebrochen?«, fragte sie.

»Bei einem Militäreinsatz.«

Also hatte Olivia mit ihrer Vermutung recht gehabt. Leo hatte bei Lars kein Hinken feststellen können, selbst, nachdem Olivia es erwähnt hatte.

»Das klingt sehr heroisch«, scherzte Isaac.

140

»Willst du etwa sagen, dass Lars nicht als Superman unterwegs war, als es passiert ist?«, scherzte Olivia.

»Dabei bin ich wirklich durch die Luft geflogen.« Lars lachte.

»Ja, weil du bei einer Fallschirmübung aus dem Flugzeug gesprungen und zu hart gelandet bist.« Isaac schob die Auflaufform in den heißen Ofen. »Wenn du dich mit Lars unterhältst, nachdem er ein paar Bier getrunken hat, hörst du noch ganz andere Versionen der Geschichte.«

»Stimmt das, Lars?«

Leo freute sich über Olivias Erheiterung, während sie von den Geheimnissen des Teams erfuhr.

»Ich erinnere mich eben nur an die Geschichte, wenn ich was getrunken habe«, entgegnete Lars.

»Wenn ihr das nächste Mal einkaufen geht, bringt Bier mit«, sagte sie.

»Geht leider nicht. Mit Alkohol kann man nicht gut Bodyguard spielen.«

Leo hatte die letzte Kartoffel geschält. »Wir müssen ihn mit Fragen löchern, wenn das hier vorbei ist«, schlug er Olivia vor.

Sie lachte. »Ja, und ich erwarte, dass ihr Jungs mir dann alle einen Drink spendiert.«

»Wieso?«, fragte Isaac, während er sich an Leo und Olivia vorbeidrängte, um zum Waschbecken zu gelangen.

»Weil mich Männer erst auf einen Drink einladen müssen, bevor sie mich in Unterwäsche zu sehen kriegen. Also schuldet ihr mir was.«

Leo konnte sich nicht beherrschen und schielte nun doch auf ihr Dekolleté.

Isaac behielt die Augen auf anständiger Höhe und verkniff sich einen Kommentar.

Leo hatte am Morgen tatsächlich so viel gesehen, dass es seiner Fantasie genügend Nährboden bot, auch wenn er in jenem Moment den Anblick gar nicht hatte genießen können.

»Ich spendiere dir mehrere Drinks, Olivia.« Lars erhob sich von der Couch und ging hinaus.

»Ich werde dich daran erinnern«, rief sie ihm schmunzelnd hinterher.

»Der Hackbraten braucht eine Stunde im Rohr.« Isaac wollte sich dem Chaos widmen, das er während des Kochens angerichtet hatte.

Leo raunte Olivia zu: »Ich glaube, niemand hat richtig hingeguckt.«

»Das ist aber jammerschade, denn anscheinend kümmere ich mich gut um diesen Körper.«

Aber hallo!

»Und das ist dir gar nicht aufgefallen?«, flüsterte sie neckend.

Ganz dünnes Eis, Leo.

»Nö.«

»So, so…« Sie holte hinter ihm den Topf für die Kartoffeln heraus. »Welche Farbe hat mein BH?«

»Schwarz«, antwortete er, ohne nachzudenken.

»Ich glaube, das ist mein Stichwort, die Küche lieber zu verlassen. Fühlt euch so frei und räumt gerne für mich auf«, sagte Isaac, indem er übertrieben die Handflächen gegeneinanderschlug, als müsse er viel Schmutz loswerden.

Als sie allein waren, lachte Leo. »Du weißt, wie man Leute vertreibt.«

Olivia gab die Kartoffeln in den Topf und befüllte ihn mit Wasser. »Aber dich habe ich nicht vertrieben.«

Während er sich die Hände am Geschirrtuch abtrocknete, lehnte er sich gegen die Theke. »Wahrscheinlich, weil ich der Einzige bin, der sich fragt, wie du ohne Klamotten aussiehst.«

»Aber du benimmst dich nicht so.« Sie drehte das Wasser ab, zog ihm das Geschirrtuch weg, um sich ebenfalls die Hände abzutrocknen.

»Obwohl du es mir wirklich nicht leicht machst.«

Lachend warf sie das Tuch auf die Arbeitsfläche. »Die Momente, in denen ich dich triezen kann, sind die einzigen, in denen ich mich normal fühle«, gab sie zu.

»Das Rezept für eine Katastrophe«, entgegnete er.

Er fühlte ihre Fingerspitzen an seiner Hüfte.

Plötzlich kam die Erinnerung an den schwarzen BH und Olivias schlanke Taille ganz deutlich wieder zurück.

»Ich frage mich, was sich sonst noch alles normal anfühlt.«

Sie trat nah zu ihm und drückte sich gegen ihn.

Sofort machte sich sein Schwanz für den Einsatz bereit. Das verdammte Ding war wie ein Lügendetektor.

Leos Blick glitt über ihren Körper nach oben, bis er endlich in ihren Augen versank, die er jede Nacht vor dem Einschlafen vor sich sah.

Das ist keine gute Idee.

»Nein?«, fragte sie, als sie die Hand von ihm fortnahm. Sie seufzte, als wollte sie aufgeben und sich von ihm entfernen.

Doch sofort hielt er sie zurück.

Ihre Augen tanzten, als er mit beiden Händen ihr Gesicht nahm und sie wieder an sich zog.

Zuerst berührten sich ihre Lippen nur kurz. Dabei entlud sich ein kleiner Stromschlag, der dafür sorgte, dass sich ihr eigentlicher Kuss verzögerte. Sie mussten noch einmal auseinandergehen und Luft holen, dann neigte Leo den Kopf und küsste sie so, dass sie es nie mehr vergessen würde.

Sie war so weich, als er die Arme um sie schloss. Ihre verführerischen Lippen öffneten sich leicht, als wollte sie ihn erkunden.

Er überließ ihr die Führung.

Ihre Zunge berührte seine, zog sich zurück und kam erneut für mehr.

Leo ließ Olivias Hand los und umfasste ihre Hüfte.

Olivia berührte ihn gefährlich nahe an seiner Erektion, die er natürlich nicht zum Einsatz bringen würde. Nein, er würde definitiv eine kalte Dusche brauchen.

Dieser Kuss war allein für Olivia. Sie sollte bekommen, wozu sie ihn aufgefordert hatte.

Und so wie sie sich an ihm festkrallte, wusste er, dass ihr Bedürfnis ebenso groß war wie sein eigenes. Doch es durfte einfach nicht sein. Sie mussten unbedingt wieder damit aufhören.

Er hätte nicht sagen können, wer von ihnen den Kuss beendete. Sie gingen auseinander, gerade so weit, dass er ihren schnellen Atem immer noch auf seinen Lippen spüren konnte.
»Fühlst du dich jetzt besser?«, flüsterte er.

Sie nickte. »Ja.« Doch dann schüttelte sie den Kopf. »Du hast dich sehr zurückgehalten, Mr FBI.«

»Weil es eben das richtige Verhalten ist.«

»Ich glaube nicht, dass ich sonst oft das richtige Verhalten an den Tag lege«, sagte sie und blickte ihm in die Augen.

Sie war so verdammt sexy. »Dann wäre jetzt der richtige Zeitpunkt, damit anzufangen.«

Da drückte sie sich erneut an ihn, sodass sich ihre Körper von den Knien bis zur Brust berührten.

Alle harten Stellen von ihm drückten gegen ihre weichen.

Diese Frau konnte sich vielleicht nicht daran erinnern, wann sie das letzte Mal einen Mann verführt hatte, doch ihr Körper wusste definitiv, wie es ging.

»Heute gebe ich nur nach, weil mich meine Brust umbringt und ich nicht abgelenkt sein will, wenn es passiert.«

Bei der Erwähnung ihrer Schusswunde schob er die Hand höher, ganz vorsichtig, als könnte er die Heilung durch seine

Berührung beschleunigen. »Diese Kugel hätte eigentlich *mich* treffen sollen.«

»Das will ich nie wieder hören.«

»Aber so fühle ich es.«

»Dann komm darüber hinweg.« Ihre Augen suchten seine. »Und jetzt küss mich noch einmal.«

Er ignorierte alle Warnlichter, die in seinem Kopf aufleuchteten, und neigte sich zu ihr.

Achtung, Gefahr!

Doch ihre Hüften drückten sich gegen seine und schickten damit alle Gefahrenhinweise zur Hölle.

Kapitel 13

»Ich habe gehört, dass es heute etwas Aufregung bei euch gegeben hat.« Neils Gesicht war auf dem Bildschirm genauso
ernst wie in persona.

Während des Zoom-Meetings im Beobachtungsraum
war Leo zwar dabei, stand aber etwas im Hintergrund. Neil
hatte eine eigene Kamera, während Cooper, Claire und Jax
eine andere zu dritt nutzten, da sie alle drei unter einem Dach
wohnten. Es war schon spät, was aber niemandem etwas auszu-
machen schien.

Olivia war lange aufgeblieben, weshalb sie bis elf Uhr
abends hatten warten müssen.

Die oberen Kameras hätten jede Bewegung sofort gezeigt,
falls Olivia aufwachte und im Haus herumspazierte.

»Olivia hatte eine kurze Erleuchtung und wollte Sasha
dabei die Fresse polieren«, berichtete AJ.

Leo hörte zu, während nun Sasha ihrem Chef erzählte, was
vorgefallen war.

»Alte Erinnerungen, also … sonst nichts Neues?«, fragte er.

»Zumindest hat sie uns nichts gesagt«, antwortete Lars.

»Und dir, Leo?«

»Nichts, was ich nicht schon erwähnt hätte.« Nur über
ihre intimen Momente musste er nicht reden. Er schielte zum

Monitor, der die Bilder von der Küchenkamera übertrug. Ziemlich sicher waren alle Leute im Haus darüber informiert.

Neil bohrte nicht weiter nach. »Bevor wir loslegen, möchte ich euch daran erinnern, dass wir – solange Leo hier ist – seine Position sowie Olivias Privatsphäre respektieren. Und Leo?«

»Ja?«

»Wenn ich dich später bitte, kurz rauszugehen …«

Das hatte er erwartet, auch wenn es ihm überhaupt nicht gefiel. »Ich habe mir meine Sporen noch nicht verdient …«

»Danke für dein Verständnis.« Neil nickte. »Erzählt mir von Brackett.«

Isaac berichtete von dem Gespräch, das Leo zuvor mit seinem Chef geführt hatte.

»Jax und ich haben uns über diese Unterhaltung schon den ganzen Tag den Kopf zerbrochen«, meldete sich Claire zu Wort. »Es entbehrt jeder Logik, Leo so spät noch aus dem Spiel zu ziehen … zumindest, was die Anwälte betrifft. Da der Richter diesem Mykonos keine milde Strafe à la ›Sag schön Entschuldigung und dass du das nie wieder machst‹ aufgebrummt hat, ist anzunehmen, dass der Richter nicht erpresst wurde.«

»Dann bleiben nur noch die Geschworenen«, meinte Lars.

»Sehe ich auch so«, stimmte Claire zu.

»Wenn ein Jurymitglied kopfüber im Fluss landet, wissen wir, dass wir auf der richtigen Fährte sind«, fügte Cooper hinzu.

»Hey! Geht's nicht etwas sensibler?«, fragte Isaac in die Kamera und nickte in Richtung Sasha und AJ.

»Ah, shit, AJ, tut mir leid.«

Leo spürte die Anspannung im Raum, und so peinlich wie Cooper seine Aussage zu sein schien, steckte wohl eine große Sache dahinter. »Was verstehe ich hier nicht?«, erkundigte er sich.

Claire sagte etwas auf Deutsch.

147

Sasha antwortete in derselben Sprache und wandte sich dann an Leo: »Erzähle ich dir später.«

Claire räusperte sich. »Okay … noch mal zum Motiv. Wenn der Schuss nicht als Warnung für jemanden im Gerichtssaal gedacht war, muss er persönlich gegen Leo gerichtet gewesen sein. Leo, kannst du noch mal haargenau wiedergeben, was passiert ist, als du Navi konfrontiert hast? Vielleicht haben wir etwas übersehen.«

Er hatte Neil davon erzählt, kurz nachdem sie Olivias Identität herausgefunden hatten, aber jetzt gab er die ganze Geschichte noch einmal fürs gesamte Team wieder. »Da gibt es nicht viel zu sagen. Ich bin ihm ins Restaurant gefolgt, weil ich sehen wollte, ob er sich dort mit jemandem traf.«

»Hattet ihr Infos über ein Treffen?«

Leo schüttelte den Kopf. »Es war nur ein Gefühl. Navi kam mir zu ruhig vor. Er hat den perfekten Cousin gespielt, der seine Familie unterstützt, aber er sagt und tut nichts? Es hat sich nicht richtig angefühlt.«

»Wer hat alles gewusst, dass du ihn beobachtest?«, fragte Neil.

»Niemand. Meine Kollegin und mein Chef waren sauer, als sie davon erfahren haben.«

»Okay, also, du bist ihm gefolgt. Er hat mit einer Frau zu Abend gegessen. Warum hast du ihn angesprochen?«

»Seine Bodyguards haben mich gesehen. Ich hatte die Wahl, entweder wie ein Feigling wieder abzuhauen oder den Mann zu konfrontieren und ihn wissen zu lassen, dass ich ihn beobachtete. Also bin ich rein, habe ihn gefragt, wie das Essen schmeckt, und ihm viel Spaß gewünscht. Dann bin ich wieder gegangen.«

»Das ist alles?«, fragte Cooper.

»Als ich aus dem Restaurant rauskam, hat mich Claire angerufen und mir gesagt, dass ihr auch jemanden habt, der Navi Sobol beschattet.«

»Olivia hat dich gesehen und uns Bescheid gegeben«, erklärte Neil.

Sie hatte ihn mehr als nur gesehen, sie hatten sich aus Versehen angerempelt. Und zwar direkt vor den Augen der Bodyguards. »Olivia war auch im Restaurant. Sie kam raus, als ich gerade reinging. Ich habe sie aufgehalten«, sagte er und erinnerte sich lebhaft an diese Szene.

»Warum?«, fragte Sasha.

»Sie kam mir irgendwie bekannt vor.« Leo schüttelte den Kopf. »Und als Olivia gerade wegging, haben mich Navis Bodyguards gesehen.«

Diesseits und jenseits der Leitung sahen sich alle an.

Sasha sagte etwas auf Deutsch.

Claire und Jax antworteten darauf.

»Bitte sprecht Englisch, Ladys«, forderte Lars sie mit einem Augenrollen auf.

»Leo ist nicht getroffen worden«, sagte Cooper jetzt. »Sondern Olivia. Wenn die Kugel sie auch nur einen Zentimeter weiter drüben getroffen hätte, wäre sie jetzt tot.«

»Vielleicht war Leo doch nicht Ziel des Anschlags«, meinte Claire.

Sasha schüttelte den Kopf und sagte wieder etwas auf Deutsch.

Da jetzt keiner mehr darauf bestand, die Sprache zu wechseln, musste es nun um ebenjene Geheimnisse gehen, für die sich Leo erst besagte Sporen zu verdienen hatte.

»Oder vielleicht wollte sich Vollidiot Navi auf diese Weise einfach nur dafür rächen, dass ich ihm den Abend versaut habe«, überlegte Leo laut, da er den Gedanken, dass Olivia Ziel des Anschlags gewesen sein sollte, einfach nicht ertragen konnte.

Plötzlich ertönte der Alarm der Bewegungsmelder. Alle blickten auf den Bildschirm mit der Übersichtskarte.

»Das sind wieder dieselben zwei Sensoren. Neil, bring Schalldämpfer mit, wenn du kommst. Dann mache ich mir eine neue Fellmütze«, meinte Lars.

Leo erhob sich. »Nachdem ich wahrscheinlich sowieso bald des Raumes verwiesen werde, gehe ich freiwillig und überprüfe die Sensoren.«

»Nimm ein Funkgerät mit«, riet Sasha.

Leo nahm eins von der Ladestation und ging.

Er blickte zur Treppe hinauf und dachte an die schlafende Olivia.

Wer ist diese Frau?

* * *

»In Ihrem Gehirn gibt es eine logische und eine emotionale Seite«, sagte Dr. Falconio.

Er war mit Neil gekommen, um den Fortschritt ihrer Genesung zu überprüfen. Nachdem er sie gründlich untersucht hatte, saßen sie jetzt im oberen Wohnzimmer, Leo neben Olivia, Neil, Pam und der Arzt ihnen gegenüber.

»Die logische Seite«, erklärte Dr. Falconio, »ist diejenige, die im Moment aktiv ist. Es ist der Teil des Gehirns, der weiß, wie man spricht, ohne dass Sie die Sprache neu erlernen müssen. Dort sind auch Dinge wie Kochen, Autofahren und so weiter abgespeichert, also alle normalen Funktionen.«

»Kämpfen auch?«, fragte Olivia.

»Also, wenn Sie eine Boxerin wären, würden Sie trotzdem noch wissen, wie man boxt, obwohl Sie vergessen hätten, dass Sie sich damit Ihren Lebensunterhalt verdient haben. Ich kannte mal einen Notarzt, der sich bei einem Skiunfall den Kopf verletzt hatte. Während er als Patient in der Notaufnahme lag, wusste er weder seinen eigenen Namen, noch was er beruflich machte. Er wusste nicht, dass er sich in seinem gewöhnlichen

Arbeitsumfeld aufhielt. Doch er konnte ein EKG lesen, obwohl er keine Ahnung hatte, warum.«

»Hat er sein Gedächtnis wiedererlangt?«

»Ja. Das Trauma hat nachgelassen und irgendwann war alles wieder normal. Kommen wir zur emotionalen Region Ihres Gehirns. Es ist der Teil, der wahrscheinlich dafür verantwortlich ist, dass Sie sich nicht mehr erinnern, wer Sie sind oder was an dem Tag der Schießerei vorgefallen ist. Sie sind nichts ahnend die Straße entlanggelaufen und plötzlich haben Sie jemanden mit einer Pistole gesehen. Die emotionale Komponente schützt Ihr Gehirn. Im Laufe der Zeit wird es sogenannte Trigger geben. So war das wohl auch bei der starken Reaktion von neulich. Sie witterten eine Bedrohung, dann kamen Emotionen zurück, bis sich schließlich die logische Seite gemeldet hat.«

»Wobei es keine logische Handlung war, Sasha anzugreifen.«

»Es war ein Reflex, ähnlich wie beim Autofahren, wenn man den Wagen automatisch um ein plötzlich auftretendes Hindernis herumlenkt. Ihre Reaktion war genauso reflexartig. Im Laufe der Zeit wird es Ihnen gelingen, Ihre logischen Handlungen mit den emotionalen in Einklang zu bringen. Dann wird es auch nicht mehr zu solchen Vorfällen kommen. Eine schwere Kopfverletzung führt manchmal aber auch dazu, dass sich die Persönlichkeit ändert.«

»Wobei meine Verletzung ja nur in einer Platzwunde und leichten Kopfschmerzen bestand.«

Dr. Falconio schüttelte den Kopf. »Sie waren bewusstlos. Sie hatten eine Gehirnerschütterung und haben jetzt eine Amnesie. Bloß dass Sie nicht operiert werden mussten, heißt noch lange nicht, dass das Trauma nicht trotzdem sehr stark war.«

Alles interessante Informationen, doch sie beantworteten nicht die wichtigste Frage. »Wie lange hält dieser Zustand an?«

»Bis Ihr Gehirn bereit ist, die Verletzung zu akzeptieren, ohne größeren Schaden zu nehmen.«

»Sie klingen fast wie ein routiniert ausweichender Politiker«, meinte Leo an ihrer Seite.

Dr. Falconio musste darüber lachen.

»Wenn es deinem Kopf wieder gut geht und er bereit ist«, antwortete Pam für den Arzt.

Dr. Falconio nickte zustimmend. »Ganz genau. Körperlich gesehen ist alles wieder gut. Ihre Lungen haben sich erholt, die Wunden und die Einschussstelle verheilen wunderbar. Wenn Sie nicht hier wären, würde ich Sie zur Krankengymnastik schicken, um Kraft im linken Arm und Oberkörper aufzubauen. Aber Sie können die Übungen auch ohne einen Therapeuten machen. Wenn Sie Ihren Körper trainieren, aktiviert das gleichzeitig auch die Hirnareale, über die Sie Kontrolle haben. Vielleicht versuchen Sie es auch mal mit Meditation. Sie können zudem Ihre Gedanken und Träume aufschreiben. Wenn Sie einen Taschenrechner sehen und denken, dass Sie ihn gebrauchen könnten, tun Sie es. Vielleicht waren Sie mal Buchhalterin. Wenn Sie ein Klavier sehen, spielen Sie darauf.«

Als Buchhalterin sah sie sich selbst gar nicht, aber sie verstand, was der Arzt meinte.

»Gewiss ist nur, dass es nichts bringt, Ihr Gedächtnis zwingen zu wollen. Es wird Sie nur frustrieren. Kommt zum Beispiel eine Erinnerung, wie Sie an einem schönen See gesessen und ein Eis gegessen haben, dann entspannen Sie sich und spüren Sie einfach dieser Erinnerung nach. Ohne Druck, ohne wissen zu wollen, welcher See oder wann das war.«

So hätte sie es auch bei der anderen Erinnerung machen sollen, als ihr die Stimme eingefallen war, die sagte, dass sie mit einem gebrochenen Schlüsselbein nicht zum Unterricht kommen dürfe. »Ich werde es versuchen.«

»Sollten Sie in der Zwischenzeit Fragen haben, melden Sie sich gerne. Ich gebe Ihnen meine Kontaktdaten.« Er sah zu Neil, dann wieder zu ihr.

»Vielen Dank.«

»Gerne.«

Der Arzt sah auf die Uhr und erhob sich.

»Dr. Falconio?«

»Ja?«

»Kann es auch sein, dass mein Gedächtnis nie wieder zurückkommt?«

»Es gibt nur sehr wenige dokumentierte Fälle von permanentem Gedächtnisverlust. Und das waren ganz andere Fälle als Ihrer. Sie erinnern sich ja jetzt schon wieder an manches. Verschwenden Sie nicht Ihre Zeit, sich den Kopf darüber zu zerbrechen. Versuchen Sie erst mal, wieder zu Kräften zu kommen.« Er zeigte auf Pam. »Ich zeige Ihnen jetzt schnell noch ein paar Übungen.«

Damit verließen die anderen den Raum.

Leo legte den Arm auf die Rückenlehne des Sofas und berührte Olivias Schulter.

Ihre Gedanken überschlugen sich. Wann würde sie sich wieder erinnern können? So konnte es jedenfalls nicht weitergehen. Jeden Morgen öffnete sie die Augen, hielt gespannt die Luft an und wartete. Darauf, dass ihr Hirn in Gang käme, dass das Leben wieder normal wäre. Ein Leben, in dem sie keine Fremde sah, wenn sie in den Spiegel blickte.

»Das wolltest du nicht hören, oder?«, fragte Leo.

Sie schüttelte den Kopf. »Ich will im Kalender ein Datum einkreisen, den Tag, an dem alles wieder da ist.«

»Er hat dir ein paar gute Tipps gegeben. Tagebuch schreiben, deine Muskeln aufbauen.«

»Ja, zum Glück hat er das gesagt. Vielleicht ist Pam dann nicht mehr so streng mit mir.« Sie blickte zum Fenster. An diesem Wochenende hatte es die meiste Zeit geregnet. »Sobald es aufhört, will ich ein bisschen rausgehen. Das hilft sicher mehr als ein Taschenrechner.«

Leo grinste. »Olivia, die Buchhalterin. Das kann ich mir auch nicht vorstellen.«

Sie klopfte ihm aufs Knie und stieß sich von der Couch ab. »Dann suche ich mir mal ein Notizbuch und lege es neben mein Bett. Wenn mir sonst nichts einfällt, kann ich wenigstens meine Höllentripträume aufschreiben.«

»Deine was?« Leo war auch aufgestanden.

Sie dachte an die schreckliche Landschaft, das brennende Feuer unter ihren Füßen. »Ach, nichts.«

Er trat zu ihr und strich ihr über den Kopf.

Olivia sah ihn an. »Nach einem einzigen Kuss bildest du dir ein, dass du mich einfach so berühren darfst?«

Er zog die Augenbrauen hoch, doch seine Augen lächelten. »Es waren drei Küsse und der letzte zählt eigentlich doppelt.«

Dem konnte sie kaum widersprechen. Mr FBI hatte sie dazu gebracht, ihr Gehirn abzuschalten und einfach nur zu fühlen. Während der kurzen Minuten in seinen Armen hatte sie alles andere vergessen. Mit ihm zu flirten hatte ihr schon gut gefallen, aber ihn zu küssen, hatte sie beflügelt und ihr eine Verwegenheit entlockt, die sich sehr stimmig anfühlte. »Dein Durchhaltevermögen ist bewundernswert«, scherzte sie.

Er strich ihr über den Hals. »Vielleicht zeige ich dir eines Tages, wie gut ich durchhalten kann.«

Sie sah ihm in die Augen. »Vielleicht.«

Sein Blick wanderte zu ihren Lippen.

Sie legte einladend die Hand auf seine Hüfte und als er sich gegen sie drückte, strich sie zart mit dem kleinen Finger über die Wölbung seiner Hose, bevor sie die Hand wegzog und ihn stehenließ.

Sein Stöhnen war ihr eine große Genugtuung.

Kapitel 14

Während AJ den Arzt zum Flughafen brachte, waren Neil und Sasha an diesem nebligen Nachmittag draußen unterwegs.

»AJ und ich werden doch nicht abreisen«, erklärte Sasha.

Neil hatte gelernt, ihr lieber nicht zu widersprechen. »Aus welchem Grund?«

Sie zog den Kragen ihrer Jacke hoch. »Wegen der Sache mit dem Schlüsselbein. So ein Schlüsselbeinbruch kam in Richter öfters vor. Es war quasi eine Auszeichnung, weil damit bewiesen war, dass man beim Kampf keine Scheu gezeigt hat. Oder dass das Gewehr, mit dem man Schießübungen gemacht hat, einen mächtigen Rückschlag hatte. Wenn sich Olivia an Richter erinnert, fehlt nicht mehr viel, bis sie weiß, wer sie ist.«

Jedes Mal, wenn Neil von dem militärisch geprägten Internat hörte, auf das die Mädchen gegangen waren, verspürte er Lust, die Schule in Brand zu setzen, obwohl er genau wusste, dass sich die drastischen Methoden mittlerweile geändert hatten. Trotzdem schickte er immer wieder mal jemanden dorthin, um ihn nach dem Rechten sehen zu lassen.

»Und in welchem Verhältnis steht der Bruch zu eurer Entscheidung, hierzubleiben?«

»Ich glaube, wir brauchen hier viele Leute. Wenn ihre Erinnerung zurückkommt, wird sie zwar abhauen wollen,

155

vor allem aber wird sie sauer sein, weil keiner von uns ihrem Gedächtnis nachgeholfen hat. Die Frage ist: Stiehlt sie sich wirklich einfach nur davon oder greift sie uns an?«

Auch Neil hatte sich in einigen schlaflosen Nächten schon den Kopf darüber zerbrochen, was alles geschehen konnte. »Was sagt dein Bauchgefühl?«

Sasha schüttelte den Kopf. »Früher war sie wie dieser Nebel, in einem Moment hier, im nächsten verschwunden. Aber jetzt, seit sie Leo kennt, seit sie mit unserer Gruppe zusammen ist und mit den Jungs rumscherzt, ist sie so anders. Sie ist weicher geworden.«

»Das war meine Absicht«, entgegnete Neil.

»Aber …«

Neil blickte über die Schulter zurück und wartete darauf, dass Sasha weitersprach.

»Dieser gehetzte Blick, als sie sich bedroht gefühlt hat. Und wie schnell ihr Reflex gekommen ist. Da gab es für sie nur noch ›töten oder getötet werden‹. Das war nicht die Olivia, wie wir sie kennen, sondern wohl eher diejenige, zu der sie geworden ist, seit wir Richter hochgenommen haben. Wie oft hast du sie seitdem gesehen?«

»Gesehen gar nicht, wir haben immer nur telefoniert. Sie wollte mich nicht persönlich treffen. Aber natürlich hat sie mich beobachtet. Uns alle.«

»Was glaubst du, wer sie geworden ist?«

Neil sammelte erst seine Gedanken, bevor er antwortete. »Du hast schon recht, ihre Stimme hat im letzten Jahr kälter und härter geklungen. Andererseits war sie selbst diejenige, die den Kontakt zu uns hergestellt hat. Sie wollte diese Verbindung. Daran wird sie sich hoffentlich auch wieder erinnern, wenn es so weit ist.«

»Und wenn nicht?«

»Wir haben getan, was wir tun mussten. Irgendwann wird sie es schon verstehen.«

»Irgendwann ja. Aber ihre Reaktion, wenn sie nur ihrem Instinkt folgt, könnte sehr gewaltvoll sein.«

Neil war das durchaus bewusst. »Sie wird niemandem von uns ernsthaft etwas antun wollen.«

»Aber vielleicht hat sie sich nicht unter Kontrolle«, wandte Sasha ein. »Und genau das ist der Grund, weshalb AJ und ich hierbleiben.«

* * *

Leos Dienst vor den Monitoren war zum Glück nur kurz, im Gegensatz zu den Schichten der anderen, die manchmal sechs Stunden am Stück im Beobachtungsraum saßen. Er hatte sich freiwillig für den Abendeinsatz gemeldet, während die anderen oben beim Essen saßen.

Er beobachtete sie auf dem Bildschirm und hörte ihren Gesprächen zu.

Auch er hatte begonnen, ein Tagebuch zu führen.

Um herauszufinden, wer Olivia wirklich war, musste er Hinweise suchen, und zwar bei den Leuten, die sie kannten.

Er würde mal mit Sasha beginnen, die er auch recht mysteriös fand.

Beide, sie und Olivia, waren körperlich sehr fit. Obwohl er Sasha noch nicht in Unterwäsche hatte kämpfen sehen, wusste er, wie gestählt ihr Körper war. Die schwarzen Spandexklamotten, die sie immer trug, ließen keine Zweifel offen.

Beide Frauen waren keine aufgepumpten Bodybuilderinnen, sondern eher wie drahtige Yogis, die auf zwei Fingern einen Handstand machen konnten.

Leo wusste, dass Olivia für Neil gearbeitet hatte.

Aber ein festes Teammitglied war sie trotzdem nicht.

Warum nicht?

Er schrieb ein Fragezeichen auf die Seite mit seinen Notizen.

Der Grund dafür war sicher nicht, dass das Team sie nicht gewollt hätte. Man musste sich nur ansehen, wie sehr sich Neil ins Zeug legte, um für Olivias Sicherheit zu sorgen. Und wie viel Zeit und Mühe auch die anderen in diese Aufgabe steckten.

Sie alle zusammen beim Essen zu sehen, war wie eine Familie zu beobachten.

Alle schienen aus demselben Holz geschnitzt zu sein.

Neil, Isaac und Lars waren ehemalige Militärmitglieder.

AJ gab ihm dagegen ein paar Rätsel auf. Er war zwar Sashas Ehemann, aber wie passte er sonst in die Gruppe?

Von allen Leuten im Haus war AJ derjenige, der am wenigsten von sich preisgegeben hatte. Was vielleicht auch daran lag, dass AJ und Sasha meistens zusammenblieben. Warum hatte sich Cooper für seine Bemerkung, dass jemand tot im Fluss treiben könne, entschuldigt? Sasha hatte daraufhin etwas auf Deutsch gesagt.

Wer ist tot im Fluss getrieben? Leo schrieb die Frage auf und zog mehrere Kringel darum.

Sasha und Claire waren zusammen zur Schule gegangen. Eine Art Eliteschule in Deutschland, aber mehr wusste er darüber nicht. Claire hatte Sasha als ihre Tante bezeichnet, wobei klar war, dass dieser Titel nichts mit einer echten Blutsverwandtschaft zu tun hatte. Claire hatte keine Eltern mehr. Neil hatte Claire ins Team geholt und behandelte sie wie seine eigene Tochter. Leo und Cooper hatten sich schon ein paarmal darüber unterhalten und Cooper hatte gemeint, er müsse erst bei Neil um Claires Hand anhalten, bevor er Claire einen Antrag mache.

Leo beobachtete die Szene im Esszimmer. Auch Sasha hielt die Gabel in der linken Hand, genau wie Olivia. Wie alle Europäer, die er bisher kennengelernt hatte.

Niemand schien Olivia zu vermissen.

Alle, die sie kannten, saßen hier an diesem Tisch. Hatte Olivia selbst auch keine Eltern mehr? War das Internat, auf das Sasha und Claire gegangen waren, eine Art Waisenschule?

Jetzt wünschte sich Leo, er hätte Claire mehr Fragen gestellt, als sie beim letzten Mal alle zur Happy Hour in einer Bar gewesen waren.

Und schließlich blieb die entscheidende Frage: Welche Geheimnisse hatte Olivia, die Neil und die anderen für sich behielten, weil Leo sie einfach nicht erfahren durfte?

Dass es um etwas ging, das jenseits der Legalität lag, stand jedenfalls fest.

Aber was nur?

* * *

Das Wetter schlug um und wechselte von nass zu kalt. Der Morgennebel kroch aus dem Tal herauf und umhüllte die Hütte, der erste zarte Frost bedeckte den Untergrund und malte Eisblumen an die Fensterscheiben.

Im Haus gab es zwei Feuerstellen, eine im großen Wohnzimmer und eine in Olivias Schlafzimmer. Leo hatte AJ überredet, ihm beim Holzhacken zu helfen, damit sie ein bisschen Abendunterhaltung in Form eines Kaminfeuers hätten.

Sie hatten es sich zur Gewohnheit gemacht, nach dem Essen eins der vielen Gesellschaftsspiele herauszuziehen, die der Hausbesitzer in einem Schrank aufbewahrte.

Neil und Sasha waren in die Stadt gefahren, um Vorräte zu kaufen, während Olivia und Pam die Krankengymnastik machten, die der Arzt vor mehr als einer Woche empfohlen hatte. Isaac und Lars saßen im Beobachtungsraum.

»Warum bist du eigentlich zum FBI?«, fragte AJ nach den ersten paar Holzscheiten.

Er stellte sie auf, während Leo die Axt schwang.

»Das frag ich mich auch immer wieder«, erwiderte er lachend. Doch da er mit AJ ins Gespräch kommen wollte, um vielleicht auch selbst ein paar Fragen stellen zu können, antwortete Leo ausführlicher. »Angefangen hat es mit meiner Vorliebe für Actionfilme.«

»Echt?«

»Ja, ohne Witz. Filme, in denen Soldaten, Polizisten oder Undercoveragenten die Helden sind. Damals habe ich meinen Eltern gesagt, dass ich Polizist werden will.« Er ließ die Axt niederschmettern und wartete, bis AJ die geteilten Holzstücke wegnahm und ein neues Scheit auflegte.

»Und was ist daraus geworden?«

»Nana hat gesagt: ›Warum willst du so hart arbeiten und so wenig verdienen?‹«, imitierte er die Stimme seiner Großmutter. »Aber nachdem sie mein Studium finanzieren wollte und ich mit achtzehn noch nicht so weit war, mich in die Arbeitswelt zu stürzen, bin ich eben aufs College gegangen. Dort habe ich einen Abschluss gemacht, der mir den Job beim FBI verschafft hat.«

AJ stellte wieder ein Scheit auf und trat einen Schritt zurück. »Und macht er dir Spaß?«

Leo nickte. »Ja, die Arbeit ist sehr abwechslungsreich.«

»Zum Beispiel, wenn du Highschoollehrer spielen darfst?«, fragte AJ nach.

»Ich muss zugeben, dass mir der Einsatz damals tatsächlich sehr gefallen hat.« Er sann einen Moment nach. »Am Anfang meiner Karriere hatten wir ein sehr umfangreiches Training zum Thema Amoklauf an Schulen. Wie man Kinder erkennt, die ein Risiko darstellen könnten, und so was. Die Videos und Geschichten von damals habe ich bis heute nicht vergessen.« Schrecklich blutige Bilder, die kein normaler Mensch aushalten konnte.

160

»Ja, ich will mir das gar nicht vorstellen«, meinte AJ.

»Entsetzlich. Jedenfalls habe ich mich damals deshalb für den Einsatz an der Highschool gemeldet. Ich dachte, wenn ich auch nur ein einziges Kind davon abhalten könnte, so eine Tat zu begehen, würde ich am Ende meiner Tage behaupten können, etwas Sinnvolles mit meinem Leben angestellt zu haben.«

»Oder Mykonos hinter Gitter zu bringen. Das fühlt sich wahrscheinlich genauso gut an.«

Leo riss sich von seinen Gedanken los. »Anders, aber ja, definitiv.« Er holte aus und ließ die Axt aufs Holz krachen. Dann hielt er sie AJ hin, tauschte mit ihm Platz und gab die Frage zurück. »Und was ist mit dir? Warst du auch in der Armee wie alle anderen hier?«

AJ schüttelte den Kopf. »Nein. Als ich jünger war, habe ich jegliche Form von Autorität gehasst.«

»Wie bist du bei Neil gelandet?«

»Eigentlich arbeite ich gar nicht richtig für Neil. Ich helfe nur aus, wenn er mich braucht. Wie an dem Tag, als du Claire ausspionieren wolltest. Da bin ich dir gefolgt und habe die Infos an Neil weitergegeben.«

Claire war für Neil als Schülerin an derselben Schule eingesetzt gewesen, an der Leo undercover als Lehrer gearbeitet hatte. Irgendwann war ihm Claires Verhalten und das ihrer Freundinnen verdächtig vorgekommen, weshalb er eine Abhörvorrichtung angebracht hatte, ohne zu merken, dass Neils Team ihn dabei beobachtete.

»Claire hat ihre Rolle als Teenager sehr überzeugend gespielt«, meinte Leo. »Sie wäre eine Spitzen-FBI-Agentin.«

AJ musste lachen. »Eine Agentin ist sie ja ... nur eben keine offizielle.« Er hob die Axt und ließ sie niedersausen.

»Hast du Neil durch Sasha kennengelernt?« Leo entfernte das gespaltene Holz und legte ein neues Stück auf.

»Genau.« Mehr sagte AJ dazu nicht.

Leo trat zurück. »Und wenn du nicht für Neil arbeitest, womit verdienst du dann dein Geld?«

»Gewisse investigative Anstrengungen.«

Leo lachte. »Klingt sehr kryptisch.«

Doch AJ ignorierte seinen Einwand. »Um ehrlich zu sein, müssen Sasha und ich gar nicht arbeiten. Auch ich hatte mal eine liebe Oma, und sie war stinkreich. Sasha hat ebenfalls genug und so können wir einspringen, wenn Neil Hilfe braucht. Es ist unsere Art, wohltätig zu sein.«

Diese Antwort hatte Leo nicht erwartet. »Das heißt, ihr werdet gar nicht dafür bezahlt, dass ihr hier seid?«

»Überrascht dich das?«

Und wie.

Andererseits verstand Leo jetzt, wie dieses Team funktionierte. »Na ja.«

»Warum sollte nur die Mafia eine Familie haben, für die man alles tut?«, entgegnete AJ.

»Da hast du recht.« Leo gefiel das Konzept, obwohl er noch nie eine mafiaähnliche Familie gesehen hatte, die nichts Kriminelles im Sinn gehabt hatte. »Werden Lars und Isaac bezahlt?«

»Oh ja. Auch Claire, Cooper und Jax. Neil hat viele Angestellte. Aber sollten sie morgen im Lotto gewinnen, würden sie trotzdem alle weiter für ihn arbeiten.«

Wieder fiel ein Holzscheit der Axt zum Opfer.

»Das sagt viel über die Qualitäten des Chefs aus.«

»Ja, und auch über die Arbeit selbst. Mykonos zu Fall bringen – wer will nicht dabei sein, wenn so ein Dreckskerl sein Fett abbekommt?«

Als AJ ihm wieder die Axt hinhielt, schälte sich Leo erst aus seiner Jacke.

»Ich wollte dich noch was fragen«, sagte AJ.

»Schieß los.«

»In dem Apartment, in dem du damals als Lehrer gewohnt hast, gab es ein Kinderzimmer. Was hatte es damit auf sich?«

Leo schwang die Axt mit beiden Händen. »Das war nur Tarnung. Ein alleinstehender neuer Lehrer hätte mehr Anschluss zu seinen Kollegen gesucht. Einer, der jüngst von seiner Frau verlassen wurde und seinen Sohn allein erziehen musste, dagegen eher nicht. Mein Neffe, also der Sohn meiner älteren Schwester, hat mir genug Stoff für meine Tarnung als alleinerziehender Vater gegeben. Ich hatte auch ein paar Bilder von ihm auf dem Handy, falls jemand gefragt hätte.«

»Mir ist damals durchaus aufgefallen, dass in dem Apartment keine Fotos waren.«

»Du bist in meine Wohnung eingebrochen?«

AJ blickte zum Himmel. »*Eingebrochen* würde ich es nicht nennen.«

Leo durchbohrte ihn mit einem Blick.

»Ich habe nur ein bisschen am Schloss rumgefummelt. Schließlich wussten wir damals nicht, was du im Schilde geführt hast.«

Leo grinste und brachte ein weiteres Mal die Axt zum Einsatz. »Na ja, ihr habt nichts gemacht, was ich nicht auch getan hätte.«

»Das wissen wir.«

Leo lachte. »Was ist mit dir? Hast du Familie, Geschwister?«

AJ hielt inne. »Also, ich hatte eine Schwester. Aber sie lebt nicht mehr.«

Jetzt ließ Leo die Axt auf dem Boden ruhen. »Das tut mir leid.«

»Ist lange her.«

Aber nicht so lange, dass die Trauer aus AJs Augen verschwunden wäre. »Ich nehme an, Coopers Entschuldigung von neulich hatte damit zu tun?«

AJ blickte ihn an. »Warum werde ich das Gefühl nicht los, dass ich gerade von dir ausgequetscht werde?«

Leo zuckte die Achseln. »Es ist schwierig, auf so engem Raum zusammen zu sein, ohne etwas über die anderen zu erfahren. Ich habe selbst schon ein paar Schlüsse gezogen. Ich glaube nicht, dass irgendjemand von euch unheilbar kriminell ist. Ihr habt allesamt gute Gründe für eure Taten. Vielleicht vertraut ihr mir irgendwann und erzählt mir alles.«

AJ wollte gerade etwas erwidern, als sie einen Schuss hörten.

Sofort kauerten sie sich auf den Boden, dann rannten sie geduckt zur Seite des Hauses, um in Deckung zu gehen.

Leo zog seine Waffe, während sich Adrenalin wie ein Buschfeuer in seinem Körper ausbreitete. »Das klang nach einer Flinte«, meinte er.

Er deutete AJ an, ihm ins Haus zu folgen.

Da schallte ein zweiter Schuss durch den Wald. Die Richtung, aus der er kam, war schwer zu bestimmen.

Sie drängten sich schnell ins Haus.

Isaac stand vor den Monitoren und klickte sich durch alle Kamerabilder.

»Von wo kam das?«, fragte Leo.

»Unsere Bewegungsmelder zeigen nichts.« Isaac schob sich die Brille auf die Nasenspitze und begann zu tippen. Jetzt hörten sie einen dritten Schuss.

Leos Körper schaltete auf höchste Alarmstufe.

Vom Boden über ihnen hörte er ein Geräusch. »Wo ist Olivia?«

Isaac zeigte auf eines der Kamerabilder.

Olivia kauerte mit Pam in deren Zimmer auf dem Boden, weit genug von den Fenstern entfernt.

Jetzt erschien Lars mit einer Waffe in der Hand.

Und wieder war ein Schuss zu hören.

»Ich glaube, es ist nicht auf unserem Grundstück«, erklärte Isaac und haute weiter in die Tasten.

»Vielleicht ist es ein Dorfbewohner, der außerhalb der Saison jagt.«

»Mit vier Schüssen?«, entgegnete Leo.

AJ hob die Hände. »Oder es sind Zielübungen.«

Ein Funkgerät knisterte, dann hörte man Lars' Stimme. »Habt ihr eine Ahnung, was los ist?«

Ein fünfter Schuss, dann ging an den drei Monitoren ein Alarm nach dem anderen los.

»Irgendwas ist in schneller Bewegung«, sagte AJ. Er ging zum Waffenraum und holte ein Gewehr.

Leo lief zur Treppe. »Von oben sieht man besser.«

Isaac hob die Hand. »Warte.«

Die Sensoren, die ums Haus herum aufgestellt waren, leuchteten auf. Dann schoss ein Rothirsch an einer der Außenkameras vorbei.

Issac ging um AJ herum und holte eine Drohne vom Regal. »Wetten, dass hier irgendein Depp zum Spaß rumballert?«

Es folgte ein weiterer Schuss, der genauso weit entfernt klang wie die letzten.

Leos Griff an der Waffe entspannte sich etwas.

Isaac nahm die Drohne und setzte sie draußen vor die Tür, ehe er zurückkam und am Computer ein paar Tasten drückte. Dann schnappte er sich die Fernsteuerung.

Auf dem Schreibtisch klingelte das Telefon.

AJ nahm ab und stellte den Lautsprecher an.

»Wie ist die Lage?«, dröhnte Neils Stimme aus der Leitung.

»Wir sind alle in Sicherheit«, antwortete Leo. »Es wurden sechs Schüsse abgefeuert. Dem Klang nach zu urteilen, stammen sie von einer Schrotflinte. Aber es sieht nicht so aus, als hätte es jemand auf uns abgesehen. Isaac versucht, eine Luftaufnahme zu machen. Wie lange brauchst du noch?«

»Ungefähr fünfzehn Minuten.«

Jetzt wurden die Aufnahmen der Drohnenkamera auf den Hauptbildschirm gespeist und die Hütte kam in Sicht. Isaac ließ die Drohne kreisen, um die Umgebung zu erkunden.

Das Feuerholz und die Axt, die noch genauso auf dem Boden lag, wie Leo und AJ sie zurückgelassen hatten, waren zu sehen.

»Der Hirsch kam von Norden«, meinte Leo.

Isaac lenkte die Drohne in diese Richtung.

Die Feuchtigkeit des Nebels schlug sich jetzt auf der Linse nieder, aber man konnte trotzdem noch genug vom Wald erkennen.

Wieder wurde ein Schuss abgefeuert. Diesmal klang er weiter weg.

Leo betrachtete die Aufnahmen der Drohne mit Adleraugen.

Jetzt ließ Isaac das Gerät an der Grundstücksgrenze entlangfliegen.

»Geht es noch etwas höher?«, fragte Leo.

Isaac steuerte entsprechend und ließ die Kamera drehen.

Plötzlich fiel Leo etwas ins Auge.

»Da«, rief er und zeigte auf den Bildschirm.

Isaac ließ die Drohne auf der Stelle schweben und wartete, bis sich die Kamera wieder scharf stellte.

»Redet mit mir«, forderte Neil seine Männer auf.

Leo hätte fast vergessen, dass Neil noch am Telefon war. »Sieht aus wie ein alter Pick-up. Ein Ford.«

Isaac zoomte näher, sodass nun auch das Nummernschild zu erkennen war, das sich AJ sofort notierte.

Er ließ die Waffe, die er aus dem Schrank geholt hatte, liegen und setzte sich vor den Computer. »Ich schicke die Nummer gleich an die Zentrale«, erklärte AJ.

Leo und Isaac entdeckten gleichzeitig eine Bewegung auf dem Bildschirm. Während Isaac die Drohne näher steuerte,

166

berichtete Leo: »Zwei männliche Personen. Recht jung. Beide tragen grüne Tarnklamotten und je eine Schrotflinte.«

Nun blickten die Männer hinauf in den Himmel und Isaac machte sofort einen Screenshot.

»Jetzt haben sie wohl die Drohne bemerkt.«

Die beiden rannten zu ihrem Truck zurück.

»Issac hatte recht. Zwei Jugendliche, die zum Spaß draußen herumschießen.« Leo steckte die Waffe wieder ein.

»Arbeitet das Protokoll ab. Sasha und ich kommen, nachdem wir uns den Besitzer des Pritschenwagens vorgeknöpft haben.« Neil war die Erleichterung anzuhören.

Während Isaac dem Wagen weiter mit der Drohne folgte, telefonierte AJ mit Neils Team in Los Angeles. Leo verließ den Beobachtungsraum, um Olivia zu suchen.

Sie kam ihm zusammen mit Pam und Lars auf der Treppe entgegen.

»Schießübungen? Wirklich?«, fragte Pam.

»Ja, oder sie haben gejagt.«

Als Olivia die letzte Stufe erreicht hatte, schloss Leo sie in die Arme.

Sie schmiegte sich an ihn und legte den Kopf auf seine Schulter. »Wie geht's dir?«

»Überraschenderweise ganz gut«, antwortete sie ruhig.

»Eigentlich ist es nicht schlecht, dass das passiert ist, denn so vergessen wir nicht, weiter auf der Hut zu bleiben.«

Leo drückte Olivia noch einmal, bevor er sie wieder losließ. »Da sind mir die frechen Waschbären schon lieber.«

»Mir auch«, gab Olivia zurück und sah ihm in die Augen.

Obwohl sie äußerlich so ruhig wirkte, zuckte ihr Auge, und die Art, wie sie blinzelte, verriet Leo, dass der Vorfall sie nicht ungerührt gelassen hatte. »Komm, lass uns auf den Schrecken einen Kaffee trinken.«

Olivia nickte stumm.

Kapitel 15

Olivias Füße sanken im durchweichten Untergrund ein und machten ein quatschendes Geräusch. »Kein Tier, das was auf sich hält, würde im Umkreis von einer Meile an uns herankommen«, erklärte sie.

Sasha ging neben ihr. Es kam selten vor, dass sie nur zu zweit, also ohne die anderen waren. Die Jugendlichen, die zum Spaß im Wald herumgeschossen hatten, waren ausfindig gemacht worden und hatten ihre Lektion erhalten. Neil hatte den beiden mehr als klar gemacht, dass sie sich auf etwas gefasst machen konnten, wenn sie noch einmal in der Nähe des Grundstücks ihre Flinte auspackten. Zum einen sollten sie natürlich nicht mitbekommen, was in der Blockhütte vor sich ging, zum anderen würden sie vielleicht Gefahr laufen, in Kreuzfeuer zu geraten.

Die Aufregung, die mit dem Ereignis verbunden war, hatte eine Weile angehalten, aber jetzt bestand Olivia wieder auf ihren Streifzügen. Ohne Angst wanderte sie mit Sasha durch den Wald.

»Wir sind ja auch nicht Cinderella, die sich die Waldtiere zu Freunden machen will.«

Sie gingen ein paar Meter weiter. »Ich glaube, am Wochenende schneit's.«

Sasha nickte. »Ja, vielleicht sogar schon eher.«

Sie kamen an den Sensoren vorbei, die Olivia bereits auf ihrem allerersten Spaziergang entdeckt hatte. »Dann muss man was mit den Bewegungsmeldern machen, bevor der Schnee kommt«, überlegte sie laut.

»Das steht auf der Liste. Die Männer kümmern sich morgen darum.«

Gut, dachte sie. Obwohl sie im Schnee sowieso erkennen würden, wenn sich jemand herumschlich.

»Fühlst du dich allmählich besser?«, fragte Sasha nach ein paar Schritten.

»Ja und nein. Ich mache meine Übungen und die Schmerzen lassen allmählich nach, aber es drängt mich, noch mehr zu tun.« Sie entdeckte einen perfekten Kletterbaum. »Schau, wenn ich so einen Baum sehe, sagt mir eine innere Stimme, dass ich mal raufklettern und mich umsehen könnte.«

Sasha nickte. »Das kann ich nachvollziehen. Aber wahrscheinlich wäre das im Moment nicht die allerbeste Idee.«

»Aber findest du es nicht komisch, dass ich den Wunsch verspüre, auf einen Baum zu klettern? Ich bin ja nicht mehr zwölf.«

Sasha sah zum Wipfel hoch. »Man hätte wirklich eine gute Aussicht von dort oben.«

Olivia lachte, während sie an dem Baum vorbeigingen.

»Sag mal, warum trägst du eigentlich keine Waffe wie die anderen?«

»Ich brauche keine.«

»Hast du keine Angst, dass uns jemand hier auflauern könnte? Jemand mit einer Waffe?«

»Wenn ich denken würde, hier könnte jemand mit einer Knarre sein, wären wir nicht hier«, antwortete Sasha nüchtern.

Da hatte sie wohl recht. »Glaubst du eigentlich auch, dass irgendwer nach mir sucht? Oder nach Leo?«

»Die Möglichkeit besteht. Sobald deine Erinnerung zurückkommt, kannst du uns vielleicht zum Täter führen.«

»Und wenn nicht? Wenn ich kein Gesicht gesehen habe? Wie lange soll diese Isolation noch weitergehen?«

Sasha schüttelte den Kopf. Sie hielt den Blick nach vorn gerichtet. »Das wird sich zeigen.«

»Wahrscheinlich ist es Zeitverschwendung, sich den Kopf darüber zu zerbrechen.« Olivia hob einen dicken, kahlen Ast vom Boden auf. Sie prüfte sein Gewicht, dann wirbelte sie ihn wie einen Stab beim Kampfsport durch die Luft.

Sasha warf ihr einen Seitenblick zu.

Jetzt benutzte Olivia den Ast als Wanderstab, bevor sie ihn ein paar Meter weiter ins Gebüsch warf.

Sasha seufzte auf.

»Ich habe dir übrigens was aus der Stadt mitgebracht«, meinte Sasha und zog eine kleine Tüte aus der Jackentasche.

Olivia warf einen Blick hinein und lachte. »Ist es so offensichtlich?«

»Wolltet ihr es etwa geheimhalten? Wenn ja, seid ihr wirklich schlecht darin.«

Olivia faltete die Papiertüte, in der sich eine Auswahl an Kondomen befand, und steckte sie ein. »Leo ist ein anständiger Kerl.«

»Aber er ist trotzdem ein Mann und wird irgendwann auf dein Angebot zurückkommen«, erklärte Sasha.

Das wusste Olivia auch. »Aber es wäre unvernünftig.«

»Nein, es wäre menschlich. Und wenn es vorbei ist, willst du keine Komplikationen haben.«

»Willst du damit sagen, dass das zwischen Leo und mir nur vorübergehend ist?« Und warum klang dieser Gedanke so unerträglich wie das Kratzen von Fingernägeln auf einer Tafel?

»Glaubst du, es könnte mehr sein?«

»Keine Ahnung. Ich habe nichts, womit ich es vergleichen könnte. Ich weiß, dass ich schon Männer verführt habe, aber ich kann mir kein einziges Gesicht ins Gedächtnis rufen. Ich weiß, wie man ein Kondom benutzt, aber ich könnte dir keinen Mann nennen, mit dem ich es getan hätte. Kannst du dir vorstellen, wie frustrierend das ist?«

»Ja. Andererseits kannst du dich so wenigstens nicht an schlechten Sex erinnern.«

Olivia lachte. »Das ist wahrscheinlich der erste Witz, den ich aus deinem Mund gehört habe.«

»Dabei meine ich es absolut ernst.«

Was Olivia erst recht lustig fand.

»Wenn es um mehr geht als nur um Sex, wirst du es spüren«, meinte Sasha.

»War das so bei dir und AJ?«

Sasha zögerte. »Na ja, ich habe ihn definitiv für den Sex benutzt.«

Klar. Aber jetzt war es mehr als das. »Und dann …?«

»Er hat mich herausgefordert, mich fasziniert. Dabei habe ich versucht, mir weiter einzureden, dass es nur um Sex ging. Auch ohne Gedächtnisverlust kann es vorkommen, dass man seine Emotionen nicht unter Kontrolle hat.«

Diese Unterhaltung mit Sasha ging tiefer, als Olivia es für möglich gehalten hätte. Es gefiel ihr. Was als verkrampfter Small Talk begonnen hatte, fühlte sich jetzt an wie ein aufrichtiger Austausch. »Ihr seid euch sehr nah.«

»Das stimmt wohl. Aber jemanden zu lieben, birgt auch immer ein Risiko. Die besten Dinge im Leben geschehen, wenn man seine Angst hinter sich lässt. Ich hätte nie gedacht, dass ich mal so was sagen würde, geschweige denn, dass ich es tatsächlich glauben könnte, aber so ist das für mich mit AJ und diesem Team …« Sie lächelte.

»Hast du nicht an Liebe geglaubt?«, fragte Olivia.

Sasha schüttelte den Kopf. »Ich bin so nicht aufgewachsen.«

Darauf folgte ein längeres Schweigen. Schließlich sagte Olivia: »Für mich fühlt es sich auch nicht normal an. Das Verführen schon. Das macht … wie soll ich sagen … echt Spaß.«

»Das will ich wohl hoffen«, murmelte Sasha.

Sie glucksten bei dem Gedanken.

»Aber alles andere ist für mich so ungewohnt. Er hält meine Hand. Manchmal berühren sich nur unsere kleinen Finger, wenn wir spazieren gehen. Zuerst habe ich gedacht, was zum Henker soll das denn? Sicher hat früher schon mal jemand meine Hand gehalten. Warum fühlt es sich so komisch an?«

»Vielleicht war es einfach nie so? Vor AJ hatte ich genug Sex, aber Händchenhalten kam höchstens im Bett vor.«

»Daran habe ich noch gar nicht gedacht.«

Sie hatten die Grenze des Grundstücks erreicht und drehten wieder um.

»Ich hätte so eine Unterhaltung mit dir nicht erwartet«, gab Olivia zu.

Sasha nickte. »Ich auch nicht.«

* * *

Olivia saß im Wohnzimmer in einem der ausladenden Sessel. Sie hatte die Beine angezogen, ein Notizbuch ruhte auf ihrem Schoß.

Leo saß neben ihr auf dem Sofa mit dem Laptop auf den Knien.

Auch Isaac war da und versuchte, ein Kreuzworträtsel zu lösen.

Neil starrte finster auf seinen Laptop. Was immer er gerade machte, schien ihm wenig Freude zu bereiten.

Die anderen waren irgendwo im Haus verteilt.

Vielleicht hatten sich Sasha und AJ mit ihrem eigenen Kondomvorrat zurückgezogen und wollten nicht gestört werden.

Die Unterhaltung mit Sasha spielte sich in Olivias Kopf erneut ab. Mit Sicherheit war es schon lange her, dass sie so ein vertrauliches Gespräch mit einer Frau geführt hatte. Auch wenn sie sich an ihr Leben vor der Schussverletzung nicht erinnerte, wusste sie, dass so eine Unterhaltung selten vorkam.

Olivia saß vor dem prasselnden Kaminfeuer in Gesellschaft dreier Männer, die sie kaum kannte. Einen von ihnen wollte sie besser kennenlernen.

Auch das Tagebuch auf dem Schoß fühlte sich wenig vertraut an.

Aber sie konnte tatsächlich besser denken, wenn sie schrieb, und so kritzelte sie alles nieder, was ihr in den Sinn kam.

> *Neil ist sauer. Er tippt auf seinem Computer herum und wirkt irgendwie gestresst.*
>
> *Isaacs Stimmung wechselt zwischen gelangweilt und erheitert. Immer wieder überlegt er und dann freut er sich, wenn ihm die richtige Lösung einfällt.*

Dann war da noch Leo. Er war für sie am schwierigsten zu lesen. Aber warum? Eigentlich hätte man denken können, dass es anders gewesen wäre, nachdem seine Zunge ihren Mund erkundet hatte. Jedenfalls arbeitete er an etwas. Er dachte nach und wirkte frustriert.

Sie würde bei Neil beginnen. Das war am einfachsten.

»Willst du darüber reden, warum du deinen Computer mit Blicken vernichtest?«, fragte sie.

Neil sah verdutzt hoch. Ein paar Sekunden lang schwieg er, dann antwortete er: »Gwen hat mir gerade mitgeteilt, dass Emma eine Einladung zum Winterball bekommen hat.«

Isaac gluckste. Dann wurde aus dem Glucksen ein Stakkatolachen, das tief aus dem Bauch kam.

»Na und?«, fragte Leo und kassierte dafür einen tödlichen Blick.

»Sie ist zu jung für so was«, antwortete Neil.

»Aber sie geht doch auf die Highschool«, wandte Isaac ein, der dafür ebenfalls finstere Blicke erntete.

Olivia machte sich eine Notiz. *Neil beschützt seine Familie.*

»Kennst du den Jungen?«, wollte Leo wissen.

»Nein.«

»Wann ist der Ball?«, fragte Olivia.

Neil tippte etwas in den Computer und wartete.

Alle waren gespannt.

»In drei Wochen. Gwen überlegt sich schon, welches Kleid sie für Emma kaufen sollen.«

Das entlockte Isaac abermals ein herzhaftes Lachen.

»Aber was ist das Problem?«, fragte Olivia nach, obwohl sie es genau wusste. Daddy Neil war noch nicht bereit dafür, dass seine Kleine ein echtes Date hatte.

»Das würdest du nicht verstehen.«

Olivia erwiderte nichts darauf. Ganz klar, der Mann konnte den nächsten Gedanken nicht ertragen. Dates führten zu Küssen … und Küsse führten zu Sex.

Sie schielte zu Leo, der sie vielsagend angrinste.

»Russische Waffe im Zweiten Weltkrieg?«, fragte Isaac und winkte dabei mit dem Kreuzworträtselheft in der Hand. »In der Mitte ist ein K.«

»In jedem russischen Wort ist ein K«, gab Olivia lachend zurück.

»Also, Mosin-Nagant ist die einzige mir bekannte russische Waffe, die im Zweiten Weltkrieg verwendet wurde.«

»Tokarev«, sagte Olivia.

Isaac schrieb das Wort in die Lücke und grinste zufrieden.

Olivia sah hinunter auf ihr Notizbuch. Ein paar Sekunden verstrichen, dann blickte sie auf und merkte, dass alle sie anstarrten.

Leos Blick traf sie zuerst. Etwas in seinen Augen hatte sich verändert.

Isaac konzentrierte sich schnell wieder auf sein Rätsel und schob mit dem Zeigefinger die Brille hoch.

Neil atmete hörbar aus.

Olivia spürte ein eigenartiges Prickeln. »Tokarev. Die gab es als Kurz- und Langwaffe. Halbautomat. Aber der Kammerverschluss der Mosin-Nagant …« In ihrem Kopf sprudelte es vor Fakten wie in einer Dokumentation über Kriegswaffen aller Herren Länder, russische, deutsche, amerikanische.

Alles Wissen darüber war abrufbereit in ihrem Kopf, als wäre es nie verschwunden gewesen.

Sie stand auf, warf das Notizbuch auf den Sessel und ging zur Speisekammer, in der Gewehre versteckt waren.

Sie schnappte sich ein M16 und legte es auf die Kücheninsel.

In genau fünfzehn Sekunden hatte sie die Kammer geöffnet und die Waffe in sämtliche Einzelteile zerlegt.

Olivia blieb regungslos stehen und blickte auf die Teile der Waffe, mit der sie allen Leuten im Raum den Garaus hätte machen können.

Sie begann zu zittern.

Woher wusste sie das?

Sie schloss die Augen. Wo hatte sie so etwas gelernt?

Als sie aufblickte, starrten alle drei Männer sie an.

Neil bemühte sich um einen stoischen Gesichtsausdruck.

Isaac wirkte besorgt, Leo verwirrt.

Die zerlegte Waffe blieb dort, wo sie war, denn Olivia schnappte sich ihr Notizbuch und verließ ohne ein weiteres Wort den Raum.

In ihrem Zimmer warf sie das Buch aufs Bett und ging ins Bad. Sie stützte sich auf dem Waschbecken ab, blickte in den Spiegel.

Mit allen anderen Dingen, die im letzten Monat zurückgekommen waren, hatte es sich genauso verhalten wie mit dem Gewehr. Es war Wissen ohne jeglichen Bezug. Wo hatte sie gelernt, eine Waffe auseinanderzunehmen, und das, obwohl sie sich nicht erinnerte, so ein Ding überhaupt schon mal gesehen zu haben? Woher kannte sie den Namen einer Kriegswaffe, noch dazu einer russischen?

Wer zum Henker war sie?

Sekunden vergingen, wurden zu Minuten, und immer noch starrte sie ihr Spiegelbild an. Bis ein lautes Klopfen an der Tür sie in die Gegenwart zurückholte.

Sie spritzte sich kaltes Wasser ins Gesicht und tupfte sich mit dem Handtuch trocken. Dann ging sie ins Schlafzimmer und öffnete die Tür.

Draußen stand Leo. »Alles okay bei dir?«

Kopfschüttelnd wandte sie sich ab, ließ die Tür aber offen stehen.

Er folgte ihr ins Zimmer und schloss die Tür.

Olivia setzte sich mit angezogenen Beinen aufs Bett. »Woher weiß ich, wie man eine Waffe zerlegt? Und warum weiß ich etwas über russische Kriegswaffen?«

»Woran erinnerst du dich?«, fragte er, anstatt ihr eine Antwort zu geben.

»An noch mehr Waffen.« Sie schloss die Augen und sah verschiedene Fabrikate jeglichen Formats vor sich. »Ich habe eine lange Liste hier drin.« Sie tippte sich an den Kopf. »Alle Kaliber, alle Eigenschaften. Welche Knarren zuverlässig sind, welche eher nur als Radständer taugen. Alle diese Infos waren vor zwanzig Minuten noch nicht da.«

Leo lächelte steif. »Das ist doch gut. Das heißt, dass du anfängst, dich zu erinnern.«

»Schon, aber an Waffen?«, fragte sie. »Okay, wenn ich wie du beim FBI wäre, würde ich das ja verstehen, aber …« Moment mal … War sie vielleicht eine Agentin? »Bin ich eine Agentin?«

»Eine FBI-Agentin?«

Olivia nickte.

»Nein. Es sei denn, dass du wirklich ganz tief im Undercover-Einsatz steckst.«

»Also könnte es sein.«

Er saß auf der Bettkante und drehte sich so, dass er ihr direkt in die Augen blickte.

»Was weißt du übers FBI?«

Olivia versuchte, sich zu konzentrieren. »Ihr klärt Verbrechen auf … Terrorismus, Zivilverbrechen und natürlich auch organisiertes Verbrechen. Ihr wehrt jegliche Bedrohung gegen den Staat ab, egal ob sie aus dem Ausland oder dem eigenen Land kommt. Oder?«

»Ja. Aber kannst du dich an was Spezielles erinnern? Also an etwas, das darauf hinweist, dass du vielleicht wirklich als Undercover-Agentin gearbeitet hast?«

Sie setzte sich auf. War sie vielleicht auf der richtigen Spur? Leo schien diese Möglichkeit nicht völlig auszuschließen.

»Schauen wir uns die Fakten an.« Sie öffnete das Notizbuch und las, was sie geschrieben hatte. »Ich war in Las Vegas. Ich hatte keine Handtasche dabei und keinen Ausweis. Niemand ist gekommen, um nach mir zu suchen.« Sie sah auf. »Zu einem Undercover-Einsatz würde das schon passen.«

Leo legte die Hand auf seine Brust. »Also, wenn ein Agent vermisst wird, stellt die Abteilung Ermittlungen an. Als Erstes sucht man in Krankenhäusern und geht die Sterbelisten durch.«

»Schon, aber wie lange dauert es, bis sie merken, dass du weg bist? Du zum Beispiel meldest dich einmal die Woche bei deinem Chef, aber …«

Er zuckte mit den Schultern. »Es gibt durchaus Einsätze, wo man sich länger still verhält, aber meistens ist es schon so, dass man sich einmal pro Woche meldet.«

»Sucht irgendwer nach mir? Es sind schon sechs Wochen vergangen, seit ich dem Sensenmann von der Schippe gesprungen bin.«

Leo schreckte zusammen. »Es gefällt mir nicht, wenn du so was sagst.«

»Wenn's aber doch wahr ist. Ich kann mich glücklich schätzen, dass ich noch am Leben bin, das weiß ich. Aber eigenartigerweise habe ich meinen Frieden damit geschlossen, dass jemand auf mich geschossen hat. Fast so, als hätte ich es erwartet. Würdest du nicht so einen ähnlichen Spruch bringen?«, fragte sie. »Wenn du im Krankenhaus aufwachen würdest und Neil käme zu dir: ›Man hat auf dich geschossen. Duck dich beim nächsten Mal schneller‹«, imitierte sie Neils tiefe Stimme.

Leo nickte langsam. »Schon möglich.«

Olivia zeigte auf die geschlossene Tür. »Was ich da gerade gemacht habe, beweist, dass ich ein Waffentraining absolviert habe.«

»Weißt du denn, ob du schon mal selbst mit einer Waffe geschossen hast?«

Sie blinzelte. »Richtig erinnern kann ich mich nicht. Aber ich *weiß*, dass ich das schon gemacht habe.«

»Ich habe auch genug Training, was Waffen angeht, aber über russische Kriegswaffen weiß ich gar nichts«, meinte Leo.

»Wobei ich wetten würde, dass genügend andere Leute beim FBI eine Ahnung davon haben.«

Er suchte eine bequemere Position. Ihm war deutlich anzumerken, wie sein Gehirn ratterte. »Ausgeschlossen ist es nicht.«

»Ich habe Sasha angegriffen, Schläge ausgeteilt, die Deckung hochgehalten.« Olivia dachte an den Spaziergang. »Als wir heute draußen waren, habe ich einen Stock aufgehoben. Es war ein ganz normaler Stock. Nachdem ich ihn wieder ins Gebüsch geworfen habe, musste ich ständig daran denken, wie ich ihn verwendet hätte, um mich selbst zu verteidigen.«

»Was wiederum auch eine Fähigkeit ist, die ich nicht habe«, sagte Leo.

Sie legte ihm die Hand aufs Knie. »Weißt du, ich glaube, ich bin der Sache auf der Spur.« Zum ersten Mal fühlte es sich an, als würde sich der Nebel ein wenig lichten.

»Vielleicht gibt es auch eine andere Erklärung.«

Sie lächelte. »Wobei wir die eine auch nicht ausschließen können.« Ob sich irgendwo da draußen gerade ihr Chef fragte, was ihr zugestoßen sein mochte? Doch mit diesem Gedanken landete sie nur in einer Sackgasse. »Sollen wir deine Leute fragen, ob sie jemanden vermissen?«

»Meine Abteilung versucht schon seit dem Vorfall, herauszufinden, wer du bist. Aber wir haben überhaupt nichts gefunden.«

Sie klopfte ihm aufs Knie. »Wenn ich undercover unterwegs war, wäre das verständlich.«

»Schon. Aber irgendwann findet man doch was. Nur sehr wenige Leute bleiben auf dieser Welt unbemerkt.«

Irgendwie fühlte sich alles sehr stimmig an. Doch dann hatte sie einen ernüchternden Gedanken. »Wenn ich recht habe, bist es vielleicht gar nicht *du*, auf den sie es abgesehen haben. Sondern ich.«

»Ich bin noch nicht bereit, mich von dieser Schuld freizusprechen.«

Olivia musste lachen. »Klingt, als wärst du sehr katholisch.«

Er zuckte mit den Schultern. »Nur sonntags, und wenn meine Großmutter hinsieht.«

»Leo, das fühlt sich irgendwie stimmig an.«

Er nahm ihre Hand. »Ich glaube, es dauert nicht mehr lang, bis alles wieder klar und deutlich zurückkommt.«

KAPITEL 16

Als Olivia nicht mehr reden wollte, sondern damit begann, eine lange Liste aller bekannten Waffen und deren Eigenschaften ins Notizbuch zu schreiben, zog sich Leo zurück.

Die Liste war mehr als Furcht einflößend.

Am liebsten hätte er Neil auf der Stelle zur Rede gestellt. Aber während Olivia alles abhakte, was in ihren Augen zur Tätigkeit einer Undercover-Agentin passte, ging Leo seine eigene Liste durch.

Sie arbeitete als Agentin für Neil. Fest stand, dass sie von Navi und dem Fall wusste. Und auch, dass Leo ihre wahre Identität nicht erfahren durfte. Warum? Weil Olivia nicht so unschuldig war wie die anderen? Und wie unschuldig waren die anderen überhaupt?

Er recherchierte im Internet über AJ Hoffmann und bald war klar, warum AJ früher jegliche Art von Autorität abgelehnt hatte. AJs Vater war Politiker und als amerikanischer Botschafter in Deutschland eingesetzt gewesen. Leo stieß auf ein Familienfoto mit Namen. Und auf einen Nachruf für Amelia Hoffmann, die man tot im Fluss gefunden hatte. Amelia war in Deutschland ermordet worden. Aber über den Täter und dessen Motiv fand Leo nichts heraus. Dass Neils Team es ihm gegenüber verschwieg, konnte nur bedeuten, dass Olivia etwas mit dieser Geschichte zu tun hatte.

Wusste sie etwas über den Tod von AJs Schwester?

Hätte sich Leo von der Hütte aus in die Datenbanken des FBI einloggen können, hätte er die Antwort sicher gefunden. Doch im Moment hatte er keine Möglichkeit dazu. Zumindest nicht, ohne Spuren zu hinterlassen, was wiederum ihren Versuch, im Verborgenen zu bleiben, hinfällig gemacht hätte.

Doch noch drängender war die Frage, woran sich Olivia erinnern würde, wenn es so weit war.

Vielleicht hatte es der Täter tatsächlich nicht auf ihn abgesehen gehabt.

Das hatten Neil und sein Team ja bereits angedeutet, doch Leo hatte es nicht glauben wollen.

Wer wollte Olivia töten?

Navi?

Aber wusste er, dass Olivia ihn beobachtet hatte?

Und wenn es nicht Navi oder jemand aus Mykonos' Kreisen gewesen war, wer dann und warum?

Was diese Frage betraf, tappten sowohl Leo als auch Neil im Dunklen. Neil wusste ebenso wenig, wer hinter dem Anschlag steckte.

Doch um mehr herauszufinden, musste Leo erst einmal wissen, wer Olivia wirklich war.

Vielleicht war es wie in diesen Actionfilmen, die seinen Berufswunsch beeinflusst hatten. Da waren manchmal die Guten in Wirklichkeit die Bösen und umgekehrt. Es war ein schmaler Grat und wahrscheinlich wandelten Neil und sein Team stets an diesem Grat entlang. Olivia arbeitete zwar für Neil, aber sie gehörte trotzdem nicht wirklich zur Mannschaft. Sollte das bedeuten, dass sie diese Linie überschritten hatte? Fragen über Fragen und keine Antworten …

In seinem Zimmer ging Leo zum Fenster und starrte in die Dunkelheit hinaus, während sein Verstand auf Hochtouren arbeitete. Neil hatte seine Crew gebeten, Leos Position zu respektieren und Olivias Privatsphäre zu wahren. Wenn Olivia tatsächlich die Grenze der Legalität überschritten hatte und Leo hätte davon erfahren ... dann hätte er vor dem FBI nur schweigen können, wenn er Olivias Hand nahm und zusammen mit ihr auf die andere Seite sprang.

Er wollte sich nicht in diese knifflige Situation manövrieren, und trotzdem wusste er, dass er keine Ruhe geben konnte, bis er auch das kleinste Detail von Olivias Vergangenheit aufgedeckt hatte.

Er konnte sich Olivia nicht als eine andere vorstellen. Sie war eine gefühlvolle, sinnliche, selbstbewusste und starke Frau, die ihn faszinierte. Er hatte sie von Anfang an attraktiv gefunden und das Geheimnis, das sie zu der Frau gemacht hatte, die sie jetzt war, zog ihn ebenfalls an. Und natürlich war da noch diese Chemie zwischen ihnen, wegen der er jeden Abend eine eiskalte Dusche brauchte.

Im Haus gab es kaum Privatsphäre, was wahrscheinlich besser so war. Vor allem jetzt, da Olivia körperlich wieder fit war und mehr Energie hatte. Die Blicke, die sie ihm zuwarf, die Berührungen, mit denen sie ihn neckte, wenn sie glaubte, dass kein anderer es merkte ... Ihre sinnliche, verspielte Art brachte Leo dazu, sich auf jeden Morgen, auf jeden Moment mit ihr zu freuen.

Seit ihrem ersten Kuss in der Küche hatten sie sich mehr oder weniger zurückgehalten.

Abgesehen von dem einen Mal während des Spaziergangs, als sie mit dem Rücken zum Baum gestanden und er sich an sie gedrückt hatte. Der Kontakt, die Reibung ... sie waren beide außer Atem gewesen, hatten sich tief in die Augen geblickt.

* * *

Ihre Lippen hatten vom Kuss geglänzt, ihr Atem war stoßweise gekommen. »Du machst es mir verdammt schwer, mich zurückzuhalten«, flüsterte sie.

»Ich? Du bist diejenige, die unter dem Esstisch heimlich den Fuß an meinem Bein entlangwandern lässt.«

Ein stolzes Lächeln huschte über ihr Gesicht. »Ich sehe es eben gern, wenn du dich zusammenreißen musst.«

Er zog sie an sich, drückte sich mit den Hüften an sie, sah das Blitzen in ihren Augen. »Ich glaube eher, du willst sehen, wie ich mich vor Erregung beim Essen verschlucke.«

»Wir sind erwachsen. Sag mir noch mal, warum halten wir uns überhaupt zurück?«, fragte sie.

Das konnte er leicht beantworten. »Ich will dich nicht verletzen.«

Sie starrte auf seine Brust. »Ich glaube, über diesen Punkt sind wir schon hinaus.«

Jetzt nahm er ihr Gesicht in beide Hände und brachte sie dazu, ihn anzusehen. »Du weißt nicht, wer du bist. Ich will auf keinen Fall, dass du es am nächsten Morgen bereuen könntest.«

»Je besser ich dich kennenlerne, desto weniger glaube ich an so eine Möglichkeit«, flüsterte sie.

»Je besser ich dich kennenlerne, desto wichtiger ist es, dass du bei klarem Verstand bist, wenn das mit uns passiert.« Dass es irgendwann passieren würde, war keine Frage.

Sie packte seine Hände. »Ich hätte auch nichts dagegen, dich einfach zu fesseln.« Warum erregte ihn dieser Gedanke? »Irgendwie habe ich das Gefühl, es wäre nicht das erste Mal, dass ich einen Mann fessle.«

»Du bist eine gefährliche Frau.«

Ihre Lippen schwebten über seinen. »Ich bin es wert, das Risiko einzugehen.«

* * *

Jetzt versuchte Leo, diese Bilder aus seinem Kopf zu verbannen.

Er zog sein Handy heraus und öffnete den Fotoordner.

Olivia hatte auf ihrem Rückweg einen Kiefernzapfen aufgehoben und Leo hatte dabei ein paar Fotos geschossen und auch ein Selfie gemacht.

Sie sahen darauf beide so entspannt aus. Wenn man bedachte, welche Umstände sie zusammengeführt hatten, wirkte dieses Foto wie ein Widerspruch.

»Wir sehen gut zusammen aus«, hatte er zu ihr gesagt.

Er sei zu sentimental, war ihre Antwort darauf gewesen. *Zu sentimental* hatte ihn bisher noch keine Frau genannt.

Warum das so war, würde er später sicherlich noch in aller Ruhe ergründen können.

Jetzt musste er erst einmal herausfinden, wer die Frau auf dem Foto war.

* * *

»Ich kann es jetzt nicht länger mit meinem Gewissen vereinbaren, dir so viel Geld aus der Tasche zu ziehen.« Pam stand mit fertig gepackter Tasche da.

»Ich bezahle dich gerne noch eine Weile, wenn du bleibst«, entgegnete Neil.

Olivia beobachtete die beiden bei ihrer Diskussion.

»Erst hast du gesagt, dass du mich für maximal zwei Wochen brauchst, was auch schon zu viel war, und dann bin ich sogar noch viel länger geblieben. Aber jetzt fliege ich mit dir zurück und damit basta.« Pam ließ ihm keine Chance zur Widerrede. Mit geöffneten Armen wandte sie sich Leo zu. »Pass auf sie auf.«

Olivia musste lachen. »*Sie* kann selbst auf sich aufpassen.«

Pam bedachte Olivia über Leos Schulter hinweg mit einem ihrer typischen strengen Blicke.

Dann ging sie zu Isaac, der Pam ebenfalls kurz umarmte und ihr auf die Flanken klopfte. »Ich habe zwar versucht, ein bisschen Speck auf deine Rippen zu bringen, aber da habe ich wohl gänzlich versagt.«

»Vielleicht nächstes Mal«, entgegnete Pam im Scherz.

Als sie sich schließlich zu Lars wandte, wurde ihr Gesichtsausdruck weich. Ihre Umarmung dauerte deutlich länger und sie sagte ihm etwas ins Ohr, das nur für ihn allein bestimmt war. Dann drückte Lars seine Lippen auf ihre.

Olivias Kinnlade klappte herunter. Sie konnte kaum glauben, was sie sah.

Wie konnte sie das nur verpasst haben?

Pam löste sich wieder von Lars. »Ruf mich an, wenn du wieder in der Stadt bist, Matrose.« Als sie sich umdrehte, gab Lars ihr einen Klaps aufs Hinterteil.

»Alter Schwede…«, begann Olivia.

»Ach, du musst gerade reden«, entgegnete Pam. Jetzt zog die ältere Frau Olivia an sich. »Du weißt, wie du mich erreichen kannst, wenn du mich brauchst, du Sturschädel.«

»Komm schon, du hast jede Minute hier genossen.« Und mit einem Blick zu Lars setzte Olivia nach: »Mehr, als mir bewusst war.«

Pam legte ihre Strenge ab. »Pass auf dich auf. Und denk dran, es gibt viele Menschen, die dich lieb haben.«

Plötzlich fühlte Olivia eine eigenartige Enge in der Brust. »Vielen Dank. Für alles.«

Pam schüttelte die aufgestiegenen Emotionen schnell wieder ab und wandte sich zu Neil. »Komm, Großer, gehen wir. Ich hasse Schnee und hier wird bald alles weiß sein.«

»Hast du dich schon von AJ und Sasha verabschiedet?«, wollte Isaac wissen.

»Ja, wir können los.« Pam nahm ihre Tasche. »Bis nächstes Mal«, rief sie und ging zur Tür hinaus.

Jetzt nahm auch Neil seine Tasche. »In zwei Tagen bin ich wieder zurück.«

Daraufhin ertönte erneut Isaacs Stakkatolachen, der alle mit seiner Erheiterung ansteckte. Der Grund für Neils Abreise war natürlich, dass er sich den Jungen mal vorknöpfen musste, der mit seiner Tochter ausgehen wollte.

»Und schüchtere den armen Jungen nicht so arg ein«, sagte Lars.

Da lachte Isaac noch lauter.

»Bei Neil reicht schon ein Blick«, scherzte Olivia.

Neil holte tief Luft und atmete langsam wieder aus. Dann sagte er zu Olivia: »Du weißt, wie du mich erreichen kannst.«

Was nicht nötig gewesen wäre, da ja noch genügend andere Leute im Haus waren. »Du bist so bald schon wieder zurück, dass mir deine Abwesenheit kaum auffallen wird.«

Neil bedachte Leo mit einem längeren Blick, dann verließ er das Haus.

Isaacs Lachen war wirklich ansteckend. »Der arme, arme Junge.«

Olivia ging zu Lars und stieß ihn mit der Schulter an. »Sag mal, alter Knabe, was war denn da mit Pam?«

Doch Lars zuckte nur mit den Schultern und blickte zwischen ihr und Leo hin und her. »Manche von uns stellen sich eben geschickter an, wenn es darum geht, etwas geheim zu halten.«

Immer noch lachend ging Isaac mit hinaus.

Als der SUV die Auffahrt hinabfuhr, spritzten die Kiesel. Olivia stand am Fenster und sah ihm nach. Sie würde Pam mit ihrer bestimmenden Art vermissen. Aber sie hatte ihre Telefonnummer und Olivia konnte sich durchaus vorstellen, mit ihr in Kontakt zu bleiben.

Leo ging zur Eingangstür und schnappte sich seine Jacke. »Ich gehe Feuerholz holen.«

»Ich helfe dir«, bot Lars an.

»Und ich mache es mir auf der Couch bequem und spiele Mädchen«, sagte Olivia.

Lars lachte auf. »Ich hätte nie gedacht, dass du mal so was sagen würdest.«

Bei diesen Worten wurde Olivia stutzig. War es die Art und Weise, wie er es sagte, oder waren es die Worte selbst?

Als Leo die Tür öffnete, drang kalte Luft herein.

Pam hatte recht. Es roch nach Schnee.

Und Olivia freute sich darauf.

Sie freute sich auf die Ruhe, den Frieden, die Reinheit der Landschaft.

Sie war bereit für eine neue Jahreszeit.

* * *

Nicht schon wieder.

Ihre nackten Füße schmerzten bei jedem Schritt. Die scharfen Kanten schnitten ihr tief in die Haut, sie hörte ihr Blut tropfen und ein Zischen, während ihre Füße auf dem heißen Boden angesengt wurden. Das Geräusch machte sie schier taub.

Irgendwie wusste sie, dass sie träumte, und versuchte aufzuwachen. Hätte sie nur die Augen öffnen können, dann wäre der Schmerz vergangen.

Doch es war, als hätte sie ein Mittel genommen, das sie daran hinderte, auch nur den Kopf zu drehen.

Sie hörte Feuer knistern, roch verbranntes Fleisch.

»Wo sind meine verdammten Schuhe?«

Sie blickte hinab. An ihrer Hand baumelten Turnschuhe.

Der Anblick ließ sie fast niedersinken. Die ganze Zeit hatte sie die Schuhe bei sich gehabt und trotzdem war sie barfuß durch die Hölle gelaufen.

Sie hob die Schuhe hoch und begann bei ihrem Anblick zu weinen.

Und während ihre Tränen tropften, lösten sich die Schuhe in der Hitze des Feuers auf.

»Nein!«

»Hier drüben«, rief eine Stimme hinter ihr.

Und jetzt sah sie eine Linie, hinter der die Hölle aufhörte, wo kein Feuer mehr brannte. Dort bestand der Boden aus kühlen Steinfliesen. Überall waren Regale, die bis oben hin mit Büchern gefüllt waren.

Der Raum war die ganze Zeit dort gewesen. Nur einen Schritt in die andere Richtung und sie würde endlich keine Schmerzen mehr ertragen müssen.

»Komm, Olivia. Wir dürfen uns nicht erwischen lassen.«

Die Männerstimme klang jung und energievoll.

»Zieh die Schuhe aus, damit man uns nicht hört«, flüsterte er.

Doch ihre Schuhe waren jetzt nur noch ein zusammenge-schmolzener Plastikklumpen. Barfuß ging sie weiter, trat aus der brennenden Hölle, hörte ihre Schritte auf dem polierten Boden der Bibliothek.

»Und wenn sie uns doch erwischen?«, fragte sie. Aber sie sprach kein Englisch.

»Das tun sie nur, wenn du weiterredest.«

Da hielt man ihr den Mund zu, und sie versuchte zu schreien.

KAPITEL 17

Leo hatte es sich zur Gewohnheit gemacht, im oberen Wohnzimmer zu sitzen, von wo aus er einen guten Blick auf Olivias Zimmer hatte.

Er wartete jeden Abend, bis der Lichtstreifen unter ihrer Tür erlosch, und blieb stets noch eine gute Stunde länger sitzen, bis er schließlich selbst ins Bett ging.

Neils Warnung, dass Olivia in derselben Sekunde abhauen werde, in der ihr Gedächtnis zurückkam, hing wie ein Damoklesschwert über ihm. »*Du wirst es ihr nicht anmerken, du wirst davon nichts mitkriegen … Sie wird sang- und klanglos verschwinden.*«

Der Gedanke bereitete ihm große Angst.

Er mochte Olivia zu sehr.

Mehr als er sollte. Aber sein Kopf und sein Herz lagen in ständigem Wettstreit miteinander und obendrein mischte sich noch sein Schwanz ein.

Leo klappte den Laptop zu und starrte aus dem Fenster. Es hatte zu schneien begonnen, kurz bevor es im Haus still geworden war. Sie hatten Wetten abgeschlossen, wie viele Zentimeter Neuschnee am nächsten Morgen liegen würden.

Er stellte sich vor, wie Olivia Schneeengel machte. Nur war das viel zu verspielt für sie. Eher hätte sie sich hinter einem Baum mit einem ganzen Arsenal an Schneebällen versteckt.

Bei der Vorstellung musste er grinsen.

Plötzlich vernahm er einen Schrei, der aus ihrem Zimmer zu kommen schien.

Leo sprang auf.

Er hörte Schritte hinter sich, als er ihre Tür aufstieß.

Sie war allein und lag schlafend im Bett.

Aus ihrem Mund kamen Worte, die er nicht verstand. Olivia hatte offenbar einen Albtraum.

Isaac war ebenfalls herbeigeeilt und blickte über Leos Schulter.

Als Leo verstand, dass die Gefahr nur in Olivias Kopf herrschte, hob er die Hand. »Ich kümmere mich um sie.«

Isaac atmete auf. Dann wandte er sich zur Kamera im Flur und gab mit einem Zeichen Entwarnung. »Alles okay hier.«

Leo schloss die Zimmertür und setzte sich zu ihr auf die Bettkante.

»Olivia?«, flüsterte er.

Sie hatte die Hände zu Fäusten geballt, die Augenbrauen zusammengezogen. Ihre Worte klangen hart. Zuerst hielt er es für unverständliches Kauderwelsch, bis er den Klang der Sprache erkannte.

Es war Deutsch.

Olivia sprach im Schlaf Deutsch.

Er legte ihr die Hand auf die Schulter. »Olivia? Wach auf. Du hast einen Albtraum.«

Sie schlug um sich.

Noch einmal sagte er ihren Namen, diesmal etwas lauter. Schon schossen ihre Hände hoch, packten seinen Hals und bevor Leo wusste, wie ihm geschah, lag er schon auf dem Rücken. Sie saß auf ihm.

Leo bekam kaum Luft. Er ergriff ihre Hände und presste mühsam »'livia« hervor.

Ihr Blick war so furchteinflößend wie der eines wilden Tiers.

Dann machte es plötzlich »klick«. Erschrocken riss sie die Hände von seinem Hals.

»O Gott!«

Die Tür zu ihrem Zimmer flog auf.

»Was in Gottes Namen geht hier vor?«

Leos Hirn funktionierte wieder so weit, dass er Isaacs Umrisse ausmachen konnte.

»Tut mir leid.« Olivia strich sich die Haare zurück und starrte auf Leos Hals. »Habe ich dir wehgetan?«

»Leo?«, fragte Isaac besorgt.

Auch Sasha und Lars waren herbeigeeilt.

»Alles okay«, keuchte er. »Sie ist verwirrt aufgewacht.«

»Olivia? Alles klar bei dir?«, fragte Sasha.

Olivias Brust hob und senkte sich heftig, während sie immer noch rittlings auf Leo thronte. »Ja, alles in Ordnung.«

Was allerdings nicht sehr überzeugend klang.

»Leo?«

Er ließ die Hände sinken. »Mir geht's gut. *Uns* geht's gut.«

»Okay, Jungs, die Show ist vorbei.« Sasha schob die anderen weg und schloss die Tür.

Olivia stieg von ihm ab. Dann ließ sie sich auf den Boden gleiten und lehnte sich mit dem Rücken gegen das Bett.

»Was ist nur los mit mir?«

Leo setzte sich neben sie.

Er griff nach der Wasserflasche auf dem Nachttisch und trank einen Schluck. Das Wasser passierte problemlos die Speiseröhre, woraus er schloss, dass er unverletzt war.

»Ich habe dich erschreckt. Es ist schon okay.«

»Es ist nicht okay.«

»Vielleicht ist es nicht *normal.* Aber es ist okay.«

»Ich habe geträumt.«

»Es klang nach einem schlimmen Albtraum. Ich habe dich vom Wohnzimmer aus gehört und wollte nach dir sehen. Als du nicht gleich aufgewacht bist, habe ich dich nur leicht angetippt.«

Sie lehnte den Kopf zurück und schloss die Augen. »Ich war in der Hölle. Es hat nach verbranntem Fleisch gerochen, überall waren spitze Steine. Und plötzlich waren wir im Regalraum der Schule. Wir haben versucht, uns nicht erwischen zu lassen. Dann ist jemand von hinten gekommen und hat mir den Mund zugehalten. Und schon bin ich auf dir gekniet und habe versucht, dir die Gurgel umzudrehen.«

Er nahm ihre kalte Hand. »Es war nur ein Traum.«

»Ich hätte dir etwas antun können.«

»Hast du aber nicht.«

Sie drückte seine Hand. »Aber es hätte passieren können.«

Das war wahr. Leo würde Olivias Kräfte, mit denen sie ihn ohne Vorwarnung auf den Rücken gelegt hatte, nie mehr unterschätzen.

»Was für ein Regalraum?«, fragte er, um ihren Traum zu analysieren.

Olivia stöhnte. »Das ist die Bibliothek mit den Bücherregalen. Wir haben immer ›Regalraum‹ gesagt.« Plötzlich hielt Olivia die Luft an und sah ihn mit großen Augen an. »O Gott, Leo! Ich erinnere mich an die Bibliothek in der Schule. Da war ein Junge. Es war spät und alle anderen haben schon geschlafen. Wir sind heimlich zum Knutschen hingegangen.«

»War das ein Traum oder eine Erinnerung?«

Sie blinzelte, wie immer, wenn sie nachdachte. Es erinnerte ihn an den blinkenden Cursor eines Computers, der auf die nächste Eingabe wartete.

»Beides … glaube ich.«

»Ihr habt die Bibliothek also Regalraum genannt?«

»Die Regale waren riesig und reichten vom Boden bis zur Decke. Die ganze Bibliothek war riesig. Nicht so wie bei Harry Potter, aber groß genug. Und sehr alt. Es roch nach alten Büchern und geöltem Holz. Und nach Feuer.«

»War das auch Teil deines Traums?«

Sie nickte. »Das mit dem Feuer schon. Da träume ich immer dasselbe. Nur die Sache mit den Regalen und dem Jungen war diesmal neu. Trotzdem kommt mir das alles sehr vertraut vor.«

»Erinnerst du dich an seinen Namen?«

Sie schüttelte den Kopf.

»Und was ist mit der Schule?« Er hielt die Luft an.

Olivia legte die Fingerspitzen an die Schläfen. »Es ist hier drinnen, so verdammt nah.«

Er atmete laut aus. Einerseits konnte er ihre Frustration nachvollziehen und hatte Mitleid, aber gleichzeitig war er froh. Denn wenn sie sich nicht erinnerte, bestand auch keine Gefahr, dass sie heimlich abhaute.

Sie nahm seine Hand.

Plötzlich grinste sie und setzte sich auf seinen Schoß. »Ich erinnere mich an meinen ersten Kuss.« Sie trug nur einen Slip und ein T-Shirt.

Plötzlich interessierte sich sein Körper nicht mehr für ihre Worte. Er spürte ihr Gewicht auf sich.

»Tatsächlich?«

»Ja. Er war nass und schlabberig.«

Leo legte die Hände auf ihre Hüften. »Hast du ihm eine zweite Chance gegeben?«

Wieder blinzelte sie. »Ich weiß nicht. Wahrscheinlich nicht.«

Das brachte ihn zum Grinsen. »Heißt das, bei dir muss es von Anfang an stimmen, sonst wird man abgeschrieben?«

Wieder legte sie die Hände an seinen Hals, doch diesmal mit weit zärtlicherer Absicht. »Es tut mir wirklich leid.« Sie küsste ihn an der Stelle, wo ihre Hände ihn gewürgt hatten.

»Hast du bewusst versucht, mich zu verletzen?«, fragte er, obwohl er die Antwort schon kannte.

»Nein.«

»Dann musst du dich nicht entschuldigen.«

Sie unterbrach den Kuss, um ihm in die Augen zu sehen. »Klaust du jetzt meine Sprüche?«

»Vielleicht.«

Sie küsste ihn auf der anderen Halsseite.

Als er ihre Zunge spürte, breitete sich ein Feuer in ihm aus wie schon zuvor während ihrer intimen Momente.

Er packte ihre Hüften fester, während sie an seinem Ohrläppchen knabberte.

»Du küsst nicht nass und schlabberig«, flüsterte sie.

»Dann heißt das wohl, dass ich eine zweite Chance bekomme, was?«, fragte er, bevor er sie richtig küsste.

Ihre warmen Lippen waren leicht geöffnet. Sie drückte sich an ihn, als wolle sie ihn mit dem Kuss in sich aufnehmen.

Er ließ die Hände unter ihr T-Shirt wandern und glitt ihren nackten Rücken entlang. Er bemühte sich, dabei nicht die frische Narbe zu berühren. Ob sie die Verletzung überhaupt noch spürte? Und würde er es je schaffen, nicht daran zu denken, wie sie in Las Vegas auf der schmutzigen Straße gelegen hatte, wenn er sie in seinen Armen hielt? Er wollte jeden Schmerz von ihr nehmen, ihr etwas zurückgeben. Vielleicht war es das. Dieser Moment zusammen. Er hatte keine Kraft mehr, ihr zu widerstehen – nicht, wie sie nun ihre Schenkel gegen seine Hüften presste, wie sie im Kuss miteinander verschmolzen. Seine Erektion drückte gegen den Reißverschluss seiner Jeans.

195

Er wollte sie noch mehr berühren, mehr von ihr fühlen.

Auf dem harten Boden zu bleiben, war für das, was er mit ihr alles anstellen wollte, keine Option.

»Wir hören jetzt aber nicht wieder auf«, verlangte sie, ihr Atem heiß an seiner Wange.

»Nur, wenn du sagst, dass ich aufhören soll.«

Sie grinste und stand auf.

Da er noch am Boden saß, war ihre Mitte nur von ihrem knappen Slip bedeckt und befand sich direkt vor seinen Augen.

Er hörte sie kichern. »Wo schaust du hin, Mr FBI?«

Er zog sie an sich, küsste sie durch den dünnen Stoff zwischen den Beinen.

Da hörte Olivia auf zu lachen und packte seinen Kopf.

Er umfasste ihre Pobacken und zog sie näher. Er wollte mehr von ihrem Duft, ihrer Wärme.

Ihre Knie gaben nach.

Während er aufstand, küsste er sich ihren Körper entlang nach oben. Er verweilte an ihrem Nabel, dann ließ er ihr Shirt wieder hinabfallen.

»Bist du dir sicher, dass du das willst?«, fragte er, als er aufrecht stand.

»Ich glaube, wir haben jetzt lange genug herumgetänzelt, findest du nicht?«

Auch wenn es vielleicht kein gutes Ende nehmen würde, war er jetzt keinesfalls mehr in der Lage aufzuhören. Nein, er wollte nie wieder damit aufhören. Diese schöne, lebhafte Frau war so, wie sie jetzt vor ihm stand, wie ein funkelnder Diamant, und sie wollte von ihm berührt werden. Wer auch immer sie vorher einmal gewesen war, spielte jetzt keine Rolle mehr.

Sie hatten beide eine Vergangenheit und Olivia wusste auch nicht mehr über ihn als er über sie. Was machte es schon aus?

»Du bist so schön«, raunte er ihr zu.

»Und du machst schon wieder nicht weiter.« Sie griff nach den Knöpfen seiner Jeans.

Er schüttelte den Kopf und drehte sie um, sodass ihr Rücken zum Bett zeigte. »Nein. Ich will dir zuerst sagen, dass mir das mit dir viel bedeutet.«

Ihr neckendes Lächeln verrutschte, und wieder blinzelte sie nur. Dann seufzte sie und nahm sein Gesicht in die Hände. »Ich erinnere mich an keinen Mann, mit dem ich geschlafen hätte.«

Das klang gut. »Glaubst du, dass du noch Jungfrau bist?« Es war natürlich als Scherz gemeint. Trotzdem stutzte er bei dem Gedanken.

Olivia guckte ihn mit großen Augen an. Dann begannen sie gleichzeitig zu lachen und sagten wie aus einem Munde: »Nein.«

Er drückte sie sanft nach hinten und schon lag sie flach auf dem Bett, die Hände ausgestreckt über dem Kopf. »Nicht zu feucht und nicht zu schlabbrig.«

Sie lachte.

Er fiel auf die Knie und zog sie zum Rand der Matratze. Er streichelte ihre Schenkel, dann entfernte er ihren Slip, der ihm allzu sehr im Weg war, und warf ihn auf den Boden. »Hallo, du Hübsche.«

Olivia öffnete sich für ihn.

* * *

Der erste Orgasmus kam so schnell und war so überwältigend, dass sie Sternchen sah.

Ihre Behauptung, sie könne sich an keinen Mann erinnern, mit dem sie schon mal Sex gehabt hätte, war nicht gelogen gewesen. Doch so wie ihr Körper durch Leos talentiertes Zungenspiel erschauderte, wusste sie ganz sicher, dass ein Orgasmus dieser Intensität etwas Besonderes war.

Leos Kopf tauchte zwischen ihren Beinen auf und sein Grinsen sprach Bände.

»Du bist wohl mächtig stolz auf dich, was?«

»Jawohl, Ma'am, das bin ich.«

Sie war außer Atem. »Du hast viel zu viele Klamotten an.«

Er zog sich mit einer schnellen Bewegung das Shirt über den Kopf, dann wischte er sich damit den Mund ab und warf es von sich.

Dieser Mann bewirkte, dass sie sich so sexy, so begehrenswert fühlte. Aber vor allem so lebendig. Obwohl sie es nicht deuten konnte, glaubte sie, dass dieses Gefühl alles andere als normal für sie war.

Olivia stützte sich auf die Ellbogen und sah ihm dabei zu, wie er sich auszog.

O ja! Ihre Vermutung wurde bestätigt. Während er die Schuhe abstreifte und die Hose auf den Boden warf, verkündete seine Erektion in ihrer gesamten Länge: *Hallo, ich stehe voll und ganz zu Ihren Diensten!*

»Das gefällt mir«, murmelte sie.

Er kniete sich aufs Bett.

»In der Schublade sind Kondome.«

Überrascht leuchteten seine Augen auf.

»Sasha hat gemeint, wir bräuchten vielleicht welche.«

Lachend zog er die Schublade auf. »Sehr aufmerksam von ihr.«

Er zog die Zellophanfolie von der Packung und leerte den Inhalt aufs Bett. Die Kondome der kleineren Sorte warf er gleich über die Schulter auf den Boden, was Olivia laut auflachen ließ.

Leo suchte nach der Größe, die ihm passen würde. »Ich muss mal mit AJ reden.« Nachdem er die übrigen Kondome zur Seite geräumt hatte, kletterte er auf Olivia, küsste sie, und drückte sie auf die Matratze zurück.

Sein Gewicht auf sich zu spüren, war ein umwerfendes Gefühl. Er zupfte an ihrem T-Shirt. »Darf ich?«

Die Frage brachte sie zum Schmunzeln, bis sie seinen Blick sah, nachdem er sie ausgezogen hatte. Sanft küsste er die Narbe, die ihr wahrscheinlich für den Rest des Lebens erhalten bleiben würde. Dann ging er zur zweiten Narbe, dort, wo der Schlauch gesteckt hatte, um ihr das Atmen zu erleichtern.

Er war so behutsam, so zärtlich.

Jetzt hob er den Blick. »Wenn ich etwas mache, was dir wehtut …«

»Es tut alles andere als weh«, erwiderte sie. Abgesehen von diesem leichten Ziehen in ihrem Herzen, das sie nicht genauer definieren konnte.

Er wandte sich von den Narben ab und nahm ihre Brustwarze in den Mund.

Was er in ihr zum Glühen gebracht hatte, wurde jetzt zu einer lodernden Flamme.

Sie fuhr mit den Fingernägeln seinen Rücken entlang, über seinen Hintern, dann griff sie nach vorn. Sein Schwanz drückte gegen ihr Bein und sie streichelte ihn, so gut es aus diesem Winkel ging.

Leo veränderte seine Position, damit sie ihn besser erreichte.

»Hallo, Mr FBI.«

Er gluckste, während er sich weiter ihrer Brust widmete und zart in ihre Knospen biss.

Sie bäumte sich auf.

»Mach das noch mal«, sagte sie.

Dieser Aufforderung kam er nur allzu gern nach.

Er küsste, knabberte und streichelte jeden Zentimeter von ihr, erregte sie, zögerte ihr Vergnügen in die Länge. Sie folgte seiner Geschwindigkeit. Kuss um Kuss, Berührung um Berührung. Zu oft wollte sie schneller werden, wollte ihn auf den Rücken drehen, die Kontrolle übernehmen, aber schon hatte er erneut eine Stelle an ihr gefunden, um die er sich noch nicht gekümmert hatte.

Alles, was er mit ihr anstellte, fühlte sich so neu, so einzigartig an. Für sie beide.

Und als sie schließlich nicht länger warten konnten, nahm Olivia endlich das Kondom und riss die Verpackung auf.

Sie half ihm, es überzustülpen, und öffnete sich erneut für ihn.

Leo hielt ihre Hand, verflocht die Finger mit ihren und langsam, ganz langsam, drang er in sie ein.

Es verschlug ihr den Atem, so erfüllt fühlte sie sich. »Das ist so gut, Leo. Das ist … du bist …«

Als sie die Augen öffnete, sah sie, wie er sie anlächelte.

Er hob ihre miteinander verwobenen Hände und küsste ihre Finger. »*Wir* sind …«

Erst bewegte er sich ganz langsam in ihr.

Ihr Inneres erschauderte, und schon war jeder Stoß schwerer zu kontrollieren.

Leo senkte seine Lippen auf ihre, seine Zunge imitierte die Bewegung seines Körpers in ihr. Sie hatte die Beine um seine Hüften geschlungen und dirigierte ihn dorthin, wo sie ihn haben wollte. Schon verließ jegliche Vernunft ihren Kopf, und sie spürte, dass sie sich dem Gipfel näherte. Sie führte ihn, mal schneller, mal langsamer. Und schließlich rief sie seinen Namen und ihre inneren Muskeln zogen sich um ihn zusammen.

Sie ließ die Hände sinken, erschöpft von dem Genuss, den er ihr bereitet hatte.

»Wahnsinn«, hörte sie ihn sagen.

Langsam öffnete sie die Augen. Leo war immer noch hart und immer noch in ihr.

Was sie als Herausforderung empfand.

Mit einer flinken Hüftbewegung und einem kurzen Zug an der Schulter hatte sie ihn auf den Rücken gedreht. »Okay, Superman ... jetzt bin ich dran.«

Sie setzte sich auf ihn, und während er ihre Brüste knetete, begann sie auf ihm zu reiten.

»O Gott!«, murmelte er und verdrehte die Augen.

KAPITEL 18

Sie duschten zusammen, lachten, spielten miteinander wie Teenager, die keine Sorge kannten.

Leo genoss jede Sekunde davon.

Dann schlichen sie heimlich den Flur entlang, um aus Leos Zimmer eine Jogginghose zu holen, und tappten leise in die Küche, um aufzutanken. Leo hatte in Olivias Zimmer ein Feuer im Kamin gemacht, das leise prasselte, während draußen die Schneeflocken vom Himmel fielen.

Nach drei Uhr morgens kam Olivia in seinen Armen zur Ruhe und schloss die Augen. »Bist du sicher, dass du hier schlafen willst? Vielleicht habe ich wieder so einen Traum.«

Er zog sie an sich und schlang die Arme um ihre Hüften. »Das Risiko gehe ich ein.«

Als ihr die Augen schwer wurden, legte sie den Kopf auf ihn und schlief ein.

Im Kamin knisterte leise die Glut. Er spürte Olivias gleichmäßigen Atem auf seiner Brust. Wenn dieser Moment nur für alle Ewigkeit hätte anhalten können …

Der Wunsch war so groß, dass Leo ein seltsames Ziehen verspürte.

Vielleicht irrte sich Neil.

Vielleicht würde sie gar nicht abhauen.

Vielleicht hoffte auch sie, dass ihre Beziehung von Dauer sein könnte.

Schließlich drifteten seine Gedanken ab und er schlief mit Olivia im Arm ein.

* * *

Als sie am nächsten Morgen aufwachte, spürte sie ein Gewicht neben sich.

Dann kam alles zurück, was sie in der Nacht mit Leo erlebt hatte, und ein wohliges Gefühl durchströmte sie.

»Leo«, flüsterte sie.

Er lag dicht neben ihr und schlief tief und fest.

Sie erinnerte sich an die Orgasmen, die unendlichen Küsse, das gemeinsame Lachen. Es waren unbeschwerte Momente voller Emotionen gewesen, wie Olivia sie bislang nie erlebt hatte.

Dieser Mann war einfach überwältigend, nicht nur sexuell, sondern in jeglicher Hinsicht.

Sie streckte vorsichtig die Beine aus, um ihn nicht zu wecken, dann schälte sie sich aus seinen Armen und ging ins Bad.

Dort betrachtete sie ihr Spiegelbild. Ihre Haare waren verstrubbelt, aber ihre Augen waren klar und leuchtend. Auf der rechten Brust hatte sie einen Knutschfleck.

Offenbar war Leo ihren Anweisungen nur allzu gern nachgekommen.

Sie spritzte sich kaltes Wasser ins Gesicht, putzte sich die Zähne für einen frischeren Geschmack, zog das T-Shirt an, das noch am Boden gelegen hatte, und schlüpfte in ihren Bademantel.

Leo hatte immer noch keinen Muskel bewegt.

Leise schlich sie sich aus dem Zimmer und ging nach unten, wo ihr bereits ein verlockender Kaffeeduft entgegenströmte.

Sasha stand vor dem großen Wohnzimmerfenster.

»Oh, wow!« Alles war weiß. Über Nacht hatte es fast einen halben Meter geschneit.

»Guten Morgen«, sagte Sasha und nippte an ihrem Kaffee. »Ich würde dich ja fragen, ob du gut geschlafen hast, aber jeder im Haus weiß, dass ihr zwei kein Auge zugetan habt.«

Olivia musste lachen. »Ich würde ja sagen, dass es mir leidtut. Aber das wäre gelogen.«

Sasha hob die Tasse, um ihr zuzuprosten.

Olivia ließ die Schultern kreisen und ging zur Kaffeemaschine. »Wo sind die anderen?«

»AJ sitzt vor den Monitoren und Lars und Isaac befreien die Sensoren vom Schnee. Außerdem überprüfen sie, ob der Generator funktioniert, falls es einen Stromausfall gibt.«

Angesichts der schieren Menge an Schnee war ein Stromausfall nur eine Frage der Zeit. »Ist denn dieser Dienst vor den Bildschirmen wirklich so wichtig? Es kommt ja eh niemand, um nach mir zu suchen.«

Jetzt wandte Sasha den Blick vom Fenster ab und drehte sich zu ihr. »Was aber nicht heißt, dass es nicht doch noch passieren könnte.«

Olivia widersprach nicht, obwohl sie die ganzen Sicherheitsmaßnahmen höchst übertrieben fand. Da sie aber nicht einmal ihren eigenen Namen kannte und nicht wusste, wohin sie sonst hätte gehen sollen, sagte sie nichts weiter.

»Hast du schon was von Neil gehört? Hat der arme Junge die Begegnung mit ihm überlebt?«

»Ich habe heute Morgen mit ihm telefoniert, aber auf dieses Thema wollte er nicht eingehen.«

Olivia lachte. »Typisch Neil.«

»Er liebt seine Tochter, was man ihm natürlich nicht zum Vorwurf machen kann.« Sasha setzte sich auf den Hocker an der Küchentheke.

Olivia lehnte sich gegen die Arbeitsfläche. Sie genoss die Röstaromen ihres Kaffees und spürte, wie sich das Koffein in ihrem Körper ausbreitete. »Wie ist das bei dir und AJ? Wollt ihr mal Kinder?«

Sasha räusperte sich. »Ich weiß nicht, ob ich zum Kinderkriegen geschaffen bin.«

Olivia konnte sich Sasha tatsächlich nur schwer als Mutter vorstellen.

»Wir haben schon mal über Adoption gesprochen. Ältere Kinder, solche, die man vergessen hat.«

Olivia sah einen Hof voller Kinder verschiedenen Alters vor sich. Sie lachten, redeten. Alle trugen Uniformen, bewarfen sich mit Schneebällen, sprachen mit fremden Akzenten.

»Olivia?«

Sie schüttelte den Kopf und versuchte, sich wieder auf die Unterhaltung zu konzentrieren.

»Alles okay bei dir?«

»Ja, sorry. Der Schnee lässt mich irgendwie an Harry Potter denken. Komisch.« Sie blinzelte ein paarmal. »Ihr wollt also ein Kind adoptieren?«

Sasha sah zu ihr. »Ich werde nicht jünger, aber den Gedanken, dass in meinem Körper ein Parasit heranwächst, finde ich höchst unangenehm.«

Olivia musste lachen. »Wenn man dir so zuhört, ist eine Adoption für euch wahrscheinlich wirklich am besten.«

»Sagt AJ auch.«

Plötzlich wurde im oberen Stockwerk eine Tür aufgeschlagen.

»Olivia!« Es war Leos Stimme. »Olivia?«

Sie stellte die Tasse in der Küche ab und lief zur Treppe.

Als Leo sie sah, blieb er abrupt stehen. Er hatte sich nur eine Jogginghose übergezogen, sein Oberkörper war nackt.

»Was ist los?«

Jetzt ließ er sich auf die Stufen plumpsen und stützte die Hände auf die Knie, als müsste er sich erst wieder unter Kontrolle bringen.

Olivia stieg die Stufen hoch und ging vor ihm in die Hocke. »Was ist los?«

Zitternd nahm er ihre Hand, seine Augen waren vor Schreck geweitet. »Ich dachte, du wärst ...«

Er atmete lang und laut aus.

»Ich wäre was?«

Leo schüttelte den Kopf. »Du warst nicht mehr da, als ich aufgewacht bin. Ich habe gedacht, du bist weg.«

»Aber wo sollte ich denn hingehen?«

Er wirkte völlig durcheinander. Etwas löste sich in ihrem Kopf und klopfte an ihrem Verstand an. »Leo, ich bin doch hier.«

Sie stand auf und zog ihn wieder auf die Beine.

Er sah an ihr vorbei zu Sasha, die von unten alles mitverfolgt hatte.

»Anscheinend fällt es uns beiden schwer, mit klarem Verstand aufzuwachen«, scherzte Olivia.

Er umarmte sie und es fühlte sich an, als wollte er sie für immer festhalten.

Sie wollte ihn beruhigen, ihm sagen, dass sie nirgendwohin gehen werde. Doch sie schwieg, denn etwas an der ganzen Szene kam ihr merkwürdig vor.

Und zwar im höchsten Maße.

Er gab ihr einen kurzen Kuss. »Ich gehe duschen.«

»Und ich gehe mal meinen Kaffee austrinken.«

Er küsste sie aufs Haar, bevor er in seinem Zimmer verschwand.

Als Olivia in die Küche zurückkam, sagte sie lachend zu Sasha: »Da schläft man einmal miteinander und schon verliert der Kerl den Verstand.«

»Einmal?«

»Waren wir so laut?«

Sasha trank schweigend ihren Kaffee, was Antwort genug
war.

* * *

Leo ließ sich Wasser übers Gesicht laufen und wusch sich das
Adrenalin fort, das eben noch seinen Körper durchflutet hatte.

Als er die Augen geöffnet hatte, war Olivia verschwunden
gewesen.

»Scheiße«, fluchte er leise.

Es kam ihm vor, als stünde eine Sanduhr vor ihm und sobald
das letzte Sandkorn durch die schmale Öffnung rutschte, wäre
alles vorbei. Dann gäbe es keine Möglichkeit mehr, die Sanduhr
wieder umzudrehen, den herandonnernden Zug aufzuhalten …
das Unglück abzuwehren.

Und das Unglück würde kommen.

Das war ihm jetzt bewusst. Ihre gemeinsamen Stunden der
letzten Nacht waren das, worüber Gedichte und Lieder geschrieben wurden. Ein Geben und Nehmen. Ihren Blick, während sie
miteinander verschmolzen waren, würde er nie mehr vergessen.

Doch die Uhr tickte und er wusste, dass es nicht mehr lange
dauern würde. Er musste unbedingt ihre Geheimnisse lüften.
Neil und sein Team wollten ihr helfen. Das musste sie doch
akzeptieren und verstehen.

Während Olivia in seinen Armen gelegen hatte, war es ihm
gelungen, so manche losen Punkte miteinander zu verbinden.
Olivia hatte Deutsch gesprochen, eine Bibliothek erwähnt, in
die sie sich nachts heimlich geschlichen hatte.

Er würde Sasha ein paar Fragen stellen müssen.
Wahrscheinlich würde er keine Antworten bekommen, aber er
musste es wenigstens versuchen.

Leo trocknete sich ab und zog sich an.

Als er in die Küche kam, war Olivia gerade Duschen gegangen.

Sasha und AJ saßen in der Küche und unterhielten sich.

»Guten Morgen.« Leo ging zur Kaffeemaschine.

»Alles gut?«, fragte AJ. »Sasha hat mir erzählt, was passiert ist.«

»Ja, alles okay.« Aber er wusste, dass er ihnen nichts vorzumachen brauchte. Er goss sich einen Kaffee ein, dann drehte er sich zu ihnen um. »Olivia hat gestern im Traum Deutsch geredet.«

Sasha sah ihn an. »Hat sie es gemerkt, als sie aufgewacht ist?«

»Nein.« Er trank einen Schluck. »Aber ich werde es ihr erzählen.«

»Nein, bloß nicht.«

Diese Reaktion hatte Leo kommen sehen.

Er lauschte einen Moment, ob das Wasser noch durch die Leitungen lief und senkte die Stimme. »Daher kennst du sie, stimmt's? Aus Deutschland.«

Sasha und AJ wechselten Blicke.

»Aus der Schule. Es war ein Internat, oder? Und zwar eins von der Sorte, in dem sich die Schüler in der Nacht heimlich in die Bibliothek stehlen, um dort Alkohol zu trinken oder zu knutschen. Hab ich recht?«

»Was hat sie dir davon erzählt?«, fragte Sasha.

Nicht viel, aber du hast mir eben bestätigt, dass meine Vermutung stimmt.

»Als du ihr gesagt hast, dass du mit einer Olivia zur Schule gegangen bist, an die sie dich erinnert, hast du sie gemeint. Ihr seid auf dieselbe Schule gegangen.« Leo stellte die Tasse ab und blickte nun zu AJ. »Und dein Vater war Botschafter in Deutschland. Warst du vielleicht auch dort?«

»Leo«, sagte AJ schwer, »glaub mir, wenn ich sage, dass du da lieber nicht weiter nachforschen willst.«

Doch Leo schüttelte den Kopf. »Nein, da liegst du falsch. Die Frau bedeutet mir viel, und um sie beschützen zu können, muss ich wissen, wer hinter ihr her ist.«

Sasha hob das Kinn an. »Du glaubst also nicht mehr, dass die Kugel für dich bestimmt war?«

»Ich weiß es nicht, aber ich werde es herausfinden.«

Mit der Kaffeetasse in der Hand ging er zur Treppe. Er wollte jede verbleibende Sekunde mit Olivia verbringen.

»Leo?«

Er wandte sich um.

»Sei vorsichtig«, riet Sasha, bevor sie in den Beobachtungsraum hinunterging.

Als Sasha weg war, trat AJ einen Schritt auf ihn zu. »Sie kann deine Liebe nicht erwidern«, warnte er ihn.

Handelte es sich um Liebe?

Er saß wirklich in der Patsche. »Da irrst du dich.«

»Tu ich nicht.«

»Du unterschätzt sie«, gab Leo zurück.

AJ schüttelte den Kopf. »Niemand in diesem Haus unterschätzt Olivia, das kannst du mir glauben.«

KAPITEL 19

»Wir gehen so lange raus, bis wir ganz durchgefroren sind, und dann wärmen wir uns gegenseitig auf.« Olivia zog die Augenbrauen hoch und leckte sich über die Lippen, um Leo wissen zu lassen, welche Art von Aufwärmen sie im Sinn hatte.

»Willst du mich mit Schneebällen bewerfen?« Leo saß auf der Bettkante und zog sich ein Paar warme Socken an.

»Ich bin nicht mehr zwölf.«

»Das war keine Antwort auf meine Frage.«

Sie verließ sein Zimmer. »In fünf Minuten unten.«

Dieser Tag fühlte sich verdammt gut an. Und das, obwohl sie kaum geschlafen hatte. Sie sprühte förmlich vor Energie. Und da die Wolken nach noch mehr Schnee aussahen, war jetzt die beste Zeit, um rauszugehen.

Sie zog die warmen Klamotten an, die Sasha nebst Skihose und einem wasserdichten Anorak für sie in Durango gekauft hatte, dann band sie sich einen dicken Schal um und zog ihre Wollmütze über die Ohren. Als Letztes schnappte sie sich noch die Handschuhe und ging dick eingepackt nach unten.

»Bringt Feuerholz mit, wenn ihr wieder reinkommt«, rief Lars von seinem Sessel vor dem Kamin aus.

»Ist es dir draußen zu kalt?«, fragte sie.

»Ich schließe mich da Pams Meinung an. Schnee ist nur toll, wenn man gemütlich im Warmen sitzt und rausschaut.«

Olivia zog alle Reißverschlüsse zu, um gegen die Kälte gewappnet zu sein, dann öffnete sie die Tür. »Du verpasst was.«

Aber Lars winkte nur ab.

Endlich draußen, blieb sie auf der Veranda stehen, schloss die Augen und atmete tief ein. Die Kälte ließ ihr Gesicht prickeln und die Lungen freuten sich über die klare Luft. Olivia wurde sich bewusst, dass sie Schnee liebte. Den Geruch, die weiche Beschaffenheit. Schnee ließ alles ruhig werden, die Natur, die Menschen.

Die Haustür ging auf und wurde wieder geschlossen. »Frisch hier draußen«, stellte Leo fest, als er zu ihr kam und sie von hinten umarmte.

»Es ist wunderschön.«

»Also, mein Schneehäschen, was willst du machen?«

»Lass uns erst ein bisschen laufen. Frische Spuren in den Schnee treten.«

»Und was ist mit Schneebällen?«

Sie blickte ihn über die Schulter hinweg an. »Da scheint jemand große Angst vor Schneebällen zu haben.«

Er griff mit seiner behandschuhten Hand nach ihrer. Seine Hand zu halten, fühlte sich mittlerweile gar nicht mehr komisch an. Im Gegenteil.

Ihre Stiefel waren für kniehohen Schnee perfekt geeignet. »Sasha und die anderen haben echt für alles gesorgt«, sagte sie.

»Ja. Ihr seid viel besser als die Marshals.«

»Meinst du das Zeugenschutzprogramm?«

»Ja. Man ist damit natürlich schon in Sicherheit, aber die Unterkunft, die man vorübergehend zur Verfügung gestellt bekommt, wäre sicher nicht so schön wie diese hier.«

Sie stellte sich ein Haus in irgendeiner Trabantenstadt mitten im Nirgendwo vor. »Wie wird so etwas langfristig gelöst?«

Sie liefen einen Pfad entlang, dessen Konturen im tiefen Schnee kaum noch zu sehen waren.

»Ich arbeite nicht direkt mit den Marshals zusammen, die für langfristige Lösungen des Zeugenschutzprogramms zuständig sind. Sie verschaffen den Zeugen eine neue Identität, ein neues Zuhause, und sorgen dafür, dass die Person wieder einen Job findet, damit sie auch dann gut über die Runden kommt, wenn von der Bundesbehörde kein Geld mehr fließt.«

»Das heißt also, dass irgendwann nicht mehr alles bezahlt wird?«

»Jeder Fall ist anders, aber ja, meistens ist es so.«

»Das heißt, Marie wird auch irgendwann auf sich allein gestellt sein?«

Leo blickte sie an. »Der Fall aus Las Vegas?«

»Ja.«

»Woher weißt du ihren Namen?«

Olivia schüttelte den Kopf. »Irgendwer von euch hat ihn mal erwähnt, kurz nachdem wir angekommen sind.« Allerdings erinnerte sie sich jetzt nicht mehr, wer es gesagt hatte oder in welchem Kontext es gewesen war.

»Marie wird es gut gehen.«

»Hoffentlich. Sie ist so jung, dass sie noch ein erfülltes Leben haben kann, trotz allem, was sie durchgemacht hat.« Olivia entdeckte einen tief hängenden Ast voller Schnee und grinste.

»Wer hat dir von dem Fall erzählt?«

Olivia zuckte mit den Achseln, zu sehr mit der Planung ihres Streichs beschäftigt. »Was ist das denn?« Sie zeigte auf den Boden unterhalb des Astes, dann ließ sie Leos Hand los. Während er schaute, ging sie an ihm vorbei.

»Was denn?«, fragte Leo, als er an der Stelle war.

»Ich glaube eine Tierspur. Vielleicht von einem Reh oder einem anderen Tier mit langen Beinen.«

Er zeigte in den Wald. »Da hinten sind noch andere.«

Und als sie sich umdrehte, um dorthin zu schauen, langte Leo nach oben und zog an dem Ast, sodass der ganze Schnee auf Olivia hinabfiel.

»Aaaah!«

»Von wegen Tierspuren. Ich habe dich genau durchschaut und werde dir gleich …«

Sie ließ ihm keine Gelegenheit, seinen Satz zu beenden. Denn schon hatte sie mit beiden Händen Schnee vom Boden aufgehoben und warf Leo das weiße Pulver ins Gesicht. Der Schnee blieb an seinen zwei Tage alten Bartstoppeln hängen, was ihn wie den Weihnachtsmann aussehen ließ.

Sie lachte schallend auf.

»Oh, das wirst du mir büßen«, drohte er ihr lachend, während er so viel Schnee aufnahm, wie in eine große Baggerschaufel gepasst hätte.

Sie schaffte es, seiner ersten Attacke auszuweichen, und versuchte, schnell von ihm wegzurennen, was bei einem halben Meter Neuschnee eine große Herausforderung war. Während des Laufens formte sie kleine Kugeln aus Schnee und bewarf Leo damit.

Doch er hatte ebenfalls für Munition gesorgt.

Hinter einem Baum ging sie in Deckung. »Weißt du, was der Unterschied zwischen dir und mir ist?«

»Was denn?«, fragte Leo nicht sehr weit entfernt von ihr.

»Im Gegensatz zu dir habe ich keine Angst davor, getroffen zu werden.«

Mit drei Schneebällen, bereit zum Abwurf, trat sie hinter dem Baum hervor.

Aber sie entdeckte ihn nicht.

Dafür spürte sie einen Treffer am Hintern.

Schnell drehte sie sich um und feuerte auf Leo, der lachend versuchte, in Deckung zu gehen.

Bald waren sie von ihrer Schlacht außer Atem, und ihnen war vom Herumtoben im Schnee ganz warm geworden.

Olivia kniete hinter einem Baum, während Leo mit einem ansehnlichen Vorrat an Schneebällen hinter einem anderen Stamm auf sie lauerte.

Wann hatte sie das letzte Mal so eine herrliche Schneeballschlacht gemacht?

Das war während der ersten Jahre in Richter gewesen. Als das Leben noch unschuldig gewesen war. Die Erinnerung daran entlockte ihr ein Lächeln.

Und plötzlich hielt sie mitten in der Bewegung inne.

Richter.

Sie sah Bilder vor sich, Erinnerungen. Schneebälle. Heimliches Knutschen im Regalraum.

Worte in anderen Sprachen, die ihr bis zu diesem Moment fremd gewesen waren.

Richter.

Das Internat, das sie zu der gemacht hatte, die sie war.

Die Schule, die ihr ein normales Leben unmöglich gemacht hatte.

Ein Leben, in dem es unbeschwerte Schneeballschlachten gab und man einfach herumalbern konnte.

Plötzlich war alles wieder da. Jedes Detail ihrer Vergangenheit.

Wie hatte sie das nicht sehen können, wenn doch alles direkt vor ihr gelegen hatte?

Mit Sasha war sie in ein paar Fächern zusammen unterrichtet worden, hatte sie aber kaum gekannt, bis sie in Amelias Apartment gegeneinander gekämpft hatten. Und jetzt wusste sie auch wieder, dass AJ Amelias Bruder war. Sie kannte sie alle, Neil, Isaac, Lars …

Alle hatten die ganze Zeit über gewusst, wer sie war. Und keiner hatte etwas gesagt.

Olivia blickte zum Himmel, in die fallenden Schneeflocken.

Hier war sie nicht sicher.

Oder vielmehr, die anderen waren in ihrer Nähe nicht sicher.

Ihr wurde übel.

Bloß weg von hier.

Ich muss von hier verschwinden.

Schnell abhauen.

Die Gedanken überschlugen sich, ihr Herz pochte. Sie musste fliehen, aber erst brauchte sie einen Plan.

Einen Plan, der sich jetzt in ihrem Kopf zu formen begann.

»Du hast keine Chance, Hübsche«, rief Leo fröhlich hinter einem Baum hervor.

Olivia spürte Tränen aufsteigen, ein Zerren in der Brust. Dann räusperte sie sich und sagte mit gespielter Fröhlichkeit: »Ganz im Gegenteil, Mr FBI. Ich bin bereit für den Kampf.«

Es tat so weh.

Sie warf sich eine Handvoll Schnee ins Gesicht. Die Kälte half ihr, bei klarem Verstand zu bleiben.

Während sie die Schneebälle aufnahm, vertrieb sie die Gedanken an die Menschen, auf die sie früher ihre Waffe gerichtet hatte, und trat hinter dem Baum hervor.

* * *

Polternd kamen sie in den Vorraum zurück und brachten Schnee ins Haus.

Den Kampf hatten sie als unentschieden gewertet, und nachdem es wieder kräftig zu schneien begonnen hatte, waren sie zurückgegangen.

Sie halfen sich gegenseitig aus den dicken Klamotten.

Während Leo seine Jacke achtlos zur Seite warf, hängte Olivia ihre Sachen fein säuberlich auf, damit sie schneller trockneten.

»Jetzt können wir uns endlich dem gegenseitigen Aufwärmen widmen«, raunte er ihr ins Ohr und küsste ihren Hals.

»Superidee«, sagte sie. »Meine Dusche ist größer als deine.« Nach dieser Einladung folgte er ihr hinauf, um mit ihr in ihrem Zimmer zu verschwinden.

»Habt ihr an mein Feuerholz gedacht?«, fragte Lars von seinem Sessel aus, in dem er schon seit dem Frühstück saß.

»Nein, aber ein bisschen Bewegung schadet dir nicht«, meinte Olivia, während sie an ihm vorbeiging.

Leo machte eine Geste, die bedeuten sollte, dass er ihr recht gab.

Widerwillig erhob sich Lars.

Als sie in ihrem Zimmer waren, zog Leo sie in seine Arme.

Jetzt klapperten ihre Zähne. »Du frierst«, stellte er nach einem kurzen Kuss fest.

»Ja, mir ist eiskalt.«

Er zog ihr das Shirt aus, dann sein eigenes.

Sie stiegen in die Dusche. Während ihre Berührungen in der vorigen Nacht langsam und genießerisch gewesen waren, sorgte nun die Energie der Schneeballschlacht für ein anderes Tempo. Als das warme Wasser auf sie herabfloss, ging Olivia auf die Knie und nahm Leos Schwanz in den Mund.

Noch nie war er als erwachsener Mann so schnell zu dem Punkt gekommen, an dem es kein Zurück mehr gab.

Er versuchte, sich ihr zu entziehen. Aber Olivia wollte nichts davon wissen und machte einfach weiter.

Da ihr Kondomvorrat zur Neige ging, gab er nach.

Und als er sie davor warnte, dass er gleich kommen werde, machte sie weiter, und schon verlor er den Verstand.

Sie blickte nach oben und grinste ihn an.

»Du bist wohl mächtig stolz auf dich, was?«, fragte er mit demselben Wortlaut, den sie letzte Nacht verwendet hatte.

»Jawohl, Sir, das bin ich.«

Emotionen durchfluteten ihn, die gefährlich intensiv waren.

Er half ihr nach oben und küsste sie innig. Dann nahm er das Duschgel und seifte sie ein. Als er sie zwischen den Beinen berührte, stöhnte sie auf. Er drückte sie gegen die Wand und half ihr, das Bein auf die Duschbank zu stellen, damit er besser an sie herankam.

Er spürte ihre Hände auf seinem Kopf, während er ihre Lust vergrößerte. Er fand alle Stellen, die sie zum Beben brachten, und als sie immer schneller atmete, saugte er so lange an ihr, bis sie seinen Namen rief.

Später, als sie in Handtücher gewickelt im dampfenden Bad standen, zog er Olivia an sich und küsste sie innig.

»Wofür war der denn?«, fragte sie, als er sie wieder losließ.

»Es war ein Versprechen«, antwortete er.

Wieder einmal blinzelte sie in schneller Folge. »Was für ein Versprechen?«

»Das Versprechen, dass ich dir immer zeigen werde, wie ich mich in deiner Gegenwart fühle.«

Erneutes Blinzeln. »Ich … ja, das war deutlich.«

Er lächelte sie an. »Was genau meine Absicht war. Hiermit hast du also mein Wort.« Damit gab er ihr einen kurzen Schmatzer.

Olivia seufzte und unterdrückte nun ein Gähnen. »Also, Mr Versprechen, ich schicke dich jetzt aus meinem Zimmer, weil ich ein Nickerchen machen will. Letzte Nacht hat mich nämlich ein gewisser Jemand vom Schlafen abgehalten.«

»Ich könnte auch ein kleines Nickerchen vertragen.«

Lachend drehte sie sich wieder zum Spiegel und bürstete sich die Haare. »Wenn du in meinem Zimmer bleibst, kommen wir wieder nicht dazu.«

»Da magst du wohl recht haben.«

Leo sammelte seine Klamotten vom Boden auf und ging, um Olivia eine kleine Pause zu gönnen.

Zum Abschied gab sie ihm einen Klaps auf den Hintern.

Kapitel 20

Während der ersten zwanzig Minuten lag Olivia mit angezogenen Beinen auf der Seite, den Kopf auf den Knien.

Sie wusste, dass dies ihre letzten friedlichen Minuten sein würden.

Während sie dalag, ging sie im Kopf ihre Flucht durch. Sie hatte jetzt keine Zeit, die letzten zwei Monate Revue passieren zu lassen. Dafür wäre später noch genug Gelegenheit.

Vorausgesetzt, der Mann, der versucht hatte, sie zu beseitigen, kam nicht zurück, um sein Vorhaben zu Ende zu bringen.

Aber dass er es erneut versuchen würde, stand eigentlich fest. Weshalb sie nie ein normales Leben würde führen können. Niemals.

Sie durfte keine Freunde haben. Sonst passierte wieder das Gleiche wie damals, als sie sich mit Amelia angefreundet hatte. AJs Schwester war der einzige Mensch gewesen, den Olivia als Freundin ins Herz geschlossen hatte. Und jetzt war sie tot.

Ein Schicksal, das allen hier im Haus widerfahren könnte.

Zu allem Überfluss gab es jetzt auch noch Leo. Verdammt, wie viel hatten ihm die anderen erzählt?

Hoffentlich nicht alles. Aber wenn doch? Vielleicht war Leo ein Doppelagent, der alles daransetzte, sie von der Straße fernzuhalten. Der dafür sorgte, dass sonst niemand verletzt wurde.

Diesen Gedanken verwarf sie so schnell wieder, wie er gekommen war.

Wenn er gewusst hätte, wer sie wirklich war, hätte er sich sicher nicht mit ihr eingelassen. Er wäre nicht mit ihr ins Bett gestiegen und hätte erst recht keine Gefühle für sie entwickelt.

Sie hörte noch seine Stimme, als er sie am Morgen so verzweifelt gerufen hatte, völlig aufgelöst, weil er dachte, sie sei verschwunden.

Neil musste ihn gewarnt haben. Leo wusste ganz offensichtlich, dass es nur eine Frage der Zeit war.

Olivia hätte alles dafür gegeben, eine Wahl zu haben, aber es gab einfach keinen anderen Weg.

Was bedeutete, dass Neil mit ihrem Verschwinden rechnete. Ganz ohne väterliche Lektion würde er sie allerdings sicher nicht gehen lassen.

Dabei hatte sie ihr Leben lang ohne väterlichen Rat auskommen müssen.

Hätte Neil eine Chance, würde er versuchen, es ihr auszureden.

Sasha würde mit Vernunft an sie appellieren.

AJ würde sagen, dass sich Amelia ein anderes Leben für sie gewünscht hätte.

Und Lars und Isaac …

Sie spürte eine tiefe Traurigkeit, die Tränen aufsteigen ließ. Das war auch so eine grässliche Nebenwirkung der Pistolenkugel, denn Olivia Naught weinte nie.

Weinen war nicht erlaubt.

Sie wollte keine Gefühle für diese Leute haben, denn mit Gefühlen kam das Verlangen, sie zu beschützen und Rache für sie zu üben.

Und dann war da noch Leo. An ihn wollte sie gar nicht erst denken, denn jetzt schon merkte sie, wie das Loch in ihrem

Inneren immer größer wurde und drohte, sie zu verzehren. Jetzt war keine Zeit für solche Sentimentalitäten.

Olivia stand vom Bett auf und sah sich im Zimmer um.

Sie wusste von den Mikrofonen und den Kameras im Flur. Bisher war es ihr aber nicht in den Sinn gekommen, in ihrem Zimmer danach zu suchen.

Das tat sie jetzt.

Mit Erleichterung stellte sie fest, dass die Leute, die auf sie aufgepasst hatten, ihre Privatsphäre gewahrt hatten. Sie konnte sie also verschonen.

Sie zog die Schublade ihrer Kommode auf, um zu packen.

Sasha hatte ganz offensichtlich nicht nur für Amnesie-Olivia eingekauft. Sie hatte Richter-Olivia auch perfekt für die Flucht ausgestattet. Die dunkle Mütze und der dunkle Schal hingen noch zum Trocknen im Vorraum, aber dasselbe Set strahlte ihr in Weiß aus der Schublade entgegen – perfekt geeignet zur Tarnung im Schnee. Schwarz war sicher für eine Wetterlage ohne Schnee gedacht gewesen. Es gab genügend Kleidung, um vor Wind und Kälte geschützt zu sein. Olivia nahm heraus, was sie brauchte. Den Rest, der unten im Vorraum hing, würde sie auf dem Weg nach draußen holen.

Sie zog sich wie sonst auch, seit sie in Colorado war, warme, bequeme Kleidung an. Als ihr Blick aufs Bett fiel, dachte sie wieder an die Albträume, die sie darin gehabt hatte. Bilder aus der Hölle, in der sie seit Jahren lebte. Die bösen Träume verfolgten sie, seit sie das erste Mal jemandem eine Kugel in den Kopf gejagt hatte.

Die Hölle war ihr Gefängnis, ihre nächtliche Erinnerung an das Böse, das die ganze Zeit über in ihr geschlummert hatte.

* * *

Das Feuer war fast runtergebrannt. Es hatte aufgehört, zu schneien. Jeder ging seiner abendlichen Routine nach. Isaac war in seinem Zimmer und ruhte sich vor seiner nächsten Schicht aus, Lars saß im Beobachtungsraum und AJ und Sasha hatten es sich auf dem Sofa gemütlich gemacht.

Auch Olivia saß jetzt wieder im Wohnzimmer und hatte nach Leos Aufforderung die Beine auf seinen Schoß gelegt.

Amnesie-Olivia ließ sich von ihm sehr gerne den bestrumpften Fußrücken massieren, während er sich mit einem von Isaacs Kreuzworträtseln befasste.

Sie hatte Leos Laptop auf dem Schoß. Der Bildschirm war so gedreht, dass niemand sehen konnte, was sie machte.

»Ist dir sonst noch was eingefallen?«, fragte AJ.

Olivia zeigte ein Lächeln. »Eingefallen nicht, aber *auf*gefallen. Nämlich, dass sich Leo auf dem Ding hier zu viele Pornos anschaut.«

Leo unterbrach die Massage und beugte sich zum Bildschirm hinüber: »Tu ich gar nicht!«

Jetzt war ihr Lachen echt. »Erwischt.«

»Einer Frau deinen Computer zu geben, ist dasselbe, wie ihr den Haustürschlüssel auszuhändigen«, warnte AJ.

»Aber an seiner Zimmertür ist gar kein Schloss. Und selbst wenn, bräuchte ich keinen Schlüssel«, entgegnete Olivia.

»Ach ja?« Sasha warf ihr einen misstrauischen Blick zu. Jetzt erst wurde Olivia klar, wie oft sie in den letzten zwei Monaten genau diesen Blick bei Sasha gesehen hatte. Wahrscheinlich war sie stets auf der Hut vor diesem Moment gewesen, in dem Olivia mehr wusste, als sie zugab.

»Ja. Nichts öffnet dir eine Tür schneller, als einem Mann zu sagen, dass du nackt auf der anderen Seite stehst.«

Leo gab ein Schnurren von sich.

»Siehst du?«

Da wandte sich Sasha wieder entspannt dem Feuer zu.

Und Olivia arbeitete weiter an Leos Computer. Sie setzte Tracker und Hacks – Werkzeuge, mit deren Hilfe sie sich Zugang zu seinem Computer verschaffen und seine Nachrichten lesen konnte. Dass sie ihn hintergehen musste, gefiel ihr gar nicht, aber es gab keine Alternative. Es diente ihrem Schutz. Und im Fall der Fälle auch seinem.

»Wann kommt Neil eigentlich wieder?«, fragte Olivia beiläufig.

»Sein Pilot meinte, morgen könne man wieder fliegen.«

Das hatte sie sich schon gedacht. »Seid ihr dem Typen, der auf mich geschossen hat, schon nähergekommen?« Die Frage diente lediglich dem Zweck, den anderen zu sagen: »Schaut, ich weiß immer noch nicht, wer ich bin. Ich bin auf eure Hilfe angewiesen.«

»Wir werden ihn finden«, versicherte ihr Leo.

Nein, *sie* würden das nicht.

Aber Olivia.

»Sicher wollt ihr spätestens an Weihnachten alle wieder zu eurem normalen Leben zurückkehren.«

»Du erinnerst dich mit jedem Tag ja schon ein Stückchen mehr«, meinte Leo zuversichtlich.

»Hoffen wir's.«

»Hast du schon mehr Ahnung, was das Waffentraining betrifft? Woher und warum du dieses Wissen hast?«, fragte AJ.

Sasha legte den Kopf schief, behielt aber die Hände auf dem Schoß und blickte scheinbar gelassen weiter ins Feuer.

Doch sie konnte Olivia nichts vormachen. Sasha hörte äußerst aufmerksam zu.

»Nein.« Olivia hatte ihre Arbeit jetzt beendet und klappte den Laptop zu. »Ach, es ist reine Zeitverschwendung«, sagte sie zu ihm und gab Leo den Computer zurück.

»Es wird dir schon wieder einfallen«, versicherte er erneut.

Sie sah auf die Uhr und zählte die verbleibenden Minuten.

Bald darauf flackerte das elektrische Licht, dann erlosch es vollständig und alle seufzten gleichzeitig auf. Das Wohnzimmer war jetzt nur noch vom Feuerschein erhellt.

»Das war zu erwarten«, meinte AJ.

Leo setzte Olivias Füße behutsam auf dem Boden ab und stand auf. »Na, dann wollen wir mal den Generator anwerfen«, verkündete er.

AJ verstand dies als Aufforderung und erhob sich ebenfalls.

Olivia blickte Leo nach, während er den Raum verließ. Er war ein guter Mensch und hatte wirklich etwas Besseres verdient.

»Alles gut bei dir?«, fragte Sasha.

Olivia bemühte sich um einen sanftmütigen Gesichtsausdruck. »Leo hat Gefühle für mich«, sagte sie, denn Amnesie-Olivia wäre offen für ein Gespräch dieser Art gewesen und hätte so etwas ganz aufrichtig gesagt.

»Und wie ist das bei dir?«

Jetzt begann in ihrem Kopf ein Widerstreit zwischen Amnesie-Olivia und Richter-Olivia. »Ich kann das nicht zulassen, solange ich nicht weiß, wer ich bin. Es wäre ihm gegenüber nicht fair.«

»Er wird für dich da sein, wenn es so weit ist.«

»Und bis dahin müssen wir den Kondomvorrat aufstocken. Mr FBI ist nämlich mit einem größeren Kaliber bewaffnet.«

Sasha summte. »Freut mich, zu hören.«

»Ja, mich freut das auch.«

* * *

»Ich werfe dich heute raus, bevor du einschläfst«, warnte Olivia.

Sie lagen eng umschlungen und waren noch ganz außer Atem.

»Und warum?« Er streichelte ihr sanft über den Arm und brummte genießerisch, während sie seine Brust kraulte.

»Ich bin erledigt.«

Er gluckste. »Das hoffe ich doch.«

»Ich meine, ich bin *müde*«, erklärte sie. »Wenn du hierbleibst, komme ich in Versuchung, mich wieder auf dich zu rollen. Außerdem haben wir keine Kondome mehr in deiner Größe, Mr Riesenkaliber.«

Er hatte auch keinen eigenen Vorrat mitgebracht, als er ins Flugzeug nach Colorado gestiegen war. »Wobei ich dir doch schon gezeigt habe, dass ich durchaus andere Möglichkeiten kenne, dir eine Freude zu bereiten.«

»Oh ja«, seufzte sie. »Aber …«, und jetzt hob sie den Kopf von seiner Brust und sah ihn an, »ich muss zugeben, dass ich heute echt erschöpft bin. Ich bin für solche Sexmarathons noch nicht trainiert genug.«

Um ihre Worte zu unterstreichen, gähnte sie hinter vorgehaltener Hand und kuschelte sich noch einmal in seinen Arm.

»Na gut, ich habe verstanden«, sagte er ergeben.

Sie seufzte. »Ich schicke Sasha morgen in den Drogeriemarkt.«

Leo küsste sie auf den Scheitel. »Ich finde es sehr gut, wenn sich eine Frau darum kümmert, dass ihre Bedürfnisse erfüllt werden.«

Ihre Wimpern kitzelten auf seiner Brust.

Nach zwanzig Minuten wurden ihre Atemzüge gleichmäßig.

Er wollte wirklich nicht von ihrer Seite weichen, doch schließlich überwand er sich, schälte sich aus dem Bett und lächelte zufrieden, als sich Olivias Hand, die gerade noch auf seiner Brust gelegen hatte, auf dem leeren Platz zu einer Faust ballte.

»Gute Nacht«, flüsterte er, bevor er leise das Zimmer verließ.

* * *

Olivia stopfte die Faust in den Mund, um keinen Laut von sich zu geben.

Emotionen, die sie bisher zu vermeiden gewusst hatte, drohten sie zu überwältigen, zu verzehren. Wie die Höllenlandschaft ihrer Träume.

Sie lag hellwach auf dem Bett und wartete.

Es vergingen ein paar Stunden, bis der Schichtwechsel im Beobachtungsraum stattfand. Sie wartete, bis Lars genug Zeit zum Einschlafen gehabt und Isaac es sich vor den Bildschirmen eingerichtet hatte.

Nun konnte sie mit ihren Vorbereitungen beginnen.

Sie zog sich mehrere Kleiderschichten an und darüber den Bademantel.

Ein letzter Blick aufs Bett, ein letzter Gedanke an die schönen Stunden mit Leo darin. Dann verließ sie die Privatsphäre ihres Zimmers und trat in den Flur zu den vielen Kameras hinaus, wo sie gesehen werden konnte.

Sie tappte nach unten in die Küche, wie sie es so oft gemacht hatte, und ging zum Kühlschrank. Dort goss sie sich ein Glas Milch ein. Damit lief sie ins Wohnzimmer, wo sie die Fernbedienung des Fernsehers nahm, der noch nie angeschaltet worden war.

Für den Fall, dass sie beobachtet wurde, schüttelte sie den Kopf, dann legte sie die Fernbedienung wieder weg. Fünf … vier … drei …

Als der Generator ausging, war sie schon an der Treppe, die nach unten führte.

Bevor Isaac die Möglichkeit hatte, über den Ausfall zu fluchen, stand sie schon vor ihm und hatte sich des Bademantels entledigt, der nun an ihrem Finger baumelte.

»Hallo, Isaac.«

Ihm war sofort klar, was los war.

Nämlich, dass nun Richter-Olivia vor ihm stand, gekleidet wie eine Einbrecherin. Sie ließ den Bademantel fallen und band sich mit einer schnellen Bewegung die Haare hoch.

Abgesehen von dem roten Notfalllicht, das den Raum spärlich beleuchtete, war es dunkel. Die stromlosen Bildschirme lagen schwarz vor ihnen.

»Das muss doch nicht sein.«

»Mach es mir bitte nicht schwerer als nötig.« Sie deutete ihm an, aufzustehen.

»Olivia … wir …«

»Schweig.«

Er wusste, dass es keinen Sinn hätte. Also erhob er sich ergeben.

»Dreh dich um.«

»Ach komm, Olivia. Das muss doch nicht sein, ich lasse dich auch so gehen. Du brauchst mich nicht zu fesseln.«

Trotzdem lag er keine zwei Minuten später gefesselt und geknebelt auf dem Sofa. Diesmal hatte sie tatsächlich mehr Gewissensbisse als damals bei Lars, aber irgendwer würde den Ausfall des Generators sicher bald bemerken und herunterkommen.

»Es tut mir wirklich leid«, sagte sie, was er nur mit einem Augenrollen kommentieren konnte.

Sie öffnete die Schranktüren und fand, was sie brauchte. Für ihre Reise bis zu der Stelle, wo sie ihre Sachen deponiert hatte, steckte sie zwei Waffen ein.

Weiter hinten im Schrank entdeckte sie auch ihre Tasche, die sie in Las Vegas im Lüftungsschacht des Hotelzimmers versteckt hatte. Sie warf einen kurzen Blick hinein, fand ihre gefälschten Ausweise und zwei Perücken. Außerdem waren Geldbündel von Hundertdollarscheinen und Euronoten darin.

Und dann war da noch ein Umschlag in der Tasche, auf dem ihr Name stand.

Ein Brief von Neil.

Nur hatte sie jetzt wirklich etwas Besseres zu tun, als Briefchen zu lesen.

Sie zog die Tasche auf die Schulter und blickte auf ihre Armbanduhr.

»Sag ihm, dass er mich nicht suchen soll«, wies sie Isaac an. Als kleine Entschuldigung für die Fesseln gab sie ihm noch einen Kuss auf die Stirn, bevor sie ging.

Im Vorraum schlüpfte sie in die immer noch feuchte Skihose und den Anorak, dann eilte sie zur Garage. Dort stand ein Motorrad, doch damit im Schnee zu fahren, wäre einem Selbstmord gleichgekommen. Daneben warteten ein Jeep und ein Pick-up-Truck.

Olivia zog am Motorrad und am Pick-up ein paar Kabel heraus, um sich einen Vorsprung zu verschaffen. Dann öffnete sie das Garagentor und startete den Jeep.

An einem der Fenster im oberen Stock sah sie eine Bewegung. Jemand beobachtete sie.

Sasha.

Alle anderen hätten sicher Alarm geschlagen.

Olivia schenkte den nutzlosen Tränen, zu denen sie früher nicht fähig gewesen wäre, keine Beachtung, während die Silhouette der vom Mond beleuchteten Blockhütte in der Ferne verschwand.

KAPITEL 21

Sie ist weg.

Das waren die Worte, mit denen Sasha ihn geweckt hatte.

Er war aufgesprungen und sofort in Olivias Zimmer gestürzt. Das Bett war ungemacht, sonst sah das Zimmer aus wie immer.

Und obwohl Sasha ihm sagte, dass die Suche nach Olivia nur Energieverschwendung sein würde, war er trotzdem mit AJ in den Pick-up gesprungen, nachdem sie wieder alle Kabel verbunden hatten.

Sie folgten dem Peilsender, den Neil am Jeep angebracht hatte.

In Durango fanden sie den Wagen. Natürlich ohne Olivia.

Auf dem Fahrersitz lagen drei Minisender, die sie vom Skianorak, von ihrer Tasche und von der Waffe entfernt hatte.

»Sie hat alles gefunden«, stellte AJ fest.

Stunden später stand Leo nun vor ihrem Bett und las die einzige Nachricht, die sie hinterlassen hatte.

Danke!

Sonst nichts. Ein Wort, das sich an alle richtete. Die anderen schienen sich damit zu begnügen.

Verdammt!

Für ihn war es nicht genug.

Er hätte in ihrem Bett bleiben sollen, dann wäre sie jetzt noch da gewesen.

Die anderen ließen ihn in Ruhe.

Während Leo versuchte, zu verarbeiten, was geschehen war, räumte der Rest der Crew alles zusammen und bereitete die Abreise vor. Sie bauten die Kameras ab, die Mikrofone, die Sensoren, die Alarmanlage.

Jetzt hörte er Neils schwere Schritte auf der Treppe.

»Wann bist du angekommen?«, fragte Leo.

»Gerade eben.«

Leo fiel es schwer, zu sprechen. »Wo ist sie hin?«

»Ich weiß es nicht.«

»Wirst du nach ihr suchen?«

»Ich halte die Augen auf, aber sie aktiv zu suchen, wäre reine Zeit- und Geldverschwendung.«

Leo schüttelte den Kopf und zog die Schubladen ihrer Kommode auf. Er nahm eines von den wenigen Kleidungsstücken, die sich noch darin befanden, heraus und schüttelte es aus. »Ach, das ist doch Blödsinn. Kein Mensch kann einfach so verschwinden.«

»Olivia schon.«

Neil klang, als hätte er die Weisheit mit Löffeln gefressen, was Leo gewaltig auf den Nerv ging.

Plötzlich wurde ihm so einiges klar. »Komm mir nicht mit diesem Mist. Alles, was hier stattgefunden hat, war nur Scharade. Es hatte nie damit zu tun, dass ihr den Täter davon abhalten wolltet, wieder auf mich oder sie zu schießen, stimmt's?«

Neil zuckte nicht einmal mit der Wimper, als Leo ihn so voller Rage anschrie. »Doch, anfangs schon.«

»Und wann seid ihr darauf gekommen, dass es keine Bedrohung gab?«

»Nach ungefähr zwei Wochen.«

Leos Nasenflügel blähten sich mit jedem beherrschten Atemzug in einer Luft, in der es keine Olivia mehr gab.

»Ich habe dir gesagt, dass sie hier ist, um sich zu erholen. Daran hat sich nie etwas geändert.«

Leo musterte Neils Gesicht. »Warum ich? Warum habt ihr mich hierbehalten?«

So wie Neils Augen aufblitzten, war Leo gespannt auf die Antwort.

»Du hast einem anderen Zweck gedient.«

Jetzt hatte Leo die Nase endgültig voll von Neils kryptischem Geschwätz. »Verdammt noch mal, rede gefälligst, MacBain! Sonst muss ich nachhelfen, wenn du nicht von allein den Mund aufkriegst.«

Als Neils Lippen weiterhin verschlossen blieben, ballte Leo die rechte Hand zur Faust.

»Um Olivia zu beweisen, dass sie noch ein Herz hat und sich das Leben lohnt.«

Über Neils Schulter hinweg sah Leo jetzt Sasha im Flur.

»Was?« Leos Kampfeslust verflog.

Neil entspannte die Schultern.

»Olivias Leben ist schon seit Jahren kaputt. Das hier ...«, sagte Sasha mit einer ausladenden Geste, »hat ihr gezeigt, dass auch ein anderes Leben möglich sein könnte. Was ihr beide aneinander gefunden habt ... na ja, es steht mir nicht zu, das zu definieren. Jedenfalls ist die Olivia, die wir hier erlebt haben, nicht dieselbe Frau, die du in Las Vegas kennengelernt hast. Nach der Erfahrung, die sie hier gemacht hat, erkennt sie vielleicht, dass es eine Alternative gibt.«

»Wenn das so wäre, warum ist sie dann abgehauen?«

»Weil es ihre natürliche Reaktion ist, ihr Modus Operandi. Sie hat getan, was sie immer tut.« Sashas Gesichtsausdruck sagte ihm, dass es für sie durchaus eine plausible Erklärung war. »Sie muss sich neu sortieren, wieder ihre Mitte finden.«

Dabei hätte er doch ihre Mitte sein können.

Dass sie zu seiner geworden war, stand außer Frage.

»Glaubst du, dass sie zurückkommt?«, fragte Leo.

Darauf wollte sich Sasha nicht festlegen. »Also, wenn ich sie wäre, würde ich den Täter aufspüren und herausfinden, wer ihn beauftragt hat und aus welchem Grund.«

Bei dem Gedanken, dass Olivia ganz allein nach der Person suchen würde, die auf sie geschossen hatte, wurde ihm ganz schlecht. »Und dann?«

»Das hängt davon ab, was sie herausfindet.«

Leo blickte zu Neil, der noch kein Wort dazu gesagt hatte. »Ihr glaubt, dass sie die Person beseitigt?«

Beide blieben stumm.

»Was? Ihr glaubt wirklich, dass sie ihn umbringt?«

Schweigen.

»Ach, scheiße.« Jemanden aus Notwehr zu töten, war eine Sache. Dazu waren sie schließlich alle ausgebildet worden. Aber einen Menschen zu suchen, um ihn umzubringen? Das wäre geplanter Mord, fern von jeglicher Rechtmäßigkeit. »Ich kann sie beschützen. Das FBI kann den Fall übernehmen.«

Neil schüttelte den Kopf. »Das FBI wird sie nicht beschützen, wenn ihre Identität ans Licht kommt.«

»Wer, in Gottes Namen, ist sie denn, MacBain?«

Sasha sagte etwas in einer Sprache, die Leo nicht verstand, und trat einen Schritt näher an ihn heran.

»Olivia und ich sind auf dieselbe Schule gegangen.«

»Sasha«, sagte Neil warnend.

Doch Sasha winkte ab.

»Es ist dieselbe Schule, die auch Claire besucht hat.« Sie warf Neil einen Blick zu, dann wandte sie sich wieder an Leo. »Aber das hast du mittlerweile sicher schon herausgefunden.

Richter war – beziehungsweise *ist* – ein Internat. Zu unseren Zeiten war diese militärisch ausgerichtete Schule ganz anders als heute. Manche von uns, nämlich diejenigen, die keine Eltern mehr hatten und sich als begabt erwiesen, wurden intensiver ausgebildet als der Rest. Es gab gewisse Anreize für uns, zum Beispiel, um Fremdsprachen zu lernen oder um noch versierter im Umgang mit Waffen zu werden oder um zu lernen, wie man Computercodes knackt.«

Neil verschränkte die Arme über der Brust und blickte Sasha finster an. »Warum erzählst du ihm das?«

Sasha blickte trotzig zu ihrem Chef zurück. »Weil Leo sie liebt und weil er das alles sowieso herausfinden wird. Bei seiner Suche würde er allerdings Spuren hinterlassen, die direkt zu ihr führen. Und das wollen wir doch um jeden Preis vermeiden, oder nicht?«

Dass Sasha von Liebe gesprochen hatte, kommentierte er lieber nicht. »Diese Ausbildung hat Olivia also zu einer fähigen Agentin gemacht. Dann sagt mir doch auch endlich, für welche Regierung sie arbeitet!«

Nun trat Neil einen Schritt zurück und überließ Sasha alle weiteren Erklärungen.

Sie holte tief Luft. »Für keine Regierung. Als sie die Stelle annahm, hat man ihr sicher vorgegaukelt, dass es ein ehrenwerter Job sei. Vermutlich hat man ihr gesagt, es handle sich um den britischen Geheimdienst oder um eine besondere Abteilung der CIA oder des FBI. Wenn du nachforschst, wirst du herausfinden, dass solche rechtschaffenen Organisationen in der Tat gerne Schüler aus dem Richter-Internat rekrutiert haben. Nur waren sie leider nicht die Einzigen, die es auf die Crème de la Crème abgesehen hatten. Es gab auch üble Interessenten. Solche, die sich als Wohltäter für Waisen ausgaben und diese Kinder entsprechend manipulieren konnten. Einer dieser sogenannten Wohltäter hat auch versucht, mich für seine Zwecke zu rekrutieren, als ich schon älter war. Das war sechs Jahre nach meinem Abschluss in Richter, und ich habe ganz genau verstanden, was er von mir wollte.«

Allmählich stellte sich das unklare Bild etwas schärfer. »Und was wäre das gewesen?«

»Sie wollten, dass ich alles mache, was sie sagen. Ohne Fragen zu stellen.«

»Alles?«

Sasha sah ihm direkt in die Augen. »Ja, alles. Nachforschen, spionieren, Informationen einholen …«

»Auch Leute umbringen?«, fragte er, obwohl er die Antwort eigentlich nicht hören wollte.

»Wie gesagt, *alles*, was sie verlangt hätten«, antwortete Sasha betont.

Leo trat ein paar Schritte zurück und ließ sich auf die Bettkante nieder.

»Keiner von uns weiß genau, was Olivia schon alles getan hat«, mischte sich jetzt Neil wieder ins Gespräch.

Leo kam bittere Galle hoch. »Auftragsmorde.«

»Ziemlich sicher, ja«, antwortete Sasha, ohne zu zögern.

Vor dieser Antwort hatte sich Leo gefürchtet.

Schweigen erfüllte den Raum wie dichter, schwerer Nebel.

»Vor sieben Jahren ist Olivia von dieser ›Anstellung‹ abgehauen«, erklärte Neil jetzt.

»Woher weißt du das so genau? Du hast doch gesagt, dass sie nicht fest bei dir arbeitet, sondern nur ab und zu aushilft.«

»Ihr damaliger Auftraggeber ist tot.«

Leo blickte zu Sasha. »Hat sie ihn …«

Sasha zuckte mit den Schultern, als wollte sie nichts ausschließen. »Er ist im Gefängnis gestorben. Angeblich war es Selbstmord.«

»Was du aber nicht glaubst?«

Wieder sagte Sasha ein Wort in einer fremden Sprache, die wie Russisch klang. »Wenn mich jemand zwingen würde, unschuldige Menschen zu töten, oder selbst schuldige, und mich ein Leben lang wie eine Sklavin hält, hätte ich wahrscheinlich auch nur wenig Skrupel.«

Jetzt erkannte Leo denselben entschlossenen Blick in Sashas Augen wie bei Olivia, kurz bevor sie ihn in Las Vegas zu Boden gezogen hatte.

»Aber Olivia hat durchaus gezögert«, sagte Neil. »Sie hätte vorher schon die Gelegenheit gehabt, den Mann zu beseitigen. Wir waren dabei. Sasha hat ihn zusammengeschlagen und ihm eine Kugel durch die Hand gejagt. Anschließend sollten die Mühlen der Gerechtigkeit mahlen, doch dann war der Dreckskerl schon tot, bevor der Prozess begonnen hat. Für seinen Tod könnte Olivia verantwortlich sein oder irgendwer anders, der dasselbe Schicksal erlitten hat wie sie. Oder es war ein Auftragskiller. Wir werden es nie erfahren.«

»Wir *wollen* es auch nie erfahren«, fügte Sasha Neils Rede hinzu. »Olivia hatte sich jedenfalls aus seinen Fängen befreit und ist untergetaucht. Irgendwann hat sie es gewagt, wieder mit ihrer alten Schulfreundin Amelia, AJs Schwester, Kontakt aufzunehmen.«

Langsam fügten sich in Leos Kopf alle Puzzleteile zusammen.

»Als man Amelia im Fluss fand, hat sich Olivia die Schuld für den Tod ihrer Freundin gegeben.«

Leo raufte sich die Haare. »Wenn ein unfreier Mensch abhaut, ist nicht nur sein eigenes Leben bedroht, sondern auch das seiner Familie.«

»Und diese Familie sind wir, auch wenn Olivia es nur ungern zugeben würde«, erklärte Neil. »Ich wollte, dass sie es erkennt, dass sie fühlt, schmeckt, intensiv spürt, welche Verbindung sie zu uns allen hier hat. Und sie sollte wissen, dass wir auf uns selbst aufpassen können. Und dass ein Leben in

Angst kein richtiges Leben ist. Dass es auch einen anderen Weg für sie gibt.«

»Doch dann hat jemand aus dem Nichts heraus auf sie geschossen«, sagte Leo. »Ist auf sie ein Kopfgeld ausgesetzt?«

»Das wissen wir nicht. Der Mann, in dessen Besitz sie war, ist tot. Einem anderen war sie nicht untergeordnet. Was aber nicht heißen muss, dass es nicht noch andere Leute geben könnte, die es auf sie abgesehen haben. Vielleicht hat auch jemand Wind davon bekommen und versucht jetzt, sie für sich zu gewinnen«, mutmaßte Neil.

»Wenn sie den Täter gesehen und erkannt hat, wird sie ihn finden. Wenn nicht, wird sie trotzdem davon ausgehen, dass die Kugel für sie bestimmt war, und deshalb wird sie uns und dich meiden, um uns nicht in Gefahr zu bringen«, erklärte Sasha.

»Ich kann auf mich selbst aufpassen«, erwiderte Leo so trotzig wie ein Kleinkind, das seinen Eltern sagte, es könne schon ohne fremde Hilfe Treppensteigen. In seinem Job war er stets irgendwelchen Gefahren ausgesetzt, was ihn sonst auch nicht eingeschüchtert hatte.

»Niemand hier hält sie für einen bösen Menschen, falls dich das beruhigt. Sie ist allein und verloren und sie muss sich erst einmal besinnen. Dann erst kann sie erkennen, dass das, was sie hier gefunden hat, es wert ist, dafür zu kämpfen.«

Leo blickte auf seine Hände, mit denen er nur wenige Stunden zuvor Olivias zarte Haut berührt hatte. »Das heißt, ich soll einfach nur abwarten und Tee trinken?«

»Sie wird sich melden, wenn sie so weit ist.«

Er konnte sich beim besten Willen nicht vorstellen, einfach nur zu warten und nichts zu tun. Doch sie hatten wohl recht. Egal, welche Behörde man beauftragte, sie würde so viele Informationen einholen, wie es ging, und dann feststellen, dass Olivia für ihre Taten ins Gefängnis gesteckt werden musste.

Das Versprechen, dass das FBI für ihre Sicherheit sorgen würde, konnte Leo jetzt nicht mehr geben.

»Du wirst trotzdem nach ihr suchen, stimmt's?«, erkundigte sich Neil.

»Darauf kannst du Gift nehmen.«

»Dann mach es wenigstens von meiner Einsatzzentrale aus. In meinem Team sind drei von Richters besten Computerhackern«, erklärte Neil, und mit einem Blick auf Sasha setzte er nach: »Eine davon steht hier und arbeitet umsonst für mich.«

»Sie hat Gefühle für dich«, sagte Sasha nach einem Moment des Schweigens.

»Sie ist abgehauen.«

»Was umso mehr dafür spricht, dass du ihr etwas bedeutest.«

Leo blickte von Sasha zu Neil, dankbar für das Vertrauen, das die Crew ihm entgegenbrachte. »Und was soll ich jetzt meinem Chef erzählen?«

Lachend wandte sich Sasha zum Gehen. »Wir haben uns schon was überlegt. Ich erkläre es dir im Flieger.«

* * *

»Darf ich Ihnen noch etwas Wein nachschenken?«

Olivia blickte zur Flugbegleiterin, die mit einer Flasche Chardonnay vor ihr stand. Da noch mehr als sieben Stunden Flug vor ihr lagen, würde die Wirkung des Alkohols bis zur Landung nachgelassen haben. »Ja, gern.« Sie hatte kaum geschlafen und vielleicht konnte der Wein ein bisschen nachhelfen.

Zum Glück waren die Sitze der Businessclass so angeordnet, dass Olivia genug Privatsphäre hatte.

Mit der kurzen roten Perücke und den getönten Kontaktlinsen sah sie ganz anders aus als die Frau, die vor zwei Tagen eine Schneeballschlacht gemacht hatte. Außerdem hatte sie ihren russischen Akzent ausgepackt.

Den Jeep hatte sie in Durango stehen lassen und sich in einer ruhigen Wohnstraße ein anderes Auto »geliehen«. Damit war sie nach Denver gefahren und hatte den Wagen so abgestellt, dass man ihn leicht finden und den Besitzern zurückgeben konnte. Anschließend war sie ins Flugzeug Richtung Seattle gestiegen.

Dort kaufte sie mit einem Pass, von dem Neil nichts wusste, ein weiteres Ticket und war nach einem Zwischenstopp in Chicago nun auf dem Weg nach Paris. In Frankreich würde sie sich einen Wagen besorgen und die restliche Strecke auf dem Landweg zurücklegen.

Doch jetzt hatte sie erst mal ein bisschen Zeit zum Durchatmen.

Aber selbst das tat weh.

Die Flugbegleiterin schenkte ihr Wein nach, räumte das Essenstablett ab und verschwand wieder.

Olivia hielt den Umschlag in der Hand. Ihr Name darauf war von den Tränen verlaufen, die ihr jedes Mal aufs Papier getropft waren, wenn sie sich wieder nicht hatte überwinden können, den Umschlag zu öffnen. Jetzt, da sie hoch über dem Atlantik flog, hätte sie keine Möglichkeit mehr, ihre Meinung zu ändern.

Sie trank einen großen Schluck Wein und öffnete schließlich den Brief.

> Liebe Olivia,
> wenn du diese Zeilen liest, hast du dich schon aus dem Staub gemacht. Wir sind sehr traurig, dass du das Gefühl hattest, abhauen zu müssen, aber wir haben es nicht anders erwartet. Das Team hat alles getan und wird auch weiterhin alles tun, um dir zu helfen, damit du deine Vergangenheit

*hinter dir lassen kannst. Du bist nicht allein auf
dieser Welt.*

*Ich werde dich nicht suchen, unser Freund
aber wahrscheinlich schon. Übrigens habe ich
ihm nie etwas über dich erzählt. Allerdings bin
ich sicher, dass er bis zu dem Tag, an dem du
diesen Brief in den Händen hältst, schon selbst
genug herausgefunden hat. Ich sage ihm nur so
viel, wie es für deine Sicherheit nötig ist. Nicht
mehr und nicht weniger.*

*Sollte mir zu Ohren kommen, dass eine
Gefahr für dich besteht, binde ich ein gelbes
Band an meine Haustür... also, an alle.*

*Du weißt, wie du mich kontaktieren kannst.
Nur keine Scheu.*

N

Ein dicker Kloß setzte sich in ihrem Hals fest.

All die Erinnerungen kamen zurück. Sie sah Neil vor sich,
wie er auf die Intensivstation gekommen war und sie angesehen
hatte.

»Kennen wir uns?«

»Jemanden wie mich würde man nicht vergessen.«

Trotzdem hatte sie ihn vergessen gehabt.

Nicht einmal ihr eigener Name hatte ihr etwas gesagt. Bis
zu jenem Moment, als sie knietief im Schnee gestanden hatte,
völlig außer Atem von ihrem Spiel.

Sie dachte daran, wie Sasha ihr die Kondome gegeben hatte
mit dem Kommentar, dass Olivia keine Komplikationen wolle,
wenn alles wieder vorbei sei.

Sie sah Isaac vor sich, wie er sie angefleht hatte, dass sie ihn
nicht fesseln und doch einfach so verschwinden solle ...

Lars, wie er ihr einen Drink versprach, dafür, dass er sie halb nackt gesehen hatte.

Die ganze Zeit über hatten sie gewusst, wer sie war. Sie hatten geduldig mit ihr Vater-Mutter-Kind gespielt, solange ihr Gedächtnis fort war. Und das, obwohl sie die ganze Zeit gewusst hatten, dass Olivia einfach abhauen würde.

Sie las noch einmal Neils Brief.

Alle hatten ihre Zeit geopfert und die eigene Sicherheit aufs Spiel gesetzt.

Olivia starrte aus dem Fenster und betrachtete den Sonnenuntergang.

Leo.

Die Gedanken trieben ihr erneut Tränen in die Augen.

Mr FBI, der mit einer Auftragskillerin schlief.

Jetzt würde er alles über sie wissen. Sie dachte an ihr Gespräch darüber, dass Olivia vielleicht eine glamouröse Doppelagentin sein könnte, eine Spionin für die Guten. Eine Art weiblicher James Bond, eine Frau, die in geheimen Kreisen gefeiert wurde.

Sie leerte das Weinglas und drückte auf den Knopf, um die Flugbegleiterin zu rufen.

Was für eine Idiotin sie doch war.

Wie idiotisch sie *beide* gewesen waren.

Sie hätten niemals etwas miteinander anfangen dürfen.

»Darf ich Ihnen noch etwas bringen?«

Olivia hielt ihr das leere Glas hin. »Hätten Sie vielleicht ein größeres Glas für mich?«, fragte sie.

Die Flugbegleiterin schüttelte den Kopf und sagte freundlich: »Aber ich komme gerne wieder und schenke Ihnen nach.«

Sieben Jahre lang hatte sich niemand mehr um sie geschert. Die Welt hatte sie für tot gehalten. Es war ein Gerücht, das Pohl damals selbst verbreitet hatte, um sein Gesicht vor seinen Geldgebern zu wahren. Eine verschwundene Agentin war eine tote Agentin. Der Mann hatte damals mit Sicherheit ein Kopfgeld auf sie ausgesetzt, weshalb er jetzt tot war.

Sie berührte die Stelle, wo sie von der Kugel getroffen worden war.

Das Gesicht des Täters tanzte vor ihrem Gesicht, seine Stimme, sein Name schallte durch ihren Kopf.

Es gab einen Menschen aus ihrer Vergangenheit, der ganz genau wusste, dass sie noch lebte. Aber war er der Einzige?

Ihr Wein wurde gebracht.

Olivia faltete Neils Brief zusammen. Bei nächster Gelegenheit würde sie ihn verbrennen. Obwohl keine Namen erwähnt waren, würde sie das Schriftstück lieber nicht als Souvenir behalten.

Nein. Sie hatte einen Job zu erledigen.

Wenn ein Mörder versuchte, einen anderen umzubringen, konnte es nur einen einzigen Gewinner auf dem Spielfeld geben.

Jetzt war die Zeit gekommen, für klare Verhältnisse zu sorgen.

KAPITEL 22

Brackett lehnte sich im Bürostuhl hinter seinem Schreibtisch zurück und spielte mit seinem Kugelschreiber.

»Häusliche Gewalt?«

»Hat sie gesagt.« Leo trug zum ersten Mal seit zwei Monaten wieder einen Anzug. Er konnte nicht sagen, was er unbequemer fand, die Krawatte oder die Schuhe. Zumindest erinnerte ihn beides daran, dass er, wenn er seinen Job behalten wollte, seinem Chef eine glaubwürdige Geschichte auftischen musste. »Sie hat versucht, vor ihrem Mann wegzulaufen, und ist bis nach Las Vegas gekommen. Sie war erst seit ein paar Tagen dort und hat eine Perücke getragen, damit er sie nicht erkennen würde.«

»Und sie sagt, ihr Ehemann war auch derjenige, der auf sie geschossen hat?« Fitz saß neben Leo und tappte mit ihrem flachen Schuh auf den Boden, während sie Leos Informationen verarbeitete.

»Nein, aber sie glaubt, dass er etwas damit zu tun hat.«

»Und ihren Namen hat sie euch nicht gesagt?«

»Nein. Wir haben ihr gesagt, dass wir ihr helfen können, sie in Sicherheit zu bringen. Ich dachte, dass sie uns vertraut. Als ich mich gerade bei dir zurückmelden wollte, kam der Schnee und damit der Stromausfall. Ohne die sichere Verbindung, die Neil aufgebaut hatte, waren keine Anrufe mehr möglich.«

»Wo wart ihr denn?«, fragte Fitz.

»Außerhalb von Durango in Colorado, in einer Blockhütte in den Bergen. Eine ziemlich stattliche Blockhütte. Neil hat einen dicken Geldbeutel.« Leo baute an dieser Stelle ein Glucksen ein.

Brackett nahm jetzt die Füße von der Tischplatte und warf den Kugelschreiber hin. »Zwei Monate, und dabei hatte es der Täter gar nicht auf dich abgesehen.«

»Meine Möglichkeiten, etwas herauszufinden, waren beschränkt. Keiner hat eine Verbindung finden können, dabei haben auch Neils Leute entsprechend gesucht. Gibt es von eurer Seite neue Erkenntnisse, die darauf hindeuten, dass Janie nicht das Ziel des Anschlags war?«

»Janie?«

»So haben wir sie genannt. Jane Doe, kurz Janie.«

»Aha.«

»Wenigstens ein Name für sie.« *Olivia* würde ihm nicht über die Lippen kommen, auch wenn der Name sicher in keiner Datenbank zu finden war.

»Keine neuen Erkenntnisse. Mykonos ist in sein neues ›Zuhause‹ verlegt worden. Seine Rechtsanwälte versuchen, ihn irgendwie herauszuholen, aber bisher ohne Erfolg. Navi hat eine Weile in New York verbracht und ist jetzt wieder in Russland«, berichtete Fitz. »Unsere Gespräche mit den Geschworenen und Anwälten haben auch keine neuen Erkenntnisse gebracht.«

Was Leo natürlich schon wusste.

»Und Marie hat wohl mittlerweile ihr neues Leben begonnen … wo auch immer das sein mag?«

»So wurde es mir gesagt«, bestätigte Brackett.

»Wo ist Janie jetzt?«, wollte Fitz wissen.

»Ich habe keine Ahnung.« Leo versuchte, das Bild der echten Olivia aus seinem Kopf zu verbannen und an dessen Stelle eine Pappfigur mit dem Namen Janie zu setzen. Auf gar keinen Fall durften sein Chef oder Fitz Wind von seinen Gefühlen bekommen. »Sie hat den Stromausfall ausgenutzt und ist mit dem Jeep nach Durango gefahren. Dort endet ihre Spur.«

Fitz schüttelte den Kopf. »Na ja. Wenn ich fast hops gegangen wäre und zwei Monate lang meinen eigenen Namen nicht gewusst hätte, würde ich die Drohungen meines Ehemanns auch ernst nehmen.«

»Sie ist eine sehr intelligente Frau, so voller Leben. Aber in derselben Sekunde, in der sie sich wieder erinnert hat, wer sie ist, hat sich alles geändert.« Was auch nicht gelogen war.

Brackett stieß den Bürostuhl zurück. »Dann können wir jetzt auch nichts machen, so gerne ich eine Verhaftung sehen würde, nachdem mein Agent zwei Monate in einem sicheren Häuschen zugebracht hat. Aber wir können niemanden zu einer Aussage zwingen, vor allem nicht, wenn es sich um das Opfer selbst handelt. Gib der lokalen Polizeibehörde in Las Vegas Bescheid, sie soll den Fall wieder übernehmen.«

Leo versuchte, sich seine Freude darüber nicht anmerken zu lassen. »Wird gemacht.«

Seine fabrizierte Geschichte hatte Hand und Fuß. Natürlich war sie teilweise frei erfunden, aber dass die Kugel Olivia und nicht ihn getroffen hatte, war eine Tatsache. Und dass der Täter es wahrscheinlich auf sie abgesehen hatte und dass sie keine Aussage machen würde, um den Verantwortlichen ins Gefängnis zu bringen, stimmte ebenfalls. Wenn es keine Beweise gab, die das Gegenteil belegten, war dies die Version der Geschichte, an die sich Leo hielt.

Andererseits konnte sich Leo nichts vormachen. Indem er seinen Kollegen nicht alles über den Fall sagte, hatte er bereits eine Grenze überschritten. Darüber, wie breit dieser Grenzgraben war, wollte er allerdings lieber nicht nachdenken. Im Moment war Olivia das Opfer. Und solange man nicht einen

Auftragskiller nach dem anderen tot auffand ... Leo schüttelte diesen Gedanken ab.

Als Brackett aufstand, erhob sich Leo ebenfalls. »Fitz wird dir erzählen, was du in der Zwischenzeit alles verpasst hast.«

Am Abend desselben Tages fuhr Leo in die Garage seines Bungalows in den Hügeln von Glendale. Er wartete, bis sich das automatische Tor geschlossen hatte, dann stieg er aus.

Beim Öffnen der Haustür piepte sein Sicherheitssystem. Während er den Alarm deaktivierte, lockerte er die Krawatte und zog sie aus. Er knipste das Licht an, ging in die Küche und öffnete den Kühlschrank. Ein abscheulicher Gestank strömte ihm entgegen, sodass er die Tür schnell wieder schloss. Laut Plan wäre Leo nur für die Zeit des Gerichtsprozesses in Las Vegas geblieben und hätte die Wochenenden zu Hause verbracht. Doch dann war alles anders gekommen, und nun waren alle verderblichen Lebensmittel im Haus hinüber. Wahrscheinlich war mittlerweile sogar das Bier schal, weshalb er sich ein Glas Whisky einschenkte.

Er ging durchs dunkle Wohnzimmer, dessen große Fenster nach vorn zur Straße zeigten, und ließ sich auf seinen Lieblingssessel plumpsen. Er streifte die Schuhe ab, öffnete die obersten Knöpfe seines Hemds. Dann lehnte er sich zurück und trank den ersten Schluck Alkohol seit zwei Monaten.

Der Raum war kalt. Hier gab es kein gemütliches Kaminfeuer und nichts zu essen. Genau genommen war es früher, vor Olivia, nicht viel anders gewesen. Doch jetzt störte es ihn sehr.

Wo war sie nur?

Ging es ihr gut?

Ahnte sie, wie groß das Loch war, das ihr Verschwinden in seinem Innern hinterlassen hatte?

Leo war ein Beziehungstyp.

Seine erste Freundin hatte er in der Highschool gehabt, und auch während des Studiums immer nur feste Beziehungen. Er war noch nie für flüchtige Bettbekanntschaften zu haben gewesen.

Und dann war Olivia in sein Leben getreten.

Zwischen ihnen war eine enge Verbindung entstanden.

Leo zog seine Jacke aus, holte das Handy aus der Tasche und suchte nach dem Bild von ihr. Olivia lächelte ihm über die Schulter hinweg zu. Es war dieses kokette Lächeln, mit dem sie ihn hinausgelockt hatte, um ihn mit Schneebällen zu bewerfen. Er berührte den Bildschirm. Er wollte sie retten. Sie musste nur zurückkommen und ihm Gelegenheit dazu geben.

Leo nahm einen Schluck vom Whisky und genoss das Brennen in der Kehle.

Als sein Handy klingelte, verschwand Olivias Bild.

Er hob ab und stellte das Gespräch auf Lautsprecher. »Hallo, Neil.«

»Wie geht's dir?«

»Den Umständen entsprechend.« Er musste Neil nichts vormachen. Alle, die in der Blockhütte gewesen waren, wussten, was Olivia ihm bedeutete.

»Verstehe.«

»Hast du was gehört?«

»Nein. Sie hat uns nicht kontaktiert.«

Leo hätte auch keine andere Antwort erwartet.

»Wie ist es heute gelaufen?«

»Im Büro ist alles gut.« Dass sein Chef ihm die erfundene Geschichte abgekauft hatte, war damit deutlich genug ausgedrückt.

Neil schwieg einen Moment. »Ich weiß nicht, wie ich es sagen soll, ohne es zu sagen«, begann er.

Große Einleitungsworte waren ohnehin nicht Neils Stil. »Was dich noch nie vom Reden abgehalten hat.«

»Auch wieder wahr. Also, dein Sicherheitssystem ist beschissen.«

Leo blickte sich um. »Wie bitte?«

»Geh mal zur Haustür.«

»Wart ihr etwa in meinem Haus?«

Neil schwieg.

Leo ging mit dem Handy am Ohr zum Eingang. Auf der Vorderveranda lag eine große Papiertüte. »Was ist das?«

Er nahm sie mit in die Küche und warf einen Blick hinein. Ein köstlicher Bratenduft kam aus einer Styroporschachtel, darunter war ein Sixpack Bier.

»Sasha hat gemeint, dass du dich heute Abend sicher betrinken willst. Das Essen soll den morgigen Kater etwas abfedern.«

Es war noch nicht oft vorgekommen, dass Leo die Worte fehlten. »Das … das ist echt lieb. Vielen Dank!«

»Also, dein Sicherheitssystem ist beschissen. Mit deiner Erlaubnis würde ich morgen gern ein paar Leute vorbeischicken, die sich der Sache mal annehmen.«

»Neil …«

»Du hast draußen keine Kameras, keinen Bewegungsmelder, keinen Alarm. Die Garage lässt sich ohne Weiteres öffnen. Sogar meine Haushälterin hat ein besseres Sicherheitssystem als du.«

»Ja, wahrscheinlich, weil du es ihr eingebaut hast.«

»Du weißt, was ich sagen will.«

Leo grinste und öffnete nun den Deckel der Schachtel. *Rinderbraten, nett.* »Ich habe ein Jahr lang als Undercover-Agent gearbeitet und war kaum zu Hause. Da hätte ich nicht mal von einem Rohrbruch erfahren.«

»Wenn Olivia auftaucht, ist sie bei dir nicht sicher.«

Jetzt riss sich Leo vom Anblick des leckeren Essens los und sann über Neils Worte nach. »Glaubst du, dass diese Möglichkeit besteht?«

»Weiß man nicht, aber ich bin lieber vorbereitet.«

Leo holte Messer und Gabel aus der Schublade.

»Ich verlasse morgen um acht das Haus. Den Schlüssel lege ich euch unter die Fußmatte.«

»Nicht nötig.«

Es tat gut, mal wieder zu lachen.

* * *

Wenn man ein halbes Dutzend Sprachen beherrschte und weder zu groß noch zu klein war, konnte man in Europa wunderbar untertauchen. Man konnte jede Nationalität annehmen und niemand stellte irgendwelche Fragen.

In der Innenstadt von Amsterdam betrat Olivia eine Bank, bei der sie ein Konto besaß. Jetzt sah sie ungefähr zwanzig Jahre älter aus als sonst und hatte dreißig Pfund mehr auf den Rippen.

Der Bankangestellte führte sie in den Raum mit den Schließfächern und ließ sie dort allein.

Olivia betrachtete die Kiste aus ihrem Fach. Sie hatte sie drei Jahre lang nicht mehr gesehen. Insgesamt hatte sie mehr als zehn solcher Bankfächer auf der ganzen Welt, in Europa, Asien, Südafrika, im Nahen Osten und in Amerika. Diese Kisten waren Olivias Sozialversicherung.

Pohl hatte die Schließfächer früher gefüllt. Mit Bargeld, gefälschten Papieren, Reisepässen. Und mit Waffen. Olivia hatte anfangs alles verwendet. Bald aber war ihr klar geworden, dass Pohl am Fachinhalt erkennen konnte, wo sie sich aufhielt. So hatte sie nach und nach alle von ihm finanzierten Fächer geleert. Der Waffen hatte sie sich auch entledigt, sie eingeschmolzen. Die Ausweisdokumente verbrannte sie. Bald hatte sie eine eigene Quelle gefunden, wo sie sich gefälschte Ausweise besorgen konnte, und sich ein Dutzend neuer Identitäten verschafft.

Im Laufe der Zeit hatte sie dafür gesorgt, dass ihre Spur immer mehr verwischte. Und dann, viele Monate nach ihrem Fehler, sich eine Freundschaft zu erlauben, war sie schließlich ganz von der Bildfläche verschwunden.

Amelias Tod hatte sie am Boden zerstört. Irgendwie musste Pohl von der Freundschaft erfahren haben. Er hatte Amelia getötet, um Olivia zu warnen.

Zumindest hatte Olivia das geglaubt, bis Neils Team und Sasha aufgetaucht waren.

In Wirklichkeit war Amelia von der Führungsriege des Richter-Internats getötet worden und nicht, weil sie sich mit ihr angefreundet hatte.

Olivia hatte irgendwann gemerkt, dass alle Welt sie tatsächlich für tot hielt. Und nachdem auch Pohl beseitigt worden war, blieb niemand mehr übrig, der etwas von ihr wusste.

Was Olivia trotzdem nicht davon abhielt, ständig auf der Hut zu sein, stets eine Waffe griffbereit unter dem Kopfkissen zu haben, als handle es sich um ein Kuscheltier.

Während der letzten sieben Jahre hatte sie zweimal versucht, eine ehrliche Arbeit zu finden. Sie hatte sich vorgenommen, irgendwann nichts mehr aus den Schließfächern zu nehmen, das schmutzige Geld dort zu lassen, wo es war. Oder besser noch, selbst so viel ehrliche Kohle zu verdienen, dass sie die Banknoten aus den Schließfächern einem Kinderheim spenden konnte.

Waisenkindern war es egal, woher das Geld für ihr Essen stammte. Weiß Gott, Olivia hatte damals auch keine Fragen gestellt, wer für ihr »Glück« verantwortlich gewesen war.

Als sie fünf war, hatte man sie in München in einem leer stehenden Gebäude neben einer Frau gefunden, die an einer Drogenüberdosis gestorben war. Man hatte einfach angenommen, dass es sich bei der Frau um ihre Mutter gehandelt hatte, doch niemand hatte sich damals die Mühe gemacht, dies durch einen DNA-Test zu überprüfen. An ihre frühe Kindheit konnte sich Olivia kaum erinnern.

Man hatte sie in ein Waisenhaus gesteckt und von dort war sie herumgereicht worden, ähnlich wie ein Hund, der dem Einschläfern entkam, weil man ihn von einem Tierheim ins nächste verlegte.

Nach dem dritten Kinderheim in Deutschland war sie nach Großbritannien gebracht worden. Eine Art Austausch, hatte man ihr damals erzählt. Heute war ihr klar, dass wahrscheinlich schon damals Pohl als »Wohltäter« agiert hatte, um zu sehen, wie sie sich entwickelte und anpasste.

Und angepasst hatte sie sich tatsächlich wunderbar. Bald schon hatte sie perfekt Englisch gesprochen und den deutschen Akzent abgelegt. Sie war in allen Fächern sehr gut gewesen. Viele Kinder aus ihrem Heim waren auf dem Weg in eine Sackgasse gewesen, die kein gutes Ende in Aussicht stellte. Doch Olivia hatte einen vielversprechenden Weg vor sich gehabt.

Irgendwer hatte ihr einmal ins Ohr geflüstert: »Du hast noch Großes vor dir!«

Olivia hatte es geglaubt.

Mit zehn war sie aufs Richter-Internat gekommen. Es war ihr damals wie ein Lottogewinn erschienen.

»In Richter bekommst du eine Ausbildung, und damit wirst du niemals so enden wie deine Mutter. Durch das Belohnungssystem kannst du viel Geld zusammenzusparen und hast später, wenn du Richter verlässt, ein großartiges Leben vor dir.« Für jede Sprache, die sie erlernte, hatte sie Tausende von Pfund bekommen. Es gab auch Geldsummen als Belohnung für herausragende Zielsicherheit, für das Erlernen von Hacking-Methoden.

Als sie fünfzehn war, wusste sie, dass man sie nicht von der Schule werfen würde, nicht einmal, wenn sie etwas anstellte.

Was durchaus vorgekommen war. Dafür war sie ein paar Tage isoliert worden, eine Art Einzelhaft ähnlich wie in einem Gefängnis. Dort gab es keinen Kontakt zu den anderen. Essen hatte man zwar bekommen, aber sonst war man in einem dunklen Raum völlig isoliert gewesen.

Auch dort hatte sie eine Stimme durch die Tür gehört. »Wenn du dich danebenbenimmst, lass dich nicht erwischen.«

Eine weitere Lektion fürs Leben.

Jetzt wusste sie, dass jede Schullektion sie auf das einsame Leben einer Auftragskillerin hatte vorbereiten sollen.

Nach ihrer Zeit in Richter hatte sich Olivia zuerst noch gerne mit anderen Menschen umgeben. Sie fand Freunde, erfuhr etwas über ihr Leben, ihre Familien, ihre Ziele, ihre Wünsche.

Doch dann begannen ihre Albträume und zeigten ihr auf, wie tief sie in der Hölle saß. Ihre Träume verhöhnten sie, entlarvten sie als Lügnerin. Wie sollte sie, die das Leben anderer ausgelöscht hatte, etwas anderes sein können als ein Monster? Ihre Freunde hätten sich von ihr abgewandt, wenn sie davon erfahren hätten. Schlimmer noch, man konnte ihren Freunden drohen. So begann sie allmählich, Abstand zu halten. Und ließ keine wahre Verbindung zu anderen Menschen mehr zu.

Das war auch der Grund, warum sie ein normales Leben mit einem aufrichtigen Job für sich gestrichen hatte, warum sie das Geld aus den Schließfächern doch keiner wohltätigen Organisation gespendet hatte.

Sie lebte ohne großen Schnickschnack. Sie besaß kein Auto, keine Versicherungen, nichts, was eine Spur hinterlassen hätte. Sie mietete sich höchstens etwas für einen Monat und zog dann weiter. Sie hatte selten einen Liebhaber, und wenn, dann nie so lange, dass eine Beziehung daraus hätte entstehen können. Sasha hatte ganz richtig gelegen, als sie meinte, Händchenhalten habe es nur in diesem einen Moment gegeben.

Olivia blickte auf ihre Hände.

Leo.

Doch für Sentimentalitäten war jetzt keine Zeit. Olivia öffnete die Kiste und holte drei Pässe heraus sowie sämtliches Bargeld, alle Kreditkarten und eine Pistole. Dann nahm sie aus ihrer Handtasche das Geld, das Neil ihr eingepackt hatte, und den Pass, mit dem sie die USA verlassen hatte, und legte alles in die Kiste. Anschließend schob sie den Behälter wieder an seinen Platz in der Wand.

Wieder zurück auf der Straße stellte Olivia den Kragen ihrer Jacke auf. Jetzt begann sie mit der Suche nach den Dingen, die sie noch brauchen würde. Zum Beispiel Kartenhandys, die ohne Vertrag funktionierten. Sie ging von einem Elektronikgeschäft zum nächsten und kaufte jeweils nur ein, zwei Geräte, bis sie genügend zusammengesammelt hatte. Außerdem kaufte sie noch einen Laptop und einen abgeschirmten Rucksack, der verhinderte, dass sich jemand der auf ihren Karten und Handys gespeicherten Daten bemächtigen konnte.

Und jetzt würde sie genau das machen, wovor sie selbst geschützt war: Datenklau.

Sie sah ein Paar mittleren Alters vor dem Schaufenster eines Sexshops stehen und über Kondome in Eiffelturmform staunen. Olivia stellte sich daneben und zettelte eine Unterhaltung mit den beiden an.

»Das ist genau der Grund, warum ich so gerne nach Amsterdam komme«, sagte sie auf Englisch mit deutschem Akzent.

»Wir sind zum ersten Mal hier«, sagte die Frau ganz gesprächsbereit.

»Kommen Sie aus den USA?«

»Ja«, antwortete nun der Mann.

Olivia stellte sich in die Nähe der Touristin, dann steckte sie eine Hand in die Jackentasche, um das Lesegerät zu betätigen, mit dessen Hilfe sie sämtliche elektronische Daten von den Kreditkarten und Ausweisdokumenten, die die Frau in der Handtasche hatte, abschöpfte und für später speicherte.

»Ich habe mal gehört, dass man Amsterdam auch das Las Vegas Europas nennt. Kann man die beiden Städte wirklich vergleichen?«, fragte Olivia.

»Nein«, sagte der Mann, während seine Frau gleichzeitig mit »Ja« antwortete.

»In Las Vegas gibt es nicht an jeder Ecke einen Coffee Shop, wo man Marihuana kaufen kann«, erklärte der Amerikaner.

»Dort kann man jetzt aber auch ganz legal Gras kaufen«, entgegnete seine Frau mit einem breiten Grinsen, das darauf schließen ließ, dass sie auch schon ein paar Stunden in einem dieser besagten Coffee Shops verbracht hatte. »In vielen Orten in Amerika ist Marihuana legalisiert worden. Wahrscheinlich dauert es jetzt nicht mehr lange, bis es bei uns auch so aussieht wie hier.«

»Sie hat recht«, bestätigte der Mann. »Dafür ist das Sexgeschäft bei uns weniger allgegenwärtig. Wenn man in den Staaten einen Striptease sehen will, muss man erst einen entsprechenden Klub suchen. Nackte Brüste wie hier auf offener Straße sieht man bei uns nicht. Prostitution ist in den USA illegal.«

»Ach so?«, fragte Olivia.

Da kicherte die Frau über ihren Mann. »Woher willst du denn wissen, wo man bei uns nackte Dinger zu sehen kriegt?«, fragte sie und schmiegte sich an ihn.

»Ich interessiere mich sowieso nur für *deine* Dinger.«

»Vielleicht sollten wir das hier mal ausprobieren?«, meinte die Frau und zeigte auf die Kondome im Schaufenster.

Jetzt war es der Mann, der breit grinste. An Olivia gewandt sagte er: »Bitte entschuldigen Sie uns, heute Abend geht bei uns noch die Post ab.«

»Na, dann viel Spaß dabei«, sagte Olivia, bevor die beiden im Laden verschwanden.

Wenig später bestellte sich Olivia in einer gut besuchten Bar etwas zu trinken. Innerhalb der nächsten Stunde war sie mit allem fertig. Sie hatte insgesamt drei neue – eine amerikanische und zwei europäische – Handynummern ergattert, durch die sie nun unbemerkt ihre Anrufe tätigen würde.

Als Olivia Richtung Hotel zurücklief, fielen ihr die vielen Radfahrer auf. Von denen gab es in Amsterdam wesentlich mehr als Autos. Olivia ging an einem der Kanäle entlang, die sich durch die Stadt zogen. Das Licht der Straßenlaternen spiegelte sich im Wasser.

Amsterdam hatte überhaupt keine Ähnlichkeit mit Las Vegas.

Hier wurde Sex vom Fenster aus verkauft. Prostitution war in den Niederlanden legal und wurde besteuert. Das machte die Sache zwar nicht besser, aber wenigstens fand sie dadurch nicht im Verborgenen statt. Durch die Legalität hatten Männer wie Mykonos wesentlich weniger Zugriff auf das Gewerbe. Obwohl es ganz sicher auch in Amsterdam Fälle von Menschenhandel gab, war er immerhin nicht die Regel.

In Amsterdam liefen auch besoffene Menschen und Touristen im Drogenrausch herum. Allerdings gab es hier eine reiche Wirtschaft und genügend Jobs, die nichts mit Glücksspiel, Sex und Drogen zu tun hatten. Holland war für seine Modeindustrie bekannt, für die Logistikbranche, für namhafte Technologiefirmen. Die Stadt wimmelte nur so von hoch qualifizierten Finanzgurus und erfolgreichen Geschäftsmännern. Die Mehrheit der Einwohner von Amsterdam saß sicher nicht täglich im Coffee Shop oder streifte durchs Rotlichtviertel. Genauso wenig wie ein New Yorker einfach zum Spaß über den Times Square schlenderte.

Olivia mochte Amsterdam.

Hier fiel sie nicht auf.

Hier war sie unsichtbar.

Als sie im Hotelzimmer ankam, legte sie Stück um Stück ihrer falschen Identität ab und stellte sich unter die heiße Dusche. Als ihre Gedanken zu Leo wanderten, drehte sie das Wasser auf kalt, bis sie nur noch das Shampoo aus den Haaren spülen und die Dusche beenden wollte.

Anschließend saß sie mehrere Stunden lang am Schreibtisch. Alle elektronischen Geräte waren vor ihr aufgebaut, sie hatte mit dem neuen Computer eine Verbindung hergestellt. Seit ihr Gedächtnis zurückgekehrt war, wunderte sie sich, wie dieses Wissen komplett hatte verschwinden können. Die Fremdsprachen, ihre Fähigkeit, einen Computer oder ein Handy zu knacken oder das Wissen, wie man sich eine neue Identität verschaffte. Sie war sehr gut darin, ihr Äußeres so zu verändern, dass man sie nicht mehr erkannte. Was für ihr Überleben absolut notwendig war. Denn die Welt war zwar riesig, aber doch so klein.

Olivia hatte gerade erst zu glauben gewagt, dass man sie tatsächlich für tot hielt.

Als sie damals Neil angerufen und seinen Job angenommen hatte, war das der erste zarte Schritt gewesen, um eine Art Frieden zu finden. Sie hatte tatsächlich vorgehabt, Neils Bezahlung anzunehmen und dann nie mehr auf den Inhalt eines ihrer Schließfächer zurückgreifen zu müssen. Doch jetzt konnte sie nur mithilfe dieses schmutzigen Geldes am Leben bleiben. Sie würde es voll und ganz nutzen, dieses Geld, für das sie ihre Seele verkauft hatte.

Als sie irgendwann nach zwei Uhr morgens kaum noch die Finger bewegen und nicht mehr scharf sehen konnte, loggte sie sich aus dem System aus.

Sie legte sich aufs Bett, das in dem kleinen Zimmer nur zwei Meter entfernt stand.

Sie schloss die Augen, atmete tief ein und versuchte, an nichts mehr zu denken.

Doch immer wieder kehrten ihre Gedanken zu Leo zurück.

Hielt er sich noch versteckt? Glaubte er immer noch, dass der Täter es auf ihn abgesehen hatte?

Ob Leo sie jetzt hasste?

Wurde ihm übel, wenn er an sie dachte, seit er wusste, wer sie war?

Zum ersten Mal seit Langem dachte sie darüber nach, was ein anderer Mensch von ihr halten könnte. In ihrem bisherigen Leben hatte noch nie jemand Gefühle für sie gezeigt.

»Ich will dir sagen, dass mir das mit dir viel bedeutet.«

Als er das sagte, hatte er nicht den Sex gemeint, sondern ihre Beziehung. Es hatte nicht viel gefehlt, dann hätte er gesagt, dass er sie liebte. Was in ihrem ganzen Leben noch niemand zu ihr gesagt hatte.

Das gekeuchte »Ich lieb dich, Baby« im Regalraum zählte nicht.

Amnesie-Olivia musste wissen, ob Leo sie hasste.

Richter-Olivia rechtfertigte diesen Wunsch, indem sie sich sagte, er habe ein Recht darauf, zu erfahren, dass er sich nicht mehr verstecken musste. Dass der Täter hinter *ihr* her war und nicht hinter ihm.

Da sich Amnesie-Olivia und Richter-Olivia schließlich einig waren, stieg sie wieder aus dem Bett und holte den Laptop.

Mit nur wenigen Tastenkombinationen verschaffte sie sich Zugang zu Leos Computer.

Sie würde nur etwas sehen können, wenn er online war.

Sie drückte auf Enter und schloss die Augen.

Tatsächlich. Er war online. Oder zumindest lief sein Computer und war mit dem Internet verbunden. Olivia wartete mit angehaltenem Atem, ob er irgendetwas tat, das ihr zeigte, dass er tatsächlich davorsaß.

Und dann begann Olivias Herz schneller zu pochen.

Leo hatte auf die Googleseite geklickt.

KAPITEL 23

Er hatte eine Nachricht von Neil erhalten, der um Rückruf bat, bevor Leo sein eigenes Haus betreten würde.

Eine halbe Stunde lang erklärte ihm Neil am Telefon das neue System in Grundzügen. Die Einzelheiten würde er am Wochenende erfahren, wenn er in Neils Büro wäre, um seine Suche nach Olivia zu beginnen.

Diesmal gab es kein Essenspaket. Dafür hing eine Notiz am Kühlschrank.

Grant, du Schludrian. Mach mal sauber oder wirf den Kühlschrank weg … aber erlöse ihn von seinem Leid.

Leo schlüpfte in Jeans und T-Shirt, um sich anschließend dem Chaos zu widmen, denn erst danach könnte er wieder frische Lebensmittel im Kühlschrank lagern. Nach zwei Monaten, in denen er nur frisch gekochte Mahlzeiten genossen hatte, betrachtete er angewidert das Sandwich, das er auf dem Heimweg gekauft hatte.

Auf Kartoffelpüree hätte er mehr Appetit gehabt.

Er holte den Laptop, stellte ihn auf den kleinen Esstisch und nahm trotzdem das Sandwich mit.

Während er lustlos abbiss, suchte er auf Amazon nach ein paar Küchenutensilien, die sie in der Blockhütte verwendet hatten und die er hier ebenfalls gebrauchen konnte.

Als er kurz in die Küche ging, um sich etwas zu trinken zu holen, hörte er ein »Ping« von seinem Computer.

Er schraubte den Verschluss der Wasserflasche auf und klickte auf das Chat-Fenster.

Hallo, Mr FBI.

Vor Schreck ließ Leo die Flasche fallen. Sie traf auf die Tischplatte, rollte auf den Stuhl und dann auf den Boden, wo eine kleine Überschwemmung entstand.

So schnell er konnte, tippte er:

Olivia?

Doch in derselben Sekunde, in der er den Namen geschrieben hatte, verschwanden beide Nachrichten, ähnlich wie bei der Geheimtintenfunktion auf dem iPhone.

»Nein, nein, nein, nein!« Er konnte gar nicht schnell genug tippen.

Bist du noch da?

Ja.

Wieder verschwanden die Worte.

Er setzte sich, ohne dem auslaufendem Wasser und seiner nassen Hose Beachtung zu schenken.

Wo bist du?

Wieder löschten sich die Worte in derselben Zeit, die man brauchte, um sie zu lesen. *Bitte bleib da!*

Du warst nicht das Ziel.

Leos Finger schwebten über der Tastatur. Wenn er schrieb, dass er das sowieso gewusst hatte, würde sie sich vielleicht ausloggen. Wenn er widersprach, würde sie eher antworten.

Das kannst du nicht wissen.

Er drückte auf Senden und wartete.

Wenn ich etwas anderes erfahre, gebe ich dir Bescheid.

Er bekam Panik, denn es klang, als wollte sie sich verabschieden.

Halt, geh nicht weg. Geht's dir gut?

Wieder lösten sich seine Worte in nichts auf.

Wie kann ich dich erreichen? Ich kann dir helfen. Wenn du mich lässt.

Abermals keine Antwort.

Er schlug auf den Tisch. Sie musste einfach auf ihn hören! Aber wie konnte er sie dazu bringen?

Gib uns beiden eine Chance.

Stille.

Leo schluckte schwer. Dann schrieb er:

Ich liebe dich.

Er drückte auf Senden. Dass er diese bedeutenden Worte, die er sonst noch nie zu einer Frau gesagt hatte, nun tippte, statt sie Olivia ins Gesicht zu sagen, tat ihm in der Seele weh.

Die Worte verschwanden.

War sie überhaupt noch da? Hatte sie es gelesen?

Mich zu lieben, kann tödlich sein. Es tut mir leid.

Er schloss die Augen.

Ein Risiko, das ich gerne eingehe.

Er drückte auf Enter, doch jetzt erschien ein Fenster auf dem Bildschirm. »Senden der Nachricht fehlgeschlagen. Empfängeradresse unbekannt.«

»Verdammter Mist!«

* * *

Vierzig Minuten später saß er in Neils Büro. Claire war auch da und untersuchte Leos Laptop, während Neil Fragen stellte.

»Und du bist sicher, dass es wirklich Olivia war?«, fragte Neil.

»Sie hat mich ›Mr FBI‹ genannt wie in Colorado. Ja, das war sicher Olivia.«

»Erzähl noch mal von vorn, die gesamte Unterhaltung.«

»Ich habe sie gefragt, wo sie ist.«

Neil schüttelte den Kopf.

»Klar, natürlich hat sie mir das nicht verraten. Dann hat sie geschrieben, dass ich nicht das Ziel gewesen sei, und ich hab geantwortet, dass sie das nicht wissen könne.«

»Und dann?«

»Dann hat sie geschrieben, dass sie mich kontaktiert, wenn sie etwas anderes erfährt«, erklärte Leo.

»Das heißt, sie weiß es selbst nicht. Aber sie sucht aktiv nach der Antwort«, äußerte sich Claire dazu.

Leo nickte. »Genauso sehe ich es auch.«

»Was hat sie danach noch geschrieben?«, drängte Neil weiter.

»Nichts mehr. Ich habe Panik bekommen und gefragt, ob es ihr gut gehe. Ich habe ihr geschrieben, dass ich ihr helfen kann.« Leos Atem bebte. »Und dass ich sie liebe.«

Claire unterbrach ihr Tippen und blickte ihn mit großen Augen an.

»Woraufhin sie erst recht nichts mehr geantwortet hat«, vermutete Neil.

»Doch, hat sie. Sie hat geschrieben, dass es tödlich sein könnte, sie zu lieben. Dann hat sie sich entschuldigt und ausgeloggt.«

Neil drehte sich um und lief im Raum auf und ab. »Also gut, zumindest haben wir was, womit wir arbeiten können.«

Leo verstand nicht. »Wie meinst du das? Was genau haben wir, womit wir arbeiten können?«

»Erstens hat sie dich kontaktiert. Das war sicher nicht leicht. Und sie hat es in weniger als einer Woche geschafft.«

»Das heißt, sie denkt an dich«, erklärte Claire, ohne den Blick vom Bildschirm abzuwenden.

»Und dass sie deine Gefühle erwidert«, murmelte Neil.

»Oha, sieh mal einer an, Neil ist plötzlich ganz gefühlsduselig und sentimental«, zog Claire ihn auf.

»Ich bin überhaupt nicht gefühlsduselig und sentimental!«

»Moment, wie kommst du zu diesem Schluss?«, fragte Leo, dem der Gedanke an Olivias Gefühle für ihn durchaus gefiel.

»Sie hat sich entschuldigt«, gab Neil zur Antwort.

»In Colorado hat sie sich öfters entschuldigt.«

»Aber da hatte sie Amnesie«, erklärte Claire. »Die echte Olivia fährt dir mit dem Auto übers Bein und macht dir Vorwürfe, weil du ihr im Weg warst. Sich zu entschuldigen, ist für sie kein gängiges Konzept.«

Neil zeigte zustimmend auf Claire. »Also heißt es, dass sie sich verändert hat.« Jetzt stieß er den Zeigefinger gegen Leos Brust. »Und das, mein Lieber, ist allein dein Verdienst.«

In Leos Kopf gab es einen Kurzschluss.

Und Claire begann zu singen. »Sentimental und gefühlsduselig, gefühlsduselig, ja gefühlsduselig …«

»Klappe, Claire!«

Sie gluckste zufrieden.

Jetzt tätschelte ihm Neil die Stelle, in die er gerade seinen Finger gebohrt hatte. »Ihre Warnung ist gerechtfertigt. Sie zu lieben, könnte dich umbringen.«

Diesen Schluss hatte er auch schon gezogen. Trotzdem hatte er es nicht verhindern können, sich in Olivia zu verlieben. Er lehnte sich gegen den Schreibtisch, an dem Claire saß und arbeitete. »Ich weiß.«

»Also, wenn sie dich das nächste Mal kontaktiert …«

»Wovon wir nicht sicher ausgehen können …«

Neil wartete darauf, dass Leo ihn ansah. »Das nächste Mal wird sie dich kontaktieren, um dir zu sagen, dass zwischen euch eigentlich gar nichts war. Dass du ihr nichts bedeutest und wir anderen auch nicht.«

»Um mich von ihr fernzuhalten.«

»Ja. Und je überzeugender sie ist, desto wahrscheinlicher ist es, dass es eine Bedrohung gibt. Wenn du ihr wirklich gleichgültig wärst, würde sie sich nicht melden. Wenn sie es tut, versuchst du, sie ans Telefon zu bekommen. Und dann hörst du genau hin. Welche Hintergrundgeräusche sind zu hören, ist sie müde, ist es bei ihr gerade Tag oder Nacht und so weiter.«

»Und wenn ich das nicht herausfinde?«

»Ich werde ein Aufnahmegerät installieren, das sich automatisch einschaltet, wenn du die Lautstärke am Telefon oder an deinem Computer aufdrehst. Du kannst es deaktivieren, indem du zweimal auf den Knopf drückst. Wir können die Aufnahme dann später genauer analysieren«, erklärte Claire.

»Ich dachte, du wolltest nicht aktiv nach ihr suchen«, wandte sich Leo an Neil.

Neil zögerte, als wüsste er nicht, was er darauf erwidern solle. »Ich habe meine Meinung geändert.«

»Und wie oft änderst du deine Meinung?«, wollte Leo wissen.

»So oft es nötig ist.«

Claire lehnte sich im Stuhl zurück und rieb die Hände aneinander.

»Hast du etwas gefunden?«

»Nein. Sie ist eine schlaue Füchsin. Ich muss unbedingt wissen, wie sie das gemacht hat.« Claire seufzte. »Ich habe nur die Uhrzeit gefunden, wann die erste Nachricht kam und wann sie sich ausgeloggt hat, sonst nichts. Keine Nummer, keine Computer-ID, *nada.* Dass die Nachrichten von allein verschwinden, hat ›Mission Impossible‹-Qualität und ist einfach genial.« Claire war begeistert.

»Verdammt!«

Sie wandte sich jetzt mit neuem Elan dem Computer zu. »Die Frage ist, ob sie dein Audio und deine Kamera aktiviert hat. Ich hätte das jedenfalls gemacht.«

»Moment mal. Meinst du, sie hat mich gesehen und gehört, als wir uns geschrieben haben?«

Claire sah ihn an, als wäre er nicht ganz bei Trost. »Warum sollte man mit Mono vorliebnehmen, wenn man auch Stereo haben kann?«

* * *

Das letzte Mal war Olivia vor den Toren des Richter-Internats gestanden, als sie und Neils Team für Pohls Verhaftung gesorgt hatten. Sie hatte Neil überredet, sie mitzunehmen, um bei der Mission, bei der sie auch Amelias Mörderin überführt hatten, dabei zu sein.

Olivia hatte eigentlich vorgehabt, Pohl bei erster Gelegenheit eine Kugel in den Kopf zu jagen. Doch als sie sah, wie Neil und seine Leute arbeiteten, wollte sie die Aktion nicht gefährden. Wäre Pohl während des Einsatzes getötet worden, hätte das viele Fragen aufgeworfen.

Jetzt, sieben Jahre später, saß sie mit einem Fernglas in der Hand auf einem Baum.

Hier hatte es noch nicht geschneit, aber um gegen die Kälte geschützt zu sein, hatten die Schüler ihre Uniformjacken fest zugezogen und sich bunte Schals umgewickelt. Es sah aus, als hätte Harry Potter einen großen Einfluss auf den Modegeschmack dieser Schule gehabt.

Während der kurzen Gespräche mit Neil im letzten Jahr hatte Olivia erfahren, dass sich die Gepflogenheiten in Richter drastisch geändert hatten. Das militärisch geprägte Training gab es zwar nach wie vor, aber nur noch für die höheren Klassen. Die drakonischen Gefängnismethoden sowie andere harte Strafmaßnahmen waren abgeschafft worden. Niemand wurde mehr allein in eine dunkle Zelle gesteckt, wenn er sich danebenbenahm.

Die ehemalige Direktorin Lodovica war wegen Kindesgefährdung verhaftet worden und ihre Liebhaberin saß wegen Mordes lebenslänglich hinter Gittern.

Olivia hielt im Schulhof nach Lehrern Ausschau und entdeckte ein paar bekannte Gesichter. Manche Lehrer, die schon zu ihrer Zeit an der Schule gewesen waren, hatten mittlerweile eine leitende Position übernommen.

Wie viele von ihnen wohl Verfechter der alten Methoden waren? Hatten sie je erfahren, für welche Zwecke so mancher ehemalige Schüler missbraucht worden war?

Olivia war sich ziemlich sicher, dass Neil diese Dinge wusste, doch ihn zu fragen, wäre gewesen, wie einen Pfeil zu zeichnen, der auf den Täter zeigte. Und dann hätte es ein Kopf-an-Kopf-Rennen gegeben, wer den Täter als Erstes finden würde. Zu Neils Systemen hätte sie sich nur Zutritt verschaffen können, wenn sie zum Team gehört hätte. Es war also zu riskant.

Vor sieben Jahren wären die Informationen, die ihr den Weg zum Täter zeigen konnten, noch auf dem Campus zu finden gewesen. Und zwar tief in den Gewölben der Schule versteckt, in einem geheimen Raum. Ob es ihn noch gab?

Es war zu bezweifeln, doch sie musste trotzdem nachsehen.

Innerhalb der nächsten Tage kletterte Olivia also auf diverse Bäume, machte viele Bilder und ersann einen Plan.

In die Schule zu gelangen, wäre einfacher gewesen als vor sieben Jahren. Natürlich hätte sie auch nachts eindringen können, indem sie über Mauern kletterte und stets außer Sichtweite der Kameras blieb. Drinnen konnte sie dann das Computersystem knacken. Aber warum kompliziert, wenn es auch einfach ging?

Es gab einen professionellen Wäschereiservice, den die Schule in Anspruch nahm. Der Sitz der Firma lag nur dreißig Kilometer entfernt. Die Beschaffung einer Uniform war an nur einem Abend erledigt. Die Tarnung zu perfektionieren nahm einen weiteren in Anspruch.

Sie parkte jetzt ihr Auto in sicherer Entfernung. Als sie den Wagen der Wäscherei auf dem Campus sah, sprang sie in einem toten Winkel der Kameras über die Mauer. Dann lief sie über den Schulhof zur Rückseite des Gebäudes und öffnete die Tür zum Speisesaal.

Die Geräusche, die ihr entgegenschallten, brachten Erinnerungen an ihre eigene Schulzeit zurück.

Das Frühstück war gerade in vollem Gange. In der Küche wurden bereits die Vorbereitungen für die nächste Mahlzeit getroffen. Olivia betrat den Saal.

Es roch nach Rührei und gebratenem Speck. Zu ihrer Zeit hatte Olivia meist Porridge gegessen, da der Speck zu fettig und die Eier entweder halb roh oder zu trocken gewesen waren.

Schüler aller Altersklassen saßen dort, von der Grundschule bis zum College.

Viele reiche Leute steckten ihre Kinder in diese Schule, zum einen wegen der guten Ausbildung, zum anderen, damit sie sich nicht selbst um ihre Sprösslinge kümmern mussten. Die Collegestudenten konnten – zumindest damals – innerhalb von drei Jahren statt der üblichen vier einen Hochschulabschluss erlangen.

Hier war man wohlbehütet.

Das strenge Sicherheitssystem der Schule sorgte dafür, dass Unbefugte draußen und die Kinder drinnen blieben. Aber vielleicht hatte sich mittlerweile auch das geändert.

»Entschuldigung.« Ein Junge, vielleicht zehn Jahre alt, stand mit einem Essenstablett vor ihr.

Olivia versperrte versehentlich den Weg zur Geschirrrückgabe, wo man die Teller aufeinanderstapelte und das Besteck in einen Abwaschbehälter gab.

Sie entschuldigte sich auf Deutsch und trat zur Seite.

Im Flur schnappte sie sich den erstbesten Wäschesack, den sie fand, und lief damit weiter durchs Schulgebäude bis zu der Stelle, wo sich früher einmal die Treppe in den Keller befunden hatte, und traf auf eine Ziegelwand.

Olivia bog um die Ecke und sah, dass man auch den Schacht, in dem früher die Speiseaufzüge gewesen waren, zugemauert hatte.

Was hatte sie auch erwartet? Dort unten im Keller hatten schließlich alle zwielichtigen Aktivitäten stattgefunden. Doch die Mauern bedeuteten nicht zwangsläufig, dass es die alten Räume nicht mehr gab, sondern vielleicht nur, dass es einen anderen Zugang geben musste. Es sei denn, die Räume waren tatsächlich stillgelegt worden, inklusive des Lagerraums, in dem Sasha damals die Erpressungsunterlagen gefunden hatte.

Olivia würde es herausfinden.

Mit dem geschulterten Beutel ging sie zur Servicestelle, warf ihn dort in den großen Wäschebehälter und schnappte sich einen leeren Sack.

Damit ging sie zu den Schlafsälen der Jugendlichen auf der Suche nach dem Zimmer eines Hallenwächters, weil dort möglicherweise ein Computer stand.

Schüler und Studenten drängten sich an ihr vorbei. Ihre Uniformen saßen tadellos. Die jungen Leute wirkten so unschuldig.

Traurig dachte Olivia, dass die Welt sie noch verwandeln würde und dass dies die beste Zeit ihres Lebens war. Die Zeit, bevor die Realität über sie hereinbrechen und man sie wegen ihrer Talente ausnutzen würde.

Der Raum des Flurvorstehers war nicht abgesperrt. Allerdings befand sich darin auch kein Computer. Sie musste ihren Plan ändern.

Die Schlafsäle des Colleges sahen immer noch so aus wie damals.

Die Wände hatten dieselbe Farbe, immer noch gab es dieselbe schummrige Beleuchtung im Flur. Man sah zwar kaum etwas, dafür konnte man nachts unbemerkt herumschleichen.

Ohne bewusst danach zu suchen, fand sich Olivia plötzlich dort wieder, wo sie die letzten drei Jahre ihrer Zeit in Richter gewohnt hatte. Sie ging zur Tür ihres alten Schlafsaals.

* * *

»Sie haben mir einen Job angeboten!« Olivia hopste vor lauter Aufregung auf dem Bett herum.

Amelia freute sich mit ihr. »Hab ich's dir doch gesagt, dass du dir keine Sorgen machen musst. Du bist ja auch die Cleverste von allen.«

»Ich kann es echt kaum erwarten, hier endlich rauszukommen. Ich werde die ganze Welt sehen, mit den aufregendsten Männern schlafen und nur noch tolle Klamotten anziehen.« Sie ließ den Kopf aufs Kissen fallen und stellte sich glamouröse Abendkleider und Champagnerpartys vor.

»Was ist das denn für eine Firma?«, wollte Amelia wissen.

Das war überhaupt das Allerbeste. »Ich könnte es dir zwar sagen, aber dann müsste ich dich töten«, antwortete Olivia lachend. Jetzt richtete sie sich ruckartig auf und flüsterte: »Es ist eine Art Geheimorganisation. Ich glaube, sie gehört zur UNO.«

»Mein Dad würde sie sicher kennen«, meinte Amelia.

»Sag bloß kein Wort zu deinem Dad! Ich hätte es dir eigentlich gar nicht erzählen dürfen. Sie haben gesagt, wenn jemand erfährt, für wen ich arbeite, würde ich sofort meinen Job verlieren.«

Amelia zog die Stirn kraus. »Also, ein bisschen komisch ist das aber schon.«

Olivia zuckte nur mit den Achseln. »Das ist mir egal. Es ist meine Chance, endlich hier rauszukommen. Mit der Kohle vom Sprachenprogramm würde ich in Berlin vielleicht ein Jahr lang eine Wohnung bezahlen können. Jetzt kann ich das ganze Geld sparen und noch viel mehr verdienen. Ich werde eine richtige Spionin. Kannst du das glauben?« Sie nahm die Hände ihre Freundin, dann quietschten sie vor lauter Aufregung.

»Das müssen wir feiern!«

»Ich weiß, wo Charlie seinen Schließfachschlüssel hat.«

* * *

269

Olivias Hand lag auf dem Türknauf.

Doch schon ging die Tür von allein auf. Erschrocken trat sie einen Schritt zurück. Ein junger Kerl, höchstens zwanzig, kam aus dem Zimmer und erschrak. »Was machen Sie denn hier?«, fragte er auf Deutsch.

»Ich bin neu bei der Wäscherei«, antwortete Olivia ebenfalls auf Deutsch und zeigte den leeren Wäschesack vor. »Ich soll die Schmutzwäsche holen.«

Der Junge rollte mit den Augen. »Die ist doch nicht hier oben! Schmutzwäsche wird in den Wäscheschacht geworfen.« Dann schloss er die Tür des Schlafraums und drängte sich an ihr vorbei.

»So spricht man doch nicht mit anderen Leuten, Kellen!«

Diese Rüge wurde auf Englisch erteilt. Und zwar von einer sehr vertrauten Stimme.

Kellen zwang sich zu einem Lächeln und murmelte: »Entschuldigung«, ehe er sich davonmachte.

Jetzt drehte sich Olivia um und sah Checkpoint Charlie vor sich stehen.

Kapitel 24

Leo legte den Bericht auf Bracketts Schreibtisch, klopfte zweimal aufs Papier und ging wieder. Sein Chef war an diesem Tag zwar nicht im Büro, hatte aber trotzdem von Leo verlangt, dass er ihm den Bericht noch an diesem Morgen auf den Schreibtisch legte.

Da lag er jetzt. Das meiste entsprach der Wahrheit, nur ein paar Details waren ein bisschen verzerrt.

Es war mehr als eine Woche vergangen, seit Olivia sich bei ihm gemeldet hatte.

Eine Woche, in der er seinen Computer nie ausgeschaltet hatte. Auch sein Handy war durchgehend auf laut gestellt und jedes Mal, wenn es klingelte, bekam er Herzklopfen. Auch wenn ihn seine Arbeit bisweilen ablenkte, fragte er sich ständig, wo Olivia sein könnte und was sie wohl gerade machte.

Seine Ablenkung im Job bestand im Moment darin, sich um zwei neue Fälle von Menschenhandel zu kümmern. Frauen wurden aus Südostasien ins Land geschleppt und mussten als Prostituierte dienen oder wurden als Sklavinnen zur Arbeit in der Modeindustrie gezwungen. Bei dem anderen Fall handelte es sich um eine kriminelle Organisation, die junge Mädchen in Jugendzentren köderte.

Nachdem Leo gut mit Jugendlichen umgehen konnte, waren er und Fitz jetzt dabei, eine Beziehung zu Teenagern und Angestellten in verschiedenen Freizeitklubs aufzubauen, um herauszufinden, wer die Strippenzieher sein konnten.

Fitz saß am Steuer, während Leo ihr den Weg zu ihrem ersten Stopp wies. Im Moment aber steckten sie im allseits beliebten Verkehrschaos von Los Angeles. Auf dem 405 Freeway ging nichts mehr voran.

»Warum wohnen wir noch mal hier?«, fragte Fitz zum Scherz.

»Wegen des guten Wetters«, antwortete er mit Blick auf die grauen Wolken, die den Tag zwar trübten, aber doch keinen Regen bringen würden. Erst bei einer richtigen Unwetterwarnung nahmen die Einwohner von Los Angeles einen Schirm mit. Eine Regenwahrscheinlichkeit von zwanzig Prozent bedeutete nämlich immer, dass zu achtzig Prozent nichts passierte und kein einziger Tropfen fiel.

»Woanders scheint auch oft die Sonne.«

»In Florida gibt's dafür mehr Mücken.«

In Südkalifornien überlegte man sich oft, ob man vielleicht statt in der Hitze lieber in einer feuchteren Gegend wohnen wollte oder ob man sogar Schnee in Kauf nehmen würde.

Gegen Schnee hatte er tatsächlich nichts.

Zumindest nicht, wenn man jemanden hatte, mit dem man eine Schneeballschlacht machen konnte.

Er vermisste Olivia wirklich sehr. Ab und zu besann er sich auf seine katholischen Wurzeln und betete dafür, dass sie in Sicherheit sei. Er betete auch, dass sie ihn bald kontaktieren würde. Um mehr herauszufinden, brauchten sie ein neues Lebenszeichen von ihr.

Als ehemalige Auftragskillerin schien man auf der ganzen Welt zu Hause zu sein. Olivia hatte der Crew nichts über ihre

Vergangenheit gesagt und ohne weitere Anhaltspunkte war es jetzt ein Ding der Unmöglichkeit, Olivia ausfindig zu machen.

Es gab nur eine einzige Information, die sie vor vielen Jahren einmal preisgegeben hatte.

Der Mann, der sie als unschuldiges Mädchen in seine Fänge bekam und zu seinem Spielball machte, hatte damals ihren ersten Mord aufgezeichnet und sie damit erpresst.

Leo fragte sich, was er noch alles getan hatte, um Olivia zum Abdrücken zu bringen.

Leo wusste nicht, was passiert war. Fest stand jedenfalls, dass die Frau, in die er sich verliebt hatte, nicht die böse Mörderin war, die Sasha und die anderen ihm beschrieben hatten.

»Na komm, schieß los! Was zum Geier geht dir im Kopf um?«, wollte Fitz wissen.

»Wie bitte?«

»Es ist diese Frau, stimmt's? Diese Janie.«

Nah bei der Wahrheit zu bleiben, war jetzt sicher die beste Strategie. »Ich habe die letzten zwei Monate mit ihr zusammen verbracht. Also ja, ich mache mir eben Sorgen um sie.«

»Wie genau habt ihr denn diese zwei Monate zusammen verbracht?«, bohrte Fitz nach. Sie wandte den Kopf von dem stehenden Auto vor sich ab und sah ihn durchdringend an.

»Das Haus war voller Leute.«

»So, so.«

»Und überall waren Kameras und Mikrofone. Wirklich, es gab null Privatsphäre.«

»Wenn Teenager einen Weg finden, dann können das auch zwei erwachsene Menschen …«

»Quatsch. Es ist nicht so, wie du denkst.« Nein, es war so viel mehr.

»Ich bin nicht Brackett. Mir ist es schnurzegal, mit wem du schläfst.«

»Ich habe doch gar nicht erwähnt, dass ich mit ihr geschlafen habe.«

Da drehte Fitz grinsend den Kopf Richtung Stau. »Aber jetzt hast du's gesagt.«

Er stöhnte über diese Folgerung, stritt sie aber auch nicht ab.

»Es tut mir leid, dass es kompliziert ist und dass es nicht funktioniert hat. Du hast jemanden in deinem Leben verdient.«

»Mir tut es auch leid.«

* * *

»Folgen Sie mir. Ich zeige Ihnen, wo die Schmutzwäsche gesammelt wird.«

Olivia dankte ihm und ging hinter ihm her. Mit ihrer Verkleidung sah sie dreißig Jahre älter aus, ihre Nase war länger als normal, ihre Haare kurz und grau meliert. Die Brille sorgte für zusätzliche Tarnung.

Checkpoint Charlie war Richters Version eines Butlers und Türstehers.

Sie betrachtete ihn von hinten, während er vor ihr die Stufen hinabstieg. Der Mann schien überhaupt nicht älter geworden zu sein. Sie hatte ihn zu Schulzeiten schon auf sechzig geschätzt, und jetzt, nach all den Jahren, sah er immer noch aus wie sechzig. Die meiste Zeit verbrachte er tatsächlich als Portier am Haupteingang. Obwohl er auch von überall sonst im Haus noch rechtzeitig an der Tür war, da es eine bewachte Pforte gab, die ungebetene Besucher abhielt und die anderen vorher ankündigte.

Er war ein netter Mensch.

Wenn die Waisenkinder unter den Schülern etwas zu feiern hatten, war er es, der ihnen ein Geschenk machte. Manchmal bestand es nur darin, dass er bewusst wegsah, wenn etwas einen

Schüler in Schwierigkeiten mit der Direktorin gebracht hätte. An Olivias achtzehntem Geburtstag hatte er »aus Versehen« sein Schließfach offen stehenlassen. Dort hatte Charlie für solche Anlässe Wein oder anderen Alkohol deponiert und es den Betreffenden stets wissen lassen. Gefallen dieser Art galten vor allem den Schülern und Studierenden, die in Richter festsaßen.

Charlie öffnete ihr die Tür zum Waschraum.

»Danke«, sagte sie auf Deutsch und warf einen Blick hinein.

»Anscheinend haben Ihre Kollegen schon alles erledigt«, sagte Charlie jetzt auf Englisch und schloss die Tür, sodass sie zu zweit im Wäschekeller standen.

Als Olivia sich zu ihm drehte, bemerkte sie seinen durchdringenden Blick.

Da wurde ihr klar, dass sie aufgeflogen war.

Dienstmädchen und Butler waren immer die Ersten, die über die Geschehnisse im Haus Bescheid wussten. Charlie war einfach zu clever.

»Warum bist du zurückgekommen?«, fragte er, während er sie musterte, als müsse er erst herausfinden, wer sie war.

Olivia richtete sich auf. »Wissen Sie überhaupt, wer ich bin?«

Er wiegte den Kopf hin und her, dann meinte er: »Die Verkleidung ist ein bisschen dürftig, wenn du mich fragst. Ich habe dich aufwachsen sehen und immer überlegt, wie du wohl später mal aussehen würdest.«

Verdammt!

Er seufzte. »Alle Welt glaubt, dass du tot bist.«

Das waren Worte, die sie gern hörte.

Jetzt zog sie den Kragen ihrer Uniform ein wenig zur Seite, um die Narbe oberhalb ihrer Brust zu zeigen. »Nicht jeder.«

Charlie kniff die Augen zusammen. »Das tut mir leid.«

»Ich habe es überlebt.«

Er schüttelte den Kopf. »Ich meine nicht die Sache mit der Kugel, sondern deine Wiederauferstehung.«.

Ja, darüber war sie auch sauer. »Ich brauche die Infos aus dem unteren Gebälk.«

Das schien Charlie zu erheitern. »Ach so, du meinst die verlorenen Schätze aus den Eingeweiden von Richter? Die hat es nie gegeben.«

»Doch, klar. Ich kenne Leute, die sie schon gesehen haben.«

Er zögerte. »Selbst wenn es sie gegeben hätte, wären sie jetzt verschwunden.«

Nonsens. Richter hatte zu viele Geheimnisse, als dass wirklich alle vernichtet sein konnten.

»Wie viele sind vor mir gekommen, um sie zu suchen?«

»Ein paar«, antwortete er.

»Waren das Fälle wie meiner? Leute mit derselben ›Anstellung‹?«

»Manche davon.« Er schluckte. »Ich habe nichts vom Ausmaß von Lodovicas Machenschaften gewusst.«

Sie wollte ihm gerne glauben. »Aber Sie haben doch sonst immer gewusst, was auf dem Campus passierte.«

»Irgendwann war ich im Bilde, aber da war es für viele von euch schon zu spät.«

»Nicht für alle.«

Charlie senkte den Blick. »Es ist ein Kreuz, das ich jeden Tag tragen muss.«

»Warum sind Sie geblieben? Warum sind Sie immer noch hier?« Sie nahm jetzt die Brille ab, die sie nicht länger brauchte, um ihr Gesicht zu verstecken.

»Für dich. Für alle wie dich. Diejenigen, die zurückkommen, verdienen Antworten und ich tue, was ich kann, um sie ihnen zu geben.«

»Dann zeigen Sie mir den Weg zu den Akten.«

»Was genau suchst du?«

Wieder legte Olivia die Narbe frei und deutete darauf.

Als Charlie verstand, wurde sein Gesicht ernst. »Der Schütze war einer von unseren.« Es war keine Frage.

Sie nickte. »Ich muss wissen, wo …«

Charlie hob die Hand, um sie zu unterbrechen.

»Halt, sag keinen Namen. Bitte! Ich werde *deinen* Namen niemals nennen und deshalb bitte ich dich auch, mir nicht den Namen des anderen zu verraten.« Man konnte Charlie ansehen, wie sehr ihn das mitnahm. Jetzt wirkte er plötzlich ein wenig älter.

Olivia wählte ihre Worte mit Bedacht. »Wenn ich jemals die Chance auf ein normales Leben haben will, oder sagen wir, wenn ich *überleben* will, muss ich als tot gelten. Aber dafür brauche ich Hinweise auf die Person, die mir die Kugel durch die Brust gejagt hat. Eigentlich spricht nichts dafür, dass es persönlich gemeint war. Deshalb muss ich unbedingt herausfinden, wer als Auftraggeber dahintersteckt. Ich muss wissen, wer sonst noch weiß, dass ich am Leben bin.«

Als Charlie schwieg, dachte sie schon, er werde nichts preisgeben. Aber dann sprach er schließlich doch. »Es gibt da einen gewissen Ort in Ungarn, in Budapest. Es ist ein Ort, an dem sozusagen ständiger Waffenstillstand herrscht. Einen Ort, wo man reden kann, ohne das Risiko einzugehen, auf der Stelle erschossen zu werden.«

Das klang vielversprechend. »Ein Ehrenkodex unter Kriminellen?«

»Ja. Wahrscheinlich sieht niemand dort so aus wie in Wirklichkeit. In all den Jahren hier in Richter habe ich diesen Ort schon öfter weiterempfohlen. Bislang hat mich niemand einen Lügner genannt. Also gehe ich davon aus, dass der Klub existiert und nützlich ist. Ich will nur den ehemaligen Schülern dieser Institution dienen und nehme an, du verkehrst mit

Leuten, die manchmal dorthin gehen. Dort besteht kein Risiko, erschossen zu werden.«

Es klang perfekt.

Er verriet ihr den Namen des Nachtklubs, dann trat er einen Schritt zurück.

Jetzt schenkte sie ihm ein aufrichtiges Lächeln. »Ich danke Ihnen.«

»Ich verdiene deinen Dank nicht.«

Plötzlich musste sie wieder an Leo denken. Dieser Spruch hätte auch von ihm stammen können. »Kann sein, aber trotzdem danke.«

Er trat aus dem Weg und gab die Tür frei.

Doch Olivia blieb neben ihm stehen und berührte seinen Arm. »Ich weiß, dass Sie lügen, was die verlorenen Schätze betrifft.«

Jetzt blickte er sie direkt an. »Um die Unschuldigen zu beschützen, muss man manchmal auch die Schuldigen schützen.«

Noch so ein Spruch, der aus Leos Mund hätte stammen können.

Olivia drückte Charlie einen Kuss auf die Wange, dann ging sie hinaus.

* * *

Sein Team arbeitete fieberhaft daran, irgendetwas über Olivia herauszufinden.

Seit wann war das sein Lebensinhalt geworden? Seit wann nahm die Sorge um einen anderen Menschen so viele Stunden seines Tages in Anspruch?

Neil saß in seinem Arbeitszimmer und blickte auf den Bildschirm, auf dem er den Schichtwechsel seiner Angestellten in der Einsatzzentrale sah.

Seine *Angestellten* ... Wem machte er da etwas vor?

Claire und Cooper verabschiedeten sich und verließen Hand in Hand das Büro. Die Tatsache, dass seine Quasi-Tochter eine echte Beziehung hatte, machte ihm immer noch zu schaffen. Auch wenn es sich dabei um einen Mann handelte, den er schon länger kannte als sie selbst. Trotzdem, Claire war damals, als Neil sie kennenlernte, noch so jung und unschuldig und für ihr Alter verdammt clever gewesen. Sie hätte genauso gut Pohls Opfer werden oder einem anderen Bösen in die Fänge geraten können, der aus ihr gemacht hätte, was Olivia jetzt war.

Jetzt war außer ihm nur noch Jax da.

Eine halbe Stunde später würde die Alarmanlage im Tarzana-Haus, in dem Claire, Cooper und Jax zu dritt wohnten, aufblinken und Neil anzeigen, dass die beiden anderen nach Hause gekommen waren. Jax blieb oft länger im Büro und schenkte Claire und Cooper auf diese Weise ein bisschen Privatsphäre.

Mit dem Gedanken, dass Cooper und Claire Sex hatten, würde er sich niemals anfreunden können.

Er hörte ein Geräusch hinter sich.

»Sag bloß nicht, dass du Claire hinterherspionierst.« Gwen grinste ihn wissend an.

»Quatsch! Natürlich spioniere ich Claire nicht hinterher!«

Jetzt schallte Gwens Lachen durch den Raum. Sie setzte sich auf Neils Schoß und versperrte ihm damit die Sicht auf den Bildschirm. »Du bist ein schlechter Lügner.«

Er schmunzelte. »Früher war ich ein besserer.«

Gwen, die Liebe seines Lebens und Mutter seiner Kinder, drückte ihm einen Kuss auf die Stirn. »Warum machst du dir Sorgen?«

Er nahm die Lesebrille ab, die er nur zu Hause verwendete, und warf sie auf den Schreibtisch. »Claire hatte mit dem Fall zu tun. Sie war sogar maßgeblich daran beteiligt, Mykonos zu Fall zu bringen. Nachdem man auf Olivia geschossen hat, habe ich Claire sofort abgezogen, um sie zu schützen.«

»Aber du machst dir immer noch Sorgen.«

Neil zwickte Gwen mit der Hand in den Oberschenkel. »Stimmt.«

»Und tust du alles, was in deiner Macht steht?«

»Ja.«

»Dann atme einfach mal tief durch.«

Als hätte Gwen einen geheimen Schalter betätigt, schaffte Neil es tatsächlich, einen tiefen Atemzug zu nehmen und sich dabei zu entspannen. Er lehnte den Kopf an ihre Schulter.

Jeden Tag war er dankbar, diese Frau an seiner Seite zu wissen.

Als das Festnetztelefon auf dem Schreibtisch klingelte, ignorierte er es.

Doch Gwen drehte sich auf seinem Schoß um. »Es ist eine deutsche Nummer.«

Da griff Neil zum Hörer. »Hallo?«

»Eine Frau, auf die Ihre Beschreibung passt, ist heute zu Besuch gekommen.«

Neil drückte Gwen voller Freude über dieses Lebenszeichen von Olivia.

»Was wollte sie?«

Es klickte ein paarmal in der Leitung.

»Akten, von denen nur sehr wenige Leute wissen, dass es sie gibt. Und eine Information über einen ehemaligen Klassenkameraden, mit dem sie möglicherweise eine Begegnung hatte. Vielleicht, um sich für das nette Souvenir zu bedanken.«

Damit war die Leitung tot.

Olivia ist in Deutschland.

»Wer war das?«, wollte Gwen wissen, während sie ihm den Hörer abnahm, um ihn auf die Ladestation zurückzustellen.

»Charlie vom Richter-Internat. Wir haben einen Hinweis.«

»Super!«

Neil griff wieder zum Telefon. »Claire muss zurück ins Büro kommen …«

Da nahm Gwen ihm abermals den Hörer aus der Hand. »Lass doch die beiden jungen Leute in Ruhe. Du wirst Claire nicht vom Sex mit Cooper abhalten, indem du sie immer wieder ins Büro zurückrufst.«

»Aber das ist doch …«

»Was hat Charlie denn gesagt?«

»Olivia ist in der Schule aufgekreuzt. Sie wollte sich Zugang zu den Akten verschaffen, die wir uns auch schon unter den Nagel gerissen haben. Sie braucht sie, um die Person zu finden, die auf sie geschossen hat.«

»Das heißt, sie weiß, wer es war.«

Neil nahm Gwen wieder das Telefon aus der Hand. »Da die meisten dieser Akten auf Deutsch sind und Claire Deutsch kann …«

Erneut schlang Gwen ihre langen Finger um den Hörer und schnappte ihn sich. »Jax kann auch Deutsch und Sasha ebenfalls.«

Als Neil das Telefon wieder an sich reißen wollte, ließ Gwen nicht locker.

»Aber Claire …«

»Darf nach einem langen Tag zu Hause bleiben. Sie kann morgen früh helfen.«

Das Klingeln des Alarmsystems verriet ihm jetzt, dass Claire und Cooper in Tarzana angekommen waren. Er wechselte die Bildschirmeinstellung. Jax saß immer noch im Büro.

Einerseits gefiel es ihm ganz und gar nicht, dass seine Frau ihn so durchschaute, andererseits liebte er sie dafür. »Also meinetwegen, dann rufe ich eben Sasha an.«

Gwen grinste triumphierend und richtete sich auf, wie immer, wenn sie sich mal wieder durchgesetzt hatte. Nun überließ sie ihm bereitwillig das Telefon. »Ja, aber lass es ruhig Jax machen. Sie hat sicher nichts gegen ein paar Überstunden.« Damit glitt Gwen von seinem Schoß und strich sich die imaginären Falten aus der Hose. »Übrigens fliegt Jax doch bald nach Europa, um ihre Familie zu besuchen, oder?«

»Ja, nächste Woche.«

Gwen beugte sich hinab und gab ihm einen Kuss. Er währte nur kurz, war aber voller Versprechen. »Dann freunde dich doch schon mal mit der Vorstellung an, dass Claire und Cooper bald das ganze Haus für sich allein haben und sowieso tun werden, wonach ihnen der Sinn steht.«

Damit wandte sie sich zum Gehen und Neil nutzte seine Chance, ihr schnell noch einen Klaps auf den Po zu geben.

Gwen warf ihm einen Blick über die Schulter zu. »War das ein Versprechen für später?«

Selbst nach zwanzig Jahren schaffte es seine Frau immer noch, ihn allein mit ihren Worten hart werden zu lassen.

KAPITEL 25

Da das Programm im Jugendzentrum erst am späten Nachmittag begann, arbeiteten sie meistens bis in die Abendstunden. Leo und Fitz waren auf dem Heimweg, als Neil anrief.

»Hi«, antwortete er und spürte, wie ihm das Adrenalin in die Adern schoss, wie immer, wenn Neil anrief.

»Kannst du reden?«

Leo blickte zu Fitz, die am Steuer saß. »Nicht wirklich.«

»Dann ruf mich zurück, sobald es geht.«

Oh nein, nein, nein. »Halt, warte. Erzähl.«

Neil zögerte. »Sie ist am Leben. Es gibt eine Spur.«

Erleichterung durchflutete Leo. »Ja, Happy Hour klingt gut. Ich rufe dich an, sobald ich auf dem Weg bin.« Als er auflegte, musste er sich sehr beherrschen, dass er nicht allzu breit grinste.

»Ich liebe Happy Hour. Wo gehen wir hin?«, fragte Fitz.

»Ähm ...« Leo räusperte sich. »Das war Neil. Er hat Probleme mit seiner Liebsten. Ich weiß nicht, ob er darüber im Beisein einer Frau reden will.«

»Schade. Mein Sozialleben geht in letzter Zeit gegen null.«

»Nächstes Mal?«, fragte Leo versöhnlich.

»Ne, deine Mitleidseinladungen kannst du dir sparen.«

»Ich dachte, mit diesen Dating-Apps läuft es super?«

Jetzt fuhr Fitz auf den Freeway und damit mitten in den Stau. »Weißt du, was man als Frau auf Dating-Plattformen findet?«

»Nein, aber du wirst es mir gleich sagen.«

Sie hob die Hand vom Lenkrad, um aufzuzählen: »Betrüger, fremdgehende Ehemänner, alte Säcke, die auf der Suche nach wesentlich jüngeren Frauen sind. Oder Männer, die auf wenig IQ und viel Titten stehen.«

Das klang beschissen.

»Also dann gehen wir nächste Woche zur Happy Hour«, bot er erneut an.

»Na gut.«

* * *

Leo fuhr auf Neils Grundstück und parkte in der kreisrunden Auffahrt.

Er kam zum ersten Mal hierher und war von dem imposanten Anwesen, einem Gebäude im mediterranen Stil, zu dem eine kopfsteingepflasterte Allee führte, schwer beeindruckt. Die Sonne war untergegangen und das Haus wurde nun durch die Lichter unter dem Dachvorsprung und in den Bäumen perfekt in Szene gesetzt.

Leo blickte zur Kamera vor der Haustür und drückte auf die Klingel.

Drinnen hörte er Schritte, dann wurde die Tür geöffnet.

»Hi.«

Neils Tochter stand vor ihm und ihm war sofort klar, warum Neil im Hinblick auf ihre ersten Dates so gestresst war. Sie war genauso schön wie ihre Mutter, mit dem einzigen Unterschied, dass sie dunkelbraunes Haar hatte. »Du bist Emma, oder?«

»Ja.« Sie machte die Tür weiter auf. »Und Sie sind Leo?«

»Genau.«

»Kommen Sie rein.« Emma drehte sich um und brüllte: »Dad?«

Jetzt erschien Gwen. »Also wirklich, Emma, musst du so schreien?«, fragte sie mit britischem Akzent, der ihr noch mehr Eleganz verlieh. Gwen lächelte Leo an.

»Entschuldigung.« Emma schien sich jetzt auf die feine Dame in ihr zu besinnen. Sie drückte den Rücken durch und räusperte sich. »Vater … dein Besuch ist eingetroffen.«

Lachend schüttelte Gwen Leo die Hand. »Freut mich, dich wiederzusehen.«

»Tut mir leid, dass ihr so wenig Vorwarnung hattet.«

»Was allein an Neil liegt. Dafür musst du dich doch nicht entschuldigen.« Sie führte ihn durch einen großen Raum mit hohen Decken.

»Ihr habt es wirklich wunderschön.«

»Danke.« Gwen kickte ein paar achtlos liegen gelassene Turnschuhe zur Seite und stöhnte: »Kinder!«

»Meine sind das nicht«, verteidigte sich Emma, während sie sich auf die Couch plumpsen ließ.

»Dann sag bitte deinem Bruder, dass er runterkommen und seine Sachen wegräumen soll.«

Auf dem Küchentisch lagen Schulsachen verstreut.

Wieder rief Emma durchs ganze Haus. »Hey, Blödmann, Mum hat gesagt …«

»Emma Louise!«

Sogar Leo hatte das Gefühl, strammstehen zu müssen, als der zweite Vorname ausgepackt wurde.

Gwen führte Leo durch die Küche in einen anderen Flur. »Hast du eigentlich auch Kinder, Leo?«

»Nein.«

»Sie sind wirklich eine Freude.« Jetzt waren sie vor einer geschlossenen Tür angekommen. »Außer wenn sie es nicht sind.«

285

Leo musste lachen.

Dann öffnete Gwen die Tür zu Neils Büro.

Der Raum war so groß wie ein Kinosaal. In der Mitte stand ein Schreibtisch, der ebenso gut im Oval Office hätte stehen können. Es gab mehrere kleine Sitzgruppen und zwei riesige Sofas mit einem Couchtisch.

Neil telefonierte gerade. Er hob die Hand, um ihm zu verstehen zu geben, dass er gleich fertig sei. »Ja, wir kümmern uns darum. Danke … Das mache ich. Tschüss.« Er legte auf, dann kam er mit ausgestreckter Hand auf Leo zu.

»Bist du auf dem Weg hierher über jede rote Ampel gefahren?«

»Nur über zwei«, antwortete Leo und schüttelte Neils Hand.

»Magst du was trinken?«, fragte Gwen.

»Nein, vielen Dank.«

Neil lächelte seiner Frau zu. »Blake hat gesagt, dass du Sam anrufen und ausmachen sollst, wann wir uns nächste Woche zum Essen treffen.«

»Sehr gut.«

Gwen verabschiedete sich und ließ sie allein.

Leo stieß einen kleinen Pfiff aus. »Ihr habt ein beeindruckendes Haus, Neil.«

»Das ist alles Gwens Werk.«

Leo betrachtete das Kunstwerk an der Wand. Es sah teuer aus.

»Muss ich nachfragen oder erzählst du es mir gleich?«

Neil zeigte aufs Sofa und Leo nahm Platz.

»Olivia ist in Deutschland. Oder zumindest war sie dort. Sie ist im Richter-Internat aufgekreuzt und hat Informationen über einen ehemaligen Schüler gesucht.«

»Den, der auf sie geschossen hat.«

»Wahrscheinlich.«

»Gibt es auf dem Campus eine Liste der Absolventen, die für dunkle Zwecke rekrutiert wurden?«

Neil schüttelte den Kopf. »Nur von potenziellen Rekruten, aber ich bezweifle sehr, dass diese Liste noch dort zu finden ist.«

Leos aufgeflammte Hoffnung schwand. »Und jetzt?«

»Wir haben eine Kopie dieser Liste.«

Begeistert streckte Leo die Hand aus. »Zeig her.«

Doch Neil schüttelte den Kopf. »Nein. Auf der Liste stehen die Namen vieler Unschuldiger. Sasha und Jax gehen sie gerade durch, um die Suche einzugrenzen.«

Manchmal vergaß Leo, dass er und Neil nicht für dasselbe Team spielten. »Wir könnten die Suche beschleunigen, wenn ich dafür die Datenbank des FBI nutze.« Damit hätten sie den Täter davon abhalten können, ein zweites Mal auf Olivia zu schießen.

»Olivias Name steht auch auf dieser Liste. Man muss sich fragen, wie viele andere es von Olivias Sorte gibt. Leute, denen es genauso ergangen ist wie ihr und die jetzt untergetaucht sind, weil ihr Auftraggeber endlich tot ist. Die Liste ist für Olivia eigentlich nicht relevant, denn sie kennt wahrscheinlich den Namen des Täters … Das, wonach sie sucht, ist größer.«

Leo schnaubte. »Größer als eine ganze Liste voller Auftragskiller?« Das konnte er sich nur schwer vorstellen.

»Ja, andere Geheimnisse. Die Vorstandsmitglieder der Schule hatten früher die Personalverantwortung für den Verwaltungsrat der Schule. Pohl und Lodovica, die ehemalige Direktorin der Schule, haben schmutzige Geheimnisse von Eltern, die im Vorstand saßen, in Erfahrung gebracht und sie damit erpresst.«

»Das heißt, die Vorstandsmitglieder wussten von Pohls Machenschaften?«

»Vielleicht manches davon, aber es ist eher unwahrscheinlich, dass sie das ganze Ausmaß kannten. Nur konnten sie keine

Fragen stellen, weil man sonst ihr Geheimnis preisgegeben hätte. Bei AJs Mutter war das auch so. Sie hatte mal eine Affäre, aus der AJ stammte. Als ihr Ehemann ein paar Jahre später zum amerikanischen Botschafter in Deutschland ernannt wurde, hatte Lodovica ihr gegenüber ein Druckmittel. Pohl hat die Vorstandsmitglieder, die alle in einer ähnlich prekären Lage wie AJs Mutter waren, erpresst, damit sie weiterhin für Lodovica stimmten. So konnte er alle elternlosen Schüler – Kinder wie Olivia – abschöpfen und sich zu Sklaven machen.«

Wie schrecklich! »Und die Vorstandsmitglieder haben nichts gemacht?«

»Ganz genau. Aber für jede Olivia gibt es eine Sasha. Es gab auch Waisen, die an der Schule waren, um für das harte Leben da draußen besser gewappnet zu werden und später auf sich selbst aufpassen zu können. Sashas Vater hatte Sashas Mutter umgebracht und er hätte auch Sasha beseitigt, wenn er sie ausfindig gemacht hätte. Auch die geheimen Informationen über Sashas Herkunft, als sie zur Schule kam, und wer ihr Wohltäter war, stehen in den Akten. Nichts davon ist schmutzig, es sei denn, die Informationen gelangen an die falsche Person, und da wir nicht wissen, wem damit Schaden zugefügt werden könnte, bleiben die Akten geheim. Die Vorstandsmitglieder wurden damals, als vor sieben Jahren alles ans Licht kam, genau unter die Lupe genommen.«

Leo stützte die Hände auf die Knie, als würde er damit alles besser verdauen können. »Und jetzt sucht Olivia nach genau diesen Informationen.«

Neil nickte. »Sie weiß eigentlich, dass wir Kopien der Akten haben. Aber sie ist lieber direkt zur Quelle gegangen, statt uns zu fragen.«

»Damit ihr nicht involviert seid.«

»Ein weiterer Beweis dafür, dass Olivia nicht mehr diejenige ist, die Pohl aus ihr gemacht hat.«

Leo stand auf und ging im Raum umher. »Sie hat einen Namen. Sie wollte jede Information, die sie kriegen konnte, um die Person ausfindig zu machen.«

»So hätte ich es zumindest gemacht.«

»Aber was hat sie vor? Die Person umbringen?«

Neil zuckte mit den Achseln. »Vielleicht. Wenn der Anschlag ihr persönlich galt.«

Leo kniff die Augen zusammen. Bei dem Gedanken, dass sie den Schützen aufspüren wollte, wurde ihm ganz schlecht.

»Oder vielleicht will sie denjenigen ausfindig machen, der den Täter als Spielball benutzt hat, so wie Pohl es getan hat. Das würde mich mehr interessieren, wenn es nicht persönlich gemeint war.«

»Weißt du, ob sie Erfolg hatte? Also, ob es ihr gelungen ist, sich die Akten zu beschaffen?«

»Keine Ahnung. Aber ich bezweifle es.«

Leo nickte langsam, während sich in seinem Kopf ein Gedanke formte. »Woher weißt du eigentlich, dass sie in die Schule eingedrungen ist?«

Neil nahm eine Fernbedienung vom Couchtisch und drückte einen Knopf. Nun wurde der Raum sogar noch größer, als sich eine Faltwand zusammenzog, hinter der ein Feld von Bildschirmen in Sicht kam. »Verdammt, Neil!«

Jetzt zeigte auch Neil ein leichtes Schmunzeln. »Ja, darauf bin ich selbst ein wenig stolz.«

Mit verschränkten Armen wartete Leo darauf, welche James-Bond-Spielzeuge Neil sonst noch auspacken würde.

Auf einer zweiten Fernbedienung drückte Neil nun wieder ein paar Knöpfe, woraufhin alle Bildschirme aufleuchteten.

Es sah aus wie eine Patchworkdecke. Die Monitore zeigten die Bilder von Kameras aus verschiedenen Häusern und Geschäftsräumen. Es war eine wesentlich größere Version von dem, was sich in Neils Einsatzzentrale befand.

Neil ging zu seinem Computer, drückte auch dort auf ein paar Tasten. Nun blieb nur noch der Bildschirm in der Mitte erleuchtet. Neil vergrößerte das Bild, was die umliegenden Monitore wieder anschaltete, um ein Gesamtbild von mehr als drei Metern Höhe und fünf Metern Breite entstehen zu lassen.

»Das ist Richter. Eine Satellitenaufnahme, wie man sieht. Hier ist der Haupteingang, dort der Dienstboteneingang.«

»Olivia würde wahrscheinlich nicht den Haupteingang nehmen.«

»Richtig, hat sie auch nicht.« Neil schaltete sich durch die Aufzeichnungen der verschiedenen Kameras. Dann hielt er bei einem bestimmten Bild an. »Sie weiß ganz genau, wo die Kameras angebracht sind, und natürlich auch, wie man sie vermeidet. Jeder Schüler weiß das. Das ist für Olivia nichts Neues.« Neil zeigte die Aufzeichnung zu einer anderen Tageszeit. Er ließ das Video anhalten und zoomte näher heran. »Das ist Charlie. Die Kinder nennen ihn Checkpoint Charlie.«

Leo lachte. »Wie niedlich.«

»Der Name ist durchaus passend. Charlie ist sozusagen der Torwächter der Schule. Ihm allein ist es zu verdanken, dass Sasha und Claire noch am Leben sind. Er ist derjenige, der mich informiert hat.«

»Arbeitet er auch für dich?«

»Nein. Aber er weiß, was auf dem Campus geschieht. Ich habe immer mal wieder Kontakt zu ihm, um sicherzustellen, dass kein neuer Pohl auftaucht. Charlie gibt mir bereitwillig Auskunft. Als Olivia verschwunden ist, habe ich ihm gesagt, dass er mich über jeglichen Besuch informieren soll. Was er eigentlich abgelehnt hat.«

»Warum?«

»Vielleicht, um sie zu schützen? Ich weiß es nicht. Aber sie muss wohl irgendwas gesagt haben, das ihn dazu gebracht hat, seine Meinung zu ändern.«

Leo rieb sich die Bartstoppeln, die Olivia gut gefallen hätten. »Er will, dass wir sie finden.«

»Ich glaube, er will allen verlorenen Schülern helfen. Und dazu gehört wohl auch die Person, die auf Olivia geschossen hat.«

Jetzt verstand Leo. »Sieht ganz danach aus, als müsse man Checkpoint Charlie persönlich befragen. Wir müssen herausfinden, was er ihr gesagt hat.«

»Was er dir nicht bereitwillig auf die Nase binden würde«, meinte Neil.

»Das hält mich trotzdem nicht davon ab, ihn zu fragen. Wann genau war Olivia dort?«

Neil starrte ihn an und schwieg.

Leo starrte zurück.

Endlich wandte Neil den Blick ab und machte eine Eingabe auf dem Computer. »Das hat Charlie nicht gesagt. Der Campus ist gut überwacht. Wir sind damals spätabends eingedrungen. Dafür hatten wir das System gehackt, um unentdeckt zu bleiben.« Er hielt die Aufnahme vom Dienstboteneingang an und zoomte an einen Lieferwagen heran. »Als Einzelperson würde ich versuchen, mich unauffällig zu verkleiden.«

Auf dem Lieferwagen stand etwas auf Deutsch. Leo verstand die Worte nicht, aber das Logo mit der Wäscheleine zeigte deutlich, worum es sich handelte.

»Von wann stammen diese Aufnahmen?«

»Sie wurden vor zwanzig Stunden gemacht.«

»Genug Zeit für Olivia, um mittlerweile auf der anderen Seite der Welt zu sein.«

Wie er sein Vorhaben seinem Chef verklickern sollte, wusste Leo noch nicht, aber das spielte jetzt keine Rolle.

»Ich brauche einen Flug.« Er zog sein Handy heraus.

»Charlie wird niemals mit dir reden.«

»Ich kann sehr überzeugend sein.«

»Man wird dich nicht einmal auf den Campus lassen.«

»Dann passe ich Charlie eben ab, wenn er nach Hause fährt.«

»Er wohnt auf dem Schulgelände.«

Leo lehnte sich zurück und schaute trotzdem schon im Internet nach Flügen. »Würde es sich um Gwen handeln, würdest du doch auch nicht tatenlos hier herumsitzen, während sie auf einem anderen Kontinent unterwegs ist, oder?«

»Also gut. Steck dein Handy weg«, knurrte Neil. »Dein Flieger geht morgen früh um zehn. Jax soll dich begleiten. Sie wäre nächste Woche sowieso zu ihrer Familie nach Europa geflogen. Claire und Sasha waren damals dabei, als wir die Machenschaften der Schule aufgedeckt haben. Die Gesichter der beiden sind also mit dem Vorfall verknüpft, das von Jax nicht. Vielleicht redet Charlie mit ihr.«

Leo hörte im Geiste Claires Stimme. *Sentimental und gefühlsduselig.* »Du bist ein guter Mensch.«

»Ich habe ein zweites Team in der Nähe von London. Jax ist dort bekannt. Wenn ihr auf irgendwelche Informationen stoßt, stehen euch meine Leute sofort zur Seite. Ich komme dann gleich mit dem nächsten Flug. Aber bitte tu mir einen Gefallen: Spiel nicht den Märtyrer.«

KAPITEL 26

Olivia hatte einen Stadtplan der Gegend, in der sich das A Róka befand, der Klub, von dem Charlie ihr berichtet hatte. »Der Fuchs«, wie der Klub übersetzt hieß, befand sich im Fünften Bezirk, in der Nähe des Parlamentsgebäudes, der Donau und des Freiheitsplatzes. Die Lage war perfekt, da es in allen Richtungen genügend Fluchtwege gab. Wege, die Olivia im Kopf genau durchging.

Sie war dabei, Neuland zu betreten, denn sie hatte noch nie ihresgleichen gejagt. Es war ein Tanz auf einem sehr dünnen Seil. Einfach so ins A Róka zu gehen, war ein Wagnis. Natürlich würde sie ihr Aussehen verändern. Aber wie hieß es so schön? Ein Schuft konnte einem anderen Schuft nichts vormachen. Für sie war es ein Kinderspiel, zu erkennen, wer verkleidet war und wer nicht. Käme jemandem ihr Gesicht auch nur vage bekannt vor und dieser Jemand musterte sie genauer, würde das Olivia nur Scherereien bereiten. Es gab jedoch keinen anderen Weg, als den Nachtklub persönlich zu betreten. Über das Internet fand sie lediglich heraus, dass es einen Dresscode gab und die Benutzung von Handys untersagt war.

Die Fahrt nach Ungarn würde neun Stunden dauern. Anders ging es nicht, denn Olivia wollte nicht ohne Waffe dort aufkreuzen.

Sich erst dort eine zu beschaffen, wäre zu umständlich gewesen, und eine Waffe ohne Insiderhilfe an der Sicherheitskontrolle des Flughafens vorbeizuschleusen, zu riskant.

Olivia konnte sich inzwischen kaum noch konzentrieren.

Es war schon zwei Uhr morgens.

Sie räumte ihren Arbeitsplatz auf und bereitete alles für eine schnelle Flucht vor, sollte diese nötig sein. Dann widmete sie sich ihrem Abendritual, das inzwischen zu einem festen Bestandteil ihres Tages geworden und für sie beinahe essenziell war, um zur Ruhe zu kommen.

Sie nahm ihren Computer mit ins Bett und machte alle notwendigen Eingaben, um Leo zu sehen.

Denn er loggte sich jeden Abend ins Internet ein, sodass sie ihn beobachten und hören konnte, während er in der Küche beschäftigt war und immer wieder mal zum Computer ging. Ab und zu hörte sie sogar, wie er ihren Namen murmelte. »Komm schon, Olivia. Es bringt dich doch nicht um, mal kurz Hallo zu sagen, oder?«

Sie wusste, dass er sie nicht sehen konnte.

Aber dass sie ihn sah und hörte, war sehr beruhigend.

Diesmal aber war sein Computer ausgeschaltet. Nach einer Weile gab sie auf.

Arbeitete er heute vielleicht länger?

Sie klappte ihren Laptop zu und schob ihn auf die andere Bettseite. Leos Seite. Wenn sie wieder mitten in der Nacht wach lag, würde sie noch mal nachsehen, ob er seinen Computer vielleicht doch noch hochgefahren hatte.

Jetzt wurde sie von Müdigkeit übermannt. Zum Einschlafen berührte sie den kühlen Laptop und stellte sich vor, Leo läge dort.

Genau vier Stunden später öffnete sie die Augen und stöhnte. Die Geschwindigkeit ihres gegenwärtigen Lebens war unerträglich.

Sie sah nach Leos Computereingaben.

Nichts. Dabei war es in Los Angeles erst einundzwanzig Uhr.

Seltsam.

Nach genau einer Stunde verließ sie ihr Zimmer und setzte sich gegenüber vom Hotel in ein Café. Sie bestellte Kaffee und warmen Porridge. Trotz des frühen Morgens herrschte hier schon reger Betrieb.

Olivia hörte die Leute um sich herum Deutsch sprechen und fühlte sich sonderbar heimisch. Sie musste an damals denken, als sie ein Jahr nach ihrem Abschluss in Richter in einem ähnlichen Café gesessen hatte. Sie hatte gerade den ersten Schock über ihre Anstellung überwunden und war bereits auf der Suche nach einem Ausweg. Überall um sie herum sah sie fröhliche Gesichter, Leute mit einem unbeschwerten Leben, und eine schier endlose Sehnsucht machte sich in ihr breit. Neben ihr saß eine Gruppe junger Leute und irgendwie kam sie mit ihnen ins Gespräch. Sie freundete sich mit ihnen an, ging manchmal mit ihnen oder anderen Leuten aus.

Bis der nächste Anruf kam.

Du musst nach Prag. Ich brauche dich in Moskau. In Costa Rica gibt es eine Situation. Nicht immer war eine Pistole nötig. Manchmal hatte Olivia einfach nur spionieren und Informationen einholen müssen. Doch jeder Einsatz, ob mit oder ohne Schüsse, vertiefte das Loch in ihrer Seele.

Irgendwann hörte sie auf, mit anderen Leuten ins Gespräch kommen zu wollen. Sie steckte sich Kopfhörer in die Ohren und tat so, als würde sie Musik hören, damit niemand sie ansprach. Nach Beendigung eines Auftrags suchte sie sich stets weit weg vom Einsatzort eine Bar, um mithilfe des nächstbesten Mannes die Bilder und Erinnerungen aus ihrem Kopf zu vertreiben.

Bis sie eines Tages Amelia begegnete.

AJs Schwester war Olivias ehemalige Zimmergenossin in Richter und trat wie ein Sonnenstrahl mitten in Südafrika erneut in Olivias Leben.

Amelia war auf einer Dienstreise für einen legalen, ehrenwerten Job gewesen. Sie begegneten sich in einem Café und Olivia hatte keine andere Wahl, als sich mit ihr über alles zu unterhalten. Am Ende quatschten sie stundenlang miteinander. Amelia erzählte von ihrer Arbeit, ihrer neuen Wohnung, und beklagte sich, dass sie keine Beziehung hatte. Olivia flunkerte ihr etwas vor und behauptete, dass sie um die ganze Welt reise, Champagner trinke und mit tollen Männern ins Bett steige, auch den verheirateten. Es war eine krasse Übertreibung aber genau das, was Amelia hören wollte.

Im Laufe des Abends wechselten sie in eine Bar und Amelia begann, die unangenehmeren Fragen zu stellen.

Bis zum nächsten Morgen hatte Amelia die ganze hässliche Wahrheit über Olivias Situation erfahren. Oder besser gesagt, die Kurzversion davon. Eigentlich hatte sich Olivia dagegen gesträubt, eine Freundschaft einzugehen. Denn ihr war klar, dass sie Amelia damit in Gefahr brachte.

Olivia war damals ohne Pohls Wissen nach Südafrika gereist. Jeden Tag saß sie mit dem Kontakttelefon in der Hand am Kai und stellte sich vor, es einfach ins Wasser zu werfen.

Amelia war das Zünglein an der Waage.

Gemeinsam standen sie schließlich am Pier und sahen zu, wie das Handy auf den Meeresgrund sank. Dabei war Olivia durchaus klar gewesen, dass durch den Vertragsbruch mit Pohl ein Kopfgeld auf sie ausgesetzt würde.

Monate später erst hatte sich Olivia getraut, wieder mit Amelia Kontakt aufzunehmen. Sie hatten Olivias Wohnung mit Kameras ausgestattet, und Amelia hatte ihr auch die Sache mit den Geheimtintenbotschaften beigebracht, die sofort nach ihrem Erscheinen wieder vom Bildschirm verschwanden.

Keine sechs Monate später war Amelia tot. Tatsächlich waren alle drei Frauen, mit denen sich Olivia damals in Richter das Zimmer geteilt hatte, tot.

Und das alles, um Olivia aufzuspüren.

Jegliche Möglichkeit, sich eine echte Freundschaft oder gar eine Liebesbeziehung zu erlauben, war mit Amelia gestorben.

Doch dann war Leo aufgetaucht.

Und Neil mit seinem Team.

Und nun saß sie hier in diesem Café, in sich gekehrt, den Blick gesenkt, um durch ihre Körpersprache unnahbar zu wirken.

Sie hatte tatsächlich zu glauben gewagt, dass alle Welt sie für tot hielt.

Hätte sie nur ihren Albträumen mehr Beachtung geschenkt. Vielleicht wäre sie dann schneller wieder aufgewacht, vielleicht hätte sie ihre Amnesie schneller überwunden. Dann hätte sie nicht noch einmal ihr Herz brechen müssen, um erneut zu sterben.

* * *

»Gehört Neil dieses Flugzeug?«

Leo saß zum dritten Mal, seit er Neil kannte, in einem Privatjet, der einen vom Glauben abfallen ließ.

Jax hatte es sich mit angezogenen Beinen und ihrem Tablet auf dem Sofa gemütlich gemacht. »Eigentlich gehört es seinem Schwager. Der ist groß im Transportgeschäft unterwegs.«

Leo strich mit der Hand über das weiche Leder. »Findet man das irgendwann normal?«

Jax zuckte mit den Achseln.

»Das heißt wohl Ja.«

»Meine Eltern haben auch viel Kohle. Sie besitzen zwar keinen eigenen Flieger, aber normale Linienflüge fanden sie immer zu öde.«

Er betrachtete die vorbeiziehenden Wolken. »Wenn man das hier gewöhnt ist, will man wahrscheinlich nie wieder in der Holzklasse sitzen.«

»Neil spendiert nicht immer einen Flug in diesem Ding hier.«

»Ich kann mir gar nicht vorstellen, was so was kostet.«

»Das willst du lieber gar nicht wissen«, entgegnete Jax.

Leo wechselte das Thema. »Warum haben dich deine Eltern eigentlich aufs Richter-Internat geschickt?«

Jax antwortete, ohne von ihrem Computerspiel aufzublicken: »Sie hatten keine Lust, Eltern zu sein.«

»Autsch.«

Jetzt legte sie den Computer weg und sagte mit perfekt britischem Akzent: »Natürlich, ich habe eine wunderbare Tochter. Sie geht aufs Richter-Internat, wissen Sie? Sie beherrscht vier Fremdsprachen. Irgendwann wird sie mal eine wunderbare Ehefrau für einen reichen Mann abgeben.«

»Noch mal autsch.« Diese Beschreibung passte auf keine Frau, die für Neil arbeitete.

Jax stand auf und ging zur Bar. »Ja. Sie waren ziemlich sauer, als ich nach Amerika gegangen bin und einen *Job* angenommen habe. So was *Unanständiges*.« Sie holte ein Sektglas, fand eine Flasche Schampus und ein Päckchen Orangensaft. »Auch einen Drink?«

Er schüttelte den Kopf. »Wenn wir mit Richter fertig sind, fliegst du direkt zu deinen Eltern, oder?«

»Ich habe mich erst für nächste Woche angekündigt. Auf gar keinen Fall darf ich auch nur einen einzigen Tag zu früh auftauchen. Das würde den ganzen Plan durcheinanderbringen.«

»Warum besuchst du sie überhaupt, wenn sie solche Snobs sind?«

Jax zog mit einem satten »Plopp« den Korken aus der Flasche und füllte das Glas. »Ich hasse sie ja nicht. Sie sind keine schlechten Menschen, nur ziemlich egoistisch. Es ist traurig, aber ich kenne sie eigentlich kaum. Ich war noch klein, als sie mich nach Richter schickten, und bin nur an Weihnachten und in den großen Ferien nach Hause gekommen. Allerdings sind meine Eltern im Sommer immer vier Wochen in den Urlaub geflogen und haben mich und meinen Bruder bei unserem Kindermädchen gelassen.«

Armes reiches Mädchen. »Wie gemein!«

Mit ihrem Glas in der Hand richtete sich Jax auf und lächelte. »Ach, weißt du, auch wenn es beschissen klingt, so muss ich mir doch immer wieder vor Augen halten, welches Glück ich hatte.«

»Was hast du also dann vor, bis du das Haus deiner Eltern stürmst?«

Jax lachte über diesen Ausdruck.

Leo stellte sich ein herrschaftliches Anwesen mit Hauspersonal und einem Portal mit steinernen Windhunden vor. Wahrscheinlich war das Einzige, was die Ruhe dort jemals störte, der reiche Onkel, der seinen Bourbon-Whiskey fallen ließ, weil er zu viel getrunken hatte.

Jax zeigte zur Decke des Flugzeugs. »Ich fliege zu Blake, also Gwens Bruder, nach Amsterdam und werde in seinem Büro mal nach dem Rechten sehen.«

»Nach dem Rechten?«

»Ja, ich bleibe ein paar Tage, um die Datensicherheit zu überprüfen, und unterhalte mich mit den Angestellten, um herauszufinden, ob es irgendwelche Bedenken geben könnte.«

»Das heißt, du spionierst die Holländer aus?«

»So ähnlich. Na ja, weißt du, bei seinem Computer muss man ja auch ab und zu ein Antivirenprogramm laufen lassen, um alles Unerwünschte zu entfernen.«

»Es ist schon erstaunlich, wie groß Neils Bandbreite ist.«

»Der Mann braucht keinen Schlaf. Ständig schaut er, wie er noch mehr Leute anstellen kann, um allen zu helfen, die er kennt. Und Neil kennt so gut wie jeden. Er ist wirklich ein guter Kerl. Er hat sich für Claire eingesetzt. Und als ihre beste Freundin werde ich ihm stets dafür dankbar sein.«

Leo blickte wieder aus dem Fenster. »So, wie er sich jetzt für Olivia einsetzt.«

»Richtig. Er verschafft sich Respekt und Loyalität, ohne sich darum zu bemühen.«

»Vielleicht stellt er mich in seiner Firma an, wenn ich meinen Job verliere.«

Leo hatte seinem Chef erzählt, dass er von Janie gehört habe und dass er sie überreden wolle, ihren Mann anzuzeigen.

Brackett hatte ihm die Geschichte wohl nicht ganz abgekauft, denn er hatte Leo ein Ultimatum von fünf Tagen gegeben, nach dessen Ablauf er spätestens wieder zur Arbeit erscheinen musste.

Fitz hatte ihn bloß angesehen und gesagt: »Ich hoffe, sie ist es wert.«

»Glaubst du, das könnte passieren?«, fragte Jax jetzt nach.

Ausgeschlossen war es nicht.

Sie setzte das Glas an die Lippen. »Wie gesagt, Neil kennt jeden.«

* * *

Olivia würde bald nach Budapest aufbrechen. Da sie sich in Ungarn auf keinen Fall ins Internet einwählen wollte, hatte sie den Laptop aufgeklappt und wartete, ob Leo sich einwählen würde. Sie musste ihn noch einmal sehen, bevor sie abreiste.

Da das Ende ungewiss war, brauchte sie noch eine letzte Dosis von ihm.

Nur noch eine.

Als ihr Computer einen Ton von sich gab, ließ sie den Stift fallen und eilte zum Bildschirm.

Sie sah Leos Gesicht.

Sein Dreitagebart brachte sie schier um. Sie wusste ganz genau, dass er ihn nur für sie stehen ließ.

Er tippte auf seinem Computer herum, ohne auch nur zu ahnen, dass sie ihn beobachtete.

Sie ließ sich von seinem Anblick betören. So etwas wäre ihr vor dem Gedächtnisverlust niemals passiert. Erstaunlich, was sich alles veränderte, wenn man dem Tod gerade so von der Schippe gesprungen war und jemanden kennengelernt hatte, der sich für einen interessierte.

Sie starrte eine gefühlte Ewigkeit auf den Bildschirm. Sie würde so lange bleiben, bis er ihn ausschaltete und schlafen ging.

Aber Moment mal …

Sie drehte sich zum Fenster ihres Hotelzimmers.

Und als sie sich wieder zum Bildschirm wandte, galt ihr Blick nicht mehr Leo.

Ihr Puls beschleunigte sich.

Sie ging zum Fenster und öffnete die Jalousien.

In Los Angeles musste es mitten in der Nacht sein. Und auch in den anderen Bundesstaaten musste es zu dieser Jahreszeit überall dunkel sein.

Sie ließ sich wieder auf den Stuhl plumpsen und zog den Computer näher an sich heran.

Leo war nicht zu Hause.

Sie blickte über die Schulter zu dem Kunstwerk an der Wand ihres engen Hotelzimmers.

Leo war aufgestanden, um seine Jacke auszuziehen.

Sie stellte sein Mikrofon lauter.

Jetzt verschwand er von der Bildfläche. Im Hintergrund hörte sie einen Fernseher laufen.

Eine Autowerbung.

Auf Deutsch.

Sie schloss die Augen und lauschte mit geneigtem Kopf.

Dann stand sie auf, nahm die Fernbedienung vom Nachttisch und stellte zum ersten Mal den Fernseher an.

Während sie von einem Sender zum nächsten schaltete, lauschte sie immer wieder und drehte die Lautstärke auf ihrem Computer hoch.

Plötzlich war der Ton in Stereo zu hören.

Sie kniff die Augen zusammen. »Du Schuft!«

Leo war nicht nur in Deutschland, er war sogar in Berlin. Oder zumindest so nahe, dass er den Lokalsender empfangen konnte.

Olivia massierte sich die Schläfen, dann schlug sie mit beiden Fäusten auf den Schreibtisch. Sie holte tief Luft und schrieb ihm eine Nachricht.

Du lässt dich noch umbringen.

Leo eilte zum Computer. Die Erleichterung stand ihm ins Gesicht geschrieben. Er atmete einmal tief durch.

Sie brauchte bloß eine Eingabe, um anhand der Signale seinen genauen Aufenthaltsort herauszufinden.

Ruf mich an.

Neil hatte ihm sicher gesagt, dass er das schreiben solle.

Du verschwendest deine Zeit.

Lächelnd schrieb er zurück.

Dann schreib mir, dass es dir egal ist, was mit mir geschieht.

Du verdammter Mistkerl.

Es ist mir egal.

Jetzt grinste er frech. Es war dieses sexy Lächeln, das er aufsetzte, wenn er mit ihr flirtete.

Dann ist dir Folgendes sicher auch egal.

Und damit verschwand Leos Gesicht. Er hatte einfach seinen Computer ausgeschaltet.

»Du verdammter Mistkerl!«

Olivia stand auf und lief im Zimmer herum. »Es ist mir egal.«

Es ist mir völlig egal.

Als sie sich wieder an den Computer setzte, machte sie das Hotel ausfindig, in dem sich Leo aufhielt.

»Ein Hilton? Ernsthaft?«

Er musste noch so viel dazulernen, wenn er am Leben bleiben wollte.

KAPITEL 27

Leo hatte während seiner Laufbahn schon viele Fallen stellen müssen. Die meisten davon waren allerdings schriftlicher Natur gewesen oder während einer Befragung.

Diese hier machte so viel mehr Spaß.

Olivia war in der Nähe.

Er konnte regelrecht ihre Präsenz spüren.

Jax und er verließen das Hotel und mieteten ein Auto.

Offenbar war es sein Schicksal, dass er sich stets mit dem Beifahrersitz begnügen musste.

Jax saß am Steuer, denn sie kannte sich besser aus und konnte die Schilder lesen, ohne erst in einer Übersetzungs-App nachsehen zu müssen.

Leo war froh, dass die meisten Leute hier, wie es schien, recht gut Englisch konnten.

»Glaubst du, sie ist immer noch in Deutschland?«, fragte er Jax.

»Wenn sie schon unterwegs war, dreht sie wahrscheinlich wieder um. Du hattest deinen Fernseher im Hotelzimmer laufen, oder?«

»Ja.«

»Dann weiß sie auch, dass du in Deutschland bist. Deshalb hat sie geschrieben, dass du dich in Gefahr begibst.«

Das hatte sich Leo auch gedacht. Seinen Computer auszuschalten, war ihm besonders an die Nieren gegangen.

Er wusste, dass Olivia Gefühle für ihn hatte, sonst hätte sie ihn gar nicht erst kontaktiert.

Aber das war vor Stunden gewesen.

Er hoffte sehr, dass sie erneut mit ihm Kontakt aufnehmen würde, und zwar bald.

Die vorbeiziehende Landschaft war flach, die Blätter an den Bäumen waren vom Herbst bunt gefärbt und die Luft hatte bereits einen Biss, der den nahenden Winter ankündigte. Alles war so anders als in Kalifornien.

»Wie hoch stehen die Chancen, dass Charlie mit uns redet?«

»Kein einziges Wort wird ihm über die Lippen kommen. Es sei denn, er glaubt, dass es Olivia helfen könnte.«

»Er hat Neil angerufen. Offenbar ist er da auch davon ausgegangen, dass es Olivia dienlich wäre.«

Jax nickte. »Neil hätte mich nicht mitgeschickt, wenn er das nicht ebenfalls glauben würde.« Sie drehte das Radio laut und grinste. »Mann, diesen Song habe ich seit Schulzeiten nicht mehr gehört.«

Es war ein deutsches Lied. Leo verstand kein einziges Wort.

Als sie zu den Toren von Richter kamen, fühlte er sich an einen alten Film erinnert.

Jax nannte dem Pförtner ihren Namen.

»Seit wann haben Schulen einen Pförtner?«, fragte Leo.

»Das hier ist Richter.« Sie lehnte sich aus dem Fenster, sagte noch etwas zu dem Mann, dann wartete sie, bis das Tor aufging.

Obwohl Leo die Schule von Neils Kameras kannte – beziehungsweise den schuleigenen Kameras, die Neil angezapft hatte –, war es etwas ganz anderes, das Gebäude in echt vor sich zu sehen.

Wie ein gigantischer Riese aus Stein und Mauerwerk türmte sich am Ende einer langen Allee das Schulgebäude vor ihnen auf. »Ziemlich beeindruckend!«

»Kann man so sagen.« Jax sah aus dem Fenster zu den Bäumen hoch, während sie fuhr. »Hier sind überall Kameras angebracht. Big Brother ist ein Dreck gegen Richter.«

»Das habe ich auch schon mitbekommen.«

Vor der Schule standen nur wenige Autos geparkt. Von den Karten, die er genauestens studiert hatte, wusste er, dass sich die Lehrerparkplätze hinter dem Gebäude befanden und dass dies nur der Besucherparkplatz war. »Es kommen wohl nur wenige Leute zu Besuch.«

Jax parkte und stellte den Motor aus. »Ja, Besucher sind eher selten. Wobei es jetzt wohl mehr sind als zu meiner Zeit. Hier ist die Haltezone zum Bringen oder Abholen, aber da es ein Internat ist, kommt das ohnehin nur am Wochenende und in den Ferien vor. Für Schulveranstaltungen gibt es einen Valet-Parkservice.«

»Wie hoch ist denn die Schulgebühr?«

Jax lachte. »Zu hoch. Bist du bereit?«

»Ja, schon seit wir in den Flieger gestiegen sind.«

Sie gingen den kurzen Weg zum Eingang.

Mit Betreten der ersten Stufe war Jax wie ausgewechselt. Sie richtete die Schultern gerade und reckte das Kinn. Als sie auf den Mann zuging, der jetzt durch das große Portal trat, nahm sie die Sonnenbrille ab und sagte etwas auf Deutsch zu ihm. Der Mann begrüßte sie erfreut, indem er mit beiden Händen ihre Hand umfasste.

»Wo habe ich meine gute Erziehung gelassen?«, fragte Jax und drehte sich zu Leo. »Direktor Vogt, darf ich Ihnen meinen Freund vorstellen? Leo Kenner.« Natürlich verwendete sie nicht seinen echten Nachnamen.

»Mr Kenner, herzlich willkommen in Richter.«

»Sehr erfreut, Herr Direktor.« Er gab ihm die Hand.

Der Mann war ein bisschen kleiner als Leo und vielleicht zehn Jahre älter. Sein Englisch war nahezu akzentfrei. »Nur die Schüler nennen mich ›Direktor‹. Ich bin Johan.«

Jax legte die Hand auf Leos Arm und trat einen Schritt näher an ihn heran. Für den Schulbesuch gaben sie sich als Pärchen aus. Ihre Geschichte war, dass Jax ihm ihre alte Schule zeigen wollte.

»Was führt Sie beide hierher?«, fragte Johan.

»Ich habe es Ihrer Sekretärin schon gesagt. Ich würde Leo gerne zeigen, wo ich aufgewachsen bin, bevor er meine Eltern kennenlernt.«

Der Schuldirektor trat einen Schritt zur Seite und blickte Leo an. »Ach so. Das erste Kennenlernen der Eltern. Ja, das ist etwas ganz Besonderes.«

»Jax hat mich gut darauf vorbereitet.«

Sie lächelte ihn an und tätschelte seinen Arm. »Das stimmt.«

Sie betraten die große Eingangshalle, von deren Ende man direkt auf die gläserne Fensterfront sah, die auf den Hof hinausging.

»Ein sehr beeindruckendes Gebäude«, sagte Leo anerkennend.

»In Amerika gibt es kaum etwas Vergleichbares«, pflichtete Jax ihm bei.

Johan führte sie in den Schulhof. »Freut mich, dass es Ihnen gefällt.«

Der Hof war mit Grüppchen von Schülern unterschiedlichen Alters bevölkert.

»Die Schals sind neu«, stellte Jax fest.

»Eine Forderung der Schüler.«

»Seit wann dürfen Schüler hier Forderungen stellen?«, fragte Jax.

»Wie Sie sicher wissen, hat sich seit Ihrer Zeit viel verändert. Zum Beispiel haben die Schüler jetzt ein Mitspracherecht. Als sie die verschiedenfarbigen Schals für jeden Jahrgang vorgeschlagen haben, fühlte ich mich an Harry Potter erinnert. Um ein Haar hätten sie auch noch Zauberstäbe und Flugbesen verlangt.« Alle drei lachten. »Aber tatsächlich sind die Schals sogar ganz hilfreich. Jetzt sieht man sofort, wenn sich ein Schüler an einem Ort aufhält, wo er nichts zu suchen hat.«

Jax stieß den Direktor vertraulich an und meinte: »Aber Sie wissen schon, dass sie sich einfach einen Schal in der anderen Farbe ausleihen können, wenn sie woanders hingehen wollen, oder?«

Johan lachte. »Da sind wir auch schon draufgekommen. Aber dann handelt es sich ja um Vorsatz.«

Leo spürte, wie Jax' Griff an seinem Arm fester wurde. »Und wie wird Vorsatz heutzutage bestraft?«, erkundigte er sich.

Johan blickte ihn länger an. »Nicht mehr so streng wie früher, das kann ich Ihnen versichern.«

»Gut zu wissen.«

Jetzt wandte sich der Direktor um und klatschte in die Hände. »Aber eine Führung muss ich Ihnen eigentlich nicht geben, denn Jacqueline kennt sich ja bestens aus.«

Leo musste schmunzeln als er Jax' ungekürzten Vornamen hörte.

Der Direktor fuhr fort. »Ich möchte Sie lediglich bitten, keinen laufenden Unterricht zu stören. Eine Unterrichtshospitation ist nur den Eltern vorbehalten, die ihre Kinder bei uns anmelden wollen.«

Jax legte den Kopf schief. »So weit sind wir noch nicht.«

Johan lächelte breit und blickte von Jax zu Leo. »Das geht manchmal schneller, als man denkt.«

»Gibt es sonst noch Orte, die wir lieber meiden sollten?«, fragte Jax.

Der Mann schüttelte den Kopf. »Wir haben hier in Richter nichts zu verbergen«, sagte er und wandte sich zum Gehen.

»Ah, Herr Direktor?«, hielt Jax ihn noch einmal auf. »Ist Checkpoint Charlie eigentlich noch an der Schule? Ich würde ihm Leo gern vorstellen.«

»Ja. Charles hält sich oft im Studententrakt auf. Wahrscheinlich finden Sie ihn dort.«

»Vielen Dank.«

An Leo gewandt sagte Johan: »Es hat mich sehr gefreut, Sie kennenzulernen. Bitte geben Sie im Sekretariat Bescheid, bevor Sie das Schulgelände wieder verlassen.«

Als er gegangen war, ließ Jax Leos Arm los. »Wenn jemand sagt, dass er nichts zu verbergen hat ...«

»... dann verbirgt er etwas.«

Jax seufzte. »Gehen wir Charlie suchen.«

* * *

Eigentlich war Olivia mit Richter längst fertig gewesen.

Doch dann war sie Leo und Jax gefolgt, als sie das Hilton verließen und zum Internat fuhren.

Es war so toll, ihn wiederzusehen.

Dieser Mistkerl war ihr doch tatsächlich bis nach Deutschland nachgereist.

Verdammt, was hatte Charlie ihnen alles gesagt?

Olivia folgte ihnen zurück zum Hotel und blieb ihnen auch eine Stunde später auf den Fersen, als sie abermals das Hotel verließen. Als klar war, dass sie nur ins Restaurant gingen und jetzt eine Weile beim Essen sitzen würden, eilte sie ins Hilton zurück, stibitzte sich den Universalschlüssel von einem Zimmermädchen und betrat Leos Zimmer.

Sie durchsuchte seine Sachen. Nur den Computer rührte sie nicht an. Schließlich gab es in Neils Team drei Frauen, die dieselbe fundierte Ausbildung genossen hatten wie sie. Als sie nichts fand, was in irgendeiner Weise hätte aufschlussreich sein können, schnappte sie sich die fünfzehn Euro teure Erdnussdose aus der Minibar, setzte sich auf den einzigen Sessel im Zimmer und legte die Füße aufs Bett.

Sie musste diesem Spiel ein Ende setzen und Leo schleunigst nach Amerika zurückschicken, sobald sie all seine Fantasievorstellungen zerschlagen hatte.

Denn mehr konnte sie für ihn niemals sein.

Nur eine Fantasie.

Eineinhalb Stunden später, nachdem sie die halbe Minibar leer gegessen hatte, hörte sie endlich das Klicken des elektronischen Zimmerschlosses.

Sie holte tief Luft und bemühte sich um einen strengen Blick.

Leo stand in der offenen Tür und starrte sie an.

Olivia ignorierte das Adrenalin, das Herzklopfen. »Mach verdammt noch mal die Tür zu, bevor mich hier jemand sieht.«

Er ließ die Tür ins Schloss fallen und ging einen Schritt auf sie zu. Die Erleichterung in seinem Gesicht hätte sie fast zum Weinen gebracht. Genau dieser Blick würde ihn nur in Gefahr bringen.

Sie hob Einhalt gebietend die Hand. »Nein, nein, das ist kein Privatbesuch.«

Er bewegte sich nicht. »Du siehst müde aus.«

Sie erhob sich aus dem Sessel. »Was willst du mir eigentlich beweisen?«, fragte sie, ließ ihm aber keine Zeit zu antworten. »Dass das FBI lauter Idioten einstellt? Hierherzukommen und mich zu suchen, macht aus dir einen toten Mann, wenn irgendwer eins und eins zusammenzählt.«

»Ein Risiko, das ich bereit bin einzugehen.« Er zog die Jacke aus und warf sie aufs Bett.

Sie grub die Fingernägel in ihre Handflächen. »Was hat Charlie dir gesagt?«

Jetzt grinste er. »Ich finde es extrem widersinnig, wenn du einerseits behauptest, ich sei dir egal, mich aber gleichzeitig verfolgst.«

»Ich versuche schon seit Las Vegas, dich abzuwimmeln.« Dann zeigte sie auf sich. »Diese Olivia hier hätte dich für eine Nacht benutzt und dann ohne Schuhe auf die Straße gesetzt. Die Frau aus Colorado existiert nicht mehr. Ich bin sicher, dass Neil dich über mich aufgeklärt und gewarnt hat.«

Leo rieb sich das Kinn. »Neil hat mir manches gesagt … aber Sasha scheint mir den besseren Riecher zu haben.«

Olivia trat einen Schritt näher und zischte ihm zu: »Ich bin keine Frau, mit der du etwas zu tun haben willst, glaub mir.«

Leo seufzte und machte eine rollende Bewegung mit dem Zeigefinger in der Luft. »Ja, ja, ich weiß. Die Auftragskillerin und der FBI-Agent. Glaub mir, dieser Gedanke dreht sich schon seit einem Monat in meinem Kopf herum.«

Aber warum grinste er? »Ich habe Leute umgebracht.«

»Weil man dich dazu gezwungen hat.«

»Leo …«

»Du stehst übrigens auf keiner Fahndungsliste. Auf keiner einzigen, wir haben es überprüft. Du warst wie ein Geist in den Jahren, in denen du für Du-weißt-schon-wen gearbeitet hast.« Er öffnete den obersten Knopf seines Hemds. »Für meine Kollegen existierst du nicht.«

»Aber das ändert nichts an den Tatsachen.«

»Stimmt, es ändert keine Tatsachen. Du und ich, wir kennen viele Leute, die möglicherweise schon das Leben anderer Menschen beendet haben. Die Hälfte von Neils Team war mit dem Militär im Einsatz.«

»Das ist nicht dasselbe.«

»Willst du damit sagen, dass du zum Spaß getötet hast?« Er verengte die Augen.

Sie blinzelte. »Es ist wie Vögel vom Himmel zu schießen.«

Er grinste, wofür sie ihm am liebsten eine Ohrfeige verpasst hätte.

»Warum machst du das?«

»Ich habe dir gesagt, was ich für dich fühle«, sagte er langsam. »Wenn man jemanden liebt, schaut man nicht tatenlos zu, wie der andere ins Verderben rennt. Nein, man versucht, den anderen aufzuhalten. Eigentlich das, was du gerade tust.«

Sie schluckte, weil er recht hatte.

Er trat einen Schritt auf sie zu.

Und Olivia wich nicht zurück.

»Dich zu lieben, wird mich nicht umbringen«, sagte er. »Dass du mich liebst …«

»Ich liebe dich nicht!«, bellte sie zurück.

Wieder dieses Grinsen. »Okay, gut. Aber es wird nichts ändern.«

»Ach ja?«

Er nickte. »Mein Ziel bleibt dasselbe. Ich muss deinen ehemaligen Klassenkameraden finden, bevor du es tust.«

Langsam ging es ihr wirklich auf die Nerven, dass er so clever war. »Und wie willst du das anstellen?«

»Genauso wie du. Herausfinden, wer ihn oder sie angestellt hat.«

Zum ersten Mal, seit er den Raum betreten hatte, wandte sie sich von ihm ab. Was nun? Sollte das ein Wettrennen werden, wer als Erster in Budapest ankäme? *Er oder sie…* Leo hatte keinen Namen genannt. Selbst wenn Charlie ihm und Jax dieselbe Information gegeben hatte wie ihr, hatte Olivia trotzdem einen Vorteil.

Sie schüttelte den Kopf, während sie sich wieder zu ihm drehte. »Ich habe dich gewarnt. Dann muss ich auch kein schlechtes Gewissen haben.« Sie wollte sich an ihm vorbeidrängen.

Wieder lachte er, sodass sie jetzt vor ihm stehen blieb und ihn trotzig anstarrte. »Was findest du so lustig?«

»Auftragskiller haben kein schlechtes Gewissen.«

Sie musste dringend von hier weg.

Doch jetzt hielt er sie fest.

In null Komma nichts hatte sie sich aus seinem Griff herausgewunden und drückte ihn gegen die Wand, indem sie seinen Hals mit ihrem Ellbogen fixierte. »Hör auf.«

Er umfasste ihre Taille, sein Blick war zärtlich.

Worauf sich ihr Griff ein kleines bisschen lockerte.

Leo zog sie an den Hüften zu sich heran, sodass sein Unterleib Kontakt mit ihrem hatte.

»Du bist ein Idiot.«

Er hielt Olivia mit einer Hand an der Hüfte, mit der anderen entfernte er sanft ihren Arm von seinem Hals. »Ich weiß.«

Sie starrte ihn an, ihr Atem ging schwer, und schließlich küsste er sie einfach.

Olivia ließ ihn gewähren, nur einen kurzen Moment. Sie hatte ihn so vermisst, sehnte sich so nach ihm, allen Risiken zum Trotz. *Schubs ihn weg. Zeig ihm, dass er dir egal ist.*

Olivia folgte ihrer inneren Stimme und versuchte, Leo wegzuschieben.

Aber er bewegte sich keinen Zentimeter von ihr fort.

Sie kniff die Lippen zusammen, verweigerte jetzt den Kuss.

Da streichelte ihr Leo zärtlich über den Hals, das Haar und schließlich zog er etwas weniger sanft an ihrem Pferdeschwanz, sodass sich ihr Kopf nach hinten neigte.

Als sie die Augen aufriss, sah sie seinen feurigen Blick. Sein Daumen strich über ihr Kinn, und als sie die Luft einsog, küsste er sie erneut.

Und sie hatte das Gefühl, zu fallen. Ihn zu fühlen, zu schmecken …

Ich könnte ihn für Sex benutzen und dann soll er abdampfen.

Also gut, nur für eine Nacht …

Und jetzt berührte ihre Zunge seine und sie drückte sich gegen seine Erektion mit einem Fieber, das der Hitze des Moments entsprang.

Schon flogen die Kleider durch den Raum, überall waren Hände. Keiner sagte ein Wort. Jetzt ging es nur um eine wilde, körperliche Vereinigung. Die Art von Sex, die Olivia kannte.

Er packte sie, sie krallte sich an ihm fest.

Es ist bloß Sex, sagte sie sich immer wieder.

Fast in derselben Sekunde, in der Leo sie aufs Bett warf, drang er in sie ein, und plötzlich stand alle Welt um sie herum still.

Er nahm ihre Hände, verflocht die Finger mit ihren und begann sich in ihr zu bewegen. Aus wild wurde zärtlich, aus der körperlichen Nähe wurde mehr. Dieses *Mehr,* das ihr Innerstes zum Beben und sie dem Höhepunkt immer näher brachte.

Nur dieser Mann wusste, wie sie tickte. Sie schlang die Beine um seine Hüfte und gab sich ihm ganz und gar hin.

Sie nahm, was er ihr anbot, immer und immer wieder.

Er sagte ihr, dass er sie liebe.

Sie nannte ihn einen Idioten.

Und dann brachte er sie dazu, seinen Namen zu rufen.

Stunden später lagen sie erschöpft im Bett.

Irgendwann, mitten in der Nacht, küsste sie ihn sanft auf die Brust und stahl sich dann heimlich aus dem Zimmer.

KAPITEL 28

»Du siehst ja anhand des Verfolgungssenders, wo ich bin«, sagte Leo zu Jax, während er seine Tasche nahm.

»Ich bin mir echt nicht sicher, ob das eine gute Idee ist.«

»Keine Sorge. Du fährst mal schön nach Amsterdam und ich folge Olivia. Wie gesagt, ich melde mich, wenn ich Verstärkung brauche. Ich mag vielleicht ein Idiot sein, aber dumm bin ich nicht. Je weniger Gesichter mit ihr zusammen gesehen werden, desto besser.«

Jax drückte ihm einen Kuss auf die Wange. »Pass auf dich auf.«

»Mach ich. Wir sehen uns in den Staaten wieder.«

Sie zeigte auf ihn und während sie sich rückwärts von ihm entfernte, sagte sie noch: »Du schuldest mir einen Drink.«

»Ach ja? Warum?«

»Als wir hier ankamen, waren wir quasi verlobt, und jetzt verlässt du mich wegen einer anderen Frau. Was soll ich nur meinen Eltern erzählen?«

Lachend drehte sich Leo um und ging.

In derselben Sekunde, in der Olivia aus seinem Zimmer verschwunden war, hatte er die Augen aufgeschlagen, sich angezogen und hastig alles zusammengepackt. Dann hatte er Jax geweckt. Olivia hatte kaum genug Zeit gehabt, ihr Hotel zu erreichen.

Wie erwartet war Olivia schon auf dem Sprung. Er folgte ihr mit dem Mietwagen und bemühte sich gar nicht erst, unentdeckt zu bleiben.

Nun, keine dreißig Kilometer von der Stadt entfernt, warf sie ihm im Rückspiegel einen Blick zu und hielt am Straßenrand an.

Leo tat es ihr gleich, dann zog er den Zündschlüssel ab und legte ihn unter die Fußmatte.

»Verpiss dich Grant«, sagte sie, als er ausstieg.

Er öffnete den Kofferraum und nahm seine Tasche heraus. »Weißt du, wenn du weiterhin jedes Mal, wenn wir miteinander geschlafen haben, einfach so abhaust, dann glaube ich dir am Ende noch, dass ich dir egal bin.«

Sie ging auf ihn zu. »Du bist mir wirklich egal!«

Er kam ihr entgegen, zog sie an sich und drückte ihr einen Kuss auf die zusammengekniffenen Lippen. »Guten Morgen.« Damit ließ er sie stehen und ging zum Beifahrersitz ihres Wagens.

»Was hast du vor?«

Er warf ihr einen Blick über die Schulter zu, als wäre die Antwort offensichtlich. »Es ist doch Benzinverschwendung, wenn wir mit zwei Autos fahren. Schließlich haben wir dasselbe Ziel …« Er öffnete die hintere Tür und warf seine Tasche auf die Rückbank.

Olivia stapfte zum Auto, nahm seine Tasche und warf sie wieder hinaus. »Das wird nicht passieren.«

Da hob Leo die Tasche auf und warf sie erneut ins Auto. Mit einem Finger drückte er Olivia einen Schritt zurück und schloss die Tür. »Doch, das wird passieren.«

Sie warf ihm einen vernichtenden Blick zu. »Du fängst wirklich an, mir ziemlich auf den Senkel zu gehen.«

»Ich weiß.«

Er hielt ihr die Beifahrertür auf und machte eine einladende Geste. »Ich fahre. Du siehst aus, als hättest du letzte Nacht kaum ein Auge zugemacht.«

Sie zeigte ihm dafür den Mittelfinger, ging um den Wagen herum und setzte sich hinters Steuer.

Leo gab sich lachend geschlagen und setzte sich auf den Beifahrersitz.

Als sie losgefahren waren, schrieb er Jax eine Nachricht mit der Bitte, den Mietwagen vom Straßenrand zu holen.

»Woher hast du gewusst, wo ich bin?«

Claire.

»Ich kann dir nicht alle meine Geheimnisse erzählen, solange du immer wieder wegrennst.«

Leo sah, wie weiß ihre Knöchel am Lenkrad hervortraten. »Was hat Charlie dir erzählt?«

»Wer war der Täter?«

Sie warf ihm einen Seitenblick zu und knurrte.

»Ich habe mich gestern Nacht gut um dich gekümmert. Es steht zwei zu eins. Du schuldest mir was.«

»Ich habe den Orgasmus nur vorgespielt.«

Jetzt lachte er laut auf, woraufhin Olivia in fremder Sprache fluchte.

»Stöhnen, ja, das kann man natürlich vorspielen. Aber so wie dein Inneres pulsiert und sich zusammengezogen hat und dabei meinen Schw…«

»Halt einfach die Klappe, ok?« Sie schlug aufs Lenkrad.

»Wer ist er?«, fragte Leo.

Sie schwieg.

»Claire und Sasha gehen gerade die Akten durch. Die Akten, bei deren Beschaffung du damals geholfen hast. Die beiden haben also schon die Namen der Rekruten. Du kannst ihnen helfen, Zeit zu sparen, damit sie in der Zwischenzeit andere wertvolle Informationen einholen können, die uns nützlich sind, wenn wir ihm gegenüberstehen.« Leo sagte bewusst *ihm*, weil er hoffte, dass sie ihn entweder korrigieren oder seine Annahme, es handele sich um einen Mann, bestätigen werde. Das Geschlecht der Person zu wissen, würde die Suche bedeutend erleichtern.

»Nicht *wir* werden ihm gegenüberstehen, sondern *ich*!«

Bingo. Es ist also ein Mann.

Leo hätte zu wetten gewagt, dass der alten Olivia vor der Amnesie niemals so ein Fehler unterlaufen wäre. Vielleicht war es auch ein Zeichen dafür, dass sie begann, ihm ein kleines bisschen zu vertrauen.

Leo lehnte sich entspannt zurück, verschränkte die Arme und schloss die Augen. »Es ist okay. Du hast ja noch ein paar Meilen, um dich an den Gedanken zu gewöhnen.«

»Verdammt noch mal! Er hat dir echt alles erzählt, oder?« Olivia war stinksauer. »Charlie, du verdammter Mistkerl!«

Dabei hatte Charlie ganz und gar nichts erzählt. Der Mann hatte vielmehr so getan, als hätte er Olivia gar nicht zu Gesicht bekommen. Er hatte sich lediglich für den Besuch bedankt und Jax und ihm eine schöne Hochzeit gewünscht.

»Ich mache jetzt ein kleines Nickerchen. Weck mich, wenn ich fahren soll. Wir müssen gut ausgeruht sein, bevor wir unseren Plan besprechen.«

»*Meinen* Plan. Bei dem du nicht involviert bist.«

Er war tatsächlich ziemlich müde. Insgeheim hoffte er, dass sie länger als einen Tag unterwegs sein würden. »Dann viel Glück damit.« Endlich konnte er sich entspannen und döste ein.

* * *

Erst als Leo schlief, erlaubte sie sich einen Blick.

Mann, er war wirklich ein verdammt attraktiver Scheißkerl.

Er ließ sich von ihren Abwehrversuchen nicht beirren, obwohl sie weiß Gott alles versuchte.

Und jetzt würde er erst recht nicht mehr von ihrer Seite weichen. Die Nacht war unglaublich schön gewesen. Alle Erinnerungen an ihre Zeit in Colorado waren in diese gemeinsamen Stunden geflossen und hatten sie nur noch unvergesslicher gemacht.

Was sollte sie bloß tun?

Er würde immer wieder zurückkommen. Aber was, wenn es im falschen Moment geschah und man ihn sah? Was, wenn …

Vielleicht sollte sie ihm sagen, was sie wusste, und ihm das Versprechen abringen, sich nie wieder blicken zu lassen. Oder sie schmiedete einen Plan, bei dem Leo außer Sichtweite blieb und ihr Deckung gab?

Und was war mit Claire und Sasha? Vielleicht hatten sie etwas über den Täter – Friedrich – herausgefunden, womit man Druck auf ihn ausüben konnte, damit er bereitwillig mit Informationen über seinen Auftraggeber herausrückte?

Denn eigentlich brauchte sie genau das, um den Mann zum Sprechen zu bringen.

Wieder blickte sie zu Leo.

Wenn jetzt jemand gekommen wäre und Leo bedroht hätte, hätte sie dann gesprochen?

Sie saß wirklich in der Patsche.

Olivia nahm eine Hand vom Lenkrad und versuchte, die Anspannung zwischen ihren Schulterblättern zu lockern. Sie musste vermeiden, dass sich irgendwer aus dem Team in die Angelegenheit einmischte.

Es war ihre einzige Möglichkeit.

Vielleicht konnte sie die Sache beenden, ohne dass jemand eine Kugel abbekam, die eigentlich ihr gelten sollte.

Spätestens jetzt war klar, wie dumm es war, sich auf jemanden einzulassen.

Aber genau wie bei Amelia hatte sie vorher nicht gewusst, was kommen würde. Auch bei Amelia hatte es keine Warnung gegeben. Wenigstens wussten Leo und Neils Team von der Gefahr. Sie wussten, dass sie aufpassen mussten. Außerdem waren Leo und die anderen entsprechend ausgebildet. Sie konnten auf sich selbst aufpassen. Aber konnten sie das auch, wenn ein Auftragskiller auf sie angesetzt wurde?

Schwer atmend versuchte sie, dieses Bild aus ihrem Kopf zu verbannen, während Leo ohne ein Wort ihre Hand nahm und festhielt.

* * *

Vier Stunden später, kurz vor Prag, ließ Olivia ihn ans Steuer, um selbst ein bisschen zu schlafen.

Als Leo fragte, welche Route sie sich überlegt hatte, sagte sie nur: »Den direkten Weg.« Ein Zickzackkurs sei vielleicht erst hinterher nötig.

Er öffnete die Navigationsfunktion auf seinem Handy. »Also, das heißt, ich bleibe auf der 50?«

Olivia nickte. »Wir vermeiden Wien um jeden Preis.« Sie zeigte auf die Karte. »Wir fahren quer durch die Slowakei auf direktem Weg nach Ungarn.«

Er nickte, als wüsste er, wohin sie fuhren, und setzte sich hinters Steuer. »Aber Wien klingt schon romantisch.«

»Fahr einfach, Grant.«

Es dauerte nicht lange, bis sie tief und fest eingeschlafen war. Seine Jacke benutzte sie als Kissen.

Sie hatte nachgegeben.

Das hatte er in dem Moment kapiert, als sie ihn tatsächlich einsteigen ließ. Und als sie ihre Hand nicht fortgezogen hatte.

Als er nach dem Tanken zur Toilette ging und sie anschließend immer noch da war, atmete er erleichtert auf.

Jetzt fuhr er mit ihr zusammen durch Europa, hinein ins Ungewisse, und konnte einfach nicht aufhören zu grinsen.

Nur zu wissen, wo sie war und dass es ihr gut ging, stimmte ihn zufrieden.

Einen ganzen Monat lang hatte er mit großer Ungewissheit leben müssen.

Das sollte ab jetzt nie wieder vorkommen.

Olivia schlief ganze zwei Stunden, bevor sie die Augen aufschlug und sich wie eine Katze rekelte.

Sie war so niedlich, wenn sie aufwachte. »Wo sind wir?«

»Mitten im Nirgendwo. Aber es ist wunderschön hier.« Es hatte zu regnen begonnen und er musste langsamer fahren.

Als sie an einem Schild vorbeikamen, blickte Olivia gähnend auf die Karte.

»Hast du seit Colorado nicht mehr geschlafen?«

Sie drehte den Kopf zu ihm und blinzelte nur.

»Aber es ist schon besser, wenn du für das, was kommt, gut ausgeruht bist, oder?«

»Wie soll man denn in Ruhe schlafen, wenn gerade jemand versucht, dich umzubringen?«, erwiderte sie.

»Ich passe auf dich auf. Vielleicht können wir uns außerhalb des Städtchens ein Hotel suchen. Uns neu sortieren, deinen Plan besprechen.«

Sie lachte schnaubend auf. »Budapest ist doch kein Städtchen.«

Budapest also.

»Trotzdem …«

»Vielleicht hast du recht.«

»Freut mich, dass wir einer Meinung sind. Was isst man eigentlich in Tschechien? Ich bin am Verhungern.«

* * *

321

Nach zwei Bissen hatte sich Olivia entschieden.

»Also gut. Er heißt Friedrich Schmidt. Dir wahrscheinlich besser bekannt als Mr Nass und Schlabbrig.«

Sie saßen sich gegenüber in einem kleinen Restaurant in einem noch kleineren Ort.

»Du machst wohl Scherze.«

Sie schüttelte den Kopf. »Und nein, ich habe ihm keine zweite Chance gegeben. Aber das hätte sowieso keine Rolle gespielt, denn er hatte kurz danach schon eine Neue. Und ich einen anderen.« Sie steckte sich einen Bissen in den Mund und kaute nachdenklich. »Wir hatten viele Fächer zusammen.«

»War er auch ein Waisenkind?«

Sie schüttelte den Kopf. »Ich weiß nicht genau. Ich glaube, es gab da einen Onkel, aber ich würde kein Geld darauf wetten. Gegenüber uns Elternlosen wurden die Familien der anderen nicht oft erwähnt.«

Leo schnitt das Fleisch und stach die Gabel hinein. »Wart ihr nach dem missglückten Kuss nicht mehr gut aufeinander zu sprechen?«

»Nein, im Gegenteil. Wir sind weiter Freunde geblieben und haben uns oft durch gemeinsame Streiche Ärger eingehandelt.«

Leo dachte an die Schüler auf dem Campus und stellte sich vor, wie Olivia damals in Uniform ausgesehen haben musste. »Hat er auch für Pohl gearbeitet?«

»Ich habe nur eine einzige Person kennengelernt, die außer mir für Pohl gearbeitet hat. Und das nur, weil sie in dem Jahrgang vor mir war. Sie gehörte zum Begrüßungskomitee. Und ohne mein oder ihr Wissen hat Pohl genau diese Verbindung ausgenutzt. Er hat mich zusammen mit ihr gezwungen ... zu meinem ersten ...« Sie unterbrach sich und blickte sich um.

Auftragsmord. »Was ist dann passiert?«

Olivia legte die Gabel nieder und nahm ihr Glas. »Ich habe mich geweigert, das zu tun, was er von mir verlangt hat.

Ich hatte ja gedacht, ich sei eine Art Geheimagentin, so etwas Ähnliches wie ihr. Ich wollte so was machen wie Sasha und Claire, in Computersysteme eindringen, böse Leute von bösen Taten abhalten und so. Weintrinken in Wien, ins Hotelzimmer eines Verbrechers eindringen, um herauszufinden, was er vorhat.« Sie hörte auf zu reden und blinzelte.

Leo nahm ihre Hand.

Sie zog sie mit einem traurigen Lächeln fort, um weiterzuessen.

»Pohl hat ihr eine Knarre an den Kopf gehalten. Er hat gesagt, ich muss den anderen erschießen, sonst würde sie sterben. Sie hat mich angefleht.« Olivia schüttelte die Erinnerung ab.

»Wie schrecklich!« Leo konnte sich ihr Leid kaum vorstellen.

»Ich war einundzwanzig.« Sie spießte Essen auf die Gabel, schob sie sich aber nicht in den Mund. »Nach diesem Abend habe ich sie nie wiedergesehen. Ich habe keine Ahnung, ob sie noch lebt. Aber zu deiner Frage, ob Friedrich für Pohl gearbeitet hat … Es ist nicht auszuschließen. Wir haben in der Schule oft um den ersten Platz gekämpft. Wenn ich ihn niedergezwungen habe, hat er noch härter trainiert, um es mir in der folgenden Stunde heimzuzahlen. Die Schule hat so was forciert nach dem Motto ›Du bist gut, aber die anderen sind besser‹. In Richter gab es keinen zweiten oder dritten Platz, sondern nur Gewinner und Verlierer.«

»Und Friedrich war ein Gewinner?«

»Er konnte zwar nicht küssen, aber durchaus gut schießen.«

Als Olivia weiteraß, nahm auch Leo seine Gabel wieder auf.

»Und du bist ganz sicher, dass er derjenige ist, der in Las Vegas im Auto gesessen hat?«

»Ja. Es ist erstaunlich, was man alles wahrnimmt, wenn man unter Stress steht. Ich habe die Pistole mit dem Schalldämpfer gesehen und wusste sofort, dass er es auf mich abgesehen hatte.

Unsere Blicke haben sich getroffen. Da war mir klar, dass ich sterben würde.«

»Was aber nicht passiert ist.«

Sie räusperte sich. »Ich habe nur angewendet, was ich in der Schule gelernt habe.« Olivia nahm ihr Glas und trank einen Schluck. »Aber weißt du was? Ich glaube, dass ich ihn auch im Krankenhaus gesehen habe.«

Jetzt hörte Leo auf zu kauen. »Was? Wann?«

»Ganz am Anfang. Als ich endlich kapiert habe, dass ich nicht in Atlantic City bin, kurz bevor ich dann die Schmerzmittel abgelehnt habe.«

»Da war Neils Team schon da.«

»Ja, aber Friedrich war unten im Krankenhausflur, als sie mich zum CT gefahren haben. Er hat wie ein ganz normaler Besucher ausgesehen. Ich habe ihn erst nicht erkannt, aber ich erinnere mich an seinen Blick. Vielleicht habe ich es mir im Rausch der vielen Medikamente auch nur eingebildet. Denn wenn Friedrich seinen Job verpfuscht hat und er wirklich im Krankenhaus war, hätte er es doch noch mal versucht, oder?«

Leo zuckte mit den Achseln. »Vielleicht hatte er Gewissensbisse?«

»Hast du mir nicht erklärt, dass Leute wie wir kein Gewissen haben?«, gab sie grinsend zurück.

Leo tunkte mit einem Stück Brot Soße auf. »Warum glaubst du, dass Friedrich in Budapest ist?«

»Er wird nicht persönlich dort sein. Aber vielleicht schaffe ich es, ihn dorthin zu locken.«

Das klang nicht gut. »Und was, bitte schön, würde ihn davon abhalten, dich diesmal zu erschießen?«

»Charlie hat doch gesagt, dass es sich bei diesem Klub um eine Art Refugium handelt. Oder hat er bei euch vergessen, dieses Detail zu erwähnen?«

Leo schmunzelte und schwieg. Er freute sich über ihren gesunden Appetit, denn Olivia sah nicht nur erschöpft aus, sondern hatte eindeutig auch ein paar Kilo weniger auf den Rippen. »Hat er wohl vergessen.«

Da verengte Olivia die Augen und ließ die Faust auf den Tisch donnern. »Du hinterhältiges Miststück! Er hat euch gar nichts gesagt, oder?«

Leo wischte sich genüsslich den Mund mit der Serviette ab und schüttelte den Kopf. »*Nada.* Kein Wort. Er wollte uns noch nicht mal verraten, was er zum Frühstück gegessen hat.«

Olivia war wütend, weshalb er lieber schnell das Thema wechselte. »Also, diese Bar …«

»Nachtklub«, korrigierte sie ihn zischend.

»Richtig, Nachtklub. Das ist also eine schussfreie Zone?«

Sie stöhnte. »Ich kann's echt nicht glauben.«

Leo stützte sich auf die Ellbogen. »Hast du vielleicht geglaubt, dass nur Frauen was vortäuschen können?«

»Das wirst du mir noch büßen!«, warnte sie ihn. Doch Leo sah durchaus einen Funken Bewunderung in ihren Augen.

»Soso.« Er zog sein Handy heraus. »Spricht irgendwas dagegen, Sasha den Namen zu schicken?«

»Warum fragst du überhaupt noch? Du machst doch eh, was du willst.«

Er legte das Telefon weg und nahm ihre Hand.

Sie versuchte, sie wegzuziehen, aber er ließ nicht locker. »Ab jetzt sagen wir uns alles, okay? Ich bin gekommen, damit du weißt, wie ernst es mir ist. Dass wir das gemeinsam durchstehen. Ich kann doch nicht einfach rumsitzen und Däumchen drehen. Mit so jemandem würdest du sowieso nichts zu tun haben wollen.«

Sie hörte auf, die Hand wegzuziehen, und senkte die Stimme. »Ich will nicht, dass du stirbst.«

Es war zwar nicht das »Ich liebe dich«, das er gerne gehört hätte, aber schon mal ein guter Anfang. »Ich habe nicht vor, den Löffel abzugeben.«

Er winkte wieder mit dem Handy, um sie erneut um Erlaubnis zu fragen.

Als sie nickte, schrieb er Neil eine Nachricht mit dem Namen.

KAPITEL 29

Das Städtchen, in dem sie für die Nacht anhielten, war Olivias Empfinden nach zwar ein bisschen zu nah am Zentrum von Budapest, doch in einem noch kleineren Ort wären sie als Fremde zu sehr aufgefallen.

In dem Moment, in dem sie ihm Friedrichs Namen verraten hatte, hatte sie ihre Entscheidung getroffen.

All die Jahre hatte sie sich allein durchgeschlagen. Jetzt war Leo an ihrer Seite, unterstützte sie bei ihrem Plan, machte Vorschläge, suchte nach weiteren Lösungen. Und obwohl sie allein schon genügend Pläne sehr erfolgreich zu Ende geführt hatte, tat es gut, eine zweite qualifizierte Meinung zu haben.

Leo hatte recht.

Wäre er keiner gewesen, der sich kopfüber ins Geschehen stürzte, hätte sie ihn kein zweites Mal angesehen.

So viele Jahre lang hatte Neil versucht, sie zu überreden, in sein Team einzutreten. Jetzt war sie es, die Neils Hilfe und die seines Teams in Anspruch nahm.

Fürs Erste brauchte sie mehr Informationen über Friedrich.

Sie musste wissen, wo sie den Hebel ansetzen konnte. Sie musste Friedrichs Schwachstelle finden.

Eine Schwachstelle, wie sie jetzt eine hatte. Denn Leo und Neils Team waren zu ihrer Achillessehne geworden. Auch Friedrich musste so etwas haben.

Sie nahmen sich ein Hotelzimmer und bauten eine sichere Verbindung auf, um mit Neil zu sprechen.

Olivia war nervös, aber jetzt führte kein Weg mehr zurück.

Neil erschien auf dem Bildschirm, seine Lippen bildeten eine schmale Linie. »Freut mich zu sehen, dass es dich noch an einem Stück gibt«, lautete seine Begrüßung.

»Ich hätte nicht gedacht, dass wir mal so miteinander sprechen.«

Neil nickte. »Ich weiß. Aber wir sind ein Team, wir passen aufeinander auf.«

Leo nahm ihre Hand.

»Dann schieß mal los, was habt ihr herausgefunden?«

Neil berichtete, dass Friedrich Schmidt alles andere als elternlos sei. Nur war der Mann, der auf Friedrichs Geburtsurkunde eingetragen war, nicht sein richtiger Vater. Die Eltern hatten Friedrich aufs Internat abgeschoben und der Einzige, der sich fortan um Friedrich gekümmert hatte, war ein Onkel namens Louis Schmidt, der den geheimen Akten zufolge auch der biologische Vater war.

»Sind seine Eltern, also irgendwer von ihnen, noch am Leben?«, fragte Olivia.

»Herr und Frau Schmidt leben in München. Onkel Louis haben wir noch nicht gefunden, da brauchen wir sicher noch weitere zwölf bis vierundzwanzig Stunden.«

»Wenn dieser Onkel ihm etwas bedeutet, hat Friedrich ihn in Sicherheit gebracht und untertauchen lassen«, vermutete Olivia. »Dann würde es Jahre dauern, ihn ausfindig zu machen.«

»Wir werden uns bei der Suche nicht verausgaben, denn es reicht schon, wenn sich herumspricht, dass wir nach seinem Aufenthaltsort forschen.«

»Und wenn Friedrich weiß, dass irgendwer nach ihm sucht, ist er vielleicht eher verhandlungsbereit«, folgerte Leo.

»Oder er schießt als Erster und geht keinen Handel ein«, meinte Olivia weniger optimistisch.

»Meine Kontakte werden an vielen verschiedenen Orten nach ihm fragen. Schmidt wird klar sein, dass du jetzt ein Team an deiner Seite hast. Und wenn jemand wie du plötzlich Verstärkung bekommt, ändern sich durchaus die Vorzeichen.« Neil sah sehr zufrieden mit sich aus. »Lasst uns über A Róka sprechen.«

In aller Ausführlichkeit beschrieb Olivia die Umgebung des Nachtklubs. Die Zugänge zum Dach, zur Straße, die unterirdischen Passagen. »Ich werde alles noch überprüfen, bevor ich reingehe.«

»Nein, *du* gehst nicht rein. Zumindest nicht als Erste«, sagte Neil streng.

Vielleicht hatte Neil noch nicht kapiert, was passierte, wenn man ihr Vorschriften machte. Sie würde ihm wohl den Kopf zurechtrücken müssen. »Das mit deinem Team funktioniert nur, wenn du endlich einsiehst, dass ich keine Befehle annehme. Von niemandem.«

»Schon gut. Aber bitte hör mir zu«, ruderte Neil zurück. »Diese Welt hält dich für tot. Möglicherweise ist Schmidt der einzige Mensch, der weiß, dass du noch lebst.«

»Und sein Auftraggeber.«

»Ja, vielleicht. Aber je weniger Leute erfahren, dass du am Leben bist, desto besser. Können wir uns alle wenigstens darauf einigen?«, fragte Neil vorsichtig.

»Ja«, antwortete Leo stellvertretend.

»Wenn Leo als Erster reingeht …«

»Kommt überhaupt nicht infrage!« Olivia zog ihre Hand von Leo fort und verschränkte die Arme.

»Aber ich bleib auch nicht am Spielfeldrand sitzen«, erklärte Leo.

»Und ich sehe dir nicht beim Sterben zu.«

Leo drehte sich zu ihr. »Ich gehe nur rein und hinterlasse eine Nachricht in einem Klub, in dem mich niemand kennt.«

»Leute wie ich wissen alles über Leute wie dich, Mr FBI. Und ich spreche von Kalibern wie Mykonos und Navi ... Sie reden mit Leuten, die in solchen Klubs ein und aus gehen. Alle Navis dieser Welt werden wissen, wer du bist.«

»Du verkleidest mich als alten Mann.«

Es gefiel ihr überhaupt nicht. »Du verstehst die Sprache nicht.«

»Kannst *du* denn Ungarisch?«

»Nein, aber ich habe fünf andere Sprachen, mit denen ich mich durchschlagen kann.«

Neil unterbrach sie. »Englisch ist die Universalsprache in solchen Einrichtungen und das weißt du ganz genau, Olivia.«

Leo atmete tief durch. »Wovor hast du Angst? Keiner wird mich an einem Ort erschießen, wo man nur hingeht, um Fragen zu stellen.«

»Je weniger Leute wissen, dass wir zusammengehören, desto besser.«

Sie blickten sich an. Keiner wollte von seinem Standpunkt weichen.

»Olivia«, unterbrach Neil erneut. »Dein Argument über die Navis dieser Welt mag nicht völlig aus der Luft gegriffen sein, aber es ist schwach. Wir verwandeln Leos Äußeres und lassen ihn dreißig Jahre älter aussehen. Er wird nicht direkt nach Friedrich fragen, sondern nur sagen, dass er Informationen über einen Job in Las Vegas hat, der nicht erfolgreich verlaufen ist. Sollten wir erfahren, dass Friedrich persönlich kommt, schicken wir *dich* hinein ... zusammen mit anderen aus unserer Crew.«

Olivia drehte den Bildschirm. »Bleib du mit deinem Hintern mal schön in Kalifornien.«

»Mein Team in London arbeitet schon an dem Fall. Aber das einzige Gesicht, das du kennst, ist das von Jax. Sie wird dafür sorgen, dass du keinen Falschen erschießt.«

»Ich dachte, Jax ist in Amsterdam?«

»Planänderung«, lautete Neils Erklärung.

Olivia blickte zu Leo, dann wieder zu Neil auf dem Bildschirm. Neils Plan hatte durchaus Hand und Fuß. Früher hatte sie sich nie darüber Sorgen gemacht, dass sie andere in Gefahr bringen könnte. Damals war es ihr sogar egal gewesen, ob sie selbst wieder lebendig herauskäme oder nicht.

Leo griff nach ihrer Hand. »Es ist ein solider Plan.«

»Wenn ich Schwachstellen finde, ändern wir ihn sofort«, warnte Olivia.

»Selbstverständlich«, lenkte Neil ein. »In vierundzwanzig Stunden beginnen wir. Sag mir, was du brauchst.«

»Funk und Mikros«, antwortete Olivia. »Wenn Leo reingeht, müssen wir ihn hören können.«

»Alles klar. Was ist mit Waffen? Geld?«

Sie schüttelte den Kopf.

»Wir schließen uns in vierundzwanzig Stunden wieder zusammen. Oder eher, sollten wir schon früher startklar sein. *Ciao!*« Als Neil vom Bildschirm verschwunden war, klappte Leo den Laptop zu.

»Alles okay bei dir?«

»Weiß ich noch nicht.«

Er legte ihr beide Hände auf die Knie und blickte ihr tief in die Augen. »Wenn du jetzt wieder abhaust, suche ich nach dir und werde dabei nicht auf mich selbst aufpassen.«

Das sollte wohl eine Einschüchterungstaktik sein.

Dass er damit Erfolg hatte, würde sie niemals zugeben. »Und wie du auf dich aufpassen wirst.«

»Nicht, wenn du da draußen allein unterwegs bist.«

Er erwartete Verbindlichkeit von ihr. Es war tatsächlich der einzige Weg, um lebendig wieder herauszukommen, mit allen Infos, die sie brauchte.

»Du manipulierst mich«, schalt sie ihn.

Was ihm nur ein freches Grinsen entlockte. »Dann bin ich ja in bester Gesellschaft.«

* * *

Leo saß schweigend da, während Olivia sich an ihm zu schaffen machte.

In seinem ganzen Leben hatte er noch nie Make-up getragen und erst recht nicht solche Plastikdinger, die ihn pummeliger erscheinen ließen.

Mit Kleber und Pinsel ging Olivia ans Werk. Im Hintergrund lief Musik, während sie schweigend und hoch konzentriert arbeitete. Sie hatte ihm verboten, in den Spiegel zu sehen. Er musste still sitzen und sie einfach nur gewähren lassen.

Vor ein paar Stunden war Jax angekommen, mitsamt den Kommunikationsgeräten, die Olivia geordert hatte. Nach einer kurzen Besprechung über Leos geplante Transformation war Jax losgezogen und hatte Anzug und Auspolsterung besorgt.

Jetzt saß Leo auf dem Stuhl und wurde geschminkt, während sich Jax neben ihm ebenfalls für den Besuch im A Róka vorbereitete.

Um den Klub zu betreten, musste man eine stattliche Eintrittsgebühr berappen und den strikten Dresscode einhalten. Leo war sich aber ziemlich sicher, dass drinnen noch weitere Überraschungen auf sie warteten.

Olivia hielt ihm das Jackett auf, damit er hineinschlüpfen konnte. Dann zupfte sie am Revers und trat einen Schritt zurück.

»Holla, die Waldfee!«, staunte Jax hinter ihr.

»Sehe ich gut aus?«, fragte Leo.

Jetzt drehte Olivia ihn Richtung Spiegel.

Als er sich sah, bekam er eine Gänsehaut. Er war beleibter, hatte ein paar Falten und eine Nase, die aussah, als hätte er sie sich schon ein paarmal gebrochen. Sein Dreitagebart war verschwunden und mithilfe einer zweiten Haut über dem Kopf hatte er jetzt einen Glatzenansatz, der ihm im echten Leben hoffentlich noch eine Weile erspart bleiben würde. Die wenigen Haare, die er auf dem Kopf hatte, waren grau.

Tatsächlich sah er aus wie die etwas dickere Version seines Großvaters damals. »Wow!«

Sie klopfte ihm auf den Hintern und grinste sein Spiegelbild an. »Ich würde dir trotzdem noch einen blasen«, scherzte sie.

»Hollywood kann einpacken«, sagte Jax anerkennend zu Olivia.

Jax hatte sich ebenfalls in Schale geworfen und stand in einem äußerst eng anliegenden Kleid da, dessen Ausschnitt fast bis zum Nabel reichte. Das Outfit war so gewählt, damit es für Ablenkung sorgte, denn man konnte gar nicht anders, als auf ihre Brüste zu schauen. Zum anderen zeigte Jax auch deshalb so viel Haut, damit man eindeutig sah, dass es sich nicht um Olivia handeln konnte. Olivias mediterraner Teint wäre nicht leicht zu verbergen gewesen und beim Anblick der wesentlich helleren Haut von Jax wusste man auf den ersten Blick, dass sie nicht Olivia war. Ins Gesicht würde ihr jedenfalls kaum ein Mann schauen.

Die Frauen verschafften Jax' blondem Haar einen Rotschimmer und verlängerten es mithilfe eines Haarteils, das sie in den gelockten Pferdeschwanz steckten. Durch das Make-up waren Jax' Konturen verändert, ihr Kinn wirkte etwas spitzer. Die farbigen Kontaktlinsen waren in einem unnatürlichen Rot gehalten. An solchen Orten gehörte eine besondere

Augenfarbe quasi zum guten Umgangston. Wer auch immer Schmidt die Nachricht überbringen würde, dass jemand im A Róka Fragen gestellt hatte, würde sicher nicht denken, dass es Olivia selbst gewesen sein könnte.

In Jax' Frisur war ein Tracker versteckt, und Leo trug einen in Form eines Manschettenknopfs an sich für den Fall, dass man ihre Handys einziehen würde.

Ein Klopfen an der Tür kündigte an, dass es gleich losgehen würde.

»Unsere Mitfahrgelegenheit ist da«, verkündete Jax und nahm ihren Mantel.

Leo öffnete einem Mann die Tür, der wie ein waschechter Chauffeur aussah.

»Leo?«, fragte der.

Jax ließ ihn herein und machte sie miteinander bekannt. »Sven, das ist Leo. Leo, das ist Sven. Und das ist Olivia.«

»Freut mich.« Als Svens Augen zu Jax wanderten, blieb ihm die Kinnlade offen stehen. »Wahnsinn, Jax!«

Grinsend gab sie Leo ihren Mantel, damit er ihr beim Anziehen half. »Nicht, weil ich feine Dame spielen will, sondern weil ich bei jeder falschen Bewegung meine Titten entblöße.«

»Brauchst du vielleicht ein Klebeband?«, fragte Olivia und kramte schon in der Schminktasche.

»Nein, danke. Es ist besser, wenn ich der Fantasie möglichst wenig Spielraum überlasse.«

Dem konnte man nicht widersprechen, und so half Leo ihr in den Mantel.

Olivia steckte sich den Hörer mit dem eingebauten Mikrofon ins Ohr. Alle Geräte waren schon überprüft worden. Jetzt konnte die Show beginnen.

Leo drehte sich noch ein letztes Mal zu Olivia um. Man sah ihr deutlich an, wie nervös sie war. »Wir sind schneller zurück, als du für meine Verwandlung gebraucht hast«, sagte er und zeigte an sich hinab.

Sven ging zur Tür. »Vorne steht der Wagen. Ich stell euch gleich dem restlichen Team vor.«

Olivias Augen zuckten. »Jetzt geht endlich, bevor ich noch meine Meinung ändere.«

Leo wusste, wie schwer es ihr fiel. Schließlich hätte er an Olivias Stelle auch Schwierigkeiten damit gehabt, tatenlos abzuwarten.

Dann verließen sie das Hotelzimmer.

Jetzt würde es ans Eingemachte gehen.

* * *

Als Leo mit Jax das A Róka betrat, fühlte er sich an die Geschichtsstunde über Amerikas Prohibition erinnert, denn die erste Tür war gar nicht die *eigentliche* Eingangstür. Und der Eintrittspreis, der dort verlangt wurde, würde bei Weitem nicht die *einzige* Gebühr bleiben.

Jax hing an Leos Arm wie ein Püppchen an ihrem Sugar Daddy.

Das Foyer des Nachtklubs war eine kleine, schummrig beleuchtete Bar, an der ein Dutzend Gäste saßen, Cocktails tranken und sich leise miteinander unterhielten.

An der zweiten Tür wurden sie von zwei großen Männern begrüßt. »Guten Abend, Mr …?«

»Anderson«, sagte Leo. »Und das ist meine Begleitung, Miss Swan.«

Das Lächeln des Türstehers war zwar freundlich, aber seine schrankähnliche Statur verriet, dass er sich höchstpersönlich um die Einhaltung der Regeln in dem Etablissement kümmerte.

»Ich nehme an, Sie wurden über unsere … Richtlinien informiert?«

»Ja, das wurden wir«, antwortete Leo.

»Dann wird es Ihnen sicher nichts ausmachen, wenn wir Ihnen die Waffen abnehmen und sie an einem sicheren Ort aufbewahren.«

Natürlich hatten sie erwartet, dass dies geschehen würde.

Mit einem Blick zu Jax zog Leo seine Pistole hervor. Er holte das Magazin heraus und leerte die Kammer, bevor er die Waffe aushändigte.

»Jetzt fühle ich mich total nackt«, sagte Jax und machte einen Schmollmund.

»Es tut mir leid, Liebes.« Leo trat hinter sie und half ihr aus dem Mantel.

Die Männer warfen Jax verstohlene Blicke zu, als das freizügige Kleid zum Vorschein kam. Doch sie drehten sich brav weg, während Jax den Saum anhob und eine Waffe hervorzauberte. Nachdem also Mäntel und Waffen den Türstehern ausgehändigt worden waren, zückte Leo einen Umschlag und drückte ihn dem Mann in die Hand.

Dieser trat nun zur Seite und gab für Leo und Jax den Zutritt zum Klub frei. »Wir wünschen Ihnen einen schönen Abend.«

Als sie durch die zweite Tür gingen, kamen sie in einen wesentlich größeren Raum, in dem sich deutlich mehr Gäste aufhielten.

»Wir sind drin«, flüsterte Leo kaum hörbar fürs Team.

Zur Antwort ertönte ein Piepton in seinem Ohr. Der Plan war, dass die anderen draußen zuhörten und nur dann einschritten, wenn die Kacke am Dampfen war, wie man so schön sagte.

»Sieht aus, als wäre das mal ein Ballsaal gewesen«, sagte Jax, während sie langsam durch den Raum schlenderten. Von der zehn Meter hohen Decke hingen Kronleuchter, an den Seiten befanden sich schlanke Säulen, von den bodenlangen Fenstern aus konnte man in einen grünen Hinterhof blicken. Auf einem

Podest, das wahrscheinlich für ein kleines Orchester gedacht war, stand eine Sängerin, die von einem Klavierspieler begleitet wurde.

Weiter hinten gab es kleine Nischen mit Sitzecken, in die man sich zurückziehen und wo man ungestört sein konnte.

»Sieht aus, als wäre das mal ein edles Privathaus gewesen.«

»Ja, kann gut sein«, antwortete Jax.

Sie kommentierten alles, was sie sahen, damit sich das Team draußen ein Bild machen konnte. Heimlich Fotos zu schießen, wäre ein zu großes Wagnis gewesen, das sie natürlich nicht eingehen würden.

Die Regeln des A Róka waren eigentlich recht simpel. Keine Handynutzung, kein Fotografieren. Alles, was hier besprochen wurde, war streng vertraulich. Innerhalb der vier Wände des Klubs durften neben Gesprächen keine anderen Handlungen erfolgen. Geld wechselte lediglich im Vorraum den Besitzer. Mit dem saftigen Eintrittsgeld war der Getränkekonsum pauschal abgedeckt.

Allerdings war niemand so naiv zu glauben, dass das, was im A Róka geschah, auch im A Róka blieb. Fest stand, dass es sich um eine gewaltfreie Zone handelte. Wie dafür gesorgt wurde, dass sich jeder daranhielt, wusste Leo auch nicht. Wahrscheinlich nicht, indem man Regelbrecher lediglich auf die Straße hinauseskortierte.

Leo und Jax zogen eine gehörige Portion Aufmerksamkeit auf sich, was hauptsächlich an Jax' freizügigem Kleid lag.

»Die Barkeeper reden mit jedem«, stellte Leo fest.

Deshalb suchten sie sich nun einen Platz an der Bar.

»Guten Abend.« Der Barkeeper legte zwei Untersetzer vor sie und lächelte ihnen freundlich zu. »Was darf es heute Abend für Sie sein?«

Jax bestellte einen Wein und Leo einen Whisky.

»Ich habe Sie hier noch nie gesehen.« Der Barkeeper war um die dreißig und nur halb so groß wie die Türsteher.

»Wir sind heute zum ersten Mal da«, antwortete Jax.

Während er den Wein einschenkte, fragte er freundlich: »Sind Sie mit jemandem hier verabredet?«

Leo nahm sein Whiskyglas entgegen. »Nicht verabredet, aber wir hoffen, auf eine bestimmte Person zu treffen. Nur wissen wir leider nicht, ob unser Bekannter überhaupt manchmal hierherkommt ...«

»Vielleicht kann ich Ihnen weiterhelfen. Ich sehe sehr viele Gesichter hier. Manche Leute kommen, um alte Bekannte zu suchen, andere möchten lieber ihre Ruhe haben.«

Leo stützte den Ellbogen an der Bar ab. »Den alten Bekannten, den wir suchen, habe ich vor nicht allzu langer Zeit in Las Vegas gesehen«, sagte er.

Jetzt beugte sich Jax so weit vor, dass die nächste, allerkleinste Bewegung einen Blick auf ihre Brüste versprach. »Der Herr, um den es geht, ist mit mir in Deutschland zur Schule gegangen. Vielleicht haben Sie schon vom Richter-Internat gehört?«

»Natürlich. Eine sagenumwobene Schule wie diese hat schon viele Gäste ins A Róka gebracht.«

»Wie könnte denn unser Freund davon erfahren, dass wir nach ihm gefragt haben?«, wollte Jax wissen.

Der Barkeeper lächelte und schielte auf Jax Brüste, während er nach einem Geschirrtuch griff. »Wann war denn der besagte Aufenthalt in Las Vegas?«, fragte er.

Leo nannte ihm das Datum, an dem Olivia angeschossen worden war.

Jetzt holte der Barkeeper eine Nummernmarke unter der Theke hervor und ließ sie zu Leo schlittern. »Zeigen Sie diese nicht erstattungsfähige Marke den beiden Herrn am Ausgang, wenn Sie Ihre Mäntel holen.«

Die Marke sah aus wie ein Jeton fürs Pokerspiel. »Wie funktioniert das?«

»In den USA bedeutet ›Tip‹ auch ›Trinkgeld‹ …«, sagte er vage. Dann setzte er fort: »Wir respektieren die Privatsphäre unserer Gäste, wenn es gewünscht wird. Wobei ich nur für die Angestellten des Klubs sprechen kann. Über die Gäste hier haben wir natürlich keine Kontrolle.«

»Verstehe.«

»Wenn Ihr Klassenkamerad nicht ausfindig zu machen ist oder er lieber in Ruhe gelassen werden möchte, werden wir Ihnen sagen, dass wir keinen Erfolg hatten. Sollte es allerdings eine Nachricht für Sie geben, lassen wir sie Ihnen zukommen.«

Leo und Jax wechselten Blicke. Konnte es tatsächlich so einfach sein?

»Sie haben uns sehr geholfen, vielen Dank«, sagte Jax und trank einen Schluck von ihrem Wein.

»Keine Ursache«, erwiderte der Barkeeper und wandte sich nun anderen Gästen zu.

»Lass uns ein bisschen herumschlendern und die Architektur bewundern, ja?«, schlug Jax vor.

Sie liefen durch den Raum und sprachen über die Wege, die man vom Hauptsaal aus beschreiten konnten. Sie fanden die Toiletten und trennten sich dort für weniger als fünf Minuten.

Manche Leute sahen zwar zu ihnen, doch schien sich niemand sonderlich für sie zu interessieren.

Sie wurden auch von niemandem angesprochen.

Schließlich gingen sie zum Ausgang und holten ihre Sachen.

Wie angewiesen reichte Leo dem Türsteher den Chip und erhielt dafür einen andersfarbigen, zusammen mit einem Umschlag. Leo steckte beides in die Jackentasche, dann half er Jax in den Mantel.

Sven wartete auf der anderen Straßenseite auf sie und hielt ihnen die hintere Wagentür auf.

Erst als sie im Wagen saßen und losfuhren, begann Leo, sich zu entspannen. »Das kam mir fast wie ein Kinderspiel vor.«

»Es ist nie ein Kinderspiel!«, hörte er jetzt Olivias Stimme in seinem Ohr. »Was ist im Umschlag?«

Leo holte ihn heraus und brach das Siegel. Zum Vorschein kam ein Preis, den die gewünschte Information kosten sollte. »Wie tief sind Neils Taschen?«

Er zeigte Jax das Papier, woraufhin sie einen Pfiff ausstieß.

»Aber lies auch das Kleingedruckte: Für deinen fünften Besuch im A Róka musst du nur die Hälfte bezahlen und der zehnte Eintritt ist umsonst«, sagte sie und lachte auf.

Leo las den Brief für den Rest des Teams laut vor.

Er oder wer auch immer diese Informationen erhalten wollte, solle zurückkommen und den Jeton mitbringen.

»Die Frage ist, wie lange sollen wir warten?«, wollte Leo wissen.

»Achtundvierzig Stunden«, sagte irgendwer in seinem Ohrhörer.

»Das ist ausreichend Zeit. Und wenn Friedrich nicht anbeißt, müssen wir weitersuchen«, war jetzt Olivia zu hören.

Leo wandte sich um und sah den Abhörwagen hinter sich. Wie kam Olivia damit zurecht, tatenlos auf der Ersatzbank zu sitzen, während andere für sie ins Feld zogen?

KAPITEL 30

»Nächstes Mal komme ich mit«, sagte Olivia, sobald sie mit Leo im Hotelzimmer allein war. Den Unterhaltungen im Nachtklub über die Ohrhörer zu lauschen, war etwas anderes, als live dabei zu sein.

»Sehe ich auch so.«

»Ich kann nicht einfach draußen im Wagen herumsitzen.« Olivia verschränkte die Arme über der Brust.

»Sehe ich auch so.«

»Es würde mich auch niemand erkennen.«

»Sehe ich auch so.«

Sie verstummte und blickte auf. »Wirklich?«

»Es waren viele Leute dort und keiner hat sich sonderlich um uns geschert. Jax und ich haben niemanden erkannt, aber bei dir wäre das vielleicht anders.«

Olivia wappnete sich mit einem tiefen Atemzug. »Es liegt außerhalb meiner Komfortzone.«

Leo zog die Jacke aus und legte sie zur Seite. »Allein die Tatsache, dass du das zugibst, bedeutet, dass du dich geändert hast.«

Es fühlte sich allerdings eher wie eine Schwäche an.

Jetzt klingelte Leos Handy.

Er warf einen kurzen Blick aufs Display und steckte das Telefon wieder weg.

»Wer ruft an?«, wollte sie wissen.

»Fitz.«

Olivia hielt inne. »Du wirst noch deinen Job verlieren.«

»Möglich.« Grinsend legte Leo das Handy auf den Nachttisch.

»Ich dachte, du magst deinen Job.«

»Ich liebe ihn sogar. Aber ich hasse die Bürokratie. Seit ich mitbekomme, wie viel Neils Team erreichen kann, stelle ich mir schon die Frage, was ich beim FBI mache.«

»Gefällt es dir etwa nicht, dich an Spielregeln zu halten?« Wenn sie daran dachte, wie oft sie schon davon geträumt hatte, bei einer rechtschaffenen Organisation zu arbeiten, war es jetzt geradezu ironisch, dass Leo genau das Gegenteil wollte.

»Regeln sind dafür da, dass die Bösen keine Gesetzeslücken finden, die für sie wie eine Du-kommst-aus-dem-Gefängnis-frei-Karte sind. Seit ich gesehen habe, was Neils Team für Marie Nickerson erreicht hat, frage ich mich langsam, was ich bei der Bundesbehörde überhaupt noch mache.«

Olivia lehnte sich gegen den Schreibtisch des Hotelzimmers. »Ich habe Marie viele Monate lang beschattet und Neil über alles informiert. Das Leben des Mädchens ist zerstört worden.«

Leo lächelte Olivia an. »Du hast sie beschützt. Ihr alle habt sie beschützt.«

»Das FBI hatte auch eine Hand im Spiel.«

»Ja, aber bei dir und bei den anderen ist ein persönliches Anliegen daraus geworden und das merkt man am Ergebnis. Nach dem, was Sasha über dich und andere mit demselben Schicksal erzählt hat, weiß ich, dass du ein Opfer bist …«

»Ich weiß nicht, ob man das so ausdrücken kann.«

»Doch, das kann man«, sagte er beharrlich. »Und solange du mir gestattest, Teil deines Lebens zu sein, werde ich dich daran erinnern. Hätte Neils Team dir damals, als du neunzehn warst, zur Seite gestanden, wäre das nie passiert. Als du jetzt gesagt hast, dass ich meinen Job verlieren werde, habe ich gemerkt, dass es mir egal ist. Offensichtlich gibt es auch einen Privatsektor, wo meine Fähigkeiten gefragt sind. Wo wir beide unsere Fähigkeiten einsetzen könnten.«

Als er das sagte, spürte sie etwas, von dem sie geglaubt hatte, es für immer verloren zu haben.

Hoffnung.

Jetzt versuchte Leo, die zweite Haut von seinem Kopf zu ziehen, die ihm die angehende Glatze verliehen hatte. Olivia half ihm. »Ich weiß sowieso nicht, wie ich als FBI-Agent eine Beziehung mit einer ehemaligen Auftragskillerin haben könnte, ohne gefeuert zu werden.« Er setzte sich in einen Sessel und ließ Olivia gewähren.

Mit zittrigen Händen zupfte sie an seiner Perücke. »Eine Beziehung?«

»So würde ich das, was zwischen uns ist, beschreiben. Wenn man gemeinsam Zeit verbringt, sich austauscht, mit Worten und Körperflüssigkeiten …« Er umgriff ihre Taille.

Ihre Hände zitterten immer noch, während sie das Make-up von seinem Gesicht entfernte. »Ich hatte noch nie eine Beziehung mit einem Mann.«

Er grinste. »Willst du mir jetzt etwas über deine sexuelle Orientierung gestehen?«, fragte er im Scherz.

»Du weißt, was ich meine.«

Leo hielt sie davon ab, sich umzudrehen. »Ich weiß, dass du Angst hast.«

»Ich habe nie behauptet, dass ich Angst hätte«, gab sie impulsiv zurück.

Er lächelte. »Du hast Angst, weil dir plötzlich etwas nicht mehr scheißegal ist. Du machst dir deswegen Vorwürfe.«

Leider hatte er nicht ganz unrecht.

»Ich habe furchtbare Dinge getan.« Sie hielt die Hände still und schaute zur Wand.

»Wie viele Straftaten hast du begangen, seit Pohl tot ist?«, fragte er.

»Keine.« Dann hielt sie inne. »Wobei, vielleicht habe ich doch ein paar Informationen auf nicht ganz legale Art beschafft. Außerdem habe ich ein, zwei Autos entwendet …«

Leo wirkte amüsiert. »Was ist schon ein kleiner Autodiebstahl unter Freunden?«

»Eine Notwendigkeit«, beteuerte sie.

»Wir werden schon herausfinden, wie wir weitermachen, wenn die Sache überstanden ist. Und zwar gemeinsam«, sagte Leo eindringlich.

Olivia wusste nicht, ob sie so etwas konnte. *Weitermachen.* Aber jetzt würde sie Leo nicht mehr loswerden. Nicht jetzt, da er und Neils Team sich der Sache verpflichtet hatten.

»Und denk bloß nicht wieder ans Abhauen.«

»Tu ich nicht.«

Er musterte sie im Spiegel und schien zufrieden zu sein mit dem, was er sah. »Lass uns eine Nacht drüber schlafen und morgen alles in Ruhe besprechen.«

Ohne ein Wort entfernte Olivia die letzten Reste von Leos Verkleidung.

* * *

»Sehr verstörend«, sagte Leo, als er zwei Abende später Olivia im Spiegel betrachtete.

Sie hatte sich als Mann verkleidet.

Ihre glatte Haut war verschwunden. Stattdessen wies ihr Gesicht nun Aknenarben und vereinzelte Härchen auf, ein nicht gerade ansehnlicher Anblick.

»Gut so«, entgegnete Olivia.

Leo war erneut in Mr Anderson verwandelt worden und Jax trug als Miss Swan auch an diesem Abend ein sehr freizügiges Kleid.

Neil würde später in den Beobachtungswagen steigen, obwohl er eigentlich gesagt hatte, dass er nicht nach Europa fliegen werde. Und natürlich würde er sich auch in volle Kriegsmontur werfen, wenn es nötig war.

»Wir geben euch vor und hinter dem Gebäude Deckung«, sagte Neil.

»Wir wissen ja nicht mal, ob Schmidt überhaupt kommt«, meinte Olivia.

Leo hatte im A Róka angerufen und die Nachricht erhalten, dass es Antworten auf seine Fragen gebe. Er müsse kommen, um sie zu erhalten.

Ein Foto von Friedrich wurde herumgereicht. »Vielleicht sieht er aber auch mehr wie Jax aus und nicht so wie auf dem Bild.«

Olivia schüttelte den Kopf. »Ich bezweifle sehr, dass er als Frau verkleidet kommt. Aber egal, wie er aussieht, fest steht, dass *ich* diejenige sein werde, die mit ihm redet. Jax und Leo müssen sich im Hintergrund halten.«

Niemand widersprach ihr.

»Aber keine Risiken eingehen«, sagte Neil eindringlich.

Olivia blickte in die Gesichter der anderen. »Wenn er auf eine private Unterhaltung pocht, gehe ich darauf ein.«

»Er hat versucht, dich umzubringen«, sagte Leo mit fester Stimme.

»Wenn er wirklich gewollt hätte, dass ich sterbe, wäre ich jetzt tot. Und wenn er mich zu irgendwas zwingen wollte, würde er einen von euch angreifen.« Dieser Gedanke machte ihr besonders zu schaffen. »Ich bin also nicht diejenige, die aufpassen muss.«

Neil nickte. »Olivia hat recht. Wenn er nicht persönlich auftaucht, hat er wahrscheinlich jemanden geschickt, der im Klub nach ihr Ausschau halten soll. Ich mache mir mehr Sorgen um das Fehlen eines Publikums als darüber, dass er kommt und Olivia unter vier Augen sprechen will. Olivia hat uns mit der ersten Runde vertraut. Wir vertrauen ihr jetzt mit dieser.«

»Dann kann die Party ja losgehen«, sagte Jax und machte vor lauter Vorfreude einen kleinen Satz.

»Dein Enthusiasmus bringt mich noch um«, sagte Leo trocken, worüber die anderen lachen mussten.

Leo wandte sich noch einmal an Olivia. »Bist du bereit?«

Sie nickte, und mit tiefer Männerstimme sagte sie: »Immer.«

Leo schauderte. »Also, als Frau gefällst du mir besser.«

Neil trat zur Tür. »Wir fahren so, dass wir etappenweise ankommen. Den Soundcheck machen wir auf dem Weg.«

Jax hielt Olivia die Faust hin und sah sie erwartungsvoll an.

Eine Sekunde lang wusste Olivia nicht, was sie tun sollte. Dann begriff sie und sie drückte ihre Knöchel gegen die von Jax.

»Komm, Sugar Daddy, ich brauche einen Drink«, sagte Jax zu Leo.

Neil hob die Hand. »Fünf Minuten.« Er verließ allein das Hotelzimmer.

Genau fünf Minuten später straffte Olivia den Rücken und verließ zusammen mit ihrem Fahrer das Zimmer.

Als Leo und Jax schließlich auch auf dem Weg waren, überprüften sie die Funktion der Mikrofone.

Olivia ging den Plan in Gedanken noch einmal durch und konzentrierte sich auf ihre Atmung.

Kurz darauf erreichten sie das A Róka.

»Wir sind immer bei dir«, hörte sie Neils Stimme in ihrem Ohr.

»Alles klar.« Damit stieg sie aus dem Auto.

Olivia ging als Erste hinein. Sie folgte demselben Prozedere wie Leo und Jax ein paar Abende zuvor. Im Innern des Klubs fand sie alles ganz genauso vor, wie Leo es beschrieben hatte. Möglicherweise war das A Róka diesmal etwas voller, da es sich um ein Wochenende handelte.

An der Hauptbar suchte sich Olivia einen Platz und bestellte einen Whisky. Dabei versuchte sie, möglichst jeden Blickkontakt zu meiden.

Fünfzehn Minuten später kamen Leo und Jax herein. Jax hatte sich bei Leo untergehakt.

Viele Köpfe drehten sich zu Jax, die das scheinbar gar nicht merkte.

»Willkommen zurück«, begrüßte sie der Barkeeper. Durch den versteckten Ohrhörer konnte Olivia das Gespräch von der anderen Seite der Bar mithören. »Darf es heute wieder ein Chardonnay für die Dame und ein Whisky für den Herrn sein?«

Während er die Getränke servierte, blickte sich Olivia prüfend um, ob irgendwer die beiden beobachtete.

Es waren deutlich mehr Männer als Frauen hier. Die meisten standen zu zweit oder in Grüppchen von bis zu vier Leuten zusammen. Man hörte ein Kauderwelsch aus verschiedenen Sprachen: Niederländisch, Slowakisch, Ungarisch, Russisch, Deutsch und viel Englisch. Zusammen entstand daraus eine Melodie, wie man sie nur in Europa hören konnte.

Leo klopfte mit seiner Marke auf die Bar und wartete geduldig.

Als Olivia sich unauffällig umblickte, sah sie, dass ungefähr ein halbes Dutzend Gäste solche bunten Marken in den Händen hielten.

Sie nahm ihr Glas und verließ ihren bisherigen Platz, um einen besseren Blickwinkel zu suchen.

Komm schon Friedrich ... wo bist du?

Eine halbe Stunde verging, während der Leo und Jax sich miteinander unterhielten. Der Barkeeper hatte versprochen, bald zu ihnen zu kommen, um zu berichten, was er erfahren hatte. Die Zeit verstrich sehr langsam.

Olivia sah sich um.

Das Warten sollte ein Test sein.

Aber wer steckte dahinter? Der Klub, der Barkeeper oder Friedrich, der sie währenddessen beobachtete?

Olivia ging umher und fand, dass sie nicht genug sehen konnte. Dafür gab es eine Etage höher eine Art Galerie, von der aus man einen guten Blick auf die untere Ebene hatte. »Ich gehe hoch«, flüsterte sie.

Ein kurzer Piepton versicherte ihr, dass man sie gehört hatte.

Sie nahm die Treppe nach oben.

Auf der schummrig beleuchteten Galerie stank es nach Rauch.

Von hier oben konnte sie Leo und Jax besser beobachten. Olivia blieb in einer dunklen Ecke stehen und blickte sich um. Abgesehen von ein paar Männern, die lüstern darauf gierten, dass Jax unfreiwillig etwas von ihrem Busen zeigte, interessierte sich niemand für die beiden.

Olivia wollte schon aufgeben, als einige Meter neben ihr eine Zigarre angezündet wurde.

Die Feuerzeugflamme erhellte für einen kurzen Augenblick ein Gesicht. Ein Gesicht, das in den Saal hinunterstarrte.

Sie spürte ein Prickeln im Nacken, als sie einen Schritt nähertrat, um den Mann besser sehen zu können.

Auf der Galerie befanden sich nur wenige Gäste. Hier oben konnte man sich ungestört unterhalten.

Der Mann mit der Zigarre war groß und schlank. Mit langen, dürren Fingern hielt er den Glimmstängel und zog lange daran.

»Zieh die Schuhe aus, Olivia. Sonst erwischen sie uns noch.« Friedrich hielt seine Schuhe in der dünnen Hand und zeigte zum Regalraum.

Ihr Puls beschleunigte sich so sehr, dass sie noch einen Moment im Verborgenen stehen blieb.

Schließlich überwand sie sich. »Hallo, Friedrich.«

Der Mann blieb wie versteinert stehen. Er nahm die Zigarre aus dem Mund und atmete lange aus. »Wusste ich es doch, dass *du* dahintersteckst.«

Olivia trat ins Licht.

Jetzt erst drehte er sich zu ihr. »Du siehst besser aus als beim letzten Mal.«

»Du meinst, weil ich aufrecht stehe und nicht am Boden liege?«

Friedrichs Gesicht wirkte ausgemergelt und zeigte Spuren einer tiefen Erschöpfung. Eine Erschöpfung, wie Olivia sie nur allzu gut kannte.

»Ich habe Fragen an dich«, sagte sie.

»Und ich sehe mich nicht verpflichtet, diese zu beantworten«, entgegnete er.

»Du hast auf mich geschossen. Da könnte ich schon ein bisschen Entgegenkommen von dir erwarten.«

Er sah sie aus schmalen Augen an, dann blickte er wieder hinunter in den Saal.

Jax und Leo schlenderten gerade durch den Raum.

»Weg mit dem Mikro«, wies Friedrich sie an.

Ein Piepen in ihrem Ohr ließ sie zögern.

Doch als sie wieder ihr Gegenüber ansah, erkannte sie den Jungen von früher. Es hatte nicht den Anschein, als wollte er sie angreifen oder plötzlich abhauen. Olivia würde das Risiko eingehen.

Sie entfernte den Knopf an ihrem Jackett und versenkte ihn im Whiskey. »Warum?«, fragte sie schließlich.

Mit einem Nicken bedeutete er ihr, ihm zu folgen.

* * *

»Verdammt, Olivia!« Leo blickte zu Jax, als das Team im Wagen draußen verkündete, dass Olivia ihr Mikrofon entfernt hatte.

»Kein Grund zur Panik«, drang Neils Stimme durch die Ohrhörer. »Sie ist noch im Gebäude.« Er teilte ihnen mit, wo sich Olivia gerade befand. Leo und Jax gingen zur Galerie und trennten sich dort.

Weit hinten in den Alkoven erkannte Leo Olivias Silhouette. »Ich sehe sie.«

Da bemerkte er, wie sie ihm unauffällig mit der Handfläche zu verstehen gab, dass er sich fernhalten solle.

»Stopp. Lasst sie gewähren«, wies er Jax und die anderen an.

Auf der anderen Seite der Galerie blieb nun auch Jax stehen. Wenigstens war Olivia zu beiden Seiten abgesichert.

Jetzt konnte Leo nichts anderes tun, als abzuwarten.

* * *

»Vielleicht glaubst du mir nicht, aber es freut mich, dich zu sehen.«

Olivia saß Friedrich gegenüber, der sich zurücklehnte und die Zigarre zwischen den langen Fingern hielt. Olivia blieb aufrecht sitzen und behielt die Füße fest auf dem Boden, bereit, jederzeit aufzuspringen.

»Wenn man bedenkt, dass du versucht hast, mich umzubringen ...«

»Mir wurde berichtet, dass du Leute hast, die ganz neugierig Erkundigungen über mich einholen«, sagte er.

Er meinte Neils Team, das in ganz Europa nach Louis Schmidt suchte.

»Reine Zeitverschwendung, wenn du mir persönlich Auskunft gibst.«

»Meine Eltern sind für mich schon lange tot.«

»Aber es gibt immer jemanden, der einem etwas bedeutet ...«

Friedrichs kalter Blick sagte ihr, dass sie den Nagel auf den Kopf getroffen hatte. Es gab durchaus jemanden. Vielleicht sogar mehrere.

»Du hättest die Gelegenheit gehabt, den Job zu Ende zu bringen. Warum hast du es nicht getan?«

Er schüttelte den Kopf. »Du warst nicht mein Ziel.«

Olivia bemühte sich sehr, sich ihre Überraschung nicht anmerken zu lassen.

»Mein letzter Stand der Dinge war, dass man dich vor etlichen Jahren über Bord geworfen hat. Niemand hätte mehr erstaunt sein können als ich, dich lebendig zu sehen.«

»Grant«, murmelte sie.

Friedrich neigte zustimmend den Kopf.

Die Vorstellung bereitete ihr Übelkeit. »Und warum atmet er dann noch?«

»Wegen dir«, sagte er, als sei das Erklärung genug. »Er gehört zu dir. Ich hatte nichts davon gewusst, hatte dich bis zu jenem Abend nie gesehen. Ich habe meinen Fahrer vorbeifahren lassen. Dann hatte ich die Wahl, entweder ziele ich auf ihn oder auf dich. Oder auf euch beide. Aber ich habe die Leute, mit denen du dich umgibst, recherchiert. Dabei habe ich erfahren, dass Sasha Budanov dazugehört, und ich habe keine Lust, mir gefährliche Feinde für einen schlecht bezahlten Job einzuheimsen.«

»Deshalb hast du auf *mich* geschossen.«

Wieder neigte er den Kopf. »Um es gut aussehen zu lassen.«

»Ein bisschen zu gut. Herzlichen Dank auch.«

»Du lebst doch noch«, gab er zurück. »Wenn ich niemanden erwischt hätte, wäre der Auftrag für Grant erhalten geblieben. Indem du die Kugel abgekriegt hast, hat sich das Kopfgeld für ihn aufgelöst.«

»Wie funktioniert das denn?« Ihrer Erfahrung nach löste sich ein Auftrag nicht einfach in Luft auf, wenn es kein Ergebnis gab.

»Es sollte nur eine Warnung sein. Er ist kein Feind. Er hat lediglich den falschen Mann gereizt.«

»Navi?«

Friedrich zuckte mit den Schultern.

»Mykonos?«

Wieder diese Kopfneigung. »Wenn man sich gegen solche Leute auflehnt, kommt man nicht mit dem Leben davon.«

Olivia führte im Kopf alle Puzzleteile zusammen. Wenn Leo als Exempel hatte dienen sollen, konnte es sich bei der Person, die sie in Wirklichkeit zum Schweigen bringen wollten, nur um Marie Nickerson handeln.

»Der Prozess ist vorbei. Mykonos hockt längst im Knast.«

Friedrich zog an der Zigarre, bevor er genüsslich den Rauch ausblies. »Ich schulde ihnen einen Treffer.«

Olivia hielt die Luft an. »Marie.«

Friedrichs Schweigen war seine Bestätigung.

»Das kannst du nicht machen. Sie ist fast noch ein Kind und sie ist zu diesem Leben gezwungen worden …«

»Das ist mir egal. Du weißt, wie es hier läuft. Man nimmt den Job an und bringt ihn zu Ende. Ich habe dich verschont. Ich habe deinen Mann am Leben gelassen, um nicht von dir und Budanov gejagt zu werden. Das Mädchen kann dir doch nichts bedeuten. Lass es also gut sein.«

»Wage bloß nicht …«

»Tauch lieber wieder unter«, riet er ihr. »Unsere Welt hält dich für tot. Diese Jane Doe in Las Vegas war niemand, vielleicht eine Prostituierte. Wenn du dieses Fass öffnest, wird es persönlich. Dann kriegt das anonyme Gesicht plötzlich deinen Namen und bald bist du wieder Teil der Unterwelt. Das willst du doch nicht.«

»Du kennst mich nicht.«

Er schüttelte den Kopf. »Pohl ist gefallen und du bist verschwunden. Oder war es umgekehrt? Hättest du weitermachen wollen, hätte dich nichts davon abgehalten. Aber du hast es vorgezogen zu ›sterben‹.«

»Das heißt, du warst auch ein Rekrut von Pohl.«

Wieder schwieg Friedrich.

»Warum bist du nicht abgehauen? Warum lebst du immer noch in dieser Welt?«, fragte sie ihn.

»Ich kenne nichts anderes.«

»Erzähl mir keinen Müll.«

Friedrich lachte. »Und wie hast *du* dein Geld verdient, seit unser Wohltäter gestorben ist?«

»Kauf dir einfach keine teuren Zigarren und keine Armani-Anzüge mehr. Du wirst erstaunt sein, mit wie wenig Geld man auskommt.«

Friedrich schüttelte den Kopf. »Das ist nicht mein Lebensstil.«

»Und deshalb verkaufst du deine Seele an den Höchstbietenden«, setzte sie entgegen.

»Wie kannst gerade *du* das verurteilen?«

Er hatte recht. Aber Olivia musste ihn überreden, Marie in Ruhe zu lassen. Das Mädchen bedeutete Neil und seinem Team sehr viel. Ihr selbst auch. Sie bewunderte die Kraft, die Marie aufgebracht hatte, sich gegen ihre Feinde aufzulehnen und sie zu verpfeifen. Das hatte Olivia bei Pohl nie geschafft, schon deshalb hatte sie ein großes Maß an Anerkennung für dieses Mädchen.

»Lass es gut sein, Olivia.« Er drückte die Zigarre im Aschenbecher aus.

»Dein Vater wäre enttäuscht, wenn er davon erfahren würde.«

Friedrich sah ihr tief in die Augen. »Ich habe doch schon gesagt, meine Eltern bedeuten mir nichts.«

»Dann lass es mich anders ausdrücken: *Louis* wäre enttäuscht …«

»Hör auf«, presste er hervor. »Ich habe deine Leute verschont. Also bist du mir etwas schuldig.«

Das stimmte. Auch wenn Leo ihr an jenem Abend noch überhaupt nichts bedeutet hatte, war sie jetzt heilfroh, dass ihm nichts zugestoßen war. Jetzt hatte sie die Chance, wegzugehen. Und diese Chance konnte auch den anderen zugutekommen.

Friedrich stand auf und zog sein Jackett an. »Du glaubst mir wahrscheinlich nicht, aber ich bin wirklich froh, dass du noch lebst«, sagte er. »Nur muss ich dich leider umbringen, wenn du mir Scherereien bereitest.«

Friedrich trat aus dem Schatten heraus und ließ Olivia im Dunkeln zurück.

Im selben Moment, in dem ihr alter Schulfreund gegangen war, setzte sich Leo auf den frei gewordenen Platz.

»Geht's dir gut?«, fragte er.

Nein. Sie musste eine Entscheidung treffen, und sie wusste nicht, ob sie dafür die nötige Kraft hatte.

KAPITEL 31

Als sie nach dem Besuch des A Róka aus der Stadt hinausfuhren, schwieg Olivia.

Leo war zu ihr ins Auto gesprungen, und jetzt blickte er sie vorsichtig an. Sie hatte etwas erfahren, was sie verschwieg. Das merkte er an der Art, wie sie blinzelte, wie ihre Lippen eine gerade Linie bildeten.

Erst als sie alle im Hotel versammelt waren, begann Olivia zu reden.

»Leo war das eigentliche Ziel des Angriffs«, erklärte sie. »Ich habe gefragt, ob Mykonos oder Navi als Auftraggeber dahinterstecken. Friedrich hat es weder bestätigt noch abgestritten. Als er uns zusammen sah, hat er sich entschieden, lieber auf mich als auf Leo zu schießen.«

»Warum das denn?«, fragte Leo.

»Wegen einer Kombination aus mehreren Dingen. Zum einen war es der Schock, mich zu sehen. Zum anderen wurde ihm klar, dass ich ihn jage, wenn er dich erschießt. Als Amelia damals umgebracht wurde, habe ich alles getan, was in meiner Macht stand, um Pohl außer Gefecht zu setzen.«

Neil stand in der Tür und verschränkte die Arme über der Brust. »Schmidt hat Angst vor deiner Rache.«

»Richtig.«

»Warum hat er dich dann nicht gleich erschossen?«, wunderte sich Jax.

»Er hat Erkundigungen über euch angestellt.« Olivia deutete auf Neil und Jax. »Sasha hatte in Richter einen guten Ruf. Kaum jemand war in der Lage, ihre Rekorde zu brechen. Ihr Name ist zur Legende geworden. Friedrich weiß, dass sie zum Team gehört, und er wollte sie sich nicht zur Feindin machen.«

»Auf mich ist also ein Kopfgeld ausgesetzt?« Leo merkte, wie sein Magen diese Idee abstoßen wollte.

Olivia schüttelte den Kopf. »Friedrich meinte, die Kopfgeldsumme sei nach dem Prozess aufgehoben worden. Sie wollten an dir ein Exempel statuieren.«

Dem Gesichtsausdruck der anderen nach zu urteilen, waren sie genauso verwirrt wie er.

»Und das war's? Du bekommst die Kugel ab, damit Friedrich sich keine Feinde verschafft, und jetzt ist es plötzlich wurst, ob Leo tot ist oder noch lebt? Jetzt tun alle so, als wäre nie was passiert?«, fragte Jax und schüttelte den Kopf. »Das kaufe ich ihm nicht ab.«

»So hat er es mir gesagt«, berichtete Olivia.

»Wenn Schmidt der Handlanger von Navi und Mykonos ist …«

»Es klang nicht so, als würde Friedrich von ihnen in die Enge getrieben.«

»Dann ist er ein freier Berufsmörder«, zog Neil seine Schlüsse.

»Was noch schlimmer ist«, mischte sich Sven ins Gespräch.

Olivia zuckte mit den Schultern. »Er hat mich nicht umgebracht, obwohl er die Chance gehabt hätte.«

»Ein Berufsmörder mit Gewissen?«, fragte Leo. In diesem Fall hätten sie wenigstens etwas gehabt, wo sie ansetzen konnten.

»Oder zumindest mit einer Vergangenheit, die ihm so viel wert ist, dass er mich gehen lässt.«

Leo seufzte. Ihre Erinnerung an Friedrich hatte dazu geführt, dass sie ihn Mr Nass und Schlabberig nannte. Welche Erinnerungen er wohl hatte?

»Das heißt, Navi und Mykonos wissen gar nicht, wer du bist?«, fragte Neil.

Olivia schüttelte den Kopf. »Ich habe das Gefühl, Friedrich hätte es mir gesagt, wenn es anders wäre.«

»Das war's also? Der Mann schießt auf dich und kommt damit davon?«, fragte Sven.

»Wenn ich daran denke, auf wie viele Leute ich schon geschossen habe, kann ich mich wohl glücklich schätzen.« Olivias Blick schweifte in die Ferne, als würde sie dort die Gesichter all jener Menschen sehen.

Leo warf Neil einen Blick zu, der sich daraufhin von der Wand abstieß. »Lasst uns die Pferde satteln und von hier verschwinden.«

»Lässt du Friedrich beschatten?«, fragte Olivia, bevor Neil den Raum verließ.

»Natürlich.«

Leo begleitete Neil in den Flur, um Olivia und Jax Zeit zu geben, ihre Kostüme abzulegen.

»Irgendwas verschweigt sie«, sagte Leo, sobald sie das Zimmer verlassen hatten.

»Das glaube ich auch.«

»Wie groß ist die Wahrscheinlichkeit, dass ein Auftragskiller die Zielperson am Leben lässt und trotzdem sein Geld bekommt?«

»Ziemlich gering. Aber wenn du immer noch auf der Zielscheibe sitzen würdest, hätte sie es uns erzählt. Dein Leben würde sie nicht aufs Spiel setzen.«

»Aber wenn es nicht um mich geht, um wen dann?«

»Um diejenige, die Mykonos schlussendlich ins Gefängnis gebracht hat.«

Sie sahen sich an. »Marie.«

»Das wäre der logische Schluss.«

»Sie ist tief im Zeugenschutzprogramm versteckt«, sagte Leo.

»Aber wenigstens wissen wir, wer darauf angesetzt wurde, sie zu töten.«

»Wir behalten ihn im Auge, damit wir sofort eingreifen können.«

»Und wenn Olivia das weiß, hat sie dasselbe vor.« Neil seufzte.

»Wann wird sie uns endlich vertrauen?«, fragte Leo verzweifelt.

Neil schüttelte den Kopf. »Ich weiß es nicht.«

* * *

Dürre Finger hielten sie gegen die Regale gedrückt.

Seine feuchte, gespaltene Zunge versuchte, in ihren Mund einzudringen, und brannte auf ihren Lippen.

»Du weißt wirklich nicht, wie das geht, oder?«, fragte Friedrich.

Sie öffnete die Augen, sah seine vor sich.

Hinter ihm waren die Gesichter all jener, die wegen ihnen ihr Leben gelassen hatten.

»Ich wollte es nie«, sagte sie zu ihm.

»Jetzt ist es zu spät.«

Seine Zunge fuhr über ihre Wange.

»Ich kann es wiedergutmachen.« Sie versuchte, sich von ihm zu lösen, doch da merkte sie, dass ihre Arme in Eisenketten lagen.

»Du wirst sie zu mir führen.«

»Ich werde dich zuerst umbringen.«

Friedrich lachte, und plötzlich sackte ihr unter der ganzen Last der Welt der Boden weg und ihr Magen stülpte sich um.

* * *

Olivia riss die Augen auf und krallte sich am Bettzeug fest.

Es dauerte einen Moment, bis sie scharf sehen konnte.

Sie war in einem Flugzeug.

In Neils Privatjet.

Sie blickte auf die Uhr. Es waren zwei Stunden vergangen, seit sie sich zum Schlafen zurückgezogen hatte.

Und vierundzwanzig seit ihrem Treffen mit Friedrich.

In ihrem Kopf schwirrten immer noch die furchtbaren Traumbilder herum, die Gesichter, die Hitze … die Beklemmung.

Doch diesmal hatte sich die Nachricht geändert.

Sie wollte sich aus den Fesseln des Regalraums lösen … von den Erinnerungen ihrer Vergangenheit. Indem sie Marie leben ließ, würde sie sich zwar nicht von allen Sünden befreien können, aber immerhin wäre es ein guter Anfang.

Wenn Olivia zu dem Schluss gekommen war, dass Friedrich noch ein Geschäft zu erledigen hatte, waren Leo und die anderen es auch.

Warum sonst hätte Friedrich ihr gesagt, dass der Anschlag eigentlich Marie gegolten hatte?

Als Olivia noch ihr altes Leben führte, hatte sie niemals die Namen ihrer Opfer preisgegeben.

Friedrich schon. Aber aus welchem Grund?

Die Logik seiner Worte verzerrte sich in ihrem Kopf. Der gespaltenen Zunge dieses Teufels konnte man nicht vertrauen.

»Du Scheißkerl!«

Olivia verließ die Schlafkabine des Privatjets und ging zu Leo und Neil.

»Er ist hinter Marie her«, brach es aus ihr heraus. »Er will uns benutzen, damit wir ihn zu ihr führen.«

Neil lehnte sich im Flugzeugsessel zurück. Ein Grinsen breitete sich auf seinem Gesicht aus.

Leo war aufgesprungen und drückte nun seine Lippen auf ihre. »Und wir werden ihn aufhalten.«

* * *

»In dem Moment, in dem er behauptet hat, Leo sei mein Freund, habe ich ihn durchschaut.«

Leo drückte Olivias Hand. »Dabei bin ich doch dein Freund.«

Olivia lächelte bei dem Gedanken. »Aber damals warst du es noch nicht. Friedrich hätte nicht wissen können, dass wir bis zu jener Nacht in Las Vegas null Kontakt hatten.«

»Er hat herausgefunden, dass es eine Verbindung gibt. Allerdings erst nachträglich«, sagte Neil.

»Und zwar, nachdem er mir ins Krankenhaus gefolgt ist und mich beobachtet hat. Er hat erfahren, wie oft Leo zu mir kam, mit diesem Das-ist-alles-meine-Schuld-Blick.«

»Was er ja auch bestätigt hat. Ich hatte also recht.«

Olivia rollte mit den Augen.

Neil wedelte ungeduldig mit der Hand durch die Luft. »Zurück zum Thema. Meinst du, wir können trotzdem darauf vertrauen, dass das Kopfgeld auf Leo verschwunden ist?«

Olivia schnaubte lachend auf und blickte Leo direkt in die Augen. »Er steht ja noch hier, oder?«

»Und ich habe mich seit Colorado nicht versteckt.«

»Ich bin sicher, Friedrich hätte reichlich Gelegenheit gehabt, wenn er gewollt hätte. Im Krankenhaus, beim Gerichtstermin während der Kaffeepause.« Es hatte etliche Möglichkeiten gegeben, jemanden, der nicht aufpasste, zu beseitigen.

»Jetzt ist Marie das Ziel«, fasste Leo zusammen.

»Wir wussten ja von Anfang an, dass ihr Leben bedroht ist. Schließlich gab es deshalb das SWAT-Team vor dem Gerichtsgebäude. Und meine Aufgabe war es, die Lücken zu schließen«, sagte Olivia.

»Friedrich hätte dort keinen gezielten Schuss abfeuern können«, sagte Leo.

»Wenn man keine Gelegenheit zum Schießen hat, wartet man, bis sich eine auftut. Aber das Zeugenschutzprogramm ist gut und selbst Leute aus meinen Kreisen …«

»Du gehörst nicht mehr zu diesen Kreisen«, unterbrach Leo sie.

»Aus meinen ehemaligen Kreisen«, korrigierte sie sich. »Sogar für uns war es schwer, Leute im Zeugenschutzprogramm ausfindig zu machen.«

Neil tippte mit dem Kugelschreiber auf den Block vor sich. »Friedrich schießt auf dich, sorgt aber gleichzeitig dafür, dass er gesehen wird, damit du ihn aufsuchst, sobald es dir besser geht.«

»Wahrscheinlich hat er sich ziemlich geärgert, als er erfahren hat, dass dein Gedächtnis futsch war«, meinte Leo lachend.

»Ja. Aber irgendwann tauche ich doch wieder auf. Und da sagt er mir, wie froh er ist, dass ich noch lebe. Er tut, als gäbe es eine Solidarität zwischen uns. Er lässt mich glauben, dass es nicht persönlich gegen mich gerichtet war.«

»Und wie bringt man jemanden wie dich garantiert dazu, etwas zu machen?«, lautete Leos rhetorische Frage.

»Indem man ihm sagt, dass er es nicht tun soll«, antwortete Neil nüchtern.

»Er weiß, dass ich jetzt Leute auf meiner Seite habe und dass ich euch nicht in Gefahr bringen würde«, ergänzte Olivia. »Er glaubt, dass ich Marie alleine suche, um sie zu beschützen. Vor zwei Stunden ist das auch noch genau mein Plan gewesen«, gab sie zu.

»Und du wärst direkt in seine Falle getappt.«

»Zumindest hätte ich ihn direkt zu Marie geführt. Unser Clou wird sein, dass wir ihn glauben lassen, sein Plan ginge auf.«

»Und wenn wir nichts tun? Was wäre, wenn du nicht nach ihr suchst?«, fragte Leo.

»Dann würde er seine Strategie ändern. Er hat einen Auftragszettel, auf dem Maries Name steht. Entweder sie stirbt oder er. Da gibt es nicht viel Spielraum.«

Leider verstand Olivia die Regeln nur allzu gut.

»Wir müssen ihn auf frischer Tat ertappen.«

»Genau das werden wir tun.« Neil zückte sein Handy und wählte eine Nummer.

Leo setzte sich neben Olivia und nahm ihre Hände in seine. »Du hast die richtige Entscheidung getroffen.«

»Ich war noch nie ein Teamplayer«, erklärte sie.

Er küsste ihre Fingerspitzen. »Jetzt bist du einer.«

* * *

»Bist du bereit?«, fragte Leo, als sie am nächsten Morgen vor Neils Hauptsitz im Auto saßen.

Olivia warf einen Blick auf das unscheinbare Bürogebäude mit den getönten Fenstern und den vielen Sicherheitskameras. Es hatte Zeiten gegeben, da war sie dagesessen und hatte genau dieses Gebäude beobachtet. Oder vielmehr die Leute, die dort ein und aus gingen. Nachdem die Machenschaften in Richter aufgedeckt und das Geheimnis um Amelias Tod gelüftet worden waren, hatte sie sich vergewissern wollen, dass alle Leute aus Neils Team den Einsatz überlebt hatten. Vor zwei Jahren war sie erneut hier gewesen. Weil sie aufgegeben hatte. Weil sie jeglichen Sinn in ihrem Leben verloren geglaubt hatte. Doch dann hatte sie den Hilferuf an Neil gewagt und seinen Auftrag angenommen. Sie hatte sich darauf eingelassen, weil sie ihn alleine ausführen konnte. Auf diese Weise war sie zur unsichtbaren Leibwächterin für Marie Nickerson geworden.

Jetzt saß sie wieder vor dem Gebäude.

»Muss ich wohl«, antwortete Olivia auf seine Frage.

Er verflocht seine Finger mit ihren.

Sie drückte seine Hand, holte tief Luft und schaute ihn an. Er trug einen Anzug, weil er gleich weiter ins Büro fahren würde. Eine Weile würde er seinen Job noch behalten müssen, denn ihr ausgeheckter Plan, mit dem sie Friedrich schnappen wollten, konnte nur aufgehen, wenn Leo weiterhin beim FBI blieb.

Leo küsste ihre Finger. »Ich weiß, dass ich in den nächsten Tagen viele Überstunden machen muss. Wir können für dich ein Auto mieten, wenn nötig …«

»Neil hat gesagt, er hat noch eins übrig.«

Leo seufzte. »Ich werde dein besorgter Freund sein … dir ständig SMS schreiben, gemeinsam mit dir nach Hause fahren wollen, falls du noch hier bist, wenn ich im Büro fertig bin.«

Nach Hause.

Würde sie jemals einen Ort als ihr Zuhause bezeichnen können?

Am Abend des gestrigen Tages waren sie nach dem Flug und einer schnellen Dusche todmüde ins Bett gefallen.

An diesem Morgen war die Eile zu groß gewesen, weshalb der Gedanke, dass sie ab sofort bei Leo wohnen würde, bei ihr noch nicht richtig angekommen war.

Jetzt aber schon.

»Wenn es dir mit mir zu viel wird …«

Da blickte er sie auf eine Weise an, die ihr untersagte, weiterzusprechen. »Okay, okay, schon gut.«

»Gut.« Er drehte sich zu ihr. »Hör zu. Ich weiß, dass es für dich ungewohnt ist, und ich erwarte nicht, dass der Übergang

363

reibungslos verläuft. Aber rede einfach mit mir. Ich bin ein vernünftiger Mensch.«

Sie lachte. »Stimmt, das bist du.«

»Und schließe mich nicht aus.«

»Wenn das meine Absicht wäre, stünde ich nicht hier.«

Diese Antwort schien ihm zu gefallen.

Jetzt beugte sich Leo vor und drückte ihr einen Kuss auf die Lippen. »Ich kann dich hineinbegleiten ...«, sagte er, als er sie wieder losließ.

»Ich glaube, ich schaff das allein«, flüsterte sie.

Er ließ ihre Hand los. »Pass auf dich auf.«

»Pass du auf dich auf«, gab sie zurück.

»Mach ich doch immer.«

Olivia stieg aus und ging zur Eingangstür.

Ein Blick in die Kamera genügte, um den Summer zu aktivieren.

Sie blickte über die Schulter und sah, dass Leo wartete, bis sie im Gebäude verschwunden war.

Sie wappnete sich mit einem tiefen Atemzug.

»Guten Morgen.« Sasha war das Begrüßungskomitee.

Aus für sie unerklärlichen Gründen bekam Olivia plötzlich feuchte Augen. Sie schluckte die aufkeimenden Emotionen hinunter. »Guten Morgen.«

Sasha grinste sie an. »Es wird leichter.«

Olivia blinzelte, um den Tränen keine Chance zu geben. »Hoffentlich.«

»Gut, dass du so früh dran bist. Dann kann ich dir noch ein paar Hinweise zu den Teammitgliedern geben. Also, Claire umarmt jeden, und auch du wirst ihr nicht entkommen. Isaac wird dir bei nächster Gelegenheit Fesseln anlegen ...«

Olivia lachte und merkte, wie gut es sich anfühlte. »Soll er ruhig versuchen.«

»Ich habe ihm auch gesagt, dass es Zeitverschwendung ist. Über Lars musst du wissen, dass er wahrscheinlich zu weinen anfängt.«

Olivia blieb der Mund offen stehen. »Du machst Witze, oder?«

Sasha schüttelte den Kopf. »Wir haben uns wirklich Sorgen um dich gemacht. Ich weiß, dass du abgehauen bist, um uns zu beschützen. Und ich weiß auch, dass es dich enorme Überwindung gekostet hat, das Gebäude zu betreten.«

»Es war nicht leicht.«

»Ich weiß. Mir ging es ähnlich.« Sasha machte eine ausladende Geste. »Die Familie, die man sich aussucht, ist oft wichtiger als die Familie, in die man hineingeboren wird. Niemand hier verurteilt den anderen. Wenn du ein Problem hast, sag es einfach. Wenn du etwas brauchst, sag es ebenfalls. Ich habe lange gebraucht, um zu akzeptieren, dass ich eine Familie habe. Nämlich diese Familie hier. Und genau das können wir auch für dich sein.«

Okay, jetzt waren die Tränen wieder da.

Olivia riss krampfhaft die Augen auf, um nicht loszuheulen. »So ein Mist …«

Sasha lachte nur. »Auch daran wirst du dich gewöhnen.« Sie nickte zum Büro. »Komm, ich zeig dir alles, bevor es hier voll wird.«

Olivia fächelte sich Luft zu, und während sie ins Büro gingen, zog sie ihre Jacke aus.

Sasha musterte sie. »Vielleicht nehmen wir uns mal ein paar Stunden, um mit dir Shoppen zu gehen.«

Olivia blickte an sich hinab. Sie trug dunkle Leggins und ein enges T-Shirt. Sie hatte genau drei Outfits und alle waren identisch. »Findest du, dass ich neue Klamotten brauche?«

Sasha schüttelte den Kopf. »Nein. Ich habe nur an deinen Kondomvorrat gedacht.«

Lachen tat wirklich gut.

Sasha stieß die Tür zu einem Raum auf, an dessen hinterer Wand von der Decke bis zum Boden Monitore befestigt waren. »Willkommen bei MacBain Security and Solutions.«

Als sie den Raum betraten, sprang Claire auf und umarmte Olivia. »Ich freue mich so, dass du hier bist.«

Olivia blickte Hilfe suchend zu Sasha. *Rette mich!*

KAPITEL 32

Zum ersten Mal seit Langem hatte Olivia das Gefühl, dass sie mit den Fähigkeiten, die sie im Richter-Internat gelernt hatte, etwas Gutes tun konnte.

In der ersten Woche nach ihrer Rückkehr arbeiteten Sasha, Claire und Olivia daran, ein Netzwerk aus Webseiten und E-Mail-Adressen aufzubauen. Zwei Wochen später kam Jax aus Europa zurück und unterstützte sie. Gemeinsam erstellten sie eine Webseite, die von der offiziellen FBI-Website nicht zu unterscheiden war. Dazu bauten sie noch ein paar weitere Seiten auf, die selbst die größten Profis unter den Computerhackern ausgetrickst hätten.

Der Plan war, eine Fährte zu schaffen, der Friedrich folgen würde.

Neils Mannschaft in Europa überwachte ihn und als sich die Gelegenheit ergab, verschaffte sich Sven, der Tophacker des Teams, Zutritt zu Friedrichs Zimmer. Dort manipulierte er dessen Computer so, dass man sehen konnte, ob Friedrich anbiss.

Während der Arbeit startete Isaac tatsächlich zwei Versuche, Olivia zu fesseln, bevor er es schließlich aufgab. Ihr kleiner Ringkampf erinnerte Olivia an ihre frühen Tage in Richter, als man so etwas nur zum Spaß oder zum Training gemacht hatte und nicht, um den anderen zu verletzen.

Entgegen allen Erwartungen vergoss Lars keine Tränen. Doch war er ziemlich still und suchte jeden Tag das Gespräch mit ihr, um sie nach ihrem Befinden zu fragen. Olivia versicherte ihm, dass es ihr gut gehe, und zog ihn dann wegen Pam auf, mit der Lars ab und zu telefonierte.

Abends arbeiteten Olivia und Leo im Hauptquartier zusammen oder machten es sich in Leos Häuschen auf dem Sofa vor dem Kamin gemütlich.

Zum ersten Mal hatte Olivia das Gefühl, zu Hause zu sein.

Da sie wusste, dass Neils Team Friedrich im Auge behielt, konnte sie tatsächlich endlich mal ein bisschen entspannen.

Das einzige mulmige Gefühl kam von der unheimlichen Tatsache, dass sie so schnell ein Teil von Leos Leben geworden war. Wenn sie neben ihm schlief, hatten ihre höllischen Albträume keine Chance. Die Dämonen ihrer Vergangenheit würde Olivia niemals auslöschen können, aber jetzt war sie voller Zuversicht, dass sie im Laufe der Zeit ihre Balance finden konnte.

Unterdessen begannen sie, ihren Köder auszulegen, und arbeiteten daran, ein Haus so herzurichten, als wäre es Maries neues Zuhause, das man ihr im Rahmen des Zeugenschutzprogramms zugewiesen hatte. Jetzt würde es darum gehen, für Friedrich ein paar Brotkrumen auszuwerfen. Das gesamte Team arbeitete Tag und Nacht daran.

Olivia saß oft bis spätabends vor Neils Computer, wenn es bei Friedrich, der sich in Frankreich aufhielt, Vormittag war. Sie wartete geduldig, bis er seinen Computer hochfahren und sich einloggen würde, bevor sie sich durch die von ihr entwickelten Kniffe, die Sven auf Friedrichs Computer installiert hatte, Zugang verschaffte.

»Glaubst du, dass er anbeißt?«, fragte jetzt Claire an ihrer Seite.

Leo stand hinter ihr neben Sasha und Neil.

»Er denkt zumindest, dass ich mich um Marie sorge. Er geht sicher davon aus, dass ich das Mädchen aufsuche und in Sicherheit bringe oder sie anderweitig beschützen will. Und da ich mit Mr FBI hier jetzt sogar zusammenwohne ...« Sie blickte über die Schulter und grinste Leo zu. »... denkt er bestimmt, ich würde mich zu diesem Zwecke in Leos FBI-Systeme hacken und in den Datenbanken suchen. Natürlich würde ich das nicht sofort machen, was Friedrich auch weiß. Auch wenn er nicht aktiv sucht, sorgen wir dafür, dass er auf jeden Fall auf diese Informationen stoßen wird.« Olivia musste sich extrem zurückhalten, nicht sofort loszulegen, als sie sahen, dass Friedrich sich nun eingeloggt hatte. Bevor sie ihren Plan in die Tat umsetzen konnte, mussten sie erst sein Verhalten beobachten und in Erfahrung bringen, was er vorhatte.

»Theoretisch könnte er auch wissen, dass wir ihn beobachten.«

Olivia schüttelte den Kopf. »Er war zwar gut, aber ich war besser.«

Jetzt gab Friedrich sein Passwort ein.

Claire wollte sofort etwas tippen, aber Olivia hielt sie zurück.

»Wir sollten doch sein Passwort herauskriegen«, meinte Claire.

»Das bringt nichts«, entgegnete Olivia. Ihre Augen klebten am Bildschirm. Jetzt kamen auch Sasha und Neil dazu. »Ich ändere meins auch jeden Tag.«

Friedrich öffnete seinen Gmail-Account und Olivia hielt gespannt die Luft an.

Leo legte eine Hand auf ihre Schulter.

Keine Minute später hatte sich Friedrich Zutritt zu Leos E-Mail-Konto verschafft.

»Heiliger Strohsack«, fluchte Leo.

Die Hand auf ihrer Schulter wurde schwerer.

»Genau das wollten wir.«

»Seit wann liest er meine E-Mails?«

»Seit einer ganzen Weile. Wahrscheinlich macht er das täglich«, antwortete Olivia. »Aber keine Sorge, er wartet nur darauf, dass ich mich in die Datenbank des FBI einhacke. Denn für ihn ist der Zugang schwieriger und für mich leichter, da ich ja dich habe.« Olivia lehnte sich zurück und streckte die Arme über den Kopf, dann nahm sie sich die Tastatur vor.

Sie schrieb eine E-Mail an Leos Adresse, und zwar von einer ihrer künstlich geschaffenen Webseiten aus. Als Betreff gab sie »Richter-Internat. Dringend« ein.

Keine fünf Minuten später hatte Friedrich genau diese E-Mail geöffnet. Der Absender war angeblich Checkpoint Charlie, der Informationen über einen ehemaligen Schüler brauchte, der möglicherweise auf der Liste von Amerikas gesuchten Kriminellen stand. In der E-Mail stand, ein gemeinsamer Freund sei angeblich in Gefahr.

»Charlie würde so etwas niemals schreiben«, meinte Claire.

»Stimmt, aber das würde Leo nicht wissen. Würde Leo tatsächlich so eine E-Mail erhalten, würde er wahrscheinlich seinen FBI-Account öffnen. Dadurch kann Friedrich jetzt an den Link gelangen, auf den er es abgesehen hat. Was in Wirklichkeit natürlich nur unsere Attrappe ist, die ich jetzt gleich öffnen werde.« Olivia wartete und zwang sich, langsam vorzugehen, damit Friedrich nicht Lunte roch.

Eine halbe Stunde später tat sie also, als wäre sie Leo, und öffnete die E-Mail. Dadurch wurde der Hack in Friedrichs Computer aktiviert.

Friedrich musste seine Finger schnell bewegen, um mitzukommen.

»Ich habe keinen Computerhacking-Kurs besucht. Erklärt mir mal, was hier abläuft«, bat Leo.

Während Olivia tippte, begann Claire das Vorgehen zu erläutern. »Also, du weißt, dass ein Hacker in deinen Computer eindringen und durch dein E-Mail-Konto persönliche Informationen stehlen kann? Einem guten Datendieb reicht es schon, wenn du deine E-Mails öffnest. Als Olivia dir also die Nachricht geschickt hat, die angeblich von Charlie stammt, hast du sie geöffnet. Jetzt kann Olivia mit deinem Computer machen, was sie will, da sie ihn angeblich gehackt hat. Damit ist er jetzt auch für Friedrich zugänglich. Wir haben für ihn alles so vorbereitet, dass er ebenfalls Zugang zu deinen Systemen bekommt.« Claire zeigte auf den Bildschirm. »Jetzt wird Olivia so tun, als wäre sie du, und loggt sich als Leo ins Intranet des FBI ein. Natürlich handelt es sich dabei nur um die künstlich geschaffenen Seiten, die wir errichtet haben. Jetzt hat Friedrich alle Zugangs- und Sicherheitsdaten abgegriffen. Du würdest nun den Namen suchen, den Charlie in dieser E-Mail geschrieben hat. Und wenn alles nach Plan läuft, wird Friedrich ab jetzt versuchen, auf diese Weise Maries Aufenthaltsort herauszufinden.«

Olivia tat also, als sei sie Leo, gab den Namen ein, und suchte in der Datenbank herum. Nach zwanzig Minuten loggte sie sich wieder aus.

Dann beobachteten sie weiter, wie sich Friedrich durch die künstliche Website klickte. Sie hatten auch ein paar Sicherungsblockaden eingebaut, die ihn im Moment noch davon abhielten, weiterzukommen. Gegen Mitternacht verwendete Olivia – und diesmal tatsächlich als Olivia – den Zugang und tat, als würde sie in dieselben Seiten des FBI eindringen, um nach Marie zu suchen. Im Gegensatz zu Friedrich war es ihr jetzt möglich, eine dieser angeblichen Sicherheitsblockaden zu überwinden. Sie konnte also ein weiteres Fenster öffnen. Natürlich handelte es sich hierbei auch wieder nur um eine falsche Fährte, die sie zu einer neuen Seite führte, sodass Friedrich Stück um Stück den Informationen näherkommen würde, die er suchte.

Die Tür des Büros ging auf und Jax und Cooper kamen herein. »Schichtwechsel.«

Nachdem sie Friedrich fürs Erste genug Informationen gegeben hatten, um ihn beschäftigt zu halten, konnten Olivia und Leo in Ruhe nach Hause gehen, während die drei jüngeren Teammitglieder Friedrichs Online-Aktivitäten überwachten.

Olivia streckte sich erschöpft neben Leo aus.

»Wie lange dauert das jetzt?«, wollte Leo wissen.

»Ein paar Tage. Die letzte Information, die wir ihm zuspielen, wird ihn glauben lassen, dass er es schafft, als Erster dort zu sein«, sagte sie gähnend. »Und anschließend braucht er noch zwei weitere Tage, bis er so weit ist.«

»Um zum angeblichen Aufenthaltsort von Marie zu kommen?«

Es war ein aufregender und anstrengender Tag gewesen. »Ja. Er wird Europa verlassen und in den nächsten Flieger nach Amerika steigen. Bei seiner Einreise in die USA wird er natürlich seine Identität wechseln. Wenn er dann endlich hier ist, muss er sich erst einmal alles besorgen, was er für den Coup braucht. Aber ich glaube nicht, dass er viel Zeit damit verschwenden wird, lang und breit die Umgebung auszukundschaften. Nur gerade so viel, um zu wissen, dass ich noch nicht angekommen bin.«

»Und dann beginnt Phase Zwei«, sagte Leo und zog Olivia in seine Arme.

»Wenn alles nach Plan läuft, ja.« Doch nun war sie zu müde, um über mögliche Pannen nachzudenken.

Leo gab ihr einen Kuss auf den Kopf. »Jetzt schlaf erst mal. Wir haben noch genug Zeit.«

Sie hätte ohnehin kein Auge mehr offen halten können. »Ich bin so froh, dass ich da nicht alleine durchmuss«, gab sie zu.

Da zog Leo sie an sich. »Ich bleibe an deiner Seite.«

* * *

Während der nächsten drei Tage arbeiteten sie rund um die Uhr und warfen Friedrich so lange immer wieder einen Brocken zu, bis er alles erfahren hatte, was er wissen musste, um zu Marie zu gelangen.

Anschließend brach das Team aus Kalifornien auf, um Friedrich kurz vor der Ziellinie zu schlagen.

Maries angebliches Zuhause befand sich in einem texanischen Vorort von San Antonio in einem alten Wohnviertel. Neils Leute hatten die Umgebung entsprechend gesichert. Das Nachbarhaus auf der Südseite stand leer und wartete auf einen neuen Mieter. Es wäre genau der richtige Ort für Friedrich gewesen, um Marie von dort aufzulauern. Das Haus auf der anderen Seite gehörte einem alleinstehenden Herrn, der zufälligerweise eine viertägige Reise nach Mexiko gewonnen hatte – natürlich dank Neils dickem Geldbeutel. Das Haus, das Maries angeblichen Aufenthaltsort darstellte, hatte Neil unter dem Vorwand angemietet, dort ein Fotoshooting machen zu wollen. Die Eigentümer erhielten nicht nur einen stattlichen Scheck dafür, sie würden zusätzlich auch noch eine kostenlose Ausstattung mit dem besten Sicherheitssystem erhalten, das es auf dem Markt gab.

Neils Team in Europa hielt Friedrich unter Beobachtung, bis er das Land verließ. Als er in Boston ankam, war das hiesige Team schon im Einsatz. Von dort flog Friedrich weiter nach Austin und mietete sich für die restliche Strecke ein Auto.

AJ folgte ihm, bis Friedrich vom Freeway abfuhr, denn ab da war das Risiko, entdeckt zu werden, zu groß. Nun wuchs bei allen die Anspannung. So ähnlich musste es bei der NASA zugehen, kurz bevor das Space Shuttle in die Erdatmosphäre zurückkehrte. Man konnte zwar den ungefähren Zeitpunkt berechnen, doch ob alles klappte, wusste man erst hinterher.

Olivia saß mit den übrigen Teammitgliedern zusammen. Die einen waren verkleidet, die anderen, darunter Olivia, bis an die Zähne bewaffnet und mit kugelsicherer Kleidung ausgestattet.

Cooper saß kaugummikauend neben Sasha und wippte voller überschüssiger Energie mit den Knien. Auch diese beiden waren für einen Nahkampf ausgerüstet. Claire dagegen trug Sportklamotten und Ohrhörer, als würde sie gleich Joggen gehen. Lars und Isaac waren als Klempner verkleidet, der Beobachtungsvan hatte die Aufschrift einer Installationsfirma erhalten.

»Sobald Friedrich in eines der umliegenden Häuser eindringt, rücken wir vor. Lasst uns das über die Bühne bringen, ohne auch nur einen einzigen Schuss abzufeuern«, sagte Neil zu seinen Leuten. »Sasha und ich nehmen uns das Haus auf der Südseite vor. Leo und Olivia das im Norden. Alle halten sich bereit, falls er ein ganz anderes Haus wählen sollte.«

Maries angebliches Zuhause war leer. Sie hatten lediglich für ein paar Sondereffekte in Form von Schatten hinter den Fenstern gesorgt, die es so aussehen ließ, als wäre jemand im Haus. Die Fenster waren mit hellen Stoffrollos verdeckt, damit Friedrich mit einer Infrarotkamera keinen Erfolg haben konnte. Er musste also näher kommen und auf die richtige Gelegenheit warten, um seinen Schuss abzufeuern. Eines der angrenzenden Häuser eignete sich dafür natürlich am besten.

Olivia wusste, dass sein Plan darin bestand, das Mädchen kaltzumachen und wieder abzuhauen, ohne dass jemand etwas mitbekommen würde. Genauso wollten sie es auch haben.

Auf keinen Fall durfte es zu einem Schusswechsel oder einer Geiselnahme in dieser ruhigen Wohngegend kommen.

Es musste ihnen also gelingen, Friedrich dazu zu bringen, ihrer falschen Fährte zu folgen, damit er sich so nahe wie möglich an das angebliche Opfer heranpirschte. Sie würden ihn bezwingen und den dritten Teil ihres Plans in Gang setzen.

Olivia nahm Leos Hand. »Es wird schon klappen.«

»Es muss klappen.«

Es war Mittagszeit und in dem Wohnviertel, in dem sich das Haus befand, herrschte friedliche Stille. Der Abstand zwischen den Häusern war groß genug, um die Sicherheit der anderen Anwohner nicht zu gefährden. Das Team war geübt darin, in Häuser einzubrechen, ohne dass jemand etwas davon mitbekam. In diesem Fall war es für Leo und Olivia aber am unauffälligsten, einfach hineinzuspazieren, als wären sie hier zu Hause.

»Team Eins in Position«, sagte Sasha, womit sie sich selbst und Neil meinte. Ihre Stimmen waren in allen Ohrhörern zu vernehmen.

»Team Zwei in Position«, verlautete jetzt Olivia und blickte Leo an, während sie durch das leere Haus gingen.

»Team Drei.«

»Team Vier.«

Die Minuten verstrichen nur langsam.

Olivia blickte auf die Straße.

Bei jedem früheren Auftrag hätte sie ihre Waffe mit eingestelltem Sucher im Anschlag und den Fluchtweg klar vor Augen gehabt.

Je mehr Zeit verging, desto größer wurde die Anspannung.

Eigentlich hatten sie Friedrichs Ankunft schon vor dreißig Minuten erwartet.

»Vielleicht hat er sich noch was zu essen geholt«, überlegte Isaac von seiner Position aus laut.

»Er kann ja nirgendwohin, ohne dass wir es mitbekommen würden«, erinnerte Neil ihn.

Trotzdem hatte Olivia ziemlich feuchte Hände.

Da ertönte endlich Claires Stimme: »Er ist in Sicht und nähert sich aus Richtung Süden.«

Olivia atmete auf und hielt den Blick auf die Straße gerichtet.

Als der Jeep nicht anhielt, sondern vorbeifuhr, erstarrten alle.

»Er fährt weiter Richtung Norden«, war jetzt Lars' Stimme zu hören.

»Verdammter Mist!«

Olivia hielt die Luft an. »Haltet euch bereit.«

Wieder vergingen Minuten.

»Er hat eine Runde gedreht, jetzt kehrt er zurück.«

Nachdem Friedrich zweimal um den Block gefahren war, hielt er einen Straßenzug weiter entfernt an und stieg aus dem Jeep.

»Claire?«

»Er ist auf dem Nord-Grundstück im Schatten der Bäume in Deckung gegangen«, berichtete Isaac.

Olivia verließ ihre Position und ging zum Fenster auf der anderen Seite. »Sieht ihn irgendwer?«, fragte sie die anderen.

»Er kommt näher. Haltet euch bereit.« Neils Stimme war die Anspannung deutlich anzuhören.

Doch Friedrich versteckte sich in einer dicht bewachsenen Gartenecke und verharrte dort eine halbe Stunde, um Maries Haus zu beobachten.

»Jetzt locken wir ihn an«, sagte Sasha.

Ohne hinzusehen wusste Olivia, dass Sasha über die Fernsteuerung die Vorrichtungen betätigt hatte, die es so aussehen ließen, als würde jemand auf dem Sofa sitzen und fernsehen.

»Er bewegt sich in eure Richtung, Team Zwei.«

Und während Friedrich sich näherte, verließ Olivia ihre Position, um den Eindringling in dem Moment zu überwältigen, in dem er das Haus betrat.

»Er kappt die Stromzufuhr«, sagte Sasha.

»Wir kommen zur Verstärkung«, sagte Cooper.

»Team Vier wartet auf euer Kommando, Team Zwei.«

Olivia blickte Leo an, der jetzt neben der Tür an der Wand stand.

Das Licht im Flur ging aus, alle Geräusche der elektrischen Geräte verstummten.

»Er kommt durch den Hintereingang. Seine Waffe hält er in der rechten Hand.«

Olivia zählte jeden Pulsschlag, während die Sekunden verstrichen. Jetzt hörte man, wie am Schloss hantiert wurde.

Sie und Leo standen links und rechts neben der Tür, bereit für den Kampf. Leos Waffe bildete die Verlängerung seines Arms, die andere Hand bereit für das Zeichen, damit sie sich zur selben Sekunde bewegten.

Die Tür ging auf.

Als Erstes sah man den Schalldämpfer.

Jetzt gab Leo sein Zeichen.

Olivia schlug Friedrichs Waffe weg, während Leo ihn hereinzog.

Ein gedämpfter Schuss ging durch die Decke. Friedrich feuerte zweimal, bevor es Olivia gelang, ihm die Waffe abzunehmen.

Während Leo mit Friedrich am Boden rang, gab Neil über Funk Anweisungen an die anderen.

Das Überraschungsmoment hatte dazu geführt, dass Friedrich die Waffe verlor, doch jetzt schien er sich wieder gefasst zu haben und kämpfte mit aller Kraft.

Als beide Männer zu Boden gingen, schleuderte Leo seine Waffe von sich, die Olivia sofort aufnahm und auf die beiden gerichtet hielt.

Friedrich kickte Leo mit dem Ellbogen in die Nieren und wollte gerade mit der Faust zum Schlag ausholen.

»Keine Bewegung!«, rief Olivia, den Lauf der Pistole auf Friedrich gerichtet.

Er hielt inne und sah auf.

Jetzt erst wurde Olivia gewahr, dass auch die anderen Teammitglieder ins Haus gekommen waren. Ein halbes Dutzend Waffen zeigte auf Friedrich, sein Gesicht und seine Brust waren mit roten Punkten übersät. Eine falsche Bewegung und er hätte mehr Löcher gehabt als ein Schweizer Käse.

Langsam öffnete Friedrich die Faust, streckte die langen Finger aus und hob die Hände.

Mit einem Satz war Leo bei ihm, zog seine Hände auf den Rücken und legte ihm Handschellen an.

»Ich will meinen Anwalt sprechen.«

Leo zerrte ihn auf die Knie hoch.

»So funktioniert das hier nicht«, belehrte Olivia ihren alten Schulkameraden.

Cooper, der jetzt ebenfalls durch den anderen Eingang hereingekommen war, warf Friedrichs Tasche auf den Tisch und durchsuchte sie.

»Was machst du?«, fragte Friedrich.

»Leo war nie das Ziel deines Anschlags«, sagte Olivia. »Navi ist nicht so dumm wie sein ›Cousin‹. Dass du mich angeschossen hast, war keine Entscheidung, die du in Bruchteilen einer Sekunde gefällt hast.«

Er schwieg.

»Du hattest die ganze Zeit nur ein einziges Ziel. Erst nach Budapest habe ich mich daran erinnert, dass gegenüber vom Gerichtssaal ein einzelner Mann gestanden hat – gekleidet wie einer vom SWAT-Team –, in perfekter Position für einen tödlichen Schuss. Nur dummerweise hattest du die falschen Infos erhalten und Marie kam nicht, wie von dir erwartet, aus jener Tür. Dein Fluchtweg wäre nicht gesichert gewesen.«

Friedrich blieb stumm.

»Da hast du also keine Gelegenheit gehabt, sie umzubringen. Nur deshalb hast du auf mich geschossen. Und schön dafür gesorgt, dass ich dich deutlich zu sehen kriege, damit ich dich auch sicher suche. Dann erzählst du mir, dass keiner erfahren muss, dass ich noch lebe. Ich solle einfach wieder untertauchen und die Sache auf sich beruhen lassen.«

Olivia blickte sich im Raum um. »Allerdings hattest du vorher deine Recherchen angestellt. Du hast genau gewusst, dass dieses Team hier nicht von einem halb fertigen Job wegläuft. Also hast du gewartet, bis ich Marie ausfindig mache, um sie zu beschützen. Damit ich dich direkt zu ihr führe.«

Friedrich fluchte auf Deutsch.

»Ja, du mich auch«, antwortete Olivia.

»Sie ist gar nicht in Texas, stimmt's?«, fragte er jetzt.

»Ich habe keine Ahnung.«

»Was willst du von mir?«, fragte Friedrich.

Olivia drehte sich zu Cooper und tauschte die Waffe mit dem Schalldämpfer gegen das Einmalhandy aus. Sie winkte damit in der Luft. Am anderen Ende der Verbindung würde Mykonos und nicht sein »Cousin« Navi den Anruf entgegennehmen. Es war doch immer wieder faszinierend, wie Gefängnisinsassen an solche Telefone gelangten.

»Du wirst jetzt den Anruf tätigen.«

Friedrich schüttelte den Kopf. »Das kann ich nicht.«

»Oh doch, und wie du das können wirst.« Sie hielt das Handy mit spitzen Fingern. »Mykonos muss bloß glauben, dass Marie tot ist, um zu kriegen, was er will. Nämlich ein Exempel an diesem Mädchen zu statuieren, um alle anderen, die er unter seiner Kontrolle hat, einzuschüchtern. Da Marie nicht vorhat, wiederaufzuerstehen, wird niemand jemals die Wahrheit erfahren.«

Friedrich verengte die Augen. »Was machst du mit mir, falls ich das tue?«

»Du wirst verschwinden und suchst dir irgendeine Insel. Bali soll ja zum Beispiel ganz toll sein, um sich da zur Ruhe zu setzen.«

Friedrichs Gesichtsausdruck veränderte sich. Sein Mund wurde zu einer schmalen Linie. »Lasst ihn in Ruhe.«

»Ich bedrohe deinen Vater nicht«, sagte Olivia. Sie blickte zu Neil, der ihr zunickte. Seine Kontakte hatten herausgefunden, dass Louis Schmidt ein luxuriöses Leben auf Bali führte, finanziert von seinem Sohn, der ihn bedingungslos liebte. »Es ist dein Ticket in die Freiheit, Friedrich. Nimm es an.«

»Aber wenn Mykonos erfährt, dass Marie doch nicht tot ist, wird die Abschussprämie auf *mich* ausgesetzt.«

Olivia sah sich betont um. »Du meinst, die Gefahr, erschossen zu werden, wäre dann größer als in diesem Moment?«

Friedrich bemühte sich um ein arrogantes Grinsen. »Soll ich dir abkaufen, dass ihr auf einen unbewaffneten Mann schießen würdet?«

Da beugte sich Leo ganz nah an Friedrich heran und antwortete für alle: »Wir sind hier in Texas. Du bist hier mit einer Waffe, auf der überall deine Fingerabdrücke sind, ins Haus eingedrungen. In diesem Teil des Landes braucht man gar keinen anderen Grund.«

Zum ersten Mal, seit Friedrich die Handschellen angelegt bekommen hatte, wirkte er nicht mehr ganz so selbstsicher.

Olivia kam mit dem Handy zu ihm.

Neil drehte sich um und ging zur Hintertür hinaus.

»Zeit, die Sache zu beenden.«

»Und was, wenn Mykonos Beweise will?«

»Wir sind doch Professionelle. Wir holen uns keine Trophäen.« Glaubte er denn, sie sei ein Grünschnabel?

Olivia hielt das Telefon hoch, den Finger auf dem Anrufknopf. Solche Telefone waren für die einmalige Verwendung mit nur einer einzelnen Nummer am anderen Ende vorgesehen und anschließend nicht mehr zu benutzen.

Friedrich nickte und Olivia drückte auf den Knopf.

Es klingelte genau zweimal, bevor abgehoben wurde.

Mykonos Sobols Stimme war zu hören. »Berichte«, sagte er auf Russisch.

»Es ist alles erledigt«, antwortete Friedrich in derselben Sprache.

Leo blickte zu Olivia.

Sie bewahrte ihren neutralen Gesichtsausdruck.

Olivia machte nun eine Rollbewegung mit dem Finger und forderte Friedrich zum Weitersprechen auf.

»Ich erwarte, dass Ihr Teil der Abmachung innerhalb der nächsten Stunde erfüllt wird. Sie werden danach nie wieder von mir hören und ich erwarte dasselbe von Ihnen.«

»Es war mir ein Vergnügen«, sagte Mykonos noch, bevor Olivia die Verbindung unterbrach.

Friedrichs Gesicht war aschfahl geworden. »Und jetzt?«

»Jetzt fahren wir zu deinem Motel und warten, bis das Geld auf deinem Konto ist. Anschließend steigst du in den Flieger.«

KAPITEL 33

Leo behielt auch danach eine Hand an Friedrich, die andere an der Waffe.

Das Team teilte sich auf.

Sasha, Neil, Olivia und Leo fuhren mit Friedrich zum Motel, die anderen blieben, um den Tatort aufzuräumen.

Den Jeep ließen sie stehen, wo er war. Sasha saß am Steuer des Transporters und Neil auf dem Beifahrersitz, während Olivia und Leo mit Friedrich auf der Rückbank saßen.

»Und ihr lasst mich wirklich einfach so laufen?«, fragte Friedrich jetzt schon zum dritten Mal.

Olivia nickte.

Leo beobachtete jede Bewegung des Mannes, der nun sehr unsicher wirkte.

»Wie viel war Marie wert?«, fragte Leo, der Friedrich möglichst viele Informationen entlocken wollte, solange noch Gelegenheit dazu war.

»Eine halbe Million Euro. Vor dem Prozess hätte ich das Doppelte bekommen.«

Leo sah zu Neil. Alle wussten, dass Mykonos gerade den letzten Nagel in seinen Gefängnissarg hämmerte. Denn in derselben Sekunde, in der die Fünfhunderttausend auf Friedrichs

Konto landeten, wäre Mykonos' Schicksal besiegelt, den Rest seines Lebens hinter Gittern zu verbringen.

»Mit dem Geld könnte man auf Bali lange auskommen«, sagte Leo.

Als sie zum Motel kamen, ging schon die Sonne unter.

Neil und Leo eskortierten Friedrich zu seinem Zimmer, um seine Sachen zu holen. Genau wie Olivia es prophezeit hatte, befanden sich Friedrichs Pass und sein Bargeld im Lüftungsschacht. Außerdem ein Tablet und eine weitere Waffe, die Neil an sich nahm.

Den Hotelschlüssel ließen sie im Zimmer zurück, dann fuhren sie im Transporter zum Flughafen.

»Log dich in dein Bankkonto ein«, forderte Leo ihn auf.

»Warum?«

»Wir müssen uns vergewissern, dass Mykonos dir glaubt. Wenn das Geld auf dem Konto ist, steigst du in den Flieger.«

Friedrich schaltete das Tablet an und loggte sich brav ein. Als er alle Eingaben gemacht hatte und fand, was er suchte, drehte er den Bildschirm zu Leo.

Die Überweisung war tatsächlich eingegangen.

Leo zeigte nun auch Neil das Tablet, der sofort einen Anruf tätigte. »Die Transaktion ist ausgeführt worden.« Neil gab seinem Gesprächspartner Friedrichs Kontodetails durch.

»Von der Kohle werde ich wohl nichts sehen?«, vermutete Friedrich.

Leo schüttelte den Kopf. »Das ist jetzt Angelegenheit des FBI. Geld, das ein Auftragskiller zurückgelassen hat, der ein zwanzigjähriges Mädchen erschießen sollte. Vielleicht hast du ja Schiss bekommen …«

Mit einem Grinsen fügte Olivia hinzu: »Oder gar ein schlechtes Gewissen …«

»So oder so reicht dieser Beweis, um Mykonos für immer im Knast zu wissen. Eine Aussage von dir ist gar nicht nötig.«

»Aber was wird die Sobol-Familie davon abhalten, mich zu suchen?«

»Nichts«, gab Olivia zurück. »Dir zuliebe werden wir allerdings herumerzählen, dass du tot bist. Wir hinterlassen eine entsprechende Nachricht im A Róka, für alle, die es interessiert. Außerdem melden wir es Checkpoint Charlie. Vielleicht werden sie es glauben und lassen es gut sein. Aber vielleicht haben sie auch andere Ressourcen, um deinen Niedergang anzuordnen.«

Als Sasha auf eine unbeleuchtete Straße bog, die direkt zu einem privaten Flugplatz führte, war die Sonne bereits hinter dem Horizont verschwunden.

Leo blickte aufmerksam aus dem Fenster, seine Augen stets in Bewegung. Jetzt ging es nur noch darum, Friedrich ins Flugzeug zu setzen, dann wäre ihre Mission beendet. Neil hatte jemanden in Indonesien, der Friedrich dort im Auge behalten würde.

»Kauf dir ein Reisfeld, mach Yoga. Ich gehe mal davon aus, dass du ein kleines Vermögen irgendwo auf der hohen Kante liegen hast. Genug Kohle, um dir ein schönes Leben zu machen«, sagte Olivia ermutigend.

Neil rief den Piloten an, während sie sich bereits einem kleinen Flugzeug näherten.

Olivia legte die Hand auf Friedrichs Schulter. »Jetzt sind wir quitt. Egal, ob du untertauchst oder nicht, jedenfalls will ich dich nie wiedersehen. Gib uns bitte keinen Grund, dir nachzujagen.«

Neil öffnete die Schiebetür des Transporters und stieg aus, die Hand griffbereit an der Waffe, der Blick wachsam. »Du wirst eskortiert und erhältst ein kostenloses Flugticket zu deinem Reiseziel. Wenn du die Ketten sprengst, wird man dich schnappen. Wenn Mykonos deinen Anruf im Gefängnis entgegennehmen kann, wird er auch dafür sorgen, dass du nicht überlebst, falls du weiterhin Aufträge annimmst.«

Olivia, Sasha und Leo gingen in Position.

»Aber du willst dir sicher nicht die Hände mit einem Mord schmutzig machen, oder?«, forderte Friedrich Neil heraus.

Da trat Sasha zu Friedrich und blickte ihn scharf an. Sie sagte etwas auf Russisch, ihr Körper war angespannt, ihre Augen scharf wie zwei Laserstrahlen.

Olivia, die neben Leo stand, gluckste über das, was sie sagte.

Als Sasha ihre Lektion beendet hatte, tat Friedrich zwar gleichgültig, aber immerhin nickte er zur Antwort.

»Will ich wissen, was sie gesagt hat?«, fragte Leo.

»Nein, Schatz«, erwiderte Olivia.

Die Türen des Flugzeugs wurden geöffnet.

»Bleibt wachsam«, lautete Neils Anweisung, während er mit Friedrich zum Privatjet ging. Olivia und Leo begleiteten die beiden.

Und dann, auf halbem Weg zum Flugzeug, brach plötzlich die Hölle los.

Schüsse aus allen Richtungen erhellten den dunklen Himmel.

»In Deckung«, schrie Leo, als wäre das nötig, und feuerte sofort in die Richtung, aus der die Schüsse kamen.

Olivia und Neil rannten geduckt zum Flugzeug.

Im Augenwinkel sah Leo, wie Sasha den Wagen herumfuhr, um ihnen Schutz zu geben.

Staub von den Triebwerken des Flugzeugs und den Rädern des Transporters wirbelte durch die Luft.

»Fuck«, schrie Olivia, die nur noch ein paar Meter vom Flugzeug entfernt war.

Friedrich hatte den Flieger schon erreicht und sprang hinein.

Sasha trat auf die Bremsen, die Tür des Transporters stand offen.

Von da an schien sich alles wie in Zeitlupe abzuspielen.

Leo sah, dass Neil ebenfalls das Flugzeug erreicht hatte und einstieg.

Olivia drehte sich zu Leo, während überall um sie herum die Kugeln flogen.

Ihre Blicke trafen sich, als sie zu Boden ging.

»Nein!«, schrie er laut auf und stürzte sich verzweifelt auf sie, um sie vor weiteren Kugeln zu schützen.

Neils Stimme drang durch das allgemeine Chaos.

»Macht los, verdammt!« Sashas Befehl übertönte den Lärm der Triebwerke. »Ich übernehme hier.«

Leo lag auf Olivia, als sich das Flugzeug in Bewegung setzte. »Halte durch, meine Liebe.«

Der Transporter, in dem Isaac und Lars saßen, kam jetzt auf die Rollbahn geschossen und gab ihnen zusätzliche Deckung.

Leo drückte sich hoch und sah Olivia an.

Sasha eilte herbei, und gemeinsam brachten sie Olivia zum Wagen.

Mit quietschenden Reifen fuhren sie los.

Über ihnen erhob sich derweil das einmotorige Flugzeug mit Friedrich und Neil an Bord in den Himmel.

Dicht gefolgt von Isaac und Lars im Transporter rasten sie über die Rollbahn und verließen das Flughafengelände.

Olivias Körper begann zu zucken.

»Geschafft«, sagte Sasha nach hinten gewandt.

Leo lehnte sich zurück, während der letzte Rest Adrenalin in seinen Adern verpuffte.

Da endlich rollte sich Olivia auf den Rücken und begann laut zu lachen.

»Heilige Scheiße. Es hat geklappt.« Leo ließ seine müden Arme zu beiden Seiten herunterhängen.

Sasha ging vom Gas, hielt an und drehte die Lautstärke des Funkgeräts auf. Friedrichs panische Stimme war zu hören, während er mit Neil sprach.

»Wer weiß sonst noch, dass du hier warst?«, rief Neil zornig.

»Keiner. Ich arbeite allein.«

»Es ist dir aber jemand gefolgt.«

»Ich war vorsichtig.«

»Aber nicht vorsichtig genug.«

»Dann kann nur Mykonos dahinterstecken. Er ist der Einzige, der weiß, dass ich Marie gesucht habe«, sagte Friedrich verzweifelt. »Ich schwöre es.«

Leo zog Olivia auf seinen Schoß. Obwohl alles nur ein Schauspiel gewesen war, hatte sich die Verzweiflung, als Olivia zu Boden ging, sehr echt angefühlt. »Friedrich scheißt sich jetzt ganz schön in die Hose«, meinte Leo.

»Ich drehe dir nur deshalb nicht gleich den Hals um, weil Olivia meint, dass ihr, also du und sie, eine Chance auf ein neues Leben verdient hättet. Wenn sie jetzt tot ist …«

»Ich habe wirklich nichts davon gewusst«, beteuerte Friedrich, während Neil ihn weiter einschüchterte.

Doch dann hatte sich das Flugzeug schon so weit entfernt, dass die Verbindung abbrach.

Die Tür des Transporters wurde geöffnet. Claire und Cooper, die beiden Angreifer, standen in voller Kriegsmontur, bedeckt mit Blättern und Schlamm, vor ihnen. Sie stiegen in den Transporter und begrüßten die anderen mit Handschlag und klopften sich gegenseitig auf den Rücken.

Claire lachte auf. »Leute, das hat einen Mordsspaß gemacht!«

Olivia lehnte den Kopf an Leos Brust.

Er zog sie fest an sich. »Und jetzt fahren wir heim in unser gemeinsames Zuhause.«

Epilog

Jax spazierte auf den unebenen und belebten Straßen von Ubud. Ihr langes Haar war geflochten, ihr Gesicht gebräunt, und man sah ihr sofort an, dass sie sich schon seit ein paar Wochen im sonnigen Indonesien aufhielt.

Mit den Mala-Perlen um den Hals und dem langen Rock, der luftig um ihre Beine wehte, sah sie aus wie die anderen Touristen.

Das war mal ein Auftrag, wie er ihr gefiel.

Jeden Tag kam sie an dem Haus vorbei, in dem Friedrich zusammen mit Louis wohnte.

Es hatte eine bunte Tür wie viele andere Häuser hier und einen grünen Innenhof. Ein Privatkoch und eine Haushälterin wohnten auch dort.

Friedrich Schmidt verkehrte jetzt unter dem Namen Ted Miller und gab sich als ausgewanderter Amerikaner aus, der eine Fast-Food-Kette besessen und verkauft hatte, um sich bereits in jungen Jahren zur Ruhe zu setzen.

Falls Friedrich sein neues Leben nicht mochte, merkte man es ihm zumindest nicht an.

Bevor Jax' Diensteinsatz nun zu Ende gehen und sie den Staffelstab an einen anderen Mitarbeiter von Neil übergeben würde, ging sie ein letztes Mal zu Friedrichs Haus und warf ihm eine Nachricht in den Briefkasten. Jax hatte eine Geheimsprache verwendet, eine codierte Mischung aus Russisch und Deutsch, die sie mit Claire in Richter entwickelt hatte und die von anderen Schülern übernommen worden war.

> *Sollten unsere gemeinsamen Feinde etwas über deinen Aufenthaltsort herausfinden und wir hören davon, lassen wir dir eine von diesen bunten Marken ohne weitere Erklärung zukommen. Sollte dir deinerseits zu Ohren kommen, dass es eine Bedrohung für Neils Team gibt, erwarten wir dasselbe von dir.*

Jax beobachtete Friedrich aus sicherer Entfernung dabei, wie er die Nachricht las.

Im Anschluss entzündete er das Papier mit dem Ende seiner Zigarre.

Er sah sich um, als wüsste er genau, dass er beobachtet wurde, und grinste.

In diesem Moment sprang ein balinesischer Affe auf den Tisch und stibitzte sich eine Dattel aus einer Schüssel. Friedrich streichelte das Tier, dann stand er auf und ging.

Sven stieß Jax mit der Schulter an. »Das war also dein Zeitvertreib den ganzen langen Winter über?«

»Hey, ich hab' echt schwer gearbeitet.«

Sie lachten und genossen den Rest des Tages zusammen, bevor Jax in die Staaten zurückkehrte.

* * *

Olivia streckte die kalten Füße zum Feuer, das in der kleinen Blockhütte am Lake Tahoe für gemütliche Wärme sorgte.

Neil hatte dieses abgelegene Häuschen für sie und Leo aufgetan, damit sie dort den Rest des Winters in Ruhe zusammen verbringen konnten.

Ihr Plan, Mykonos auf Lebenszeit hinter Gitter zu bringen, damit er keine Chance mehr hatte, wegen guter Führung oder auf Kaution vorzeitig entlassen zu werden, war aufgegangen.

Auch wenn Leo dafür das FBI verlassen musste.

Außerhalb des Radars der Behörde zu arbeiten, egal mit welchem Ergebnis, wurde dort nicht toleriert.

Seit drei Wochen machten Olivia und Leo nun dort weiter, wo sie damals aufgehört hatten, bevor Olivias Gedächtnis zurückgekehrt war.

Sie machten Schneeballschlachten, aßen Kartoffelpüree und hatten genügend Zeit, sich zu überlegen, wie es nun für sie weitergehen würde.

»Ich denke, wir sollten es annehmen«, erklärte Leo.

Neils Jobangebot klang nach der perfekten Lösung für sie beide.

Olivia nahm Leo den Vertragsentwurf aus der Hand, um ihn noch einmal zu lesen.

»Das heißt, wir würden für Neils Schwager arbeiten.« Gegen Leo gelehnt, las sie erneut die Jobbeschreibung durch.

Die europäische Abteilung von Harrison Shipping brauchte in ihrem Büro in Amsterdam ein kleines Ermittlerteam. Es war einiges an Fracht verschwunden. Anfangs waren es nur kleine Mengen gewesen, aber inzwischen war es zu einem echten Problem geworden. Harrison würde Leos investigative Fähigkeiten sowie Olivias Hackingkünste und ihr Sprachwissen gut gebrauchen können, um der Sache nachzugehen. Allerdings war es dafür nötig, dass die beiden auf unbestimmte Zeit in Europa blieben. Man würde ihnen eine Unterkunft stellen und für ihre Reisekosten aufkommen. Sie bekämen zudem einen

Firmenwagen, Handys, Computer ... eben alles, was nötig war. Und ein sechsstelliges Jahresgehalt mit Boni.

»Das Einzige, was fehlt, sind Fahrräder«, stellte Olivia fest.

»Wie bitte?«

»Kein Mensch fährt in Amsterdam mit dem Auto.«

Lachend drückte Leo ihr einen Kuss auf die Schläfe. »Ich finde, wir sollten es annehmen.«

»Bist du wirklich bereit, das Land zu verlassen und ein sogenannter Expat zu werden?«, fragte sie.

»Ich würde alle neuen Bezeichnungen annehmen. Expat, Ex-FBI-Agent, Ex-Junggeselle ...«

»Ex-Freund«, scherzte sie.

»Alles bis auf das.« Er gab ihrem Fuß einen kleinen Kick, um zu zeigen, dass er dieses Wort nicht mochte.

Sie seufzte. »Ich kann immer noch nicht glauben, was du alles für mich aufgegeben hast.«

Leo hob ihr Kinn mit einem Finger an. »Ich habe nichts für dich aufgegeben. Frag Neil. Mein kaltes Haus in Glendale war als Unterkunft für den Workaholic gut, der ständig Undercover-Aufträge angenommen hat, weil in seinem Leben sonst nichts los war. Neil und seinem Team habe ich zu verdanken, dass es jetzt anders ist. Mir ist klar geworden, warum in seiner Crew lauter hochkarätige Leute sind. Beim FBI sind einem durch die ganze Bürokratie derart die Hände gebunden, dass man nur wenig erreichen kann. Und wenn, dann dauert es Jahre.« Er wedelte mit dem Papier durch die Luft. »Im Privatsektor verdient man nicht nur mehr, man findet auch mehr Erfüllung. Vor allem, wenn meine Ehefrau an meiner Seite arbeitet.«

Olivia setzte sich zurück und starrte ihn mit großen Augen an. »Wer hat was von einer Ehefrau gesagt?«

Leo grinste. »Du hast wohl diesen Passus noch nicht gelesen?«

Sie wollte ihm das Papier aus der Hand ziehen, aber er war damit vom Sofa aufgesprungen und tat, als würde er laut vorlesen. Dabei wusste sie genau, dass nichts davon dort stand.

»Nachdem Harrison Shipping eine große Geldsumme für Ihre Dienste zahlen wird, möchte die Firma eine Garantie dafür haben, dass die Arbeitnehmer Leo und Olivia eine feste Verbindung in Form einer Heirat eingehen, um sicherzustellen, dass niemand kalte Füße kriegt und abhaut.«

Olivia lächelte. Obwohl Leo Scherze machte, hörte sie in seiner Stimme die Angst, dass Olivia wieder fortrennen könnte, wie es zweimal vorgekommen war. »Ich liebe dich, Leo. Und ich werde dich nie mehr verlassen.«

Das hatte Olivia ihm in den letzten Wochen schon öfters gesagt und jedes Mal hatte Leo sie dafür geküsst.

Er beugte sich übers Sofa und drückte seine Lippen auf ihren Mund. »Beweis es mir.«

»Olivia Naught ist tot. Sie kann nicht mehr heiraten.«

»Wir haben eine private Zeremonie. Und ich erinnere Mrs Grant bis ans Ende meiner Tage daran, wie sehr ich sie liebe.«

Mrs Grant.

Ein echter Name.

Einen, den Olivia behalten konnte.

»Der FBI-Agent, der eine Auftragskillerin heiratet. Könnte das denn gut gehen?«, fragte sie.

»Der Ex-FBI-Agent und die Ex-Auftragskillerin … Unser Leben wird nie langweilig sein.«

Sie wandte ihm das Gesicht zu und als er sie küsste, nahm sie ihm den Vertrag aus der Hand. »Hier steht, dass ich keinen Ring tragen muss.«

Leo grinste. »Warum nicht?«

Immer noch gab es diesen kleinen Stich in ihrem Herzen. »Ein Ring würde allen sagen, dass es jemanden gibt, dessen

Leben mir wichtiger ist als mein eigenes. Man könnte mich damit erpressen.«

»Meine Liebe«, sagte er, als Tränen in ihre Augen traten. »Dafür bräuchte es keinen Ring, denn man sieht schon an meinem Blick, was du mir bedeutest.«

Olivia schloss die Augen und wünschte sich, sie könnte ihre Vergangenheit einfach ausradieren.

Aber sie würde die Last dieser Vergangenheit weiter tragen und dennoch ein Leben führen, auf das sie stolz sein konnte. »Ich liebe dich«, sagte sie.

»Und ich liebe dich, Mrs Grant.«

Sie lehnte sich zurück und grinste. »Ich trage ein rotes Kleid auf unserer Hochzeit.«

Leos Strahlen erhellte den Raum. »Mit dir wird es niemals langweilig sein.«

Ein inniger Kuss besiegelte ihre Abmachung.

DANKSAGUNG

Wieder einmal darf ich an dieser Stelle meine Dankbarkeit ausdrücken. Ich danke allen meinen Lieben und den Menschen meiner Wahlfamilie, die mir geholfen haben, dieses Buch entstehen zu lassen. Ich habe es in dem schwierigen Jahr 2020 geschrieben. Vielleicht wird es als »das Jahr, das man nie mehr erwähnen wird« in die Geschichte eingehen. Doch jetzt sitze ich hier und schreibe meine Danksagung.

Mein Dank gilt Montlake und Amazon Publishing, dafür, dass ich die Freiheit habe, die Bücher zu schreiben, die ich schreiben will. Danke an Holly Ingraham, die mir, zusammen mit anderen, geholfen hat, diese Geschichte zu formen. Maria Gomez, danke für deine fortlaufende Unterstützung von einem Buch zum nächsten.

Außerdem gilt mein Dank meiner sagenhaften Agentin Jane Dystel, die ich liebe und bewundere. Vielen Dank für alles, was du tust.

Danke an meine Wahlschwestern Kari und Brandy, die mir beim letzten Schliff dieses Buches geholfen haben. Ohne euch hätte ich es nicht geschafft. Ihr seid immer da, wenn ich euch brauche. Kari, danke für deine Beratung in Sachen FBI und private Sicherheitsdienstleistungen. Ich kann es immer noch nicht glauben, dass du zum Broterwerb eine Waffe trägst, während ich fleißig am Computer herumtippe.

Fiona … du bist der Grund, warum ich dieses Buch mehreren Leuten widme. Ich freue mich täglich über unsere Freundschaft und bin froh, dass wir dank der modernen Kommunikationsmöglichkeiten weiterhin in Verbindung bleiben können. Deine tägliche Unterstützung aus Westaustralien in Form von verbalen Peitschenhieben war einfach einzigartig. Vielen Dank dafür.

Und jetzt zu euch, Ethan und Eloise. Bis das Buch erscheint, seid ihr längst verheiratet und eure Hochzeit wird nur noch ein Ereignis in unserem Gedächtnis und den Fotoalben sein. Es macht mich so traurig, dass ich wegen Covid nicht nach Australien reisen kann, um diesen besonderen Tag mit euch zu feiern. Aber eine Hochzeit ist mehr als eine Feier. Ethan, ich erinnere mich, wie ich dich am Tag deiner Geburt im Arm gehalten habe. Vielleicht werde ich da sein, wenn du mal ein eigenes Baby hast. Und während ich dies schreibe, kommen mir die Tränen. Dein Vater wäre sehr stolz auf dich und auf deine Wahl, die du mit deiner Ehefrau getroffen hast. Er lebt in dir und ist nie weit weg. Ich hoffe sehr, dass du das weißt.

Ich wünsche euch, dass euer Glück nie enden wird und ihr jeden gemeinsamen Tag eures Lebens genießen werdet.

Herzlichen Glückwunsch!

Catherine

Zeitfracht Medien GmbH
Ferdinand-Jühlke-Straße 7
99095 Erfurt, Deutschland
produktsicherheit@kolibri360.de

Druck:
CPI Druckdienstleistungen GmbH
im Auftrag der
Zeitfracht Medien GmbH
Ein Unternehmen der Zeitfracht - Gruppe
Ferdinand-Jühlke-Str. 7
99095 Erfurt